U0079112

N5-N1
新◉日檢
單字大全

QR碼行動學習版

精選出題頻率最高的考用文法，
全級數一次通過！

全MP3一次下載

9789864542536

此為ZIP壓縮檔，請先安裝解壓縮程式或APP
iOS系統請升級至iOS13後再行下載，此為大型檔案
建議使用WIFI連線下載，以免占用流量，並確認連線狀況，以利下載順暢。

使用說明

一本就收納了 N5~N1 考試全數必用的單字

可以循序累積學習，可以考哪邊就看哪邊，最符合JLPT 新日檢考試應考的設計方法

本書由簡單（N5）到困難（N1）的順序排列，初級的學習者可以從最一開始逐頁依序擴充累積到更多的字彙。中高級的學習者除了可以從適合自己的等級切入向後學習，翻頁的進程也很符合一般的閱讀習慣。

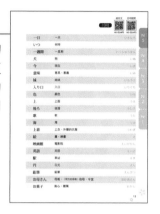

JLPT的語彙測驗題目通常以依詞性別區分每一題的選項，故依詞性別記憶是最具應考的邏輯概念。書中依名詞、動詞、形容詞、形容動詞、副詞、量詞等等做為區分。動詞、形容詞、形容動詞等等更逐句附上使用例句，可以了解使用時機，強化使用者的學習印象。即使未考JLPT，也是平日極佳的單字學習用書。

本書特別設計的「學習計畫表」可以一次滿足不同學習者的學習需求。本表已經在書中規劃好30天的學習計畫，一般人可以依學習計畫表-版本1的方式學習當天所規劃的單字即可。

版本1的走向採書中順排的順序進行，若覺得按版本1的方法成效不彰，亦可以採版本2的規劃，依跳動的順序，不時混入各詞性的學習，尋求記憶成效。

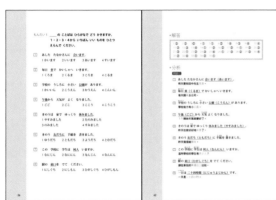

每章節的單字在學習完成後，可以做實境模擬測驗，培養出應考的實力。（附解答）

MP3 每頁可依本MP3符號進行學習，聽出日語單字力。

🎧 **模式1：跟述模式**

以純日語的方式，收錄所有的單字及例句的朗讀音檔。在學習時同步聽並跟著唸，即可以在最自然、道地的日語發音中加深印象，讓背誦不會那麼困難、達到良好的記憶效果。

🎧 **模式2：跟述模式**

單字的部分，以一句日語、一句中文的方式錄製，得到母語的協助加深印象。且如此一來，就算手邊沒書，也可以在通勤或其他狀況中拿起來聽，增加學習功效。

3

學習計畫表

按照每天的學習計畫，將一天份的單字學習完畢後，一定要再三確認自己是否將單字都確實記下來喔！

版本 1 依詞性的劃分依序精通的學習計畫表
先精通一種詞性的單字之後，再繼續學習另一個詞性的學習計畫表

1 日目	2 日目	3 日目	4 日目	5 日目	6 日目
名詞 12	名詞 13	名詞 14	名詞 15	名詞 16	名詞 17
7 日目	8 日目	9 日目	10 日目	11 日目	12 日目
名詞 18	名詞 19	名詞 20	名詞 21~22	名詞 23~24	助數詞 25~26
13 日目	14 日目	15 日目	16 日目	17 日目	18 日目
助數詞 27~29	動詞 30	動詞 31	動詞 32	動詞 33	動詞 34
19 日目	20 日目	21 日目	22 日目	23 日目	24 日目
動詞 35	動詞 36	形容詞 37	形容詞 38~39	形容詞 40~41	形容動詞 42
25 日目	26 日目	27 日目	28 日目	29 日目	30 日目
形容動詞 43~44	副詞 45~47	其他 48	片假名 49~50	片假名 51~52	招呼用語 53~54

※ 數字表示本書的頁碼

1 日目	2 日目	3 日目	4 日目	5 日目	6 日目
名詞 68~69	名詞 70~71	名詞 72~73	名詞 74~75	名詞 76~77	名詞 78~79
7 日目	8 日目	9 日目	10 日目	11 日目	12 日目
名詞 80~81	名詞 82~83	名詞 84~85	名詞 86~87	名詞 88~89	名詞 90~93
13 日目	14 日目	15 日目	16 日目	17 日目	18 日目
動詞 94~95	動詞 96~97	動詞 98~99	動詞 100~101	動詞 102~104	動詞 105~107
19 日目	20 日目	21 日目	22 日目	23 日目	24 日目
動詞 108~110	動詞 111~112	形容詞 113~114	形容詞 115~116	形容動詞 117~119	副詞 120~121
25 日目	26 日目	27 日目	28 日目	29 日目	30 日目
副詞 122~123	副詞 124~125	副詞、其他 126~127	片假名 128~130	片假名 131~133	片假名、招呼用語 134~136

1 日目	2 日目	3 日目	4 日目	5 日目	6 日目
名詞 150~152	名詞 153~155	名詞 156~158	名詞 159~161	名詞 162~164	名詞 165~167
7 日目	8 日目	9 日目	10 日目	11 日目	12 日目
名詞 168~170	名詞 171~174	名詞 175~178	名詞 179~182	名詞 183~186	名詞 187~190
13 日目	14 日目	15 日目	16 日目	17 日目	18 日目
西詞 191~194	動詞 195~197	動詞 198~200	動詞 201~203	動詞 204~206	動詞 207~209
19 日目	20 日目	21 日目	22 日目	23 日目	24 日目
動詞 210~213	動詞 214~216	形容詞 217~218	形容詞 219~220	形容動詞 221~222	形容動詞 223~225
25 日目	26 日目	27 日目	28 日目	29 日目	30 日目
副詞 226~228	副詞 229~231	副詞、其他 232~235	片假名 236~238	片假名 239~242	片假名 243~246

1 日目	2 日目	3 日目	4 日目	5 日目	6 日目
名詞 260~263	名詞 264~267	名詞 268~271	名詞 272~275	名詞 276~279	名詞 280~283
7 日目	8 日目	9 日目	10 日目	11 日目	12 日目
名詞 284~287	名詞 288~291	名詞 292~295	名詞 296~299	名詞 300~303	名詞 304~308
13 日目	14 日目	15 日目	16 日目	17 日目	18 日目
名詞 309~313	名詞 314~318	動詞 319~322	動詞 323~326	動詞 327~330	動詞 331~334
19 日目	20 日目	21 日目	22 日目	23 日目	24 日目
動詞 335~338	動詞 339~343	動詞 344~347	形容詞 348~351	形容動詞 352~356	形容動詞 357~361
25 日目	26 日目	27 日目	28 日目	29 日目	30 日目
副詞 362~365	副詞 366~369	副詞 370~373	副詞，其他 347~377	片假名 378~382	片假名 383~386

1 日目	2 日目	3 日目	4 日目	5 日目	6 日目
名詞 398~401	名詞 402~405	名詞 406~409	名詞 410~413	名詞 414~418	名詞 419~423
7 日目	8 日目	9 日目	10 日目	11 日目	12 日目
名詞 424~428	名詞 429~433	名詞 434~438	名詞 439~443	名詞 444~448	名詞 449~453
13 日目	14 日目	15 日目	16 日目	17 日目	18 日目
動詞 454~457	動詞 458~461	動詞 462~465	動詞 466~469	動詞 470~473	動詞 474~478
19 日目	20 日目	21 日目	22 日目	23 日目	24 日目
動詞 479~483	動詞 484~488	形容詞 489~492	形容詞、形容動詞 493~496	形容動詞 497~501	形容動詞 502~506
25 日目	26 日目	27 日目	28 日目	29 日目	30 日目
形容動詞 507~510	副詞 511~514	副詞 515~519	副詞、其他 520~524	片假名 525~529	片假名 530~534

版本2 以綜合的方式來精通的學習計畫表

以輪流各詞性的方式來學習的計畫表

1 日目	2 日目	3 日目	4 日目	5 日目	6 日目
名詞 12	名詞 13	名詞 14	動詞 30	動詞 31	形容詞 37
7 日目	8 日目	9 日目	10 日目	11 日目	12 日目
名詞 15	名詞 16	動詞 32	動詞 33	形容詞 38~39	形容動詞 42
13 日目	14 日目	15 日目	16 日目	17 日目	18 日目
名詞 17	名詞 18	名詞 19	動詞 34	形容詞 40~41	形容動詞 43~44
19 日目	20 日目	21 日目	22 日目	23 日目	24 日目
名詞 20	名詞 21~22	名詞 23~24	動詞 35	副詞 45~47	其他 48
25 日目	26 日目	27 日目	28 日目	29 日目	30 日目
助數詞 25~26	助數詞 27~29	動詞 36	片假名 49~50	片假名 51~52	招呼用語 53~54

※ 數字表示本書的頁碼

1 日目	2 日目	3 日目	4 日目	5 日目	6 日目
名詞 68~69	名詞 70~71	名詞 72~73	動詞 94~95	動詞 96~97	形容詞 113~114
7 日目	8 日目	9 日目	10 日目	11 日目	12 日目
名詞 74~75	名詞 76~77	動詞 98~99	動詞 100~101	形容詞 115~116	副詞 120~121
13 日目	14 日目	15 日目	16 日目	17 日目	18 日目
名詞 78~79	名詞 80~81	名詞 82~83	動詞 102~104	形容動詞 117~119	副詞 122~123
19 日目	20 日目	21 日目	22 日目	23 日目	24 日目
名詞 84~85	名詞 86~87	動詞 105~107	動詞 108~110	副詞 124~125	副詞、其他 126~127
25 日目	26 日目	27 日目	28 日目	29 日目	30 日目
名詞 88~89	名詞 90~93	動詞 111~112	片假名 128~130	片假名 131~133	片假名、招呼用語 134~136

1 日目	2 日目	3 日目	4 日目	5 日目	6 日目
名詞 150~152	名詞 153~155	名詞 156~158	動詞 195~197	動詞 198~200	形容詞 217~218
7 日目	8 日目	9 日目	10 日目	11 日目	12 日目
名詞 159~161	名詞 162~164	名詞 165~167	動詞 201~203	動詞 204~206	形容詞 219~220
13 日目	14 日目	15 日目	16 日目	17 日目	18 日目
名詞 168~170	名詞 171~174	名詞 175~178	動詞 207~209	形容動詞 221~222	副詞 226~238
19 日目	20 日目	21 日目	22 日目	23 日目	24 日目
名詞 179~182	名詞 183~186	動詞 210~213	形容動詞 223~225	副詞 229~231	片假名 236~238
25 日目	26 日目	27 日目	28 日目	29 日目	30 日目
名詞 187~190	名詞 191~194	動詞 214~216	副詞、其他 232~235	片假名 239~242	片假名 243~246

1 日目	2 日目	3 日目	4 日目	5 日目	6 日目
名詞 260~263	名詞 264~267	名詞 268~271	動詞 319~322	動詞 323~326	形容詞 348~351
7 日目	8 日目	9 日目	10 日目	11 日目	12 日目
名詞 272~275	名詞 276~279	名詞 280~283	動詞 327~330	動詞 331~334	形容動詞 352~356
13 日目	14 日目	15 日目	16 日目	17 日目	18 日目
名詞 284~287	名詞 288~291	名詞 292~295	動詞 335~338	形容動詞 357~361	副詞 362~365
19 日目	20 日目	21 日目	22 日目	23 日目	24 日目
名詞 296~299	名詞 300~303	名詞 304~308	動詞 339~343	動詞 344~347	副詞 366~369
25 日目	26 日目	27 日目	28 日目	29 日目	30 日目
名詞 335~338	名詞 314~318	副詞 370~373	副詞、其他 374~377	片假名 378~382	片假名 383~386

1 日目	2 日目	3 日目	4 日目	5 日目	6 日目
名詞 398~401	名詞 402~405	名詞 406~409	動詞 454~457	動詞 458~461	形容詞 489~492
7 日目	8 日目	9 日目	10 日目	11 日目	12 日目
名詞 410~413	名詞 414~418	名詞 419~423	動詞 462~465	形容詞、形容動詞 493~496	形容動詞 497~501
13 日目	14 日目	15 日目	16 日目	17 日目	18 日目
名詞 424~428	名詞 429~433	動詞 466~469	動詞 470~473	形容動詞 502~506	副詞 511~514
19 日目	20 日目	21 日目	22 日目	23 日目	24 日目
名詞 434~438	名詞 439~443	動詞 474~478	形容動詞 507~510	副詞 515~519	副詞、其他 520~524
25 日目	26 日目	27 日目	28 日目	29 日目	30 日目
名詞 444~448	名詞 449~453	動詞 479~483	動詞 484~488	片假名 525~529	片假名 530~534

目次

JLPT

N5

□ 秋	秋天	あき
□ 朝	早上、早晨	あさ
□ 朝ご飯	早餐、早飯	あさごはん
□ あさって	後天	
□ 足	腳、腿	あし
□ 明日	明天	あした
□ あそこ	那裡	
□ 頭	頭	あたま
□ あちら	（尊敬語氣）（較遠的）那邊、那位	
□ 後	之後、後來	あと
□ あなた	你	
□ 兄	哥哥、兄長	あに
□ 姉	姊姊	あね
□ 雨	雨	あめ
□ 家	家、家庭	いえ
□ いくつ	幾個	
□ いくら	多少	
□ 池	池子、池塘	いけ
□ 医者	醫生	いしゃ
□ いす	椅子	

☐ 一日	一天	いちにち
☐ いつ	何時	
☐ 一週間	一星期	いっしゅうかん
☐ 犬	狗	いぬ
☐ 今	現在	いま
☐ 意味	意思、意義	いみ
☐ 妹	妹妹	いもうと
☐ 入り口	入口	いりぐち
☐ 色	顏色	いろ
☐ 上	上面	うえ
☐ 後ろ	後面	うしろ
☐ 歌	歌	うた
☐ 海	海	うみ
☐ 上着	上衣、外層的衣服	うわぎ
☐ 絵	畫、繪畫	え
☐ 映画館	電影院	えいがかん
☐ 英語	英語	えいご
☐ 駅	車站	えき
☐ 円	日元	えん
☐ 鉛筆	鉛筆	えんぴつ
☐ お母さん	母親、（對方的母親）伯母、令堂	おかあさん
☐ お菓子	點心、糖菓	おかし

☐	お金	金錢	おかね
☐	お客さん	客人、顧客	おきゃくさん
☐	奥さん	夫人、您的太太	おくさん
☐	お酒	酒	おさけ
☐	お皿	盤子	おさら
☐	おじいさん	爺爺、外公	
☐	おじさん	伯父、叔叔、姨丈、姑丈	
☐	お茶	茶、茶水	おちゃ
☐	お父さん	父親	おとうさん
☐	弟	弟弟	おとうと
☐	男	男人、男性	おとこ
☐	男の子	男孩子	おとこのこ
☐	男の人	男人	おとこのひと
☐	一昨日	前天	おととい
☐	一昨年	前年	おととし
☐	大人	大人、成人	おとな
☐	お腹	肚子	おなか
☐	お兄さん	哥哥、令兄	おにいさん
☐	お姉さん	姊姊、令姊	おねえさん
☐	おばあさん	奶奶、外婆、（指對方的）奶奶、外婆	
☐	おばさん	伯母、嬸嬸、阿姨、姑姑	
☐	お風呂	洗澡、浴室	おふろ

☐ お弁当	便當	おべんとう
☐ おまわりさん	警察	
☐ 音楽	音樂	おんがく
☐ 女	女人、女性	おんな
☐ 女の子	女孩子	おんなのこ
☐ 女の人	女的、女人	おんなのひと

か

☐ 外国人	外國人	がいこくじん
☐ 会社	公司	かいしゃ
☐ 会社員	職員	かいしゃいん
☐ 階段	樓梯	かいだん
☐ 買い物	買東西	かいもの
☐ 顔	臉	かお
☐ かぎ	鑰匙	
☐ 学生	學生	がくせい
☐ かさ	雨傘	
☐ 風	風	かぜ
☐ 風邪	感冒	かぜ
☐ 家族	家族、家人	かぞく
☐ 学校	學校	がっこう
☐ 角	角、轉角	かど

☐	かばん	皮包、包包	
☐	花瓶	花瓶	かびん
☐	紙	紙	かみ
☐	体	身體	からだ
☐	川	河川	かわ
☐	漢字	漢字	かんじ
☐	木	樹	き
☐	北	北方、北邊	きた
☐	喫茶店	咖啡廳	きっさてん
☐	切手	郵票	きって
☐	切符	車票	きっぷ
☐	昨日	昨天	きのう
☐	牛肉	牛肉	ぎゅうにく
☐	牛乳	牛奶	ぎゅうにゅう
☐	今日	今天	きょう
☐	教室	教室	きょうしつ
☐	兄弟	兄弟	きょうだい
☐	去年	去年	きょねん
☐	銀行	銀行	ぎんこう
☐	薬	藥	くすり
☐	果物	水果	くだもの
☐	口	嘴巴	くち

☐	靴	鞋子	くつ
☐	靴下	襪子	くつした
☐	国	國家	くに
☐	車	車子	くるま
☐	警官	警察	けいかん
☐	今朝	今早、今天早上	けさ
☐	結婚	結婚	けっこん
☐	公園	公園	こうえん
☐	紅茶	紅茶	こうちゃ
☐	交番	警察局	こうばん
☐	声	聲音	こえ
☐	ここ	這裡	
☐	午後	下午	ごご
☐	午前	上午	ごぜん
☐	こちら	（尊敬語氣）這邊、在下	
☐	今年	今年	ことし
☐	子ども	小孩子、兒童	こども
☐	ご飯	吃飯、米飯	ごはん
☐	これ	這個	
☐	今月	這個月	こんげつ
☐	今週	這星期、這週	こんしゅう
☐	今晩	今晚	こんばん

さ

☐ 財布	錢包	さいふ
☐ 魚	魚	さかな
☐ 先	尖端、前面	さき
☐ 作文	作文	さくぶん
☐ 雑誌	雜誌	ざっし
☐ 散歩	散步	さんぽ
☐ 塩	鹽巴	しお
☐ 時間	時間、（前接數字時）～小時	じかん
☐ 仕事	工作	しごと
☐ 辞書	字典	じしょ
☐ 下	下方	した
☐ 写真	照片	しゃしん
☐ 宿題	作業	しゅくだい
☐ 食堂	食堂、日式餐廳	しょくどう
☐ 新聞	報紙	しんぶん
☐ すし	壽司	
☐ 背	身高、背	せ
☐ 生徒	學生	せいと
☐ せっけん	肥皂	
☐ 千	（數字單位）千	せん
☐ 先月	上個月	せんげつ

☐ 先週	上星期	せんしゅう
☐ 先生	老師	せんせい
☐ そこ	那裡	
☐ そちら	（尊敬語氣）那邊、那位	
☐ 外	外面	そと
☐ 側	旁邊	そば
☐ そば	蕎麥麵	
☐ 空	天空	そら
☐ それ	那個	

☐ 大学	大學	だいがく
☐ 台所	廚房	だいどころ
☐ 建物	建築物	たてもの
☐ たばこ	香菸	
☐ 食べ物	食物	たべもの
☐ たまご	蛋	
☐ だれ	誰、哪位	
☐ 誕生日	生日	たんじょうび
☐ 近く	附近	ちかく
☐ 地下鉄	地鐵	ちかてつ
☐ 父	爸爸	ちち

☐ 次	下個、下次		つぎ
☐ つくえ	桌子		
☐ 手	手		て
☐ 手紙	信		てがみ
☐ 出口	出口		でぐち
☐ 天気	天氣		てんき
☐ 電気	電氣、電力、電燈		でんき
☐ 電車	電車		でんしゃ
☐ 電話	電話		でんわ
☐ 動物	動物		どうぶつ
☐ 時計	時鐘		とけい
☐ どこ	哪裡		
☐ ところ	地方		
☐ 年	年、年齡		とし
☐ 図書館	圖書館		としょかん
☐ どちら	哪邊、哪一個		
☐ どなた	哪位		
☐ となり	旁邊、隔壁		
☐ 友だち	朋友		ともだち
☐ 鳥	鳥		とり
☐ 鳥肉	雞肉		とりにく
☐ どれ	哪個		

□ 中	中間、裡面	なか
□ 夏	夏天	なつ
□ 夏休み	暑假	なつやすみ
□ 何	什麼	なに
□ 名前	名字、姓名	なまえ
□ 肉	肉	にく
□ 西	西方、西邊	にし
□ 日本人	日本人	にほんじん
□ 庭	庭院	にわ
□ 猫	貓	ねこ
□ 飲み物	飲料	のみもの

□ 灰皿	菸灰缸	はいざら
□ 葉書	明信片	はがき
□ 二十歳	二十歲	はたち
□ 鼻	鼻子	はな
□ 花	花	はな
□ 話	話語、故事、事情	はなし
□ 母	媽媽	はは
□ 春	春天	はる

N5 N4 N3 N2 N1

☐ 番号	號碼	ばんごう
☐ 晩ご飯	晩餐	ばんごはん
☐ 東	東方、東邊	ひがし
☐ 飛行機	飛機	ひこうき
☐ 人	人	ひと
☐ 百	（數字單位）百	ひゃく
☐ 百点	滿分、100分	ひゃくてん
☐ 病院	醫院	びょういん
☐ 病気	生病	びょうき
☐ 昼	中午	ひる
☐ 昼ご飯	中餐、午飯	ひるごはん
☐ 服	衣服	ふく
☐ 冬	冬天	ふゆ
☐ 部屋	房間	へや
☐ 勉強	讀書	べんきょう
☐ 方	方向、方面	ほう
☐ ほか	其他	
☐ 本	書本、書籍	ほん

☐ 毎朝	每天早上	まいあさ
☐ 毎週	每週、每星期	まいしゅう

□ 毎月	每個月	まいつき
□ 毎年	每年	まいとし
□ 毎日	每天	まいにち
□ 毎晩	每晚	まいばん
□ 前	前面、前方	まえ
□ 町	城、鎮	まち
□ 窓	窗戶	まど
□ 右	右邊、右方	みぎ
□ 水	水	みず
□ 店	店、商店	みせ
□ 道	道路	みち
□ 緑	綠色	みどり
□ みなさん	大家、各位	
□ 南	南邊、南方	みなみ
□ 耳	耳朵	みみ
□ みんな	大家、各位	
□ 目	眼睛	め
□ めがね	眼鏡	
□ 物	物品	もの
□ 門	門	もん
□ 問題	問題	もんだい

や

☐ 八百屋	蔬菜店	やおや
☐ 野菜	蔬菜	やさい
☐ 休み	休息	やすみ
☐ 山	山	やま
☐ 夕方	傍晚	ゆうがた
☐ 夕飯	晚餐	ゆうはん
☐ 雪	雪	ゆき
☐ 洋服	西服、洋裝	ようふく
☐ 横	横、旁邊	よこ
☐ 夜	晚上、夜晚	よる

ら わ

☐ 来月	下個月	らいげつ
☐ 来週	下星期	らいしゅう
☐ 来年	明年	らいねん
☐ 留学生	留學生	りゅうがくせい
☐ 料理	料理、做菜	りょうり
☐ 私	我	わたし

• 量詞的唸法

數數				
一	二	三	四	五
いち	に	さん	し / よん	ご
六	七	八	九	十
ろく	しち / なな	はち	く / きゅう	じゅう

～つ ～個				
一つ	二つ	三つ	四つ	五つ
ひとつ	ふたつ	みっつ	よっつ	いつつ
六つ	七つ	八つ	九つ	十
むっつ	ななつ	やっつ	ここのつ	とお

いくつ 幾個

～個（こ）～個				
一個	二個	三個	四個	五個
いっこ	にこ	さんこ	よんこ	ごこ
六個	七個	八個	九個	十個
ろっこ	ななこ	はっこ	きゅうこ	じゅっこ / じっこ

何個 幾個

～階（かい・がい）～樓				
一階	二階	三階	四階	五階
いっかい	にかい	さんかい / さんがい	よんかい	ごかい
六階	七階	八階	九階	十階
ろっかい	ななかい	はっかい / はちかい	きゅうかい	じゅっかい / じっかい

何階 幾樓（なんかい）

～回（かい） ～次				
一回	二回	三回	四回	五回
いっかい	にかい	さんかい	よんかい	ごかい
六回	七回	八回	九回	十回
ろっかい	ななかい	はっかい	きゅうかい	じゅっかい / じっかい

何回 多少次

～番（ばん） ～號				
一番	二番	三番	四番	五番
いちばん	にばん	さんばん	よんばん	ごばん
六番	七番	八番	九番	十番
ろくばん	ななばん	はちばん	きゅうばん	じゅうばん

何番 幾號

～円（えん） ～日元、～錢				
一円	二円	三円	四円	五円
いちえん	にえん	さんえん	よえん	ごえん
六円	七円	八円	九円	十円
ろくえん	ななえん	はちえん	きゅうえん	じゅうえん

いくら 多少錢

～年（ねん） ～年				
一年	二年	三年	四年	五年
いちねん	にねん	さんねん	よねん	ごねん
六年	七年	八年	九	年十年
ろくねん	ななねん / しちねん	はちねん	きゅうねん	じゅうねん

何年 多少年

～月（がつ）～月

一月	二月	三月	四月	五月	六月
いちがつ	にがつ	さんがつ	しがつ	ごがつ	ろくがつ
七月	八月	九月	十月	十一月	十二月
しちがつ	はちがつ	くがつ	じゅうがつ	じゅういちがつ	じゅうにがつ

何月 幾月

～日（にち）～號（日期）

1 日	2 日	3 日	4 日	5 日
ついたち	ふつか	みっか	よっか	いつか
6 日	7 日	8 日	9 日	10 日
むいか	なのか	ようか	ここのか	とおか
11 日	12 日	13 日	14 日	15 日
じゅういちにち	じゅうににち	じゅうさんにち	じゅうよっか	じゅうごにち
16 日	17 日	18 日	19 日	20 日
じゅうろくにち	じゅうしちにち	じゅうはちにち	じゅうくにち	はつか
21 日	22 日	23 日	24 日	25 日
にじゅういちにち	にじゅうににち	にじゅうさんにち	にじゅうよっか	にじゅうごにち
26 日	27 日	28 日	29 日	30 日
にじゅうろくにち	にじゅうしちにち	にじゅうはちにち	しちにちくにち	さんじゅうにち
31 日				
さんじゅういちにち				

何日 ～號（日期）

～時（じ）～點鐘

一時	二時	三時	四時	五時	六時
いちじ	にじ	さんじ	よじ	ごじ	ろくじ
七時	八時	九時	十時	十一時	十二時
しちじ	はちじ	くじ	じゅうじ	じゅういちじ	じゅうにじ

何時 幾點鐘

～分（ふん・ぷん）～分

一分	二分	三分	四分	五分
いっぷん	にふん	さんぷん	よんぷん	ごふん
六分	七分	八分	九分	十分
ろっぷん	ななふん／しちふん	はっぷん／はちふん	きゅうふん	じゅっぷん／じっぷん

何分 幾分

～曜日（ようび）星期～

日曜日	月曜日	火曜日	水曜日
にちようび	げつようび	かようび	すいようび
木曜日	金曜日	土曜日	
もくようび	きんようび	どようび	

何曜日 星期幾

～杯（はい・ばい・ぱい）～杯

一杯	二杯	三杯	四杯	五杯
いっぱい	にはい	さんばい	よんはい	ごはい
六杯	七杯	八杯	九杯	十杯
ろっぱい	ななはい	はっぱい	きゅうはい	じゅっぱい／じっぱい

何杯 幾杯

～倍（ばい）～倍

一倍	二倍	三倍	四倍	五倍
いちばい	にばい	さんばい	よんばい	ごばい
六倍	七倍	八倍	九倍	十倍
ろくばい	ななばい	はちばい	きゅうばい	じゅうばい

何倍 多少倍

～本（ほん・ぼん・ぽん）　～條、根（細長物體的量詞）

一本	二本	三本	四本	五本
いっぽん	にほん	さんぼん	よんほん	ごほん
六本	七本	八本	九本	十本
ろっぽん	ななほん	はっぽん	きゅうほん	じゅっぽん / じっぽん

なんぼん
何本 多少條

～枚（まい）　～張、片（紙張等平薄物品的量詞）

一枚	二枚	三枚	四枚	五枚
いちまい	にまい	さんまい	よんまい	ごまい
六枚	七枚	八枚	九枚	十枚
ろくまい	しちまい / ななまい	はちまい	きゅうまい	じゅうまい

なんまい
何枚 多少張

～人（にん）　～人

一人	二人	三人	四人	五人
ひとり	ふたり	さんにん	よにん	ごにん
六人	七人	八人	九人	十人
ろくにん	しちにん / ななにん	はちにん	きゅうにん / くにん	じゅうにん

なんにん
何人 多少人

～匹（ひき・びき・ぴき）　～尾、條、匹（獸、鳥、魚的量詞）

一匹	二匹	三匹	四匹	五匹
いっぴき	にひき	さんびき	よんひき	ごひき
六匹	七匹	八匹	九匹	十匹
ろっぴき	ななひき	はっぴき	きゅうひき	じゅっぴき / じっぴき

なんびき
何匹 多少尾

□	会う	見面 駅で 友だちに 会う。在車站與朋友見面。	あう
□	上がる	登、升、進入、結束 エスカレーターで 上がる。坐電梯上來。	あがる
□	開く	開、開店、開業 ドアが 開いて いる。門開著。	あく
□	開ける	打開、開啟 窓を 開ける。打開窗戶。	あける
□	上げる	抬起、舉起、提高 部屋の 温度を 上げる。把房間的溫度調高。	あげる
□	あげる	給、給予 友だちに プレゼントを あげる。 送朋友禮物。	あげる
□	遊ぶ	遊玩 友だちの 家に 遊びに 行く。去朋友家玩。	あそぶ
□	あびる	淋、浴 シャワーを あびる。淋浴。	あびる
□	洗う	洗、清洗 顔を 洗う。洗臉。	あらう
□	ある	有 つくえの 上に 本が ある。桌上有書。	ある
□	歩く	走路 学校まで 歩いて 行く。走路到學校。	あるく

□	言う	說、說話、講 親の 言うことを 聞く。 聽父母的話。	いう
□	行く	去 毎朝 会社へ 行く。 每天早上去公司。	いく
□	要る	需要 時間と 金が 要る。 需要時間與金錢。	いる
□	いる	在 私は 5時まで 会社に います。 5 點前我在公司。	いる
□	入れる	放進、放入 コップに 水を 入れる。 裝水到杯子裡。	いれる
□	歌う	唱、歌唱 歌を 歌う。 唱歌。	うたう
□	生まれる	出生、誕生 女の子が 生まれる。 女孩出生了。	うまれる
□	売る	販賣 安く 売る。 賣的很便宜。	うる
□	起きる	起床 毎朝 6時に 起きる。 每天早上6點起床。	おきる
□	置く	放置 テーブルの 上に 新聞を 置く。 把報紙放在桌上。	おく
□	教える	教、教導 ピアノを 教える。 教授鋼琴。	おしえる

| □ | 押す | 推、按押 | おす |
| | | ドアを 押して 開ける。把門推開。 | |

| □ | 覚える | 記住、記得 | おぼえる |
| | | 名前を 覚える。記住名字。 | |

| □ | 泳ぐ | 游泳 | およぐ |
| | | 海で 泳ぐ。在海邊游泳。 | |

| □ | 降りる | 下降、下來 | おりる |
| | | 階段を 降りる。從樓梯下來。 | |

| □ | 終わる | 結束 | おわる |
| | | 夏休みが 終わる。暑假結束了。 | |

| □ | 買う | 購買 | かう |
| | | たばこを 買う。買香菸。 | |

| □ | 返す | 歸還 | かえす |
| | | 図書館に 本を 返す。把書歸還圖書館。 | |

| □ | 帰る | 回去、回家 | かえる |
| | | 家に 帰る。回家。 | |

□	かかる	花費、耗時	
		家から 会社まで 1時間 かかる。	
		從家裡到公司要花一個鐘頭。	

| □ | 書く | 書寫 | かく |
| | | 本に 名前を 書く。在書上寫名字。 | |

| □ | 貸す | 借給、借出 | かす |
| | | お金を 貸す。錢借給他人。 | |

| □ | かぶる | 戴、蓋 | |
| | | 帽子を かぶる。戴帽子。 | |

| ☐ | 借りる | 借、借助　　　　　　　　　　　　　　　　かりる |
| | | 図書館で 本を 借りる。在圖書館借書。 |

| ☐ | 消える | 消失、熄滅　　　　　　　　　　　　　　　きえる |
| | | 火が 消える。熄火。 |

| ☐ | 聞く | 聽　　　　　　　　　　　　　　　　　　　きく |
| | | ニュースを 聞く。聽新聞。 |

| ☐ | 来る | 來　　　　　　　　　　　　　　　　　　　くる |
| | | 友だちが 遊びに 来る。朋友來玩。 |

| ☐ | 消す | 關掉、熄滅、消失　　　　　　　　　　　　けす |
| | | テレビを 消す。把電視關掉。 |

| ☐ | 答える | 回答　　　　　　　　　　　　　　　　　　こたえる |
| | | 大きな 声で 答える。大聲回答。 |

| ☐ | 困る | 困擾、為難　　　　　　　　　　　　　　　こまる |
| | | 金に 困る。為錢所困。 |

| ☐ | 咲く | （花）開　　　　　　　　　　　　　　　　さく |
| | | 庭に 花が 咲く。庭院的花開了。 |

| ☐ | 死ぬ | 死、死亡　　　　　　　　　　　　　　　　しぬ |
| | | 病気で 死ぬ。因生病去世。 |

| ☐ | 閉まる | 關閉　　　　　　　　　　　　　　　　　　しまる |
| | | ドアが 閉まる。門關著。 |

| ☐ | 締める | 繫緊、勒緊　　　　　　　　　　　　　　　しめる |
| | | ネクタイを 締める。打領帶。 |

| ☐ | 閉める | 關閉　　　　　　　　　　　　　　　　　　しめる |
| | | 窓を 閉めて 寝る。關上窗戶就寢。 |

| □ | 吸う | 吸、抽 | すう |
| | | たばこを 吸う。抽菸。 | |

| □ | 住む | 居住 | すむ |
| | | 東京に 住んで いる。住在東京。 | |

| □ | する | 做某事 | |
| | | 食事を する。用餐。 | |

| □ | 座る | 坐 | すわる |
| | | いすに 座る。坐在椅子上。 | |

| □ | 出す | 拿出、取出 | だす |
| | | かばんから 本を 出す。從包包拿出書本。 | |

| □ | 立つ | 站立、站著 | たつ |
| | | ドアの 前に 立つ。站在門前。 | |

| □ | 食べる | 食用、吃 | たべる |
| | | ご飯を 食べる。吃飯。 | |

| □ | 使う | 使用 | つかう |
| | | ボールペンを 使って 書く。用原子筆書寫。 | |

| □ | 作る | 製造、製作 | つくる |
| | | 木で いすを 作る。用木頭製作椅子。 | |

| □ | 出る | 出去、出來 | でる |
| | | 朝早く 家を 出る。早上很早就出門。 | |

| □ | 飛ぶ | 飛、飛翔 | とぶ |
| | | 鳥が 空を 飛ぶ。鳥在天空飛翔。 | |

| □ | 撮る | 拍攝 | とる |
| | | 写真を 撮る。拍攝照片。 | |

N5
N4
N3
N2
N1

☐ 習う
學習
アメリカ人に 英語を 習う。
向美國人學習英文。
ならう

☐ 寝る
就寢
もう 寝る 時間です。 已經到就寢時間了。
ねる

☐ 登る
登、爬
山に 登る。 登山。
のぼる

☐ 飲む
飲用、喝
水を 飲む。 喝水。
のむ

☐ 乗る
搭乘
電車に 乗る。 搭乘電車。
のる

☐ 入る
進入
部屋に 入る。 進入房間。
はいる

☐ 始まる
開始
学校が 始まる。 學校開課了。
はじまる

☐ 話す
說話、交談
友だちと 話す。 和朋友說話。
はなす

☐ 降る
下（雨或雪）
雪が 降って いる。 現在正在下雪。
ふる

☐ 曲がる
轉彎、彎曲
角を 左に 曲がる。 在轉角處往左彎。
まがる

☐ 待つ
待
ここで 待って います。 在這裡等。
まつ

☐ 磨く
刷、擦、磨
くつを 磨く。 擦鞋子。
みがく

35

| □ | 見せる | 給〜看、顯示、展示 | みせる |
| | | 友だちに 写真を 見せる。給朋友看照片。 | |

| □ | 見る | 看、觀看 | みる |
| | | テレビを 見る。看電視。 | |

| □ | 持つ | 拿、持、帶 | もつ |
| | | 傘を 持って 出かける。帶雨傘出門。 | |

| □ | 休む | 休息、缺勤 | やすむ |
| | | 風邪で 学校を 休む。因感冒向學校請假。 | |

| □ | 呼ぶ | 呼喊 | よぶ |
| | | 名前を 呼ぶ。呼喊名字。 | |

| □ | 読む | 朗讀、閱讀 | よむ |
| | | 新聞を 読む。閱讀報紙。 | |

| □ | 分かる | 明白、清楚 | わかる |
| | | 言いたい ことは よく 分かります。
你想說的話我都明白。 | |

□	青い	藍色	あおい
		<ruby>空<rt>そら</rt></ruby>が <ruby>青<rt>あお</rt></ruby>い。 天空蔚藍。	

□	赤い	紅色	あかい
		<ruby>顔<rt>かお</rt></ruby>が <ruby>赤<rt>あか</rt></ruby>く なる。 臉變紅了。	

□	明るい	明亮 ↔ <ruby>暗<rt>くら</rt></ruby>い 黑暗、陰暗	あかるい
		<ruby>部屋<rt>へや</rt></ruby>が <ruby>明<rt>あか</rt></ruby>るい。 房間明亮。	

□	暖かい	溫暖	あたたかい
		<ruby>暖<rt>あたた</rt></ruby>かい <ruby>春<rt>はる</rt></ruby>が <ruby>来<rt>き</rt></ruby>た。 溫暖的春天來臨了。	

□	新しい	新的 ↔ <ruby>古<rt>ふる</rt></ruby>い 舊的	あたらしい
		<ruby>新<rt>あたら</rt></ruby>しい <ruby>家<rt>いえ</rt></ruby>に <ruby>住<rt>す</rt></ruby>む。 住新家。	

□	暑い	炎熱 ↔ <ruby>寒<rt>さむ</rt></ruby>い 寒冷	あつい
		<ruby>今年<rt>ことし</rt></ruby>の <ruby>夏<rt>なつ</rt></ruby>は <ruby>暑<rt>あつ</rt></ruby>い。 今年夏天很熱。	

□	危ない	危險	あぶない
		<ruby>道路<rt>どうろ</rt></ruby>で <ruby>遊<rt>あそ</rt></ruby>ぶのは <ruby>危<rt>あぶ</rt></ruby>ない。 在馬路玩很危險。	

□	甘い	甜的	あまい
		この ケーキは <ruby>甘<rt>あま</rt></ruby>い。 這塊蛋糕很甜。	

□	いい／よい	好、很好、很棒 ↔ <ruby>悪<rt>わる</rt></ruby>い 不好	
		<ruby>天気<rt>てんき</rt></ruby>が いい。 天氣很好。	

□	忙しい	忙碌 ↔ ひま（だ） 空閒	いそがしい
		<ruby>仕事<rt>しごと</rt></ruby>で <ruby>忙<rt>いそが</rt></ruby>しい。 工作忙碌。	

□	痛い	痛的、痛心	いたい
		<ruby>頭<rt>あたま</rt></ruby>が <ruby>痛<rt>いた</rt></ruby>い。 頭痛。	

□	薄い	薄的 ↔ <ruby>厚<rt>あつ</rt></ruby>い 厚的	うすい
		<ruby>肉<rt>にく</rt></ruby>を <ruby>薄<rt>うす</rt></ruby>く <ruby>切<rt>き</rt></ruby>る。 把肉切薄片。	

| □ | **うるさい** | 吵鬧、吵雜 ↔ 静か 安靜 |
| | | 電車の 音が うるさい。電車聲音很吵雜。 |

| □ | **おいしい** | 好吃、美味 ↔ まずい 難吃 |
| | | この 料理は おいしい。這道菜很好吃。 |

| □ | **多い** | 多的 ↔ 少ない 少的　　　　　　　　　　おおい |
| | | 夏は 雨が 多い。夏季降雨多。 |

| □ | **大きい** | 大的 ↔ 小さい 小的　　　　　　　　　　おおきい |
| | | 字を 大きく 書く。把字寫大一點。 |

□	**遅い**	慢 ↔ 早い 早、快　　　　　　　　　　　おそい
		速い 快
		食べるのが 遅い。吃很慢

| □ | **重い** | 重的 ↔ 軽い 輕的　　　　　　　　　　　おもい |
| | | この かばんは 重い。這皮包很重。 |

□	**おもしろい**	有趣 ↔ つまらない 無聊
		昨日 見た 映画は おもしろかった。
		昨天看的電影很有趣。

□	**辛い**	辣、辛辣　　　　　　　　　　　　　　　からい
		わたしは 辛い 食べ物が 好きだ。
		我喜歡吃辛辣的食物。

| □ | **軽い** | 輕的 ↔ 重い 重的　　　　　　　　　　　かるい |
| | | この いすは 軽い。這張椅子很輕。 |

| □ | **かわいい** | 可愛的 |
| | | かわいい 声で 歌う。用可愛的聲音唱歌。 |

| □ | **黄色い** | 黄色　　　　　　　　　　　　　　　　　きいろい |
| | | 黄色い 花が 咲く。黃色的花開了。 |

☐ **汚い** 骯髒 ↔ きれい 乾淨 きたない
部屋が 汚い。房間很髒。

☐ **暗い** 黑暗 ↔ 明るい 明亮 くらい
夜の 道は 暗い。夜晚的道路很黑暗。

☐ **黒い** 黑色 くろい
黒い スーツを 買う。購買黑色的西裝。

☐ **寒い** 寒冷 ↔ 暑い 炎熱 さむい
冬は 寒い。冬天很冷。

☐ **白い** 白色 しろい
白い 雪が 降る。下白雪。

☐ **少ない** 少的 ↔ 多い 多的 すくない
この 会社は 休みが 少ない。
這間公司休假很少。

☐ **狭い** 狹小 ↔ 広い 寬廣 せまい
わたしの 部屋は 狭い。我的房間很狹小。

☐ **高い** 高 ↔ 低い 低、矮・昂貴 ↔ 安い 便宜 たかい
あの 山は 高い。那座山很高。
この かばんは 高い。這個皮包很貴。

☐ **楽しい** 開心、快樂 たのしい
友だちと 遊んで 楽しかった。
和朋友一起玩很開心。

☐ **小さい** 小的 ↔ 大きい 大的 ちいさい
小さい 声で 話す。小聲說話。

☐ **近い** 近 ↔ 遠い 遠 ちかい
会社は 駅に 近い。公司離車站很近。

☐	強い	強 ↔ 弱い 弱 今日は 風が 強い。今天風很強。	つよい
☐	遠い	遠 ↔ 近い 近 学校は 駅から 遠い。學校離車站很遠。	とおい
☐	ない	沒有 時間が ない。沒有時間。	
☐	長い	長 ↔ 短い 短 電話で 長く 話す。講了很久的電話。	ながい
☐	はやい	速い 快・早い 早 この 車は スピードが 速い。 這輛車速度很快。 朝 早く 起きる。早上很早起。	はやい・はや
☐	低い	低、矮 ↔ 高い 高 田中さんは 背が 低い。田中先生很矮。	ひくい
☐	広い	寬廣 ↔ 狭い 狹窄 家の 前に 広い 公園が ある。 家門前有寬闊的公園。	ひろい
☐	古い	舊的、老舊 ↔ 新しい 新的 かばんが 古く なる。包包變舊了。	ふるい
☐	まずい	難吃 ↔ おいしい 好吃 まずくて 食べたくない。 這麼難吃我不想吃。	
☐	丸い	圓的 ボールは 丸い。球是圓的。	まるい
☐	短い	短 ↔ 長い 長 髪を 短く 切る。把頭髮剪短。	みじかい

□	難しい	難 ↔ やさしい 簡単	むずかしい
		難しい 漢字を 書く。書寫有難度的漢字。	

□	安い	便宜 ↔ 高い 昂貴	やすい
		この 店は 安くて おいしい。 這間店便宜又好吃。	

□	弱い	弱、虚弱 ↔ 強い 強	よわい
		体が 弱い。身體虛弱。	

□	悪い	不好、壞 ↔ いい 很好	わるい
		天気が 悪い。天氣不好。	

形容動詞 けいようどうし ・形容動詞

☐ **いや（な）**
討厭、不喜歡
仕事がいやになる。工作膩了。

☐ **いろいろ（な）**
各種、各式各樣
いろいろな花が咲く。各式各樣的花開了。

☐ **大き（な）**
大的　　　　　　　　　　　　　　　おおき（な）
大きな音がする。發出巨大聲響。

☐ **同じ（な）**
相同的　　　　　　　　　　　　　　おなじ（な）
同じな本（×），同じ本（○）
兄と同じ学校に入学する。
和哥哥進入同所學校。

☐ **きらい（な）**
討厭 ↔ 好き（な）喜歡
魚はきらいだ。我討厭魚。

☐ **きれい（な）**
漂亮、乾淨
きれいな花が咲く。美麗的花開了。
部屋をきれいにする。把房間整理乾淨。

☐ **元気（な）**
精神、朝氣、健康　　　　　　　　　げんき（な）
早く元気になってください。
祝您早日恢復。

☐ **静か（な）**
安靜 ↔ うるさい 吵鬧　　　　　　　しずか（な）
静かにしなさい。請安靜。

☐ **上手（な）**
擅長、拿手 ↔ 下手（な）笨拙、很差　じょうず（な）
英語を上手に話す。英語很流利。

☐ **丈夫（な）**
堅固、結實　　　　　　　　　　　　じょうぶ（な）
このくつは丈夫だ。這雙鞋子很耐穿。

N5

N4

N3

N2

N1

| | 好き（な） | 喜歡 ↔ きらい（な）討厭 | すき（な） |

父は お酒が 好きだ。爸爸喜歡喝酒。

| | 大丈夫（な） | 不要緊、放心、沒問題 | だいじょうぶ（な） |

時間は 大丈夫ですか。時間上沒問題嗎？

| | 大好き（な） | 非常喜歡 | だいすき（な） |

ゲームが 大好きだ。我超喜歡玩遊戲。

| | 大変（な） | 辛苦 | たいへん（な） |

この 仕事は なかなか 大変だ。
這項工作很辛苦。

| | 小さ（な） | 小的 ↔ 大き（な）大的 | ちいさ（な） |

小さな 家に 住む。住在很小的房子。

| | にぎやか（な） | 熱鬧 | |

この 町は にぎやかだ。這個城鎮很熱鬧。

| | ひま（な） | 清閒、空閒 | |

明日は ひまです。明天有空。

| | 便利（な） | 方便 ↔ 不便（な）不方便 | べんり（な） |

近くに スーパーが あって 便利だ。
附近有超市很方便。

| | こんな | 這樣的 | |

こんな ことを しては いけない。
不能做這種事。

| | そんな | 那樣的 | |

そんな 物は ほしく ない。
我不想要那種東西。

☐ **あんな**　那樣的

あんな まずい 店には 行きたくない。
我不想去那種難吃的餐廳。

☐ **どんな**　怎樣、如何、什麼樣

どんな ところに 行きたいですか。
你想去什麼樣的地方？

□	あまり	不太〜、（後接否定）不怎麼〜
		甘い ものは あまり 好きでは ない。
		我不怎麼喜歡甜食。

□	一番	最、第一　　いちばん
		りんごが 一番 好きです。
		我最喜歡蘋果。

□	いっしょに	一起
		母と いっしょに 出かける。
		和媽媽一起出門。

□	いつも	經常、總是
		いつも 歩いて 学校に 行く。
		我經常走路去學校。

| □ | おおぜい | 一群人、大批的人 |
| | | 人が おおぜい 集まる。 一群人聚集在一起。 |

| □ | すぐ | 馬上 |
| | | もう すぐ 冬に なる。 馬上要冬天了。 |

| □ | 少し | 一點點、少許　　すこし |
| | | お酒を 少し 飲む。 喝一點酒。 |

| □ | たいへん | 非常、很 |
| | | たいへん おもしろい。 非常有趣。 |

| □ | たくさん | 很多 |
| | | ご飯を たくさん 食べる。 吃很多飯。 |

| □ | だんだん | 漸漸地 |
| | | だんだん 寒く なる。 漸漸地變冷。 |

☐	ちょっと	稍微、一會兒、一下 ちょっと 待って ください。 請稍等一會兒。
☐	どう	如何 どう しましょうか。要怎麼做？
☐	どうして	為什麼＝なぜ どうして 来なかったの？為什麼沒來呢？
☐	どうぞ	請 どうぞ よろしく お願いします。 請多指教。
☐	どうも	相當地、非常、很 どうも すみません。非常抱歉。
☐	時々	偶爾、有時候　　　　　　　　ときどき 時々 映画を 見に 行く。偶爾會去看電影。
☐	とても	非常、很 今日は とても 寒い。今天很冷。
☐	なぜ	為何 なぜ 遅刻したの？為何遲到？
☐	また	再、又 あした また 来ます。明天再來。
☐	まだ	尚、還、仍 まだ 雨が 降って いる。還在下雨。
☐	まっすぐ	直接 まっすぐ 家に 帰る。直接回家。

☐ もう一度　再一次　　　　　　　　　　　　もういちど

もう一度言って ください。請再說一次。

☐ もっと　更

もっと 寒く なる。變得更冷了。

☐ ゆっくり　慢慢地、慢吞吞地

ゆっくり 歩く。慢慢地走。

その他 <ruby>他<rt>た</rt></ruby> 其他

☐ **あの**

（離自己最遠的）那個

あの <ruby>人<rt>ひと</rt></ruby>は <ruby>誰<rt>だれ</rt></ruby>ですか。 那個人是誰？

☐ **この**

（離自己最近的）這個

この かばんは <ruby>誰<rt>だれ</rt></ruby>のですか。 這個包包是誰的？

☐ **その**

（距離介於あの和この之間的）那個

その <ruby>時計<rt>とけい</rt></ruby>は どこで <ruby>買<rt>か</rt></ruby>いましたか。
那個時鐘是在哪裡買的呢？

☐ **どの**

哪個

どの <ruby>本<rt>ほん</rt></ruby>を <ruby>買<rt>か</rt></ruby>いましょうか。 要買哪本書呢？

☐ **でも**

但是＝しかし

3<ruby>月<rt>がつ</rt></ruby>に なった。でも、まだ <ruby>寒<rt>さむ</rt></ruby>い。
3月了，但還是很寒冷。

☐ **～くらい**
～ぐらい

大約、大概

<ruby>時間<rt>じかん</rt></ruby>は どれくらい かかりますか。
大約要花多久時間？

☐ **～ずつ**

（接在數量詞後面）平均

<ruby>子<rt>こ</rt></ruby>どもたちに <ruby>お菓子<rt>かし</rt></ruby>を <ruby>二<rt>ふた</rt></ruby>つずつ あげる。
平均分給孩子們各兩顆糖果。

☐ **～だけ**

只、僅

あなただけに <ruby>話<rt>はな</rt></ruby>す。 我只跟你說。

カタカナ

□	アパート	公寓 アパートに 住んでいる。我住在公寓。
□	エレベーター	電梯 エレベーターに 乗る。搭乗電梯。
□	カップ	（有把手的）杯子 カップに コーヒーを 入れる。把咖啡倒進杯子。
□	カメラ	相機 カメラで 写真を 撮る。用相機拍照。
□	カレンダー	日曆、月曆 誕生日を カレンダーに 書く。把生日寫在日曆上。
□	ギター	吉他 ギターを 弾く。彈吉他。
□	クラス	班級 わたしの クラスは 15 人です。我們班上有15人。
□	グラス	玻璃杯、酒杯 グラスで ワインを 飲む。用酒杯喝酒。
□	コート	大衣 コートを 着て、家を 出る。穿上大衣出門。
□	コーヒー	咖啡 一杯の コーヒーを 飲む。喝一杯咖啡。
□	コップ	玻璃杯 コップで 水を 飲む。用玻璃杯喝水。
□	コピー	影印、副本 コピーを とる。複印。

☐	**シャツ**	襯衫 シャツを 洗う。清洗襯衫。
☐	**シャワー**	淋浴 シャワーを あびる。淋浴。
☐	**スカート**	裙子 この スカートは ちょっと 短い。這條裙子有些短。
☐	**ストーブ**	火爐、爐子 ストーブを つける。點火爐。
☐	**スプーン**	湯匙 スプーンで カレーを 食べる。用湯匙吃咖哩。
☐	**スポーツ**	運動 スポーツの 中では 野球が 好きです。 所有運動當中我喜歡棒球。
☐	**ズボン**	褲子 ズボンを はく。穿褲子。
☐	**セーター**	毛衣 この セーターは 暖かい。這件毛衣很溫暖。
☐	**ゼロ**	零 ゼロから 始める。從零開始。
☐	**タクシー**	計程車 タクシーで 行く。坐計程車去。
☐	**テープ**	膠帶 テープを 切る。剪斷膠帶。
☐	**テーブル**	桌子 テーブルの 上に お皿を 置く。把盤子放在桌子上。

☐	**テスト**	考試、測驗 これから テストを 始めます。現在開始考試。
☐	**デパート**	百貨公司 デパートで 買い物を する。在百貨公司購物。
☐	**テレビ**	電視 テレビを 見る。看電視。
☐	**ドア**	門 ドアを 開ける。開門。
☐	**トイレ**	廁所、洗手間 トイレに 行く。去洗手間。
☐	**ナイフ**	刀子 ナイフで 肉を 切る。用刀子切肉。
☐	**ネクタイ**	領帶 プレゼントに ネクタイを 買う。買領帶當作禮物。
☐	**ノート**	筆記本 ノートをとる。做筆記。
☐	**バス**	公車 バスに 乗って 会社に 行く。搭公車去公司。
☐	**パン**	麵包 今朝 パンを 食べました。早上吃了麵包。
☐	**ハンカチ**	手帕 ハンカチを もらう。收到一條手帕。
☐	**ペン**	筆 ペンで 字を 書く。用筆寫字。

☐	**ボールペン**	原子筆 名前は 黒い ボールペンで 書いて ください。 姓名請用黑色原子筆書寫。
☐	**ポケット**	口袋 ポケットに 手を 入れる。把手放進口袋。
☐	**ボタン**	按鈕 ボタンを 押す。按押按鈕。
☐	**ホテル**	飯店 ホテルで パーティーを する。在飯店舉辦舞會。
☐	**ラジオ**	收音機 ラジオで ニュースを 聞く。用收音機聽新聞。
☐	**レストラン**	餐廳 レストランで 食事を する。在餐廳用餐。

あいさつ 招呼用語

□	ありがとうございます	謝謝	
□	いいえ	不、不是	
□	いただきます	我開動了	
□	いらっしゃいませ	歡迎光臨	
□	おねがいします	拜託您了	
□	おはようございます	早安	
□	お休みなさい	（睡前說的話）晚安	おやすみなさい
□	ごちそうさまでした	我吃飽了、多謝款待	
□	こちらこそ	彼此彼此	
□	ごめんなさい	對不起	
□	こんにちは	午安、您好	
□	こんばんは	晚安	
□	さようなら	再見	
□	失礼します	打擾了	しつれいします
□	すみません	不好意思、很抱歉	
□	どういたしまして	不客氣	

☐	はい	是、對
☐	はじめまして	初次見面
☐	もしもし	（接電話時的發語詞）喂

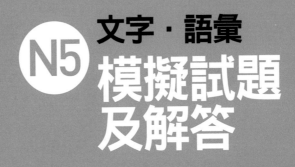

N5 文字・語彙
模擬試題
及解答

もんだい1 ＿＿＿ の ことばは ひらがなで どう かきますか。
1・2・3・4から いちばん いい ものを ひとつ
えらんで ください。

1 あした たなかさんに 会います。
1 かいます　　2 いいます　　3 あいます　　4 すいます

2 毎日 車で かいしゃへ いきます。
1 くろま　　2 くるま　　3 ころま　　4 こるま

3 学校の うしろに 小さい 公園が あります。
1 かいいん　　2 こうえん　　3 かうえん　　4 こんいん

4 午後から 天気が よく なりました。
1 ごご　　　　2 ごこ　　　　3 ここう　　　4 こうこう

5 きのうは 家で ゆっくり 休みました。
1 やすみました　　　　　2 たのみました
3 のみました　　　　　　4 すみました

6 きのう 友だちに 手紙を 書きました。
1 ゆうだち　　2 ともだち　　3 ようだち　　4 とむだち

7 この 学校に 学生は 何人 いますか。
1 なにじん　　2 なににん　　3 なんじん　　4 なんにん

8 駅の 東口を でて ください。
1 にしぐち　　2 にしもん　　3 ひがしぐち　　4 ひがしもん

9　一日は　二十四時間です。
1 にじゅうしじげん　　　　　2 にじゅうよんじげん
3 にじゅうしじかん　　　　　4 にじゅうよじかん

10　春に　なると、おおぜいの　人が　花見を　します。
1 かぜみ　　　2 はるみ　　　3 あじみ　　　4 はなみ

11　父と　山に　のぼりました。
1 あま　　　2 やま　　　3 にわ　　　4 しま

12　あさから　雨が　ふって　います。
1 くも　　　2 ゆき　　　3 あめ　　　4 かぜ

もんだい2　＿＿＿の　ことばは　どう　かきますか。1・2・3・4
　　　　　　から　いちばん　いい　ものを　ひとつ　えらんで　ください。

13　東の　そらが　あかるく　なりました。
1 赤く　　　2 明く　　　3 赤るく　　　4 明るく

14　なつやすみに　がいこくへ　いきたいです。
1 外国　　　2 各国　　　3 列国　　　4 中国

15　その　テレビは　少し　たかいです。
1 安い　　　2 高い　　　3 低い　　　4 長い

16　てーぶるの　うえに　ケーキが　あります。
1 ケーブル　　　2 テーブル　　　3 ケーブレ　　　4 テーブレ

17 つめたい　みずが　のみたいです。
1 読みたい　　　2 飼みたい　　　3 飲みたい　　　4 食みたい

18 まちの　ちかくに　かわが　あります。
1 川　　　　　　2 山　　　　　　3 州　　　　　　4 爪

19 なのかの　2じに　あいましょう。
1 四日　　　　　2 五日　　　　　3 七日　　　　　4 八日

20 がっこうが　おわってから　えいがを　みに　行きます。
1 買に　　　　　2 貝に　　　　　3 見に　　　　　4 自に

もんだい3　（　　　）に　なにを　いれますか。1・2・3・4から
　　　　　いちばん　いい　ものを　ひとつ　えらんで　ください。

21 ごはんを　たべた　あとは、「（　　　　）」と　言います。
1 おねがいします　　　　　　2 いただきます
3 ごちそうさまでした　　　　4 どういたしまして

22 もう　（　　　）　ゆっくり　言って　ください。
1 いちど　　　2 いっぷん　　　3 いくつ　　　4 いちまい

23 すずきさんは　あおい　ぼうしを　（　　　　）　います。
1 きて　　　　2 かぶって　　　3 はいて　　　4 しめて

24 おじいさんは　ことし　80さいですが、とても　（　　　　　）
です。
1 かんたん　　2 ざんねん　　3 げんき　　　4 べんり

25 駅の　前に　みせが　（　　　　　）　ならんで　います。
1 あまり　　　2 たいへん　　3 おおぜい　　4 たくさん

26 電気を　けす　ときは、この　ボタンを　（　　　　　）　ください。
1 おして　　　2 つけて　　　3 きって　　　4 ならって

27 ようかの　つぎは　（　　　　　）です。
1 とおか　　　2 なのか　　　3 ここのか　　4 みっか

28 わたしは　いつも　夜　（　　　　　）　ねます。
1 とおく　　　2 はやく　　　3 ほそく　　　4 ちかく

29 わたしは　（　　　　　）　にちようびに　プールに　行きます。
1 まいつき　　2 まいにち　　3 まいしゅう　4 まいとし

30 （　　　　　）　映画を　みに　いきませんか。
1 きのう　　　2 ゆうべ　　　3 おととい　　4 あした

もんだい4　＿＿＿の ぶんと だいたい おなじ いみの ぶんが あります。1・2・3・4から いちばん いい ものを ひとつ えらんで ください。

31　きのう　としょかんへ　いきました。
1　きのう　としょかんで　かいものを　しました。
2　きのう　としょかんで　ほんを　かりました。
3　きのう　としょかんで　やきゅうを　しました。
4　きのう　としょかんで　ごはんを　たべました。

32　母は　せんたくを　して　います。
1　ははは　りょうりを　つくって　います。
2　ははは　へやを　きれいに　して　います。
3　ははは　おふろに　はいって　います。
4　ははは　シャツを　あらって　います。

33　この　もんだいは　むずかしく　ないです。
1　この　もんだいは　かんたんです。
2　この　もんだいは　できません。
3　この　もんだいは　わかりません。
4　この　もんだいは　やさしく　ありません。

34 へやの　まどは　あいて　います。

1 へやの　まどは　あきません。

2 へやの　まどは　しまって　いません。

3 へやの　まどは　しめて　あります。

4 へやに　まどは　ありません。

35 いつも　8じに　いえを　でて、がっこうに　いきます。

1 まいあさ　8じに　でかけます。

2 まいあさ　8じに　かえります。

3 ときどき　8じに　でかけます。

4 ときどき　8じに　かえります。

•解答

1 ③	2 ②	3 ②	4 ①	5 ①	6 ②	7 ④	8 ③	9 ④	10 ④
11 ②	12 ③	13 ④	14 ①	15 ②	16 ②	17 ③	18 ①	19 ③	20 ③
21 ③	22 ①	23 ②	24 ③	25 ④	26 ①	27 ③	28 ②	29 ③	30 ④
31 ②	32 ④	33 ①	34 ②	35 ①					

•分析

問題 1

1 あした たなかさんに <u>会います（あいます）</u>。
明天要和田中先生見面。

2 毎日 <u>車（くるま）</u> で かいしゃへ いきます。
每天開車去公司。

3 学校の うしろに 小さい <u>公園（こうえん）</u> が あります。
學校後方有小公園。

4 <u>午後（ごご）</u> から 天気 よく なりました。
下午開始天氣就變好了。

5 きのうは 家で ゆっくり <u>休みました（やすみました）</u>。
昨天在家好好地休息了。

6 きのう <u>友だち（ともだち）</u> に 手紙を 書きました。
昨天寫信給朋友。

7 この 学校に 学生は <u>何人（なんにん）</u> いますか。
這所學校的學生有多少人？

8 駅の <u>東口（ひがしぐち）</u> を でて ください。
請從車站的東邊出口出站。

9 一日は <u>二十四時間（にじゅうよじかん）</u> です。
一天是二十四小時。

10 春に なると、おおぜいの 人が 花見（はなみ）を します。
一到春天，有很多人去賞花。

11 父と 山（やま）に のぼりました。
與爸爸去爬山。

12 あさから 雨（あめ）が ふって います。
從早上就開始下雨。

問題 2

13 東の そらが あかるく（明るく）なりました。
東邊的天空變明亮了。

14 なつやすみに がいこく（外国）へ いきたいです。
暑假想去國外。

15 その テレビは 少し たかい（高い）です。
那台電視價位有點高。

16 てーぶる（テーブル）の うえに ケーキが あります。
桌子上有蛋糕。

17 つめたい みずが のみたい（飲みたい）です。
想喝冰涼的水。

18 まちの ちかくに かわ（川）が あります。
鎮上的附近有河川。

19 なのか（七日）の 2 じに あいましょう。
我們就 7 號 2 點見面吧！

20 がっこうが おわってから えいがを みに（見に）行きます。
放學後去看電影。

問題 3

21 ごはんを たべた あとは、「（ごちそうさまでした）」と 言います。
吃完飯要說「謝謝招待」。

22 もう （いちど） ゆっくり 言って ください。
請慢慢地再說一次。

23 すずきさんは あおい ぼうしを （かぶって） います。
鈴木小姐戴著藍色帽子。

24 おじいさんは ことし 80 さいですが、とても （げんき） です。
爺爺今年 80 歲，但還是很健朗。

25 駅の 前に みせが （たくさん） ならんで います。
車站前有很多商店並列著。

26 電気を けす ときは、この ボタンを （おして） ください。
要關掉電源時，請按下這個按鈕。

27 ようかの つぎは （ここのか） です。
8 號接下來是 9 號。

28 わたしは いつも 夜よる （はやく） ねます。
我晚上都很早睡。

29 わたしは （まいしゅう） にちようびに プールに 行きます。
我每週的星期日去游泳。

30 （あした） 映画を みに いきませんか。
明天要不要去看電影？

問題 4

31 きのう としょかんへ いきました。
昨天去了圖書館。
＝きのう としょかんで ほんを かりました。
昨天在圖書館借書。

32 母は せんたくを して います。
媽媽正在洗衣服。
＝ははは シャツを あらって います。
媽媽正在清洗襯衫。

33 この もんだいは むずかしく ないです。
這個問題不難。

＝この もんだいは かんたんです。
這個問題很簡單。

34 へやの まどは あいて います。
房間窗戶開著。

＝へやの まどは しまって いません。
　房間窗戶沒關。

35 いつも ８じに いえを でて、がっこうに いきます。
我都是 8 點從家裡出發去學校。

＝まいあさ ８じに でかけます。
　每天早上 8 點出門。

JLPT

N4

☐ あいさつ	問候、寒暄、致詞	
☐ 間	之間、間隔、期間	あいだ
☐ 赤ちゃん	嬰兒	あかちゃん
☐ あご	下巴	
☐ 味	味道	あじ
☐ 足音	腳步聲	あしおと
☐ 明日	明天	あす
☐ 汗	汗、汗水	あせ
☐ 遊び	遊玩、消遣、沒事做	あそび
☐ 暑さ	暑氣、熱	あつさ
☐ 飴	糖果	あめ
☐ 安心	安心	あんしん
☐ 案内	引導、帶路	あんない
☐ 以下	以下	いか
☐ 以外	以外	いがい
☐ 医学	醫學	いがく
☐ 生き方	生活方式	いきかた
☐ 行き方	交通方式	いきかた
☐ 意見	意見	いけん
☐ 石	石頭	いし

□ 以上	以上	いじょう
□ 一度	一次、一回、一旦	いちど
□ 一日中	一整天	いちにちじゅう
□ 糸	線	いと
□ 以内	以內	いない
□ 田舎	鄉下	いなか
□ 命	命、生命	いのち
□ 居間	起居室	いま
□ 色紙	彩色紙	いろがみ
□ 飲酒	喝酒	いんしゅ
□ 受付	櫃檯	うけつけ
□ 嘘	謊言	うそ
□ 内	內、裡面、之內、心中	うち
□ 内側	內側	うちがわ
□ 腕	手臂	うで
□ 裏	背面	うら
□ 売り場	賣場、販售處、出售的時機	うりば
□ 運	命運、運氣	うん
□ 運転	開車	うんてん
□ 運転手	司機	うんてんしゅ
□ 運動	運動	うんどう
□ 運動会	運動會	うんどうかい

☐	英会話	英語會話	えいかいわ
☐	営業	營業、跑業務	えいぎょう
☐	駅員	站務人員	えきいん
☐	枝	樹枝、分支	えだ
☐	遠慮	客氣	えんりょ
☐	お祝い	祝福	おいわい
☐	横断歩道	斑馬線	おうだんほどう
☐	大雨	大雨	おおあめ
☐	大雪	大雪	おおゆき
☐	おかげ	幸虧、由於	
☐	億	億	おく
☐	奥様	夫人、太太	おくさま
☐	屋上	屋頂上	おくじょう
☐	贈り物	贈品、禮物	おくりもの
☐	お子さん	令郎、令嬡	おこさん
☐	おじ	伯父、叔父、姑丈、姨丈	
☐	押入れ	日式壁櫃	おしいれ
☐	おしまい	結束、終結、（事物）末期	
☐	お嬢さん	令嬡、千金	おじょうさん
☐	お宅	貴府	おたく
☐	夫	丈夫	おっと
☐	おつり	零錢	

□ お手洗い	洗手間	おてあらい
□ お出かけ	（指對方）出門	おでかけ
□ 音	（物體的）聲音	おと
□ 落し物	遺失物	おとしもの
□ お年寄り	老年人	おとしより
□ 踊り	跳舞	おどり
□ おば	伯母、嬸嬸、姑姑、阿姨	
□ お祭り	慶典	おまつり
□ お見舞い	探望、探病慰問	おみまい
□ おもちゃ	玩具	
□ 表	表面、正面、外表	おもて
□ 終わり	結束	おわり

□ 海岸	海岸	かいがん
□ 会議	會議	かいぎ
□ 会議室	會議室	かいぎしつ
□ 外国	外國	がいこく
□ 会場	會場	かいじょう
□ 外食	外食	がいしょく
□ 外部	外部	がいぶ
□ 会話	會話	かいわ

☐	帰り	回去、回來	かえり
☐	科学	科學	かがく
☐	鏡	鏡子	かがみ
☐	書き方	寫法	かきかた
☐	飾り	裝飾	かざり
☐	火事	火災	かじ
☐	歌手	歌手	かしゅ
☐	ガス代	瓦斯費	ガスだい
☐	肩	肩膀	かた
☐	形	形狀	かたち
☐	課長	課長	かちょう
☐	格好	外形、打扮、姿勢	かっこう
☐	家庭	家庭	かてい
☐	家内	賤內、妻子	かない
☐	金持ち	有錢人、富人	かねもち
☐	彼女	她、女朋友	かのじょ
☐	壁	牆壁、壁面	かべ
☐	髪	頭髮	かみ
☐	彼	他、男朋友	かれ
☐	彼ら	他們	かれら
☐	代わり	代替	かわり
☐	考え方	想法	かんがえかた

☐ 関係	關係	かんけい
☐ 観光	觀光	かんこう
☐ 看護師	護士、護理師	かんごし
☐ 気	氣、空氣、節氣、氣氛、氣度	き
☐ 機械	機械、機器	きかい
☐ 期間	期間	きかん
☐ 聞き取り	聽取、聽力	ききとり
☐ 記者	記者	きしゃ
☐ 汽車	火車	きしゃ
☐ 技術	技術	ぎじゅつ
☐ 季節	季節	きせつ
☐ 規則	規則	きそく
☐ 絹	絲、絲絹	きぬ
☐ 気分	心情、氣氛	きぶん
☐ 君	（男性同輩間、熟悉者之間）你；國王、主人	きみ
☐ 気持ち	心情、情緒	きもち
☐ 着物	和服、衣服	きもの
☐ 客	客人	きゃく
☐ 急行	急往、快車	きゅうこう
☐ 教育	教育	きょういく
☐ 教会	教會、教堂	きょうかい
☐ 興味	興趣	きょうみ

☐ 金魚	金魚	きんぎょ
☐ 近所	附近	きんじょ
☐ 具合	情況、狀態、方便	ぐあい
☐ 空気	空氣	くうき
☐ 空港	機場	くうこう
☐ 草	草	くさ
☐ 首	脖子	くび
☐ 雲	雲	くも
☐ 曇り	陰天	くもり
☐ 区役所	區公所	くやくしょ
☐ 軍人	軍人	ぐんじん
☐ 毛	毛髮、羽毛、細小	け
☐ 計画	計劃	けいかく
☐ 経験	經驗	けいけん
☐ 経済	經濟	けいざい
☐ 警察	警察	けいさつ
☐ 怪我	受傷	けが
☐ 景色	景色	けしき
☐ 消しゴム	橡皮擦	けしゴム
☐ 下宿	供食宿的公寓、租房間住	げしゅく
☐ 欠席	缺席	けっせき
☐ 原因	原因	げんいん

☐ けんか	吵架、口角	
☐ 玄関	玄關	げんかん
☐ 研究室	研究室	けんきゅうしつ
☐ 見物	參觀	けんぶつ
☐ 子	孩子、（指做該工作的人）～人	こ
☐ 子犬	幼犬	こいぬ
☐ 功	功勞、成效	こう
☐ 公開	公開	こうかい
☐ 郊外	郊外	こうがい
☐ 講義	講課	こうぎ
☐ 工業	工業	こうぎょう
☐ 高校	高中	こうこう
☐ 高校生	高中生	こうこうせい
☐ 交差点	交叉路口、十字路口	こうさてん
☐ 工事	施工	こうじ
☐ 工場	工廠	こうじょう
☐ 校長	校長	こうちょう
☐ 交通	交通	こうつう
☐ 講堂	禮堂	こうどう
☐ 工場	工廠	こうば
☐ 公務員	公務員	こうむいん
☐ 氷	冰塊	こおり

☐	国際	國際	こくさい
☐	国産	國產	こくさん
☐	国内	國內	こくない
☐	国民	國民	こくみん
☐	国立	國立	こくりつ
☐	心	心裡、心地、度量、心情	こころ
☐	故障	故障	こしょう
☐	個人	個人	こじん
☐	ご存じ	知道	ごぞんじ
☐	答え	答案、回答	こたえ
☐	ごちそう	款待、請客、飯菜	
☐	事	事情、事件	こと
☐	言葉	語言、言詞	ことば
☐	小鳥	小鳥	ことり
☐	子猫	幼貓	こねこ
☐	この間	之前、前幾天	このあいだ
☐	このごろ	最近、這幾天	
☐	木の葉	樹葉	このは
☐	この辺	這附近、這一帶	このへん
☐	ごみ	垃圾	
☐	米	米、白米	こめ
☐	今回	這一次	こんかい

□ 今度	下一次	こんど
□ 今夜	今晩	こんや

さ

□ 最近	最近	さいきん
□ 最後	最後	さいご
□ 最初	最初	さいしょ
□ 坂	斜坡、坡道	さか
□ 魚屋	魚店	さかなや
□ 作品	作品	さくひん
□ 桜	櫻花	さくら
□ 砂糖	砂糖	さとう
□ 再来月	下下個月	さらいげつ
□ 再来週	下下星期	さらいしゅう
□ 再来年	後年	さらいねん
□ 三角	三角形	さんかく
□ 産業	產業	さんぎょう
□ 算数	算數	さんすう
□ 賛成	贊成	さんせい
□ 市	市、城市	し
□ 字	字、文字	じ
□ 試合	比賽	しあい

純日文 日中對照

N4-06.MP3   N4-06.MP3

☐	仕方	辦法、做法	しかた
☐	試験	考試、測驗	しけん
☐	事故	事故	じこ
☐	地震	地震	じしん
☐	舌	舌頭	した
☐	時代	時代	じだい
☐	下着	內層的衣服	したぎ
☐	支度	準備	したく
☐	室内	室內	しつない
☐	失敗	失敗	しっぱい
☐	質問	問題	しつもん
☐	失礼	失禮、不禮貌	しつれい
☐	辞典	辭典	じてん
☐	自転車	腳踏車	じてんしゃ
☐	自動	自動	じどう
☐	自動車	汽車	じどうしゃ
☐	市内	市內	しない
☐	品物	物品、商品	しなもの
☐	支払い	支付	しはらい
☐	字引	字典	じびき
☐	自分	自己	じぶん
☐	島	島、島嶼	しま

☐ 姉妹	姉妹	しまい
☐ 市民	市民	しみん
☐ 事務所	辦公室	じむしょ
☐ 社会	社會	しゃかい
☐ 市役所	市政府	しやくしょ
☐ 社長	社長	しゃちょう
☐ 車道	車道	しゃどう
☐ じゃま	打擾、妨礙	
☐ 自由	自由	じゆう
☐ 習慣	習慣	しゅうかん
☐ 住所	住址	じゅうしょ
☐ 柔道	柔道	じゅうどう
☐ 授業	授課、教課	じゅぎょう
☐ 主人	主人、丈夫、一家之主	しゅじん
☐ 出席	出席	しゅっせき
☐ 出発	出發	しゅっぱつ
☐ 趣味	愛好、興趣	しゅみ
☐ 準備	準備	じゅんび
☐ 紹介	介紹	しょうかい
☐ 正月	新年、正月	しょうがつ
☐ 小学校	小學	しょうがっこう
☐ 小説	小説	しょうせつ

□ 招待	招待	しょうたい
□ しょうゆ	醬油	
□ 将来	將來	しょうらい
□ 食事	用餐、吃飯	しょくじ
□ 食料品	食品	しょくりょうひん
□ 女性	女性	じょせい
□ 人口	人口	じんこう
□ 神社	神社	じんじゃ
□ 新年	新年	しんねん
□ 心配	擔心、操心	しんぱい
□ 新聞社	報社	しんぶんしゃ
□ 水泳	游泳	すいえい
□ 水道	自來水	すいどう
□ 数学	數學	すうがく
□ 砂	沙子	すな
□ すり	扒手	
□ 生活	生活	せいかつ
□ 生産	生產	せいさん
□ 政治	政治	せいじ
□ 西洋	西方、西洋	せいよう
□ 世界	世界	せかい
□ 世界中	世界上	せかいじゅう

□ 席	位子、座位	せき
□ 説明	説明	せつめい
□ 背中	背部、背後	せなか
□ 背広	西裝	せびろ
□ 世話	照顧、幫助	せわ
□ 線	線、線條、路線	せん
□ 全国	全國	ぜんこく
□ 選手	選手	せんしゅ
□ 先々月	上上個月	せんせんげつ
□ 先々週	上上星期	せんせんしゅう
□ 戦争	戰爭	せんそう
□ 全体	整體、全體	ぜんたい
□ 洗濯	清洗	せんたく
□ 先輩	學長姊、前輩	せんぱい
□ 専門	專門	せんもん
□ 掃除	打掃	そうじ
□ 早退	早退	そうたい
□ 相談	商談、討論	そうだん
□ 卒業	畢業	そつぎょう
□ 外側	外側	そとがわ
□ 祖父	祖父	そふ
□ 祖母	祖母	そぼ

た

□ 退院	出院	たいいん
□ 大学生	大學生	だいがくせい
□ 大使館	大使館	たいしかん
□ 台風	颱風	たいふう
□ 竹	竹子	たけ
□ 多数	多數	たすう
□ 畳	榻榻米	たたみ
□ 縦	縱、長、豎	たて
□ 棚	架子	たな
□ 楽しみ	樂趣、期待、希望	たのしみ
□ 食べすぎ	吃太多	たべすぎ
□ ため	為了、因為	
□ だめ	不行、不可	
□ 男性	男性	だんせい
□ 血	血	ち
□ 力	力量、力氣	ちから
□ 地図	地圖	ちず
□ 父親	父親	ちちおや
□ 茶色	咖啡色、茶色	ちゃいろ
□ 茶碗	茶杯、飯碗	ちゃわん
□ 注意	注意	ちゅうい

☐	中学生	國中生	ちゅうがくせい
☐	中学校	國中	ちゅうがっこう
☐	中止	中止、停止	ちゅうし
☐	駐車	停車	ちゅうしゃ
☐	駐車場	停車場	ちゅうしゃじょう
☐	地理	地理	ちり
☐	月	月亮、月份	つき
☐	都合	情況、原因、機會	つごう
☐	妻	妻子	つま
☐	爪	爪子、指甲、鉤子	つめ
☐	つもり	打算、意圖	
☐	梅雨	梅雨	つゆ
☐	出入口	出入口	でいりぐち
☐	手袋	手套	てぶくろ
☐	手前	眼前、這邊（靠近自己這一側）	てまえ
☐	手元	手邊	てもと
☐	寺	寺廟	てら
☐	点	分數、點、標點符號、論點	てん
☐	店員	店員	てんいん
☐	電気代	電費	でんきだい
☐	天気予報	天氣預告	てんきよほう
☐	電灯	電燈	でんとう

☐	天ぷら	天婦羅	てんぷら
☐	電報	電報	でんぽう
☐	展覧会	展覽會	てんらんかい
☐	都	都、都市 ▶ 東京都 東京都	と
☐	道具	道具	どうぐ
☐	動物園	動物園	どうぶつえん
☐	遠く	遙遠	とおく
☐	通り	馬路、來往通行、流通	とおり
☐	時	時候、時節、時間	とき
☐	床屋	理髮店	とこや
☐	途中	中途	とちゅう
☐	特急	特急、特快	とっきゅう
☐	泥棒	小偷	どろぼう

な

☐	内部	內部	ないぶ
☐	生ビール	生啤酒	なまビール
☐	何度	好幾次	なんど
☐	におい	味道	におい
☐	肉屋	肉店、肉攤	にくや
☐	日記	日記	にっき
☐	荷物	行李	にもつ

□ 入院	住院	にゅういん
□ 入学	入學	にゅうがく
□ 入社	入社、進公司	にゅうしゃ
□ 人形	人形娃娃	にんぎょう
□ にんじん	胡蘿蔔	
□ 値段	價錢	ねだん
□ 熱	熱情、熱度、發燒	ねつ
□ 寝坊	睡懶覺	ねぼう
□ 年代	年代	ねんだい
□ 喉	喉嚨	のど
□ 飲みすぎ	喝太多	のみすぎ
□ 乗り換え	轉乘	のりかえ
□ 乗り物	交通工具	のりもの

は

□ 葉	葉子	は
□ 場合	場合、情況、時候	ばあい
□ 歯医者	牙科醫生	はいしゃ
□ 白菜	白菜	はくさい
□ 箱	箱子	はこ
□ 橋	橋	はし
□ 始まり	開始	はじまり

☐ 場所	地點、場所	ばしょ
☐ はず	理應	
☐ 発音	發音	はつおん
☐ 花見	賞花	はなみ
☐ 羽	羽毛	はね
☐ 林	林、樹林、林立	はやし
☐ 晴れ	晴天	はれ
☐ 半	（時間）半 ▶ 3時半 3點半	はん
☐ 番組	節目	ばんぐみ
☐ 反対	反對	はんたい
☐ 半分	一半	はんぶん
☐ パン屋	麵包店	パンや
☐ 日	太陽、陽光、日子	ひ
☐ 光	光線、光亮、希望	ひかり
☐ 引き出し	抽屜	ひきだし
☐ ひげ	鬍子	
☐ 飛行場	機場	ひこうじょう
☐ 久しぶり	隔了很久	ひさしぶり
☐ 美術館	美術館	びじゅつかん
☐ 左	左邊	ひだり
☐ 必要	必要、必需	ひつよう
☐ 百貨店	百貨公司	ひゃっかてん

☐ 秒	秒	びょう
☐ 平仮名	平假名	ひらがな
☐ 昼間	白天	ひるま
☐ 昼休み	午休	ひるやすみ
☐ 広さ	寬度、幅度	ひろさ
☐ 封筒	信封、信套	ふうとう
☐ 復習	複習	ふくしゅう
☐ 豚肉	豬肉	ぶたにく
☐ 部長	部長	ぶちょう
☐ 普通	普通	ふつう
☐ ぶどう	葡萄	
☐ 布団	棉被	ふとん
☐ 船	船	ふね
☐ 文化	文化	ぶんか
☐ 文学	文學	ぶんがく
☐ 文書	文書、文件	ぶんしょ
☐ 文章	文章	ぶんしょう
☐ 文法	文法	ぶんぽう
☐ 返事	回信、回答	へんじ
☐ 弁当	便當	べんとう
☐ 貿易	貿易	ぼうえき
☐ 放送	廣播	ほうそう

☐ 法律	法律	ほうりつ
☐ 僕	（男性自稱時使用）我	ぼく
☐ 星	星星	ほし
☐ 骨	骨頭、骨架	ほね
☐ 本気	認真、正經	ほんき
☐ 本棚	書架	ほんだな
☐ 本当	真正、真實	ほんとう
☐ 本屋	書店	ほんや

ま

☐ 孫	孫子	まご
☐ 窓ガラス	玻璃窗	まどガラス
☐ 窓口	（辦事處，如銀行、郵局的）窗口	まどぐち
☐ 万	（數字）萬	まん
☐ 漫画	漫畫	まんが
☐ 真ん中	中間	まんなか
☐ 万年筆	鋼筆	まんねんひつ
☐ 皆	大家、全體	みな
☐ 港	港口、港邊	みなと
☐ 昔	以前	むかし
☐ 向こう	對面	むこう
☐ 虫	蟲、昆蟲、害蟲	むし

☐ 息子さん	令郎		むすこさん
☐ 娘	女兒		むすめ
☐ 娘さん	令嬡		むすめさん
☐ 村	村子、村莊		むら
☐ もう一つ	再一個		もうひとつ
☐ 持ち帰り	外帶、帶回家		もちかえり
☐ 木綿	棉花、棉織品		もめん
☐ 森	森林		もり

や

☐ 夜間	晚上		やかん
☐ 約束	約定		やくそく
☐ 山道	山路		やまみち
☐ 湯	熱水、開水、溫泉、洗澡		ゆ
☐ 夕食	晚餐		ゆうしょく
☐ 郵便局	郵局		ゆうびんきょく
☐ 夕べ	傍晚		ゆうべ
☐ 輸出	出口		ゆしゅつ
☐ 輸入	進口		ゆにゅう
☐ 指	手指、指頭		ゆび
☐ 指輪	戒指		ゆびわ
☐ 夢	夢、夢想、幻想		ゆめ

☐ 用意	準備、預備	ようい
☐ 用事	要事	ようじ
☐ 予習	預習	よしゅう
☐ 予定	預定	よてい
☐ 読み方	讀法、唸法	よみかた
☐ 読み物	讀物	よみもの
☐ 予約	預約、預訂	よやく

ら わ

☐ 理由	理由	りゆう
☐ 利用	利用	りよう
☐ 両親	雙親、父母	りょうしん
☐ 両方	雙方	りょうほう
☐ 旅館	旅館	りょかん
☐ 旅行	旅行	りょこう
☐ りんご	蘋果	
☐ 留守	看家	るす
☐ 零	（數字）零	れい
☐ 冷蔵庫	冰箱	れいぞうこ
☐ 冷房	冷氣	れいぼう
☐ 歴史	歴史	れきし
☐ 列車	列車、火車	れっしゃ

□ 練習	練習	れんしゅう
□ 連絡	連絡	れんらく
□ 廊下	走廊	ろうか
□ 老人	老人	ろうじん
□ 訳	理由、藉口	わけ
□ 忘れ物	遺忘物、遺失物品	わすれもの
□ 私	（較禮貌用）我、私人、個人	わたくし

接頭詞

☐ **お／ご～**	表示尊敬、慎重 ▶ お名前 您的大名，ご案内（敬稱）導引	

接尾詞

☐ **～員**	人員、成員 ▶ 社員 職員；会員 會員	～いん
☐ **～おき**	每隔～ ▶ ３メートルおき 每隔３公尺；二日おき 每隔２天	
☐ **～会**	～會 ▶ 飲み会 酒會；運動会 運動會	～かい
☐ **～君**	（對男性同輩或晚輩之間的稱呼）～君、同學、同志 ▶ 山田君 山田同學～	
☐ **～語**	～語言、話 ▶ 日本語 日文、日語	～ご
☐ **～頃**	～左右 ▶ ２時頃 ２點左右	～ごろ
☐ **～様**	先生、小姐（接在人名後表示敬意）▶ 中村様 中村先生	～さま
☐ **～中**	期間、整個、全部 ▶ 一日中 一整天；世界中 世界上	～じゅう
☐ **～製**	～製 ▶ 日本製 日本製造	～せい
☐ **～達**	～們 ▶ 私達 我們	～たち
☐ **～建て**	～層 ▶ ２階建て 二層樓	～だて
☐ **～ちゃん**	接在名詞後表示親密 ▶ なおこちゃん 奈緒子小妹	
☐ **～中**	～中、當中 ▶ 会議中 開會中	～ちゅう
☐ **～目**	第～（接數詞）▶ ３番目 第３個；二つ目 第２個	～め
☐ **～屋**	～店 ▶ 花屋 花店；魚屋 魚店、魚販	～や

量詞

☐ 〜か月	〜個月 ▶ 一か月 一個月	〜かげつ
☐ 〜軒	〜棟 ▶ 二軒 二棟	〜けん
☐ 〜歳	〜歳 ▶ 二歳 二歳	〜さい
☐ 〜冊	〜本、冊 ▶ 四冊 四本	〜さつ
☐ 〜度	〜次 ▶ 二度 二度	〜ど
☐ 〜人	〜人 ▶ 案内人 嚮導	〜にん
☐ 〜番線	〜月台 ▶ 5番線 5號月台	〜ばんせん

☐	合う	合適、符合、準確 答えが 合わない。答案不對。	あう
☐	空く	缺額、空著 空いた 席に 座る。坐在空位上。	あく
☐	集まる	集合 みんな 集まって ください。請大家集合。	あつまる
☐	集める	收集 切手を 集める。收集郵票。	あつめる
☐	謝る	道歉、賠罪 待たせた ことを 謝る。抱歉讓你久等。	あやまる
☐	生きる	活著、生活、生存 ↔ 死ぬ 死、去世 100歳まで 生きる。活到100歲。	いきる
☐	いじめる	欺負 動物を いじめては いけない。 不可以欺負動物。	
☐	急ぐ	急忙、加快 急いで 家に 帰る。急忙趕回家。	いそぐ
☐	致す	（する的謙讓語）做、招致 これで 失礼致します。那麼我先告辭了。	いたす
☐	いただく	（鄭重說法）領受（もらう）、吃或喝（食べる,飲む） プレゼントを いただく。收到禮物。 紅茶を いただく。喝紅茶。	
☐	祈る	祈禱、祝福 合格を 祈る。祈禱及格。	いのる

□	いらっしゃる	（尊敬語）來、去、在（来る,行く,いる）	
		明日は お宅に いらっしゃいますか。	
		明天您有在府上嗎？	

| □ | 祝う | 祝賀、慶祝 | いわう |
| | | 入学を 祝う。祝賀入學。 | |

| □ | 植える | 種植 | うえる |
| | | 木を 植える。種植樹木。 | |

□	うかがう	（謙讓語）聽、問、拜訪（聞く,問う,尋ねる）	
		話を うかがう。問話。	
		ちょっと うかがいたい ことが ありますが。	
		我想向您請教一件事。（我有一件事想向您請教）	
		明日 また うかがいます。明天再來拜訪您。	

| □ | 受ける | 接受、遭受 | うける |
| | | 注文を 受ける。接受訂貨。 | |

| □ | 動く | 動、移動、運轉 | うごく |
| | | 車が 動く。車子運轉。 | |

| □ | 打つ | 敲、打 | うつ |
| | | キーボードを 打つ。敲打鍵盤。 | |

| □ | 写す | 拍照、描寫、抄、謄 | うつす |
| | | ノートに 写す。抄在筆記本。 | |

| □ | 選ぶ | 挑選、選擇 | えらぶ |
| | | プレゼントを 選ぶ。挑選禮物。 | |

□	おいでに なる	（尊敬語）來、去、在（来る,行く,いる）	
		どちらへ おいでに なりますか。	
		請問您要去哪裡？	

□	送る	送、寄 メールを 送る。寄發電子郵件。	おくる
□	遅れる	晚、耽誤、遲到、慢 電車が 遅れる。電車誤點。	おくれる
□	起こす	引起 事故を 起こす。引發事故。	おこす
□	怒る	生氣、責備 母は 小さい ことで よく 怒る。 媽媽經常因為一點小事而生氣。	おこる
□	落ちる	掉落、落下、落選 財布が 落ちて いる。錢包掉了。	おちる
□	おっしゃる	（言う的尊敬語）說 先生が おっしゃる。老師說。	おっしゃる
□	落とす	遺失、丟掉、把～弄下來 本を 床に 落とす。把書丟在地上。 財布を 落とす。我把錢包弄丟了。	おとす
□	踊る	跳舞 子供たちが 踊って いる。孩子們在跳舞。	おどる
□	驚く	驚訝、出乎意料、驚嘆 大きな 音に 驚く。被很大的聲響嚇了一大跳。	おどろく
□	思い出す	想起來、回憶起 昔の ことを 思い出す。回憶起往事。	おもいだす
□	思う	想、覺得、認為 親を 大切に 思う。要孝敬父母。	おもう

☐	お休みに なる	（寝る，眠る的尊敬語）休息	おやすみに なる
		よく お休みに なれましたか。您有好好休息嗎？	

☐	下りる	下來、下降、卸下	おりる
		山を 下りる。下山。	

☐	おる	（いる 的謙讓語）在	
		6時までは 会社に おります。 6點前會在公司。	

☐	折れる	折、折斷、轉彎	おれる
		木が 折れる。樹木斷了。	

☐	飼う	飼養	かう
		犬を 飼う。養狗。	

☐	変える	變更、變動	かえる
		予定を 変える。變更預定。	

☐	かける	掛上、（電器）啟動	
		壁に 絵を かける。把畫掛在牆上。	

☐	飾る	裝飾	かざる
		玄関に 花を 飾る。把花裝飾在玄關。	

☐	片づける	收拾、整理	かたづける
		机の 上を 片づける。整理桌面。	

☐	勝つ	勝利	かつ
		試合に 勝つ。贏得比賽。	

☐	がまんする	忍耐、克制	
		飲みたい 酒を がまんする。忍住不喝想喝的酒。	

☐	噛む	咬、嚼	かむ
		ガムを 噛む。嚼口香糖。	

| □ | 通う | 上學、通勤 | かよう |
| | | 自転車で 学校に 通う。騎腳踏車上學。 | |

| □ | 乾く | 乾 | かわく |
| | | 洗濯物が 乾く。洗滌物乾了。 | |

| □ | 変わる | 變化、變成 | かわる |
| | | 雨が 雪に 変わる。雨變成雪。 | |

| □ | 考える | 想、思考 | かんがえる |
| | | よく 考えてから 返事を する。
我仔細思考後再回覆你。 | |

| □ | がんばる | 努力、加油、頑固、固守 | がんばる |
| | | 成功するまで がんばる。我會努力到成功為止。 | |

| □ | 気がある | 有心、有興趣、有意思 | きが ある |
| | | 彼は 彼女に 気が ある。他對那個女生有意思。 | |

| □ | 聞こえる | 聽得見 | きこえる |
| | | テレビの 音が よく 聞こえない。
聽不見電視的聲音。 | |

| □ | 気に入る | 中意、喜歡 | きに いる |
| | | この 服は 気に 入らない。不喜歡這件衣服。 | |

| □ | 決まる | 規定、決定 | きまる |
| | | 規則が 決まる。制定規則。 | |

| □ | 決める | 決定、斷定 | きめる |
| | | 合格者を 決める。決定及格者。 | |

| □ | 切る | 裁、切 | きる |
| | | はさみで 紙を 切る。用剪刀剪紙。 | |

□	着る	（上半身衣物）穿 シャツを 着る。穿著襯衫。	きる
□	下さる	（尊敬語）給 先生が 本を 下さった。老師給我一本書。	くださる
□	曇る	陰天 空が 曇って いる。天空是陰天。	くもる
□	比べる	比較 二人の 背の 高さを 比べる。 比較兩人的身高。	くらべる
□	くれる	給我 友だちが プレゼントを くれた。 朋友們給我禮物。	くれる
□	暮れる	天黑 冬は 日が 暮れるのが 早い。 冬天天黑的較早。	くれる
□	ござる	（ある的丁寧語）在、有 お願いが ございます。我有一個請求。	
□	込む	擁擠 電車が 込んで いる。電車很擁擠。	こむ
□	ご覧になる	（尊敬語）看 今朝の ニュースを ご覧に なりましたか。 您看過今早的新聞了嗎？	ごらんに なる
□	転ぶ	跌倒 階段で 転ぶ。在樓梯跌倒。	ころぶ
□	壊す	弄壞、破壞、損害 時計を 壊して しまう。我把時鐘弄壞了。	こわす

☐	壊れる	壊掉 壊れた 車を 修理する。修理壊掉的車子。	こわれる
☐	探す	尋找 映画館で 空いた 席を 探す。 在電影院尋找空位。	さがす
☐	下がる	下降、降低 気温が 下がる。氣溫下降。	さがる
☐	下げる	降低、掛 値段を 下げる。降低價錢。	さげる
☐	差し上げる	（謙讓語）給、敬贈 この 花を 差し上げます。這花送給你。	さしあげる
☐	さす	撑 傘を さす。撑傘。	
☐	騒ぐ	吵鬧、騒動 子供が 騒ぐ。小孩在吵鬧。	さわぐ
☐	触る	觸碰、觸摸 ヒーターに 触らないで ください。 請不要觸摸電暖器。	さわる
☐	叱る	責備、斥責 子供を 叱る。斥責小孩。	しかる
☐	しまう	結束、做完、收起來 仕事を してしまう。把工作做完。 本を しまう。把書收起來。	
☐	知らせる	通知 メールで 予定を 知らせる。 用電子郵件通知預約。	しらせる

| □ | 調べる | 調査、査閲 | しらべる |
| | | 辞書で 調べる。用字典查閲。 | |

| □ | 知る | 知道、察覺、認識 | しる |
| | | この 問題の 答えを 知って いますか。你知道這個問題的答案嗎？ | |

| □ | 過ぎる | （時間）經過、過於 | すぎる |
| | | 入学して 1年が 過ぎた。入學後也經過1年了。 | |

| □ | すく | 少、空、空曠 ↔ 込む 擁擠 | すく |
| | | 道が すいて いる。路上人車很少。 | |

| □ | 進む | 前進、進行、進展 | すすむ |
| | | 工事が 進む。進行施工。 | |

| □ | 捨てる | 丟棄、捨棄 | すてる |
| | | 要らない ものを 捨てる。丟棄不要的物品。 | |

| □ | 滑る | 滑、滑溜、滑倒 | すべる |
| | | 足が 滑って 転ぶ。腳滑了一下後跌倒了。 | |

| □ | 育てる | 養育 | そだてる |
| | | 子供を 育てる。養育小孩。 | |

| □ | 存じる | （知る 的謙讓語）知道、（思う 的謙讓語）認為 | ぞんじる |
| | | 何も 存じません。我什麼都不知道。 こちらの 方が よいと 存じます。我認為這個比較好。 | |

| □ | 倒れる | 倒、倒塌、倒閉 | たおれる |
| | | 自転車が 倒れる。腳踏車倒了。 | |

| □ | 足す | 加、補上 | たす |
| | | 1に 2を 足すと 3に なる。1加2等於3。 | |

☐	**訪ねる**	尋找、詢問 田中先生の 家を 訪ねる。 尋找田中老師的家。	たずねる
☐	**建つ**	建、蓋 高い ビルが 建つ。 蓋高樓大廈。	たつ
☐	**建てる**	建造、創立 新しい 家を 建てる。 建造新家房子。	たてる
☐	**頼む**	請求、委託、依靠、點（餐） 食堂で うどんを 頼んだ。 在餐廳點了烏龍麵。	たのむ
☐	**足りる**	足夠 電車代は 千円 あれば 足りる。 電車費只要一千日元就夠了。	たりる
☐	**違う**	不同、不對 みんなの 考えが 違う。 大家的想法不同。	ちがう
☐	**捕まえる**	抓住、捉拿 警察が どろぼうを 捕まえる。 警察捉小偷。	つかまえる
☐	**疲れる**	疲勞、疲累 仕事で 疲れる。 工作很累。	つかれる
☐	**付く**	附有、附帶 ランチに サラダが 付く。 午餐有附贈沙拉。	つく
☐	**着く**	抵達、到達 東京に 着いたら 連絡して ください。 到達東京後請與我連絡。	つく
☐	**付ける**	安上、裝上、別上、縫上 服に ボタンを 付ける。 在衣服縫上扣子。	つける

□	伝える	傳達、轉達	つたえる
		電話で 用件を 伝える。 用電話傳達要事。	
□	続く	繼續、連續	つづく
		いい 天気が 続く。 好天氣一直持續。	
□	続ける	繼續、連續	つづける
		午後も 会議を 続ける。 下午也繼續開會。	
□	包む	包上、包圍	つつむ
		プレゼントを 包む。 包裝禮物。	
□	勤める	工作、努力	つとめる
		銀行に 勤めて いる。 在銀行工作。	
□	積もる	堆積、累積	つもる
		雪が 積もる。 積雪。	
□	釣る	釣魚、釣	つる
		川で 魚を 釣る。 在河邊釣魚。	
□	連れる	帶、領、跟隨	つれる
		犬を 連れて 散歩する。 帶狗去散步。	
□	出かける	出門、外出	でかける
		買い物に 出かける。 外出購物。	
□	できる	能夠、完成、做出、形成	
		スポーツなら 何でも できる。 我什麼運動都會。 料理が できたら すぐ 食べよう。 菜煮好的話就馬上來吃吧！ 家の 近くに スーパーが できた。 我們家附近有新開了一間超市。	

	手伝う	幫忙、協助	てつだう
□		掃除を 手伝う。幫忙打掃。	

	通る	經過、穿過、暢通	とおる
□		銀行の 前を 通る。經過銀行前面。	

	閉じる	關閉、蓋、結束	とじる
□		目を 閉じて 考える。閉上眼睛思考。	

	届く	收到、達到、周密	とどく
□		荷物が 届く。行李送達。	

	届ける	送到、送給、報告	とどける
□		部長に 報告書を 届ける。 將報告書交給部長。 財布を 拾って 交番に 届ける。 把拾獲的皮包送到警察局。	

	泊まる	留宿、停泊	とまる
□		友達の 家に 泊まる。住在朋友家。	

	止まる	停止、停住、堵塞	とまる
□		電車が 駅に 止まる。電車停在車站。	

	泊める	留宿、停泊	とめる
□		客を 泊める。請客人住下來。	

	止める	停、停止、戒掉、取消	とめる
□		駅前に 自転車を 止める。 把腳踏車停在車站前。	

	取り替える	更換、交換	とりかえる
□		カーテンを 取り替える。更換窗簾。	

	取る	拿、取、操作	とる
□		その 本を 取って ください。請幫我拿那本書。	

☐	**直す**	修理、改正、修正 壊れた テレビを 直す。修理壞掉的電視。	なおす
☐	**治す**	醫治 風邪を 治す。醫治感冒。	なおす
☐	**直る**	改正、修理、復原 パソコンが 早く 直らないと 困る。 電腦不快點修理好的話，會很不方便。	なおる
☐	**治る**	痊癒、病醫好 けがが 治る。受傷痊癒。	なおる
☐	**流れる**	流、流動、散播 川が 流れる。河川流動。	ながれる
☐	**泣く**	哭泣 大きな 声で 泣く。放聲大哭。	なく
☐	**無くす**	喪失、丟失、消除 勉強に 自信を 無くす。對讀書沒有信心。	なくす
☐	**亡くなる**	死亡 病気で 亡くなる。因生病而死亡。	なくなる
☐	**無くなる**	消失 かばんが 無くなる。包包不見了。	なくなる
☐	**投げる**	丟、擲 ボールを 投げて 遊ぶ。丟球玩。	なげる
☐	**なさる**	（する的尊敬語）做 ご注文は 何に なさいますか。 請問您要點些什麼呢？	なさる

☐	並ぶ	排、排成、比得上 店の 前に 客が 並んで いる。 店門口有客人在排隊。	ならぶ
☐	並べる	並排 いすを 並べる。 把椅子並排。	ならべる
☐	鳴る	鳴、響 玄関の ベルが 鳴る。 大門的門鈴響了。	なる
☐	慣れる	習慣 日本での 生活に 慣れる。 習慣在日本的生活。	なれる
☐	似合う	適合 この 服は 私に 似合わない。 這件衣服不適合我。	にあう
☐	逃げる	逃走、逃跑 安全な ところへ 逃げる。 逃到安全的地方。	にげる
☐	似る	相似 私は 父に 顔が 似て いる。 我和父親長得很像。	にる
☐	脱ぐ	脱、摘掉 帽子を 脱いで あいさつする。 脱下帽子問候。	ぬぐ
☐	盗む	偷竊、偷閒、背著～ お金を 盗んで 逃げる。 偷錢後逃跑。	ぬすむ
☐	塗る	塗、塗抹 壁に ペンキを 塗る。 在牆壁上漆上油漆。	ぬる
☐	濡れる	淋濕、濕潤 道が 雨に 濡れて いる。 道路被雨淋濕。	ぬれる

□ 願う　希望、祈求、要求　ねがう
成功を 心から 願う。 由衷地祈求成功。

□ 眠る　睡覺、睡眠　ねむる
一日 7 時間 眠る。 一天睡七個鐘頭。

□ 残る　殘餘、剩下、留下　のこる
会社に 残って 仕事を 続ける。
留在公司繼續工作。

□ 乗り換える　轉乘　のりかえる
電車から バスに 乗り換える。
電車轉搭公車。

□ 拝見する　(見る,読む 的謙讓語) 讀、看　はいけんする
お手紙を 拝見しました。 看了您的來信。

□ はく　(下半身的衣物) 穿
ズボンを はく。 穿褲子。
靴を はく。 穿鞋子。

□ 運ぶ　搬運　はこぶ
荷物を 運ぶ。 搬運行李。

□ 始める　開始　はじめる
ジョギングを 始める。 開始慢跑。

□ 走る　跑　はしる
犬が 走って くる。 狗跑過來。

□ 働く　工作　はたらく
工場で 働く。 在工廠工作。

□ 払う　支付　はらう
代金を カードで 払う。 以卡片支付貨款。

純日文　日中對照

N4-19.MP3　N4-19.MP3

19日目

□	はる	貼、黏貼、貼上 教室に 地図が はって ある。教室貼著地圖。	
□	晴れる	放晴 明日は よく 晴れるらしい。 明天好像天氣很好。	はれる
□	冷える	變冷、放涼、變冷淡 冷えた ビールを 飲む。喝冰涼的啤酒。	ひえる
□	光る	發光、發亮 星が 光って いる。星星閃閃發亮。	ひかる
□	引く	拉、牽 ドアを 引いて 開ける。把門拉開。	ひく
□	弾く	彈奏 ピアノを 弾く。彈鋼琴。	ひく
□	引っ越す	搬家 もっと 広い 家に 引っ越したい。 想搬到更大的房子。	ひっこす
□	開く	開、打開、開放、開始 店を 開く。開店。	ひらく
□	拾う	撿、拾 公園の ごみを 拾う。撿拾公園的垃圾。	ひろう
□	増える	增加 人が 増える。人數增加。	ふえる
□	吹く	吹 風が 吹く。風吹。	ふく

108

☐	**ぶつかる**	碰、撞、遇上 バスと トラックが ぶつかる。 巴士與卡車相撞。
☐	**太る**	胖、肥　　　　　　　　　　　　　　　　ふとる 甘い 物を 食べると 太りやすい。 吃甜的食物容易變胖。
☐	**踏む**	踩、踏　　　　　　　　　　　　　　　　ふむ 電車の 中で 足を 踏まれた。 在電車內被踩到腳。
☐	**ほめる**	褒獎、誇獎 先生が 生徒を ほめる。 老師誇獎學生。
☐	**参る**	（来る,行く 的謙讓語）來或去　　　　　まいる 明日 また 参ります。 明天還會再來。
☐	**負ける**	輸、敗、屈服　　　　　　　　　　　　　まける 試合に 負ける。 比賽輸了。
☐	**間違える**	錯誤、搞錯　　　　　　　　　　　まちがえる 答えを 間違える。 答案錯誤。
☐	**間に合う**	來得及、趕上　　　　　　　　　　　まにあう 会議の 時間に 間に合う。 趕上開會的時間。
☐	**守る**	遵守、保護　　　　　　　　　　　　　まもる 約束を 守る。 遵守約定。
☐	**回る**	旋轉、回轉、巡迴、轉移　　　　　　　まわる 有名な ところを 見て 回る。 去有名的地方看看繞繞。
☐	**見える**	看得見　　　　　　　　　　　　　　　みえる 窓から 海が 見える。 從窗戶可以看到海。

☐	見つかる	被看到、被發現、被找到 いい 方法が 見つかる。找到好方法。	みつかる
☐	見つける	看到、發現、找到 落し物を 見つける。找到遺失物。	みつける
☐	迎える	迎接 駅で 友人を 迎える。到車站迎接朋友。	むかえる
☐	召し上がる	（尊敬語）吃、喝 何を 召し上がりますか。請問您要吃什麼？	めしあがる
☐	申し上げる	（申す 的謙讓語）說、提起 ご説明 申し上げます。讓我來說明。	もうしあげる
☐	申す	（謙讓語）說、叫做、做 私は 中山と 申します。我叫做中山。	もうす
☐	戻す	歸還、退回、復原 本を 本棚に 戻す。把書放回書架。	もどす
☐	戻る	返回、回家 急いで 会社に 戻る。急忙回公司。	もどる
☐	もらう	收到、受到、接受 誕生日に プレゼントを もらう。 生日收到禮物。	もらう
☐	焼く	烤、燒、曬黑、沖印 パンを 焼く。烤麵包。	やく
☐	役に 立つ	有幫助 この 辞書は 英語の 勉強に 役に 立つ。 這本字典對英文學習很有幫助。	やくに たつ

☐ **焼ける**
著火、燒烤、燃燒、曬黑
やける
魚が おいしく 焼ける。魚烤得很好吃。

☐ **やせる**
痩
病気で やせた。因生病變瘦了。

☐ **やむ**
停止、中止
雨が やむ。雨停。

☐ **やめる**
停止、放棄、戒掉
タバコを やめる。把煙戒掉。

☐ **やる**
給予、做=する,行う
花に 水を やる。澆花。
宿題を やる。做作業。

☐ **揺れる**
搖晃
ゆれる
地震で 家が 揺れる。房子因為地震而搖晃。

☐ **汚れる**
髒污
よごれる
汚れた 手を 洗う。清洗骯髒的手。

☐ **寄る**
順便去、靠近
よる
会社の 帰りに 書店に 寄る。回公司的路上順便去書店。

☐ **喜ぶ**
高興、歡喜、歡迎
よろこぶ
合格を 喜ぶ。為及格而高興。

☐ **沸かす**
使沸騰、燒開
わかす
お湯を 沸かす。燒熱水。

☐ **別れる**
離別、分開
わかれる
駅で 友達と 別れて 家に 帰る。在車站與朋友道別後回家。

☐ **沸く**
沸騰、燒開、興奮、吵鬧
わく
お湯が 沸く。熱水沸騰。

☐	忘れる	遺忘、忘記	わすれる
		約束を 忘れる。忘記約定。	
		電車に かさを 忘れる。把雨傘忘在電車上。	
☐	渡す	交給、交付	わたす
		プレゼントを 渡す。把禮物交給你。	
☐	渡る	渡、過	わたる
		道を 渡る。過馬路。	
☐	笑う	笑	わらう
		大声で 笑う。大聲笑。	
☐	割る	切、割、打破	わる
		ガラスを 割る。打破玻璃。	
☐	割れる	破掉、裂開	われる
		皿が 割れる。盤子破掉。	

純日文　日中對照

N4-21.MP3　N4-21.MP3

☐	浅い	淺 ↔ 深い 深 この 川は 浅い。這條河很淺。	あさい
☐	熱い	熱、燙 ↔ 冷たい 涼、冷 熱い お茶を 飲む。喝熱茶。	あつい
☐	厚い	厚、厚實 ↔ 薄い 薄 厚い コートを 着る。穿著厚外套。	あつい
☐	美しい	美麗 秋は 紅葉が 美しい。秋天楓葉很美。	うつくしい
☐	うまい	美味、高明 うまい 料理を 食べる。品嚐美味的料理。 彼女は 歌が うまい。她的歌喉很好。	
☐	嬉しい	開心 ↔ 悲しい 悲傷、難過 友達に 会って 嬉しかった。 和朋友見面很開心。	うれしい
☐	おかしい	可笑、有趣、奇怪、可疑 おなかの 調子が おかしい。 肚子不舒服。 この 漫画は 本当に おかしい。 這本漫畫很搞笑。	
☐	おとなしい	老實、規矩、溫順 おとなしく 座って いなさい。 你給我老老實實地坐著。	
☐	固い	硬、堅固 ↔ 柔らかい 柔軟、柔和 固い パンが 好きだ。我喜歡硬的麵包。	かたい

☐	**かっこいい**	帥氣、很棒
		自分を かっこよく 見せたい。 我想讓自己看起來很帥氣。

☐	**かっこ悪い**	不好、很遜　かっこわるい
		階段で 転んで かっこ悪かった。 從樓梯摔下來簡直遜斃了。

☐	**悲しい**	悲傷、難過 ↔ 嬉しい 開心　かなしい
		別れは 悲しい。離別令人傷心的。

☐	**厳しい**	嚴格、嚴厲、嚴重　きびしい
		厳しく 注意する。我會嚴格注意。

☐	**苦しい**	痛苦、難受、困難、苦惱 ↔ 楽しい 快樂、歡欣、期待　くるしい
		息が 苦しい。呼吸困難。

☐	**細かい**	細、詳細　こまかい
		細かい 字で 書く。用細小的字書寫。 細かく 説明する。詳細說明。

☐	**怖い**	可怕、害怕、恐怖　こわい
		地震が 怖い。地震很可怕。

☐	**寂しい**	寂寞　さびしい
		君が いなくて 寂しい。你不在我很寂寞。

☐	**仕方ない**	沒辦法、不得已　しかたない
		考えても 仕方ない。想了又想還是沒辦法。

☐	**親しい**	親近、親密、親切　したしい
		彼は 田中さんと 親しい。 他和田中小姐很親密。

☐	**すごい**	很、非常、厲害
		すごく おもしろい。非常有趣。

| □ | 涼しい | 涼快、涼爽、明亮 | すずしい |
| | | 涼しい 風が 吹く。涼爽的風吹著。 | |

| □ | 素晴らしい | 極好、絕佳 | すばらしい |
| | | 山からの 景色は 素晴らしい。
從山上看下來的景色太美了。 | |

| □ | 正しい | 正確 | ただしい |
| | | その 答えは 正しい。答案正確。 | |

| □ | 足りない | （自足りる衍生而來）不足、不夠 | たりない |
| | | お金が 足りない。錢不夠。 | |

| □ | つまらない | 無聊、乏味 | つまらない |
| | | この 映画は つまらない。這部電影很無趣。 | |

| □ | 冷たい | 冰冷、涼 ↔ 熱い 熱 | つめたい |
| | | 冷たい ジュースを 飲む。飲用冰涼的果汁。 | |

| □ | 苦い | 苦的、苦味、苦澀 ↔ 甘い 甜的、甜味 | にがい |
| | | この コーヒーは 少し 苦い。這杯咖啡微苦。 | |

| □ | 温い | 溫的、溫和 | ぬるい |
| | | お茶が 温く なった。茶變溫了。 | |

| □ | 眠い | 想睡覺、睏 | ねむい |
| | | 寝不足で 朝から 眠い。
因為睡眠不足，從早上開始就很睏。 | |

| □ | 眠たい | 睏倦、昏昏欲睡 | ねむたい |
| | | 眠たそうな 目を して いる。
一臉昏昏欲睡的樣子。 | |

| □ | 恥ずかしい | 害羞、可恥、丟臉 | はずかしい |
| | | 成績が 悪くて 恥ずかしい。
成績不好很丟臉。 | |

☐	ひどい	嚴重、厲害、殘酷 今年の 寒さは ひどい。今年非常寒冷。	
☐	深い	深、濃 ↔ 浅い 淺 深く 考える。深切思考。	ふかい
☐	太い	粗 ↔ 細い 細 太い 線を 書く。畫粗線。	ふとい
☐	欲しい	想要、希望 新しい 車が 欲しい。想要買新車。	ほしい
☐	細い	細、細小 ↔ 太い 粗、粗大 細い 道を 歩く。走小路。	ほそい
☐	珍しい	珍奇、少見、新鮮 珍しい 鳥を 見た。看到珍奇的鳥類。	めずらしい
☐	易しい	簡單、容易 ↔ 難しい 困難 テストの 問題は 易しかった。 考試題目很簡單。	やさしい
☐	優しい	溫柔 ↔ 冷たい 冷淡 優しい 言葉を かける。溫和地說話。	やさしい
☐	柔らかい	柔軟 ↔ 固い 堅硬 この パンは 柔らかい。這個麵包很軟。	やわらかい
☐	よろしい	（比いい更敬重的用法）很好、適當、沒關係 今日は 気分が よろしい。今天心情很好。	
☐	若い	年輕 年より 若く 見える。看起來比實際年齡年輕。	わかい

☐	**安全 (な)**	安全 ↔ 危険(な) 危険　　　　あんぜん (な) 安全な コースを 選んで 歩く。 挑選安全的道路行走。
☐	**簡単 (な)**	簡單　　　　かんたん (な) 簡単に 説明する。 簡單地説明。
☐	**危険 (な)**	危険 ↔ 安全(な) 安全　　　　きけん (な) この道は 車が 多くて 危険だ。 這條馬路車多很危險。
☐	**けっこう (な)**	完美、足夠、很好　　　　 けっこうな 入学祝いを もらう。 收到很棒的入學祝福。 もう、お酒は けっこうです。 酒這樣就夠了。
☐	**盛ん (な)**	興盛、繁榮　　　　さかん (な) 工業が 盛んに なる。 工業興盛。
☐	**残念 (な)**	可惜、遺憾、懊悔　　　　ざんねん (な) 試合に 負けて 残念だ。 輸了比賽感到可惜。
☐	**十分 (な)**	充分、足夠　　　　じゅうぶん (な) 十分に 説明する。 充分地説明。
☐	**大事 (な)**	重要、慎重　　　　だいじ (な) 家族を 大事に 考えて いる。 我很重視家人。
☐	**大切 (な)**	重要、珍惜　　　　たいせつ (な) 上手に なるためには、練習が 大切だ。 想要成功最重要的是練習。

☐	**丁寧（な）**	有禮貌、謹慎、細心、尊敬　　　　　　　　ていねい（な） 仕事を 丁寧に する。謹慎工作。
☐	**適当（な）**	適當、適合　　　　　　　　　　　　　　　てきとう（な） 野菜を 適当な 大きさに 切る。 蔬菜切成適當的大小。
☐	**特別（な）**	特別、格外　　　　　　　　　　　　　　　とくべつ（な） 特別に 注文する。特別訂購。
☐	**熱心（な）**	熱心、熱誠　　　　　　　　　　　　　　　ねっしん（な） 熱心に 勉強する。用功讀書。
☐	**複雑（な）**	複雑 ↔ 簡単（な）簡單　　　　　　　　　ふくざつ（な） 複雑な 問題に なる。演變成複雜的問題。
☐	**不便（な）**	不方便 ↔ 便利（な）方便、便利　　　　　ふべん（な） ここは 交通が 不便だ。這裡交通不便。
☐	**下手（な）**	笨拙、很差 ↔ 上手（な）熟練、擅長、拿手　へた（な） 下手な 英語で 話す。用笨拙的英文交談。
☐	**別（な）**	不同、另外　　　　　　　　　　　　　　　べつ（な） それと これとは 話が 別だ。 這個跟那個是兩碼子的事。
☐	**変（な）**	奇怪　　　　　　　　　　　　　　　　　　へん（な） この 薬は 変な においが する。 這個藥有奇怪的味道。
☐	**まじめ（な）**	認真　　　　　　　　　　　　　　　　　 まじめに 勉強したら 成績が 上がった。 認真讀書後成績變好了。

	無理（な）	不可能、勉強	むり（な）

その 仕事は 一人では 無理だ。
這項工作一個人實在做不來。

	有名（な）	有名、出名	ゆうめい（な）

彼の 作品は 有名だ。 他的作品很有名。

	立派（な）	優秀、漂亮	りっぱ（な）

スーツを 着ると 立派に 見える。
一穿上西裝，看起來就儀表堂堂。

☐ **あんなに**
那樣地
あんなに いい 人は いない。 沒有那樣的好人。

☐ **いかが**
如何
もう 一杯 いかがですか。 再來一杯如何？

☐ **いくら**
（～ても）怎麼～也、不論～
いくら 探しても 見つからない。
不管怎麼找都找不到。

☐ **いちいち**
一個一個、一切
いちいち 説明する。 一一說明。

☐ **いつか**
總有一天
また いつか お会いしましょう。
我們總有一天會再見面的。

☐ **いっしょうけんめい**
拼命
いっしょうけんめい 働く。 拼命努力工作。

☐ **一体**
到底 いったい
一体 何が 言いたいんだ？ 你到底想說什麼？

☐ **いっぱい**
滿、充滿
お腹 いっぱい 食べる。 吃得好飽。

☐ **必ず**
一定、務必 かならず
宿題は 必ず やりなさい。 功課一定要寫。

☐ **かなり**
相當、很
かなり 困っている。 相當困擾。

☐ **きっと**
一定
君なら きっと 合格するよ。
如果是你，一定會及格的。

□	急に	突然 急に 雨が 降り出した。突然下起雨來。	きゅうに
□	けっこう	相當、十分＝かなり けっこう おいしい。相當好吃。	
□	決して	決不〜（後接否定句） 決して うそは 言いません。我決不說謊。	けっして
□	これから	現在、今後 これから 学校に 行きます。我現在要去學校。	
□	こんなに	這樣、如此 こんなに 込むとは 思わなかった。 沒想到如此擁擠。	
□	さっき	剛才、稍早 さっきから 雨が 降って いる。 從剛才就在下雨。	
□	しっかり	確實、牢牢地 靴の ひもを しっかりと 結ぶ。 鞋帶要確實綁緊。	
□	ずいぶん	相當 体の 調子が ずいぶん よく なった。 身體狀況恢復的很好。	
□	すっかり	全部、完全 すっかり 約束を 忘れて いた。 完全忘記有約了。	
□	ずっと	一直、始終、〜得多、〜得很 昨日は ずっと 家に いた。昨天一直在家。 この 方が ずっと 大きい。這邊大多了。	

☐	**全然**	（後接否定）完全 意味が 全然 分からない。意思完全不明白。	ぜんぜん
☐	**全部**	全部、所有 料理を 全部食べる。吃完全部的料理。	ぜんぶ
☐	**それほど**	（表示程度）那麼、那樣＝あまり それほど 欲しいなら あげよう。 那麼想要的話就給你吧！ それほど 難しく ない。沒有那麼難。	
☐	**そろそろ**	就要、快要、漸漸地 そろそろ 出かけよう。差不多要出門了。	
☐	**そんなに**	那麼、那樣地 そんなに 心配しなくても いい。 你不用那麼擔心。	
☐	**大体**	大致、大概 説明は 大体 分かりました。 說明大致上都明白了。	だいたい
☐	**大抵**	大部分、大多＝大体 休日は 大抵家で 過ごす。休假大多待在家。	たいてい
☐	**だいぶ**	很、非常＝かなり 今日は だいぶ 寒い。今天很冷。	
☐	**確か**	確實、的確、也許 確か 今日も 営業して いる はずだ。 今天也確實有營業。	たしか
☐	**ただいま**	目前、剛才、馬上＝すぐに,もうすぐ ただいま 参ります。我馬上去。	

例えば	例如　　　　　　　　　　たとえば 私は 冬の スポーツ、例えば スキーが 好きです。 我喜歡冬天的運動，例如滑雪。
多分	應該、也許　　　　　　　たぶん 多分 行けると 思う。也許可以去。
たまに	偶爾 たまに 映画を 見る。我偶爾會看電影。
ちっとも	（後接否定）一點也～ この 本は ちっとも おもしろく ない。 這本書一點也不有趣。
ちょうど	正好、剛好 ちょうど 約束の 時間に 着く。 剛好在約定的時間到達。
できるだけ	儘量＝なるべく できるだけ 早く 返事を ください。 請儘快回覆。
とうとう	終於、到底 彼は とうとう 来なかった。他終究沒來。
特に	特別　　　　　　　　　　とくに 特に 問題は なかった。沒有什麼特別的問題。
どんどん	順利地、接二連三地 工事が どんどん 進む。施工順利地進行。
どんなに	如何、多麼 どんなに 遅くても ３時までには 戻ります。 不管多麼晚，三點前回來。

☐	**なかなか**	（後接否定）相當、怎麼也～ この 本は なかなか おもしろい。 這本書很有趣。 タクシーが なかなか つかまらない。 怎麼都招不到計程車。
☐	**なるべく**	儘可能＝できるだけ なるべく 出席して ください。 請儘可能參加。
☐	**なるほど**	的確＝たしかに, ほんとうに なるほど この 本は おもしろい。 這本書的確很有意思。
☐	**はじめて**	初次 はじめて お目に かかります。　初次見面。
☐	**はじめに**	開始＝まず はじめに 私から 報告いたします。 開始由我來報告。
☐	**はっきり**	明確、清楚 はっきりと 見える。　可以看得很清楚。
☐	**非常に**	非常、很　　　　　　　　　　ひじょうに 非常に 悲しい。　非常難過。
☐	**びっくり**	驚訝 値段を 聞いて びっくりする。 聽到價錢後嚇了一跳。
☐	**ぺらぺら**	流利、滔滔不絕 人の 秘密を ぺらぺら 話す。 滔滔不絕地說著他人的秘密。

| □ | ほとんど | 幾乎 |
| | | ほとんど 終わりました。幾乎都結束了。 |

| □ | まず | 首先＝はじめに |
| | | まず お茶でも 飲んで ください。
請先喝杯茶。 |

| □ | もう | 已經 |
| | | 会議は もう 終わりました。
會議已經結束了。 |

| □ | もうすぐ | 馬上 |
| | | もうすぐ 来るでしょう。馬上就到了吧！ |

| □ | もし | 如果 |
| | | もし 明日 雨が 降ったら 中止に なります。
明天如果下雨就中止。 |

| □ | もちろん | 當然 |
| | | もちろん 出席します。我當然會出席。 |

| □ | やっと | 終於 |
| | | やっと 成功した。終於成功了。 |

| □ | やはり | 果然、還是、同樣＝やっぱり |
| | | 彼は やはり 来なかった。他果然沒來。 |

□	よく	很～、經常
		星が よく 見える。星星看得很清楚。
		よく 映画を 見に 行く。經常去看電影。

| □ | わざわざ | 特意、故意 |
| | | わざわざ 行かなくても いい。
你不用特地去也可以．. |

| □ | おや | （表示驚訝）哎呀 |
| | | おや、まだ 帰らなかったの？ 哎呀，你還沒回去啊？ |

| □ | けれども | 但是、然而 |
| | | 安い。けれども、品質は よく ない。
很便宜，但是品質不好。 |

| □ | しかし | 可是 |
| | | 天気は 悪い。しかし、出かける。
天氣不好，但還是要出門。 |

| □ | すると | 於是、這麼說、也就是說 |
| | | ドアを ノックした。すると 誰か 出て きた。
門鎖住了。這麼說是有人出去了。 |

| □ | そして | 而且、然後 |
| | | 中学校を 卒業した。そして、高校に 入学した。
國中畢業，然後升高中。 |

| □ | それから | 然後、接著 |
| | | 顔を 洗って、それから ご飯を 食べる。
洗個臉，接著吃飯。 |

| □ | それで | 因此、所以 |
| | | 昨日は 天気が 悪かった。それで 出かけなかった。
昨天天氣不好，所以沒有出門。 |

| □ | それでは | 那麼 |
| | | それでは 始めましょう。那麼開始吧！ |

| □ | それに | 而且 |
| | | この 仕事は 楽だ。それに 給料も いい。
這個工作很輕鬆，而且薪水又多。 |

□	だから	因為、所以
		もう 時間が ない。だから 急がなければ ならない。
		沒有時間了，所以必須要快點。

□	または	或者
		電話 または メールで 知らせます。
		用電話或電子郵件通知。

□	など	等等（列舉）
		休みの 日は、掃除や 洗濯などを します。
		假日會打掃或洗衣服等等。

| □ | ばかり | 只、僅、光 |
| | | いつも 怒って ばかり いる。老是在生氣。 |

カタカナ 片假名

☐ アイディア	主意、想法 いい アイディアを 出す。想出好主意。
☐ アイロン	熨斗 アイロンを かける。燙熨斗。
☐ アクセサリー	飾品 アクセサリーを つける。戴飾品。
☐ アジア	亞洲 アジアには 多くの 国が ある。亞洲有很多國家。
☐ アナウンサー	廣播員 アナウンサーが ニュースを 読む。廣播員播報新聞。
☐ アニメ	卡通、動畫 テレビで アニメを 見る。用電視看卡通。
☐ アフリカ	非洲 アフリカを 旅行する。在非洲旅行。
☐ アメリカ	美國 アメリカに 留学に 行く。去美國留學。
☐ アルコール	酒精 この 飲み物には アルコールが 入って いる。 這瓶飲料有摻酒精。
☐ アルバイト	打工 本屋で アルバイトを する。在書店打工。
☐ イヤリング	耳環 イヤリングを つける。戴耳環。

□	エアコン	冷氣 エアコンが 壊れて いる。 冷氣壞掉了。
□	エスカレーター	電扶梯 4階までは エスカレーターで 上がる。 到四樓前搭電扶梯上樓。
□	オートバイ	機車 オートバイに 乗って 走る。 騎機車跑走。
□	カーテン	窗簾 部屋の カーテンを 閉める。 把房間的窗簾拉上。
□	ガス	瓦斯 ガスの 火を 強く する。 把火源轉強。
□	ガソリン	汽油 ガソリンの 値段が 上がる。 汽油價格上漲。
□	ガソリンスタンド	加油站 近くの ガソリンスタンドを 探す。 尋找附近的加油站。
□	ガラス	玻璃 ガラスは 割れやすい。 玻璃容易破裂。
□	カレー	咖哩 昼食は カレーに する。 中餐吃咖哩。
□	キッチン	廚房＝台所 キッチンで 料理を する。 在廚房煮菜。
□	キログラム	公斤 体重が 5キログラムも 増えて しまった。 體重增加了5公斤。

☐	キロメートル	公里 時速 100 キロメートルで 走る。以時速100公里急駛。
☐	ケーキ	蛋糕 ケーキを 半分に 切る。把蛋糕切一半。
☐	ゲーム	遊戲、比賽 毎日 ゲームばかり して いる。每天只知道玩遊戲。
☐	コート	大衣 コートを 着る。穿著大衣。
☐	コンサート	演唱會 市民ホールで コンサートが 開かれた。 在市民會館舉辦了演唱會。
☐	コンピューター	電腦 コンピューターを 使って メールを 送る。 用電腦寄送電子郵件。
☐	サイン	簽名 作家に サインを もらう。請作家簽名。
☐	サラダ	沙拉 野菜サラダを 食べる。吃生菜沙拉。
☐	サンダル	涼鞋 夏は やはり サンダルが いい。夏天果然還是涼鞋最舒服。
☐	サンドイッチ	三明治 ハムと 野菜の 入った サンドイッチを 買った。 買了有火腿和生菜的三明治。
☐	ジャム	果醬 イチゴジャムを 塗って 食べる。塗上草莓果醬食用。

□ **ジュース**
果汁
オレンジジュースを飲（の）む。 喝柳橙汁。

□ **スーツ**
西裝
黒（くろ）い スーツを着（き）る。 穿著黑色西裝。

□ **スーツケース**
皮箱
スーツケースを持（も）ち歩（ある）く。 手提皮箱。

□ **スーパー**
（スーパーマーケット的簡稱）超市
スーパーに買（か）い物（もの）に行（い）く。 去超級市場買東西。

□ **スクリーン**
螢幕、銀幕
映画（えいが）を スクリーンに映（うつ）す。 電影投射在銀幕上。

□ **ステーキ**
牛排
ステーキを焼（や）く。 煎牛排。

□ **ステレオ**
立體音響
この ステレオは音（おと）が いい。 這台立體音響的音質很好。

□ **スピーカー**
擴音器、喇叭
スピーカーで音（おと）を出（だ）す。 用喇叭播放聲音。

□ **スピーチ**
演講、演說
みんなの前（まえ）で スピーチをする。 在大家面前演講。

□ **スピード**
速度
スピードを上（あ）げる。 加快速度。

□ **スリッパ**
（室內）拖鞋
室内（しつない）では スリッパを はく。 在室內穿拖鞋。

□ **セット**
組、套、成套
コーヒーセットを プレゼントする。 贈送咖啡組當禮物。

☐ **ソフト**
柔軟
ソフトに 言う。婉轉地說。

☐ **タイプ**
型式、類型
新しい タイプの 車を 作る。製造新款式的車子。

☐ **ダンス**
跳舞
ダンスパーティーを 開く。舉辦舞會。

☐ **チェック**
確認
明日の スケジュールを チェックする。
確認明天的行程。

☐ **チケット**
票券、票
コンサートの チケットを 買う。購買演唱會的門票券。

☐ **テキスト**
教科書、教材
この テキストから 試験の 問題が 出ます。
考試問題從這本教科書出題。

☐ **テニス**
網球
友だちと テニスを した。和朋友打網球。

☐ **トラック**
卡車
トラックで 荷物を 運ぶ。用卡車搬運。

☐ **ドラマ**
連續劇
朝の テレビドラマを 見る。收看晨間連續劇。

☐ **ドレス**
女性晚禮服
長い ドレスを 着る。穿著禮服。

☐ **ニュース**
新聞
地震の ニュースを 見る。收看的地震新聞。

□	パーティー	餐會、晩會、酒會 パーティーを 開く。舉辦晚會。
□	パートタイム	Part time、打工、兼差 パートタイムで 働く。做打工的工作。
□	バケツ	水桶 バケツに 水を 入れる。倒水到水桶裡。
□	パソコン	個人電腦 パソコンが 壊れたので 新しいのを 買った。 由於個人電腦壞掉，所以買新的。
□	バター	奶油 パンに バターを つける。在麵包上塗上奶油。
□	ハンバーグ	漢堡排 牛肉で ハンバーグステーキを 作る。用牛肉做漢堡排。
□	ピアノ	鋼琴 ピアノを 練習する。練習鋼琴。
□	ビール	啤酒 ビールを 飲む。喝啤酒。
□	ピクニック	野餐 ピクニックに 出かける。外出野餐。
□	ピンク	粉紅色 ピンク色の ブラウスを 着る。穿著粉紅色的女性罩衫。
□	フィルム	底片 フィルムを 一本 買う。買一卷底片。
□	プール	游泳池 プールで 泳ぐ。在泳池游泳。

□ **フォーク**
叉子
ナイフと フォークを 使って 食事を する。
用刀叉吃飯。

□ **プリント**
印刷、印刷品
プリントを 渡す。交付印刷品。

□ **プレゼント**
禮物
誕生日の プレゼントを あげる。送生日禮物。

□ **ページ**
頁數
テキストの 35 ページを 開いて ください。
請翻開課本的第35頁。

□ **ベッド**
床
ベッドに 入る。上床睡覺。

□ **ペット**
寵物
ペットを 飼う。飼養寵物。

□ **ベル**
鈴聲
電話の ベルが 鳴る。電話鈴響。

□ **ボート**
小船、小艇
二人で ボートに 乗る。兩個人搭乘小艇。

□ **ボール**
球
ボールを 投げる。投球。

□ **ポスト**
郵筒、信箱
ポストに 手紙を 入れる。把信投入郵筒。

□ **マスク**
面具
マスクを かける。戴上面具。

	マッチ	火柴
☐		マッチで 火を つける。 用火柴點火。

	メートル	公尺
☐		家の 前に 高さ 10 メートルぐらいの 木が ある。 我們家門前有一顆高約10公尺的樹。

	メロン	哈密瓜
☐		この メロンは とても 甘い。 這顆哈密瓜很甜。

	ラジカセ	收錄音機
☐		電気屋で ラジカセを 買った。 在電氣行買收錄音機。

	レコード	唱片
☐		レコードを かけて 音楽を 楽しむ。 放唱片享受音樂。

	レジ	收銀機、收銀台
☐		レジで お金を 払う。 在收銀台處付錢。

	レベル	程度、水準
☐		生活の レベルが 高い。 生活水準高。

	レポート	報告
☐		レポートを 書く。 撰寫報告。

	ワープロ	文字處理機
☐		ワープロで 文書を 作る。 用文字處理機作資料。

	ワイシャツ	白襯衫
☐		ワイシャツを 洗う。 清洗白襯衫。

	ワンピース	連身洋裝
☐		娘に ワンピースを 買って あげた。 幫女兒買洋裝。

あいさつ

☐	行ってまいります	我走了、我出門了。	いってまいります
☐	行ってらっしゃい	請慢走。	いってらっしゃい
☐	お帰りなさい	您回來了。	おかえりなさい
☐	おかげさまで	拖您的福。	
☐	お元気ですか	您好嗎？	おげんきですか
☐	お大事に	請保重身體。	おだいじに
☐	お待たせしました	讓您久等了。	おまたせしました
☐	おめでとうございます	恭喜您。	
☐	かしこまりました	我明白了。	

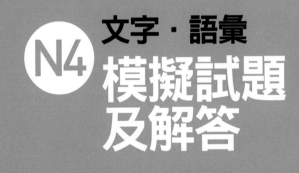

N4 文字・語彙
模擬試題及解答

もんだい1 ＿＿の ことばは ひらがなで どう かきますか。1・2・3・4から いちばん いい ものを ひとつ えらんで ください。

1 友だちの 結婚を 祝うために パーティーを ひらきました。
1 かよう　　　　2 いわう　　　　3 てつだう　　　4 はらう

2 この 店は 品物も 多いし、ねだんも 安いです。
1 しなもの　　　2 しなぶつ　　　3 ひんもの　　　4 ひんぶつ

3 日本語は 読めますが、書くのは まだ 下手です。
1 ふべん　　　　2 じょうず　　　3 だいじ　　　　4 へた

4 誕生日の プレゼントに 人形を もらいました。
1 じんきょう　　2 にんぎょう　　3 じんけい　　　4 にんけい

5 地図を 見ながら、町を 見物しました。
1 じと　　　　　2 ちと　　　　　3 じず　　　　　4 ちず

6 この 特急電車は その 駅には とまりません。
1 ときゅう　　　2 とうきゅう　　3 とっきゅ　　　4 とっきゅう

7 道が 狭くて 車が とおる ことが できません。
1 ひろくて　　　2 とおくて　　　3 ふかくて　　　4 せまくて

8 階段で 転んで けがを しました。
1 あそんで　　　2 はこんで　　　3 ころんで　　　4 ふんで

9 こどもたちの 笑う 声が きこえて くる。
1 あらう 　　　2 わらう 　　　3 にあう 　　　4 ならう

もんだい2 ＿＿＿ の ことばは どう かきますか。1・2・3・4から
いちばん いい ものを ひとつ えらんで ください。

10 兄は びょういんで はたらいて います。
1 勤いて 　　　2 動いて 　　　3 働いて 　　　4 治いて

11 まどを あけると、へやが すずしく なった。
1 涼しく 　　　2 冷しく 　　　3 正しく 　　　4 寒しく

12 この 店の てんいんは とても しんせつです。
1 点員 　　　2 席人 　　　3 店員 　　　4 圧買

13 何度 しっぱいしても、やめないで がんばります。
1 失則 　　　2 失敗 　　　3 矢則 　　　4 矢敗

14 つかれて いたが なかなか ねむれなかった。
1 眠れなかった 　　　　　　2 寝れなかった
3 見れなかった 　　　　　　4 守れなかった

15 重い にもつを もって、駅まで あるきました。
1 荷物 　　　2 貨物 　　　3 植物 　　　4 何物

もんだい3　（　　　）に　なにを　いれますか。1・2・3・4から
　　　　　　いちばん　いい　ものを　ひとつ　えらんで　ください。

16　とりは　（　　　　）が　あるから　飛ぶ　ことが　できる。
　　　1 くび　　　　　2 あし　　　　　3 はね　　　　　4 かた

17　（　　　　）　電話を　かけても　だれも　でなかった。
　　　1 いくら　　　2 いくつ　　　3 どうして　　4 どんな

18　お客さんが　くるので、テーブルに　花を　（　　　　）。
　　　1 うりました　　　　　　　　　2 おくりました
　　　3 かいました　　　　　　　　　4 かざりました

19　うちださんが　入院したので、（　　　　）に　行きました。
　　　1 おいわい　　2 おれい　　　3 おみまい　　4 おまつり

20　毎日　（　　　）　ふくしゅうして　ください。
　　　1 ぜんぜん　　2 かならず　　3 けっして　　4 たぶん

21　こんど　（　　　）が　あったら、また　京都に　いきたいです。
　　　1 りゆう　　　2 きかい　　　3 かいわ　　　4 げんいん

22　げんかんの　ベルが　（　　　　）ので　でて　みた。
　　　1 あった　　　2 まった　　　3 もった　　　4 なった

23　道路を　つくる　工事が　（　　　　）　すすんで　いる。
　　　1 どんどん　　2 にこにこ　　3 おおぜい　　4 なるべく

24 むすこは 毎日 しゅくだいの （　　　　） を もらって
かえって きます。

1 プリント　　　2 レコード　　　3 ドラマ　　　4 チェック

25 えきまえの ほんやで 本を 2 （　　　　） かいました。

1 ほん　　　　　2 だい　　　　　3 まい　　　　　4 さつ

もんだい4 ＿＿＿＿の ぶんと だいたい おなじ いみの ぶんが あります。

1・2・3・4から いちばん いい ものを ひとつ えらんで
ください。

26 あなたの いけんを きかせて ください。

1 あなたの かんがえを きいて ください。
2 あなたの かんがえを いって ください。
3 わたしの いけんを きいて ください。
4 わたしの いけんを いいたいです。

27 アルバイトの けいけんが ありますか。

1 アルバイトを した ことが ありますか。
2 アルバイトを しては いけませんか。
3 アルバイトを して いますか。
4 アルバイトを して おきますか。

28 この みちは 車が おおくて きけんです。

1 この みちは 車が おおいので あぶないです。
2 この みちは 車が おおくて うるさいです。
3 この みちは 車が おおいですが、あんぜんです。
4 この みちは 車が あまり とおりません。

29　この　本は　なかなか　おもしろいです。

　　1この　本は　すこし　おもしろいです。

　　2この　本は　あまり　おもしろいです。

　　3この　本は　やはり　おもしろいです。

　　4この　本は　ひじょうに　おもしろいです。

30　たなかさんは　びょうきが　なおって、病院から　うちへ

　　もどった　そうです。

　　1たなかさんは　そつぎょうした　そうです。

　　2たなかさんは　よやくした　そうです。

　　3たなかさんは　たいいんした　そうです。

　　4たなかさんは　そうたいした　そうです。

もんだい5　つぎの　ことばの　つかいかたで　いちばん　いい　ものを
　　　　　　1・2・3・4から　ひとつ　えらんで　ください。

31　こまかい

　　1きょうの　てんきは　とても　こまかいです。

　　2あの　みせで　こまかい　ふくを　かいました。

　　3この　本は　じが　こまかくて　よみにくいです。

　　4きょうの　ハイキングは　とても　こまかかった。

32　そうたい

　　1ねつが　あったので　そうたいして　びょういんに　行った。

　　2たくさん　あるから、そうたいしないで　たべて　ください。

　　3やすみには　いえの　そうたいを　します。

　　4あしたから　みっかかん　りょこうに　いく　そうたいです。

33 さかん

1 この アパートは えきから とおくて、さかんです。

2 わたしの くには やきゅうが さかんします。

3 さかんですか、あしたの パーティーには でられません。

4 この まちは じどうしゃ こうぎょうが さかんです。

34 したく

1 これは したくだから まもって ください。

2 てがみの したくを かかなければならない。

3 ははは だいどころで しょくじの したくを して いる。

4 せんげつ あたらしい いえに したくしました。

35 まにあう

1 ねぼうを して あさの じゅぎょうに まにあいませんでした。

2 えきで ともだちに まにあいました。

3 あした せんせいの おたくに まにあいます。

4 どんなに さがしても わたしの ほんは まにあいませんでした。

1②	2①	3④	4②	5④	6④	7④	8③	9②	10③
11①	12③	13②	14①	15①	16③	17①	18④	19③	20②
21②	22④	23①	24①	25④	26②	27①	28①	29④	30③
31③	32①	33④	34③	35①					

・分析

問題1

① 友だちの 結婚を 祝う（いわう）ために パーティーを ひらきました。
為了慶祝朋友結婚，所以舉行了宴會。

② この 店は 品物（しなもの）も 多いし、ねだんも 安いです。
這間店商品多，價格也便宜。

③ 日本語は 読めますが、書くのは まだ 下手（へた）です。
雖然看得懂日文，但是不擅長書寫。

④ 誕生日の プレゼントに 人形（にんぎょう）を もらいました。
生日禮物收到一個人形娃娃。

⑤ 地図（ちず）を 見ながら、町を 見物しました。
一邊看地圖一邊參觀城鎮風光。

⑥ この 特急（とっきゅう）電車は その 駅には とまりません。
這台特快電車不會停靠那個車站。

⑦ 道が 狭くて（せまくて）車が とおる ことが できません。
這條路太狹小，車子無法通過。

⑧ 階段で 転んで（ころんで）けがを しました。
在樓梯摔倒受了傷。

⑨ こどもたちの 笑う（わらう）声が きこえて くる。
可以聽到孩子們的笑聲。

問題2

[10] 兄は びょういんで はたらいて（働いて） います。
哥哥在醫院工作。

[11] まどを あけると、へやが すずしく（涼しく） なった。
一打開窗戶，房間頓時變得很涼快。

[12] この 店の てんいん（店員）は とても しんせつです。
這間店的店員很親切。

[13] 何度 しっぱい（失敗）しても、やめないで がんばります。
不管失敗多少次，都要努力不懈。

[14] つかれて いたが なかなか ねむれなかった（眠れなかった）。
雖然很累，卻一直無法入睡。

[15] 重い にもつ（荷物）を もって、駅まで あるきました。
提著沈重的行李步行到車站。

問題3

[16] とりは （はね）が あるから 飛とぶ ことが できる。
鳥有翅膀所以能飛翔。

[17] （いくら）電話を かけても だれも でなかった。
不管打幾次電話，都沒有人接。

[18] お客さんが くるので、テーブルに 花を （かざりました）。
有客人來訪，所以桌上擺花裝飾。

[19] うちださんが 入院したので、（おみまい）に 行きました。
內田先生住院，所以我去探望他。

[20] 毎日（かならず）ふくしゅうして ください。
每天請務必要複習。

[21] こんど （きかい）が あったら、また 京都に いきたいです。
下次如果還有機會，還想再去京都。

22 げんかんの ベルが （なった）ので でて みた。
玄關的門鈴響了，所以去看是誰來了。

23 道路を つくる 工事が （どんどん） すすんで いる。
道路施工正順利地進行。

24 むすこは 毎日しゅくだいの （プリント）を もらって かえってきます。
兒子每天拿習題的講義回家。

25 えきまえの ほんやで 本を 2 （さつ） かいました。
在車站前的書店買了兩本書。

問題 4

26 あなたの いけんを きかせて ください。
請讓我聽聽你的意見。

＝あなたの かんがえを いって ください。
　請說出你的想法。

27 アルバイトの けいけんが ありますか。
你有打工的經驗嗎？

＝アルバイトを した ことが ありますか。
　你有打工過嗎？

28 この みちは 車が おおくて きけんです。
這條馬路車子很多相當危險。

＝この みちは 車が おおいので あぶないです。
　這條馬路車多很不安全。

29 この 本は なかなか おもしろいです。
這本書很有趣。

＝この 本は ひじょうに おもしろいです。
　這本書非常有趣。

30 たなかさんは びょうきが なおって、病院から うちへ もどったそう
です。

田中先生的病已痊癒,好像從醫院回家了。

＝たなかさんは たいいんした そうです。

田中先生好像出院了。

問題 5

31 この 本は 字が こまかくて よみにくいです。

這本書的字體很小看不清楚。

32 熱が あったので そうたいして びょういんに 行った。

因為發燒,所以提早離開去了醫院。

33 この まちは じどうしゃ こうぎょうが さかんです。

這個城鎮的汽車工業相當繁榮。

34 ははは だいどころで しょくじの したくを して いる。

媽媽在廚房準備餐點。

35 ねぼうを して あさの じゅぎょうに まにあいませんでした。

因為睡過頭,所以趕不及上早上的課。

純日文　日中對照

N3-01.MP3　N3-01.MP3

□ 愛	愛、愛情、喜愛、熱愛	あい
□ 相手	對方、夥伴	あいて
□ 赤ん坊	嬰兒	あかんぼう
□ 空き地	空地	あきち
□ 握手	握手	あくしゅ
□ あくび	哈欠	あくび
□ 朝日	朝陽、旭日	あさひ
□ 足跡	腳印、足跡、痕跡、事蹟	あしあと
□ 味見	試口味、嚐味道	あじみ
□ 足元	腳邊	あしもと
□ 当たり前	理所當然、正常	あたりまえ
□ 悪化	惡化	あっか
□ 集まり	集合	あつまり
□ あて先	收件人的姓名、地址	あてさき
□ 油	油	あぶら
□ 雨戸	遮雨板、雨遮	あまど
□ 網戸	紗門、紗窗	あみど
□ 泡	泡沫、氣泡	あわ
□ 暗記	背	あんき
□ 怒り	憤怒	いかり

☐ 意義	意義	いぎ
☐ 勢い	氣勢、勢力	いきおい
☐ 生き物	生物、動物	いきもの
☐ 育児	育兒、養育小孩	いくじ
☐ 以後	以後	いご
☐ 医師	醫生	いし
☐ 以前	以前	いぜん
☐ 板	板子	いた
☐ 痛み	疼痛、悲傷、苦惱	いたみ
☐ 市場	市場	いちば
☐ 一部	一部分	いちぶ
☐ 一か月	一個月	いっかげつ
☐ 一生	一生、一輩子	いっしょう
☐ 一方通行	單向通行	いっぽうつうこう
☐ いとこ	堂兄弟姊妹、表兄弟姊妹	
☐ 居眠り	打瞌睡	いねむり
☐ 違反	違反	いはん
☐ 医療	醫療	いりょう
☐ 岩	岩石	いわ
☐ 印象	印象	いんしょう
☐ うがい	漱口	
☐ 受取人	領收人	うけとりにん

☐	うさぎ	兔子	
☐	牛	牛	うし
☐	右折	右轉	うせつ
☐	うそつき	説謊	
☐	馬	馬	うま
☐	生まれ	出生、出生地、出身、門第	うまれ
☐	梅	梅子	うめ
☐	売り上げ	營業額、銷售額	うりあげ
☐	売り切れ	售完、賣光	うりきれ
☐	噂	謠言、傳聞	うわさ
☐	運河	運河	うんが
☐	運賃	運費	うんちん
☐	運転席	駕駛座	うんてんせき
☐	運転免許証	駕駛執照	うんてんめんきょしょう
☐	永遠	永遠	えいえん
☐	英国	英國	えいこく
☐	英文	英文文章；英美文學（系）	えいぶん
☐	栄養	營養	えいよう
☐	笑顔	笑臉、笑容	えがお
☐	宴会	宴會	えんかい
☐	演劇	戲劇	えんげき
☐	演奏	演奏	えんそう

☐	遠足	遠足	えんそく
☐	おい	（男性對晚輩或下屬呼喊的用語）喂、（稍感驚訝）哎呀	
☐	王様	國王、大王	おうさま
☐	王子	王子	おうじ
☐	横断	橫切、橫渡、橫過、穿越	おうだん
☐	往復	來往、往返、來回	おうふく
☐	応募	應徵	おうぼ
☐	大通り	大街、大馬路	おおどおり
☐	大家	房東	おおや
☐	奥	深處、內部、夫人	おく
☐	屋外	戶外	おくがい
☐	屋内	屋內	おくない
☐	おしゃれ	時髦、愛打扮	
☐	お尻	屁股、臀部	おしり
☐	お勧め	建議、推薦	おすすめ
☐	お互い	互相	おたがい
☐	お茶碗	飯碗、茶杯	おちゃわん
☐	お手伝いさん	女佣人、褓姆	おてつだいさん
☐	お見合い	相親	おみあい
☐	思い出	回憶	おもいで
☐	親指	姆指	おやゆび
☐	お礼	謝意、禮物、行禮	おれい

☐ 音楽家	音樂家	おんがくか
☐ 温室	溫室	おんしつ
☐ 温泉	溫泉	おんせん
☐ 温度	溫度	おんど
☐ 女の人	女人	おんなのひと
☐ おんぶ	揹、倚靠別人（金援）	

か

☐ 会員	會員	かいいん
☐ 絵画	繪畫	かいが
☐ 海外	海外、國外	かいがい
☐ 会館	會館	かいかん
☐ 解決	解決	かいけつ
☐ 会合	聚會、集會	かいごう
☐ 改札口	剪票口	かいさつぐち
☐ 回収	回收	かいしゅう
☐ 外出	外出	がいしゅつ
☐ 海水浴	海水浴、海邊玩水	かいすいよく
☐ 回数券	回數票	かいすうけん
☐ 解説	解説	かいせつ
☐ 会長	會長	かいちょう
☐ 画家	畫家	がか

☐ 価格	價格	かかく
☐ 化学	化學	かがく
☐ 係り	擔當者、關係、牽連	かかり
☐ 書留	掛號	かきとめ
☐ 書き取り	抄寫、默寫	かきとり
☐ 家具	家具	かぐ
☐ 各駅停車	每站都停	かくえきていしゃ
☐ 覚悟	覺悟	かくご
☐ 学者	學者	がくしゃ
☐ 学習	學習	がくしゅう
☐ 拡大	擴大	かくだい
☐ 確認	確認	かくにん
☐ 学費	學費	がくひ
☐ 学部	院、系	がくぶ
☐ 学問	學問	がくもん
☐ 格安	價格低廉、價格很便宜	かくやす
☐ 学力	學力	がくりょく
☐ かけ算	乘法	かけざん
☐ 火災	火災	かさい
☐ 貸し出し	出借、出租、借貸（金錢）	かしだし
☐ 河川	河川	かせん
☐ 課題	課題、習題	かだい

☐	方々	諸位、您們	かたがた
☐	片道	單程、單方面	かたみち
☐	勝ち	勝利	かち
☐	価値	價值	かち
☐	活気	朝氣、活力	かっき
☐	楽器	樂器	がっき
☐	活動	活動	かつどう
☐	家電製品	家電製品	かでんせいひん
☐	悲しみ	難過、悲傷	かなしみ
☐	神	神	かみ
☐	画面	畫面、映像	がめん
☐	科目	科目	かもく
☐	空	空、空洞、空手、虛假	から
☐	空っぽ	空空的、空空如也	からっぽ
☐	缶	罐、桶	かん
☐	考え	想法、意見、思考	かんがえ
☐	感覚	感覺	かんかく
☐	環境	環境	かんきょう
☐	歓迎会	歡迎會	かんげいかい
☐	看護師	護士	かんごし
☐	感じ	感覺、感受、印象	かんじ
☐	感謝	感謝	かんしゃ

☐ 患者	患者、病患	かんじゃ
☐ 感情	感情	かんじょう
☐ 感心	佩服、值得欽佩	かんしん
☐ 関心	關心	かんしん
☐ 完成	完成	かんせい
☐ 間接	間接	かんせつ
☐ 感想	感想	かんそう
☐ 感動	感動	かんどう
☐ 乾杯	乾杯	かんぱい
☐ 完了	完成、結束	かんりょう
☐ 気温	氣溫	きおん
☐ 機会	機會	きかい
☐ 帰国	回國	きこく
☐ 記事	報導、消息	きじ
☐ 傷	傷	きず
☐ 期待	期待	きたい
☐ 気体	氣體	きたい
☐ 帰宅	回家	きたく
☐ 喫煙席	吸菸席、吸菸區	きつえんせき
☐ 記入	填寫、寫上	きにゅう
☐ 記念	記念	きねん
☐ 希望	希望	きぼう

□	決まり	決定、規則、定則	きまり
□	疑問	疑問	ぎもん
□	逆	相反、倒	ぎゃく
□	休暇	休假	きゅうか
□	休業	停業、停止工作（無法再工作）	きゅうぎょう
□	休憩	休息	きゅうけい
□	休日	休假日	きゅうじつ
□	給食	供餐、供食、營養午餐	きゅうしょく
□	急ブレーキ	緊急煞車	きゅうブレーキ
□	給与	供給、供應	きゅうよ
□	休養	休養、休息	きゅうよう
□	給料	薪水、薪資	きゅうりょう
□	～行	～行 ▶ 三行 3 行	～ぎょう
□	強化	強化、加強	きょうか
□	教科書	教科書	きょうかしょ
□	教師	教師	きょうし
□	行事	（按照習慣舉行的）活動	ぎょうじ
□	教授	教授	きょうじゅ
□	競争	競爭	きょうそう
□	強調	強調	きょうちょう
□	共通	共同、通用	きょうつう
□	協力	協力、合作	きょうりょく

☐ 許可	允許、許可、批准	きょか
☐ 距離	距離	きょり
☐ 記録	記録	きろく
☐ 禁煙	禁菸	きんえん
☐ 禁煙席	禁菸席、禁菸區	きんえんせき
☐ 近視	近視	きんし
☐ 禁止	禁止	きんし
☐ 勤務	工作、職務	きんむ
☐ 区域	區域	くいき
☐ 空席	空位	くうせき
☐ 区間	區間、地段	くかん
☐ くじ	籤	
☐ くしゃみ	噴嚏	
☐ 薬指	無名指	くすりゆび
☐ 癖	癖、習慣	くせ
☐ 下り	下降	くだり
☐ 口紅	口紅	くちべに
☐ 区別	區別	くべつ
☐ 暮らし	生活	くらし
☐ くり返し	反覆、重覆	くりかえし
☐ 苦労	辛苦、操勞	くろう
☐ 経営	經營	けいえい

☐	警察官	警察	けいさつかん
☐	警察署	警察局	けいさつしょ
☐	計算	計算	けいさん
☐	芸術	藝術	げいじゅつ
☐	携帯	携帯	けいたい
☐	毛糸	毛線	けいと
☐	系統	系統	けいとう
☐	契約	契約	けいやく
☐	下旬	下旬	げじゅん
☐	化粧	化妝	けしょう
☐	下水	汙水	げすい
☐	血液	血液	けつえき
☐	結果	結果	けっか
☐	結局	結局	けっきょく
☐	決心	決心	けっしん
☐	決定	決定	けってい
☐	欠点	缺點、不及格	けってん
☐	結論	結論	けつろん
☐	煙	煙	けむり
☐	限界	界限、極限	げんかい
☐	研究	研究	けんきゅう
☐	現金	現金	げんきん

☐	言語	語言	げんご
☐	健康	健康	けんこう
☐	検査	檢查	けんさ
☐	現在	現在	げんざい
☐	現実	現實	げんじつ
☐	建設	建設	けんせつ
☐	現代	現代	げんだい
☐	限度	限度	げんど
☐	恋	戀愛、愛情	こい
☐	恋人	戀人、情人	こいびと
☐	幸運	幸運	こううん
☐	効果	效果	こうか
☐	工学	工程學	こうがく
☐	合格	合格、及格	ごうかく
☐	高級	高級	こうきゅう
☐	公共料金	（電費、水費、瓦斯費、電話費等）公用事業費、公共費	こうきょうりょうきん
☐	孝行	孝順、恭敬	こうこう
☐	広告	廣告	こうこく
☐	交際	交際	こうさい
☐	高速道路	高速公路	こうそくどうろ
☐	好調	順利	こうちょう
☐	交通事故	交通事故	こうつうじこ

☐	交通費	交通費	こうつうひ
☐	校庭	校園	こうてい
☐	行動	行動	こうどう
☐	合同	連合、合併	ごうどう
☐	後輩	晩輩、學弟妹	こうはい
☐	後半	後半	こうはん
☐	幸福	幸福	こうふく
☐	紅葉	紅葉	こうよう
☐	公立	公立	こうりつ
☐	合流	合流、交會	ごうりゅう
☐	効力	効力、效果	こうりょく
☐	高齢者	年長者	こうれいしゃ
☐	誤解	誤解、誤會	ごかい
☐	語学	語言學、外語學習	ごがく
☐	故郷	故郷、家郷	こきょう
☐	国語	國語	こくご
☐	黒板	黑板	こくばん
☐	腰	腰	こし
☐	子育て	養育小孩	こそだて
☐	国会	國會	こっかい
☐	小包	包裏、小包	こづつみ
☐	好み	喜好、嗜好	このみ

☐ 小指	小指		こゆび
☐ 今後	今後、往後		こんご
☐ 混雑	混雑、擁擠		こんざつ
☐ 混乱	混亂		こんらん

さ

☐ 最高	最高、最好、最佳		さいこう
☐ 祭日	（神社等）舉辦慶典的日子、（俗稱）節日		さいじつ
☐ 再生	再生、復活、（將廢物重製）再造、（錄影機等）繼續播放		さいせい
☐ 最低	最低、最差、低劣		さいてい
☐ 採点	評分		さいてん
☐ 才能	才能		さいのう
☐ 再利用	再次利用		さいりよう
☐ 材料	材料		ざいりょう
☐ 一昨々日	大前天		さきおととい
☐ 作業	作業		さぎょう
☐ 作者	作者		さくしゃ
☐ 昨年	去年		さくねん
☐ 昨夜	昨晚		さくや
☐ 差出人	寄件人		さしだしにん
☐ 座席	座位		ざせき
☐ 左折	左轉		させつ

□ 作家	作家	さっか
□ 作曲	作曲	さっきょく
□ 皿	盤子、碟子	さら
□ 猿	猴子	さる
□ 騒ぎ	騒動、吵鬧	さわぎ
□ 〜産	〜産 ▶ アメリカ産 美國産，国産 國産	〜さん
□ 参加	参加	さんか
□ 残業	加班	ざんぎょう
□ 詩	詩	し
□ 寺院	寺院	じいん
□ 司会	主持人、司儀	しかい
□ 次回	下一次	じかい
□ 時間割	功課表	じかんわり
□ 四季	四季	しき
□ 事件	事件	じけん
□ 死後	死後	しご
□ 事後	事後	じご
□ 時刻	時間、時刻	じこく
□ 時刻表	時刻表	じこくひょう
□ 指示	指示	しじ
□ 支社	分公司	ししゃ
□ 自習	自修、自習	じしゅう

□	次女	次女、第二個女兒	じじょ
□	事情	事情	じじょう
□	詩人	詩人	しじん
□	自信	自信	じしん
□	自然	自然	しぜん
□	事前	事前、事先	じぜん
□	時速	時速	じそく
□	下書き	草稿、底稿	したがき
□	失業	失業	しつぎょう
□	湿気	濕氣	しっけ
□	実現	實現	じつげん
□	実行	實施	じっこう
□	湿度	濕度	しつど
□	実力	實力	じつりょく
□	失恋	失戀	しつれん
□	指定	指定	してい
□	指定席	指定座位	していせき
□	私鉄	民營鐵路	してつ
□	支店	分店	してん
□	指導	指導	しどう
□	自動販売機	自動販賣機	じどうはんばいき
□	品	商品、物品、品質	しな

☐	次男	次男、第二個兒子	じなん
☐	始発駅	起站	しはつえき
☐	死亡	死亡	しぼう
☐	自慢	自滿、自誇	じまん
☐	事務	事務	じむ
☐	氏名	姓名	しめい
☐	締め切り	截止	しめきり
☐	地面	地面	じめん
☐	蛇口	水龍頭	じゃぐち
☐	車庫	車庫	しゃこ
☐	社説	社論	しゃせつ
☐	車輪	車輪	しゃりん
☐	周囲	周圍、周遭	しゅうい
☐	週刊誌	週刊雜誌	しゅうかんし
☐	住居	住宅、住所	じゅうきょ
☐	重視	重視	じゅうし
☐	就職	就業	しゅうしょく
☐	自由席	自由座	じゆうせき
☐	終点	終點	しゅうてん
☐	収入	收入	しゅうにゅう
☐	周辺	周邊、周圍	しゅうへん
☐	週末	週末	しゅうまつ

☐ 住民	居民		じゅうみん
☐ 修理	修理、維修		しゅうり
☐ 授業料	學費		じゅぎょうりょう
☐ 祝日	（國家規定的休息日）節日		しゅくじつ
☐ 縮小	縮小		しゅくしょう
☐ 宿泊	投宿、住宿		しゅくはく
☐ 受験	應試、考試		じゅけん
☐ 手術	手術		しゅじゅつ
☐ 受信	接收、收信、收聽		じゅしん
☐ 手段	手段、方法		しゅだん
☐ 主張	主張		しゅちょう
☐ 出勤	出勤、出門工作		しゅっきん
☐ 出血	出血		しゅっけつ
☐ 出現	出現		しゅつげん
☐ 出場	（比賽、表演）出場		しゅつじょう
☐ 出身	出身、來自～、出身在～		しゅっしん
☐ 出版	出版		しゅっぱん
☐ 首都	首都		しゅと
☐ 主婦	家庭婦女、家庭主婦		しゅふ
☐ 寿命	壽命		じゅみょう
☐ 種類	種類		しゅるい
☐ 受話器	話筒		じゅわき

純日文 日中對照

N3-07.MP3　N3-07.MP3

☐ 順番	輪流、順序	じゅんばん
☐ 消化	消化	しょうか
☐ 乗客	乗客	じょうきゃく
☐ 上級	上級	じょうきゅう
☐ 上下	上下、身分高低	じょうげ
☐ 条件	條件	じょうけん
☐ 正午	正午	しょうご
☐ 上司	上司、長官	じょうし
☐ 常識	常識	じょうしき
☐ 正直	誠實、正直	しょうじき
☐ 乗車	搭車	じょうしゃ
☐ 乗車券	車票	じょうしゃけん
☐ 上旬	上旬	じょうじゅん
☐ 少女	少女	しょうじょ
☐ 症状	症狀	しょうじょう
☐ 冗談	玩笑	じょうだん
☐ 商店	商店	しょうてん
☐ 商人	商人	しょうにん
☐ 少年	少年	しょうねん
☐ 商売	買賣、經營	しょうばい
☐ 消費	消費	しょうひ
☐ 商品	商品	しょうひん

☐	賞品	獎品	しょうひん
☐	消防	消防、救火、消防隊或消防車的簡稱	しょうぼう
☐	情報	情報、消息	じょうほう
☐	消防署	消防隊	しょうぼうしょ
☐	証明	證明	しょうめい
☐	正面	正面、對面	しょうめん
☐	使用料	使用費	しようりょう
☐	初級	初級	しょきゅう
☐	職業	職業	しょくぎょう
☐	食後	餐後、飯後	しょくご
☐	食事代	餐費	しょくじだい
☐	職場	職場	しょくば
☐	食費	伙食費、餐費	しょくひ
☐	食品	食品	しょくひん
☐	植物	植物	しょくぶつ
☐	食欲	食欲	しょくよく
☐	女子	女子、女孩	じょし
☐	初心者	初學者、入門者、生手	しょしんしゃ
☐	食器	餐具	しょっき
☐	書店	書店	しょてん
☐	女優	女演員	じょゆう
☐	書類	文件	しょるい

□ 知らせ	通知、消息、預兆	しらせ
□ 知り合い	朋友、熟人、相識	しりあい
□ 私立	私立	しりつ
□ 資料	資料	しりょう
□ 印	記號、標記、證據	しるし
□ 進学	升學	しんがく
□ 新幹線	新幹線	しんかんせん
□ 信号	信號、暗號	しんごう
□ 診察	看病、診察	しんさつ
□ 人種	種族、人種	じんしゅ
□ 申請	申請	しんせい
□ 人生	人生	じんせい
□ 親戚	親戚	しんせき
□ 親切	親切	しんせつ
□ 身長	身高	しんちょう
□ 進歩	進歩	しんぽ
□ 深夜	深夜、半夜	しんや
□ 親友	親朋好友	しんゆう
□ 心理	心理	しんり
□ 親類	親屬、親戚、同類	しんるい
□ 酢	醋	す
□ 水滴	水滴	すいてき

☐ 水道料金	水費	すいどうりょうきん
☐ 睡眠	睡眠	すいみん
☐ 数式	算式	すうしき
☐ 末っ子	（么兒、么女）最小的孩子	すえっこ
☐ 好き嫌い	好惡、挑剔	すききらい
☐ 住まい	住居	すまい
☐ 隅	角落	すみ
☐ 図面	圖面、設計圖	ずめん
☐ 税	税	ぜい
☐ 性格	性格、個性	せいかく
☐ 生活費	生活費	せいかつひ
☐ 請求書	（要求支付費用等的文件）申請書	せいきゅうしょ
☐ 税金	税金	ぜいきん
☐ 成功	成功	せいこう
☐ 税込み	含税	ぜいこみ
☐ 正座	端坐、跪坐	せいざ
☐ 政治家	政治家	せいじか
☐ 正式	正式	せいしき
☐ 性質	性質	せいしつ
☐ 青春	青春	せいしゅん
☐ 青少年	青少年	せいしょうねん
☐ 成人	成年人	せいじん

N5
N4
N3
N2
N1

☐ 成績	成績	せいせき
☐ 清掃	打掃、清潔	せいそう
☐ 成長	成長	せいちょう
☐ 青年	青年	せいねん
☐ 生年月日	出生年月日	せいねんがっぴ
☐ 製品	製品、產品	せいひん
☐ 制服	制服	せいふく
☐ 正門	正門	せいもん
☐ 整理	整理	せいり
☐ 咳	咳嗽	せき
☐ 責任	責任	せきにん
☐ 石油	石油	せきゆ
☐ 節約	節約、節省	せつやく
☐ 全員	全體人員	ぜんいん
☐ 選挙	選舉	せんきょ
☐ 専攻	專攻、專修	せんこう
☐ 洗剤	清潔劑	せんざい
☐ 先日	前幾天	せんじつ
☐ 全身	全身	ぜんしん
☐ 選択	選擇	せんたく
☐ 洗濯機	洗衣機	せんたくき
☐ 洗濯物	洗滌物	せんたくもの

☐ 宣伝	宣傳	せんでん
☐ 前半	前半、上半場	ぜんはん
☐ 扇風機	電扇、風扇	せんぷうき
☐ 洗面所	洗手間、盥洗室	せんめんじょ
☐ 専門家	専家	せんもんか
☐ 線路	線路	せんろ
☐ 騒音	噪音	そうおん
☐ 送金	寄錢	そうきん
☐ 総合	綜合、統一	そうごう
☐ 掃除機	吸塵器	そうじき
☐ 送信	發送	そうしん
☐ 想像	想像	そうぞう
☐ 相続	繼承	そうぞく
☐ 送別会	歡送會	そうべつかい
☐ 送料	運費、郵費	そうりょう
☐ 速達	快遞	そくたつ
☐ 測定	測定	そくてい
☐ 速度	速度	そくど
☐ 測量	測量	そくりょう
☐ 底	底部	そこ
☐ 卒業式	畢業典禮	そつぎょうしき
☐ 袖	袖子	そで

173

た

☐ 体育	體育		たいいく
☐ 体温	體溫		たいおん
☐ 大会	大會		たいかい
☐ 退学	退學		たいがく
☐ 代金	巨款、貨款		だいきん
☐ 対策	對策		たいさく
☐ 体重	體重		たいじゅう
☐ 退職	退職		たいしょく
☐ 態度	態度		たいど
☐ 大統領	總統		だいとうりょう
☐ 代表	代表		だいひょう
☐ 逮捕	逮捕		たいほ
☐ 題名	書籍或作品的標題、名稱；書名、作品名		だいめい
☐ 代理	代理		だいり
☐ 大量	大量		たいりょう
☐ 体力	體力		たいりょく
☐ 宝	寶物、貴重品		たから
☐ 足し算	加法		たしざん
☐ ただ	僅、只、免費、普通		
☐ 戦い	奮鬥、戰鬥、比賽		たたかい
☐ 抱っこ	（幼兒語）抱抱		だっこ

☐ 種	種子、原因、秘訣、品種	たね
☐ 頼み	請求、依頼	たのみ
☐ 旅	旅程、旅行	たび
☐ 短期	短期	たんき
☐ 単語	單字	たんご
☐ 男子	男子	だんし
☐ 誕生	生、出生	たんじょう
☐ 断水	斷水	だんすい
☐ 団体	團體	だんたい
☐ 担当	擔當、擔任	たんとう
☐ 暖房	暖氣	だんぼう
☐ 地下	地下	ちか
☐ 違い	不同、差異、錯誤	ちがい
☐ 地下水	地下水	ちかすい
☐ 近道	捷徑、近路	ちかみち
☐ 地球	地球	ちきゅう
☐ 遅刻	遲到	ちこく
☐ 知人	熟人、朋友	ちじん
☐ 地方	地方	ちほう
☐ 地名	地名	ちめい
☐ 中央	中央	ちゅうおう
☐ 中学	國中、初中	ちゅうがく

☐ 中間	中間	ちゅうかん
☐ 中級	中級	ちゅうきゅう
☐ 中古	中古	ちゅうこ
☐ 中国	中國、西日本山陽道及山陰道地區的總稱	ちゅうごく
☐ 注射	注射、打針	ちゅうしゃ
☐ 駐車違反	違規停車	ちゅうしゃいはん
☐ 中旬	中旬	ちゅうじゅん
☐ 昼食	中餐、午餐	ちゅうしょく
☐ 中心	中心	ちゅうしん
☐ 中年	中年	ちゅうねん
☐ 注目	注目、注視	ちゅうもく
☐ 注文	點餐、訂（貨）	ちゅうもん
☐ 超過	超過	ちょうか
☐ 調査	調査	ちょうさ
☐ 調子	狀況、樣子、語調、（音樂）音調	ちょうし
☐ 長所	長處、優點	ちょうしょ
☐ 長女	長女	ちょうじょ
☐ 調整	調整	ちょうせい
☐ 長男	長男、長子	ちょうなん
☐ 調味料	調味料	ちょうみりょう
☐ 貯金	存款、儲蓄	ちょきん
☐ 直後	緊接著、之後不久	ちょくご

☐	直接	直接	ちょくせつ
☐	直線	直線	ちょくせん
☐	直前	即將～之前、正前方	ちょくぜん
☐	直通	直達	ちょくつう
☐	通過	通過	つうか
☐	通勤	通勤	つうきん
☐	通行	通行	つうこう
☐	通信	通信、通音信、電訊、通訊	つうしん
☐	通帳	帳簿、存摺	つうちょう
☐	通訳	翻譯者、口譯	つうやく
☐	月日	時光、日期、太陽和月亮	つきひ
☐	土	大地、土壤、地面	つち
☐	包み	包裝	つつみ
☐	出会い	相遇、邂逅	であい
☐	提案	提案	ていあん
☐	定員	定額、規定的人數	ていいん
☐	低下	降低	ていか
☐	定期	定期	ていき
☐	定期券	（如月票等）定期票	ていきけん
☐	停車	停車	ていしゃ
☐	提出	提出	ていしゅつ
☐	停電	停電	ていでん

□ 出入り	出入、常往來、收支、糾紛、有出入	でいり
□ 出来事	突發事件、變故	できごと
□ 手首	手腕	てくび
□ 手品	魔術、戲法、騙術	てじな
□ 手伝い	幫忙	てつだい
□ 鉄道	鐵路	てつどう
□ 電球	電燈泡	でんきゅう
□ 電気料金	電費	でんきりょうきん
□ 天国	天國	てんごく
□ 伝言	傳話、口信	でんごん
□ 展示	展示	てんじ
□ 電車代	電車費	でんしゃだい
□ 伝染	傳染	でんせん
□ 電柱	電線桿	でんちゅう
□ 電話代	電話費	でんわだい
□ 問い合わせ	詢問、諮詢	といあわせ
□ 答案	答案	とうあん
□ 統計	統計	とうけい
□ 登場	登場	とうじょう
□ 当然	當然	とうぜん
□ 灯台	燈塔、燈架、燭台	とうだい
□ 到着	抵達、到達	とうちゃく

□ 東南アジア	東南亞	とうなんアジア
□ 東洋	東方、東洋	とうよう
□ 道路	道路	どうろ
□ 遠回り	繞道、繞遠	とおまわり
□ 毒	毒、毒物、毒害、惡毒	どく
□ 読書	讀書、看書	どくしょ
□ 特色	特色	とくしょく
□ 独身	單身	どくしん
□ 特売	特賣	とくばい
□ 独立	獨立	どくりつ
□ 床の間	日式壁龕	とこのま
□ 登山	登山、爬山	とざん
□ 都市	都市	とし
□ 年上	年長	としうえ
□ 年寄り	老年人	としより
□ 土地	土地	とち
□ 徒歩	徒步	とほ
□ 友	朋友	とも
□ 虎	老虎	とら
□ 取引	交易	とりひき
□ 努力	努力	どりょく
□ 泥	泥、泥土、小偷	どろ

179

な

□ 名	名字、名稱	な
□ 内科	內科	ないか
□ 内線	內線	ないせん
□ 内容	內容	ないよう
□ 仲	交情、關係	なか
□ 仲直り	和好	なかなおり
□ 中指	中指	なかゆび
□ 仲良し	好朋友	なかよし
□ 斜め	傾斜	ななめ
□ 生	生、鮮、自然、現場、技術不純熟	なま
□ 波	波浪、起伏	なみ
□ 並木	行道樹	なみき
□ 涙	涙、眼涙	なみだ
□ 南北	南北	なんぼく
□ 日時	時日	にちじ
□ 日常	日常	にちじょう
□ 日用品	日用品	にちようひん
□ 日中	白天、一天之內	にっちゅう
□ 日程	日程	にってい
□ 日本酒	日本酒	にほんしゅ
□ 入場	入場	にゅうじょう

☐ 入場料	入場費	にゅうじょうりょう
☐ 入浴	沐浴、洗澡	にゅうよく
☐ 入力	（資料等）輸入、電腦打字	にゅうりょく
☐ 鶏	雞	にわとり
☐ 人気	人氣、受歡迎	にんき
☐ 人間	人、人類	にんげん
☐ 値上げ	漲價、提高價格	ねあげ
☐ 願い	請求、拜託、祈求	ねがい
☐ 値下げ	降價	ねさげ
☐ ねずみ	老鼠	
☐ 熱中	熱衷、沈迷	ねっちゅう
☐ 年賀状	賀年卡	ねんがじょう
☐ 年間	一年	ねんかん
☐ 年月	年月、歲月	ねんげつ
☐ 年中	一整年	ねんじゅう
☐ 〜年生	〜年級 ▶ 3年生 3年級學生	〜ねんせい
☐ 年末	年末、年底	ねんまつ
☐ 野	原野、田地	の
☐ 農村	農村	のうそん
☐ 農民	農民	のうみん
☐ 能力	能力	のうりょく
☐ 上り	登、爬	のぼり

☐ 飲み会	酒會、聚會	のみかい
☐ 海苔	海苔	のり
☐ 乗り越し	坐過站	のりこし

は

☐ 倍	倍、加倍	ばい
☐ 灰色	灰色	はいいろ
☐ 梅雨	梅雨	ばいう
☐ 配達	配送、投遞	はいたつ
☐ 売店	售貨亭、小賣店	ばいてん
☐ 売買	買賣	ばいばい
☐ 拍手	拍手	はくしゅ
☐ 博物館	博物館	はくぶつかん
☐ 箸	筷子	はし
☐ 柱	柱子	はしら
☐ 畑	旱田	はたけ
☐ 働き	工作、作用、效能	はたらき
☐ 働き者	勤勞的人	はたらきもの
☐ 発見	發現	はっけん
☐ 発車	開車	はっしゃ
☐ 発想	創想、主意	はっそう
☐ 発達	發達	はったつ

□ 発展	發展、擴展	はってん
□ 発電	發電	はつでん
□ 発売	販賣、出售	はつばい
□ 発表	發表	はっぴょう
□ 発明	發明	はつめい
□ 話し合い	商量	はなしあい
□ 話し中	談話當中、正在說話	はなしちゅう
□ 花火	煙火	はなび
□ 鼻水	鼻水	はなみず
□ 幅	寬度	はば
□ 母親	母親	ははおや
□ 歯磨き	刷牙、牙膏	はみがき
□ 場面	場面	ばめん
□ 早口	說話很快	はやくち
□ 早寝早起き	早睡早起	はやねはやおき
□ 腹	肚子、想法、情緒、肚量	はら
□ 針	針、針狀物	はり
□ 範囲	範圍	はんい
□ 本日	本日、今天	ほんじつ
□ 反省	反省	はんせい
□ 半年	半年	はんとし
□ 半日	半天	はんにち

☐ 犯人	犯人	はんにん
☐ 販売	販賣	はんばい
☐ ～番目	～號	～ばんめ
☐ 日当たり	日照、向陽	ひあたり
☐ 被害	受害、損失	ひがい
☐ 日帰り	當天來回	ひがえり
☐ 引き算	減法	ひきざん
☐ 飛行	飛行	ひこう
☐ 美術	美術	びじゅつ
☐ 美人	美女	びじん
☐ 筆記	筆記	ひっき
☐ 日付	日期	ひづけ
☐ 引っ越し	搬家	ひっこし
☐ 人差し指	食指	ひとさしゆび
☐ 人々	人們、每個人	ひとびと
☐ 一人息子	獨生子	ひとりむすこ
☐ 一人娘	獨生女	ひとりむすめ
☐ 紐	細繩、帶子	ひも
☐ 表	表、表格、圖表	ひょう
☐ 費用	費用	ひよう
☐ 美容	美容	びよう
☐ 表現	表現	ひょうげん

☐ 表紙	封面	ひょうし
☐ 表情	表情	ひょうじょう
☐ 表面	表面	ひょうめん
☐ 昼寝	午覺	ひるね
☐ 瓶詰め	瓶裝罐頭	びんづめ
☐ 風景	風景	ふうけい
☐ 夫婦	夫妻	ふうふ
☐ 部下	部下、屬下	ぶか
☐ 不合格	不及格	ふごうかく
☐ 夫妻	夫妻	ふさい
☐ 不足	不足、不夠	ふそく
☐ ふた	蓋子	
☐ 舞台	舞台	ぶたい
☐ 普段	一般、普通	ふだん
☐ 縁	邊、緣	ふち
☐ 物価	物價	ぶっか
☐ 物理	物理	ぶつり
☐ 筆	毛筆、畫筆	ふで
☐ 部品	零件	ぶひん
☐ 部分	部分	ぶぶん
☐ 不満	不滿	ふまん
☐ 踏み切り	平交道、下定決心、（體育）起跳	ふみきり

☐	振り込み	轉帳、匯款	ふりこみ
☐	雰囲気	氣氛、氛圍	ふんいき
☐	文献	文獻	ぶんけん
☐	分数	分數	ぶんすう
☐	文房具	文具	ぶんぼうぐ
☐	平均	平均	へいきん
☐	平行	平行	へいこう
☐	米国	美國	べいこく
☐	平日	平日	へいじつ
☐	平和	和平	へいわ
☐	変化	變化	へんか
☐	変更	變更	へんこう
☐	弁護士	律師	べんごし
☐	編集	編集	へんしゅう
☐	報告	報告	ほうこく
☐	宝石	寶石	ほうせき
☐	法則	法則	ほうそく
☐	包丁	菜刀	ほうちょう
☐	忘年会	尾牙	ぼうねんかい
☐	方法	方法	ほうほう
☐	方々	到處	ほうぼう
☐	方面	方面	ほうめん

☐ 他	其他	ほか
☐ ほこり	灰塵	
☐ 保存	保存	ほぞん
☐ 坊ちゃん	少爺、小朋友	ぼっちゃん
☐ 歩道	歩道	ほどう
☐ 歩道橋	天橋	ほどうきょう
☐ 本社	總公司、本公司	ほんしゃ
☐ 本店	總店、本店	ほんてん
☐ 本人	本人	ほんにん
☐ 本部	本部	ほんぶ
☐ 本物	真貨、真東西、正式、道地	ほんもの
☐ 翻訳	翻譯	ほんやく

ま

☐ 間	空隙、閑暇、房間、間隙	ま
☐ 迷子	走失或迷路的小孩	まいご
☐ 毎度	每次	まいど
☐ 負け	失敗	まけ
☐ 街	大街	まち
☐ 待ち合わせ	等待	まちあわせ
☐ 間違い	弄錯、錯誤、過失	まちがい
☐ 街角	街角	まちかど

☐	松	松樹、松木	まつ
☐	祭り	慶典、節日	まつり
☐	窓側	窗邊、靠窗	まどがわ
☐	まな板	砧板	まないた
☐	真似	模仿	まね
☐	豆	豆子、豆類	まめ
☐	真夜中	半夜、深夜	まよなか
☐	丸	圓形、圓圈、整個、全部	まる
☐	周り	周圍	まわり
☐	回り	旋轉、回轉、巡迴	まわり
☐	回り道	繞道	まわりみち
☐	満員	額滿、客滿	まんいん
☐	満足	滿足	まんぞく
☐	満点	滿分	まんてん
☐	身	身體、自己	み
☐	見送り	送行、旁觀、擱置	みおくり
☐	味方	同伴、我方	みかた
☐	湖	湖水	みずうみ
☐	水着	泳裝	みずぎ
☐	見出し	標題、目錄	みだし
☐	見直し	重看、重新修改	みなおし
☐	見舞い	探病	みまい

☐ 土産	土産		みやげ
☐ 明後日	明後天		みょうごにち
☐ 未来	未來		みらい
☐ 民間	民間		みんかん
☐ 向かい	對面		むかい
☐ 迎え	迎接		むかえ
☐ 向き	方向、適合、傾向		むき
☐ 無休	不休息、照常營業		むきゅう
☐ 無視	忽視、不在乎		むし
☐ 無地	沒有花紋、素面		むじ
☐ 虫歯	蛀牙		むしば
☐ 息子	兒子		むすこ
☐ 無線	無線		むせん
☐ 無駄	浪費、白費、徒勞		むだ
☐ 無駄づかい	浪費		むだづかい
☐ 胸	胸、胸部、心臟、內心		むね
☐ 無料	免費		むりょう
☐ 名作	名作、傑作		めいさく
☐ 名刺	名片		めいし
☐ 名人	能手、健將、（棋藝）名家		めいじん
☐ 迷惑	麻煩、打擾		めいわく
☐ 目上	上司、長輩		めうえ

□ 目覚まし	睡醒、鬧鐘	めざまし
□ 飯	飯	めし
□ 目下	部下、晩輩	めした
□ めまい	頭暈、暈眩	
□ 面会	會面	めんかい
□ 免許	許可	めんきょ
□ 免税	免税	めんぜい
□ 面接	面試	めんせつ
□ 申込者	申請人	もうしこみしゃ
□ 毛布	毛毯	もうふ
□ 目的	目的	もくてき
□ 目標	目標	もくひょう
□ 文字	文字	もじ
□ 者	人、者	もの
□ 物置	倉庫、（堆雜物的）小屋	ものおき
□ 物語	故事、傳説	ものがたり
□ 物忘れ	忘記	ものわすれ
□ 模様	花樣、花紋、情形	もよう
□ 文句	話語、牢騷、不滿	もんく

☐ 野球	棒球	やきゅう
☐ 火傷	燙傷、燒傷	やけど
☐ 家賃	房租	やちん
☐ 薬局	藥局	やっきょく
☐ やる気	幹勁	やるき
☐ 勇気	勇氣	ゆうき
☐ 友情	友情	ゆうじょう
☐ 友人	朋友	ゆうじん
☐ 郵送	郵寄	ゆうそう
☐ 郵送料	郵費、郵資	ゆうそうりょう
☐ 夕立	驟雨、午後的雷陣雨	ゆうだち
☐ 夕日	斜陽、夕陽	ゆうひ
☐ 郵便	郵件	ゆうびん
☐ 夕焼け	夕陽、晚霞	ゆうやけ
☐ 有料	收費	ゆうりょう
☐ 床	地板	ゆか
☐ 夜明け	黎明、拂曉	よあけ
☐ 要求	要求	ようきゅう
☐ 用件	事情、要事	ようけん
☐ 幼児	幼兒	ようじ
☐ 幼稚園	幼稚園	ようちえん

☐ 用途	用途	ようと
☐ 欲張り	貪婪	よくばり
☐ 予算	預算	よさん
☐ 予想	預想	よそう
☐ 四つ角	四個角、十字路口	よつかど
☐ 夜中	半夜	よなか
☐ 世の中	世上、社會	よのなか
☐ 予報	預報	よほう
☐ 予防	預防	よぼう
☐ 喜び	高興、歡欣	よろこび

☐ 理科	理科	りか
☐ 理解	理解	りかい
☐ 離婚	離婚	りこん
☐ 理想	理想	りそう
☐ 留学	留學	りゅうがく
☐ 流行	流行	りゅうこう
☐ 量	量	りょう
☐ 両〜	雙、兩 ▶ 両方 兩邊，両手 兩手	りょう〜
☐ 両替	兌幣	りょうがえ
☐ 両側	兩側、兩邊	りょうがわ

☐	料金	費用	りょうきん
☐	履歴書	履歴表	りれきしょ
☐	留守番	看家	るすばん
☐	例外	例外	れいがい
☐	冷凍	冷凍	れいとう
☐	列	列	れつ
☐	連休	連續休假	れんきゅう
☐	録音	録音	ろくおん
☐	録画	錄影	ろくが
☐	路面	路面	ろめん

わ

☐	輪	圓狀物、車輪	わ
☐	若者	年輕人	わかもの
☐	別れ	離別、分開、分手	わかれ
☐	話題	話題	わだい
☐	渡り鳥	候鳥	わたりどり
☐	詫び	道歉	わび
☐	笑い	笑	わらい
☐	割り算	除法	わりざん
☐	割引	折扣、減價	わりびき

接頭詞

□ 各～	各～▶ 各大学 <ruby>各大学<rt>かくだいがく</rt></ruby> 各大學		かく～
□ 全～	全～、全部～▶ <ruby>全社員<rt>ぜんしゃいん</rt></ruby> 全體員工；<ruby>全世界<rt>ぜんせかい</rt></ruby> 全世界		ぜん～
□ 長～	長～▶ <ruby>長時間<rt>ちょうじかん</rt></ruby> 長時間		ちょう～
□ 非～	非～、沒有～、不是～▶ <ruby>非常識<rt>ひじょうしき</rt></ruby> 沒有常識；<ruby>非公式<rt>ひこうしき</rt></ruby> 非正式		ひ～
□ 無～	無～、不～▶ <ruby>無関心<rt>むかんしん</rt></ruby> 不關心；<ruby>無意味<rt>むいみ</rt></ruby> 無意義		む～

接尾詞

□ ～行き	去～▶ <ruby>東京行き<rt>とうきょうゆ</rt></ruby> 去東京		～いき／ゆき
□ ～家	～家▶ <ruby>音楽家<rt>おんがくか</rt></ruby> 音樂家；<ruby>政治家<rt>せいじか</rt></ruby> 政治家		～か
□ ～式	～式▶ <ruby>日本式<rt>にほんしき</rt></ruby> 日本式；<ruby>自動式<rt>じどうしき</rt></ruby> 自動式		～しき
□ ～車	～車▶ <ruby>輸入車<rt>ゆにゅうしゃ</rt></ruby> 進口車；<ruby>新車<rt>しんしゃ</rt></ruby> 新車		～しゃ
□ ～沿い	沿著～▶ <ruby>川沿い<rt>かわぞ</rt></ruby> 沿著河川；<ruby>線路沿い<rt>せんろぞ</rt></ruby> 沿著鐵路		～ぞい
□ ～建て	～層▶ <ruby>二階建<rt>にかいだて</rt></ruby> 兩層樓式建築		～だて
□ ～店	～店▶ <ruby>飲食店<rt>いんしょくてん</rt></ruby> 餐館；<ruby>本店<rt>ほんてん</rt></ruby> 本店		～てん

☐	愛する	疼愛、愛、喜愛 子供を心から愛する。打從心裡疼愛小孩。	あいする
☐	諦める	放棄、死心 進学を諦める。放棄升學。	あきらめる
☐	飽きる	滿足、厭煩、厭倦、〜膩 勉強に飽きる。對讀書感到厭倦。	あきる
☐	空ける	空出 部屋を空ける。空出房間。	あける
☐	明ける	天亮、明亮、結束、過年 夜が明ける。天亮了 梅雨が明ける。梅雨結束了。	あける
☐	あこがれる	憧憬、嚮往 都会生活にあこがれる。嚮往都市生活。	
☐	味わう	品嚐、體驗、欣賞 失恋の苦しみを味わう。品嚐失戀的苦澀。	あじわう
☐	預かる	保管、承擔、保留 友達の子供を預かる。照顧朋友的小孩。	あずかる
☐	預ける	寄存、寄放、委託 銀行に金を預ける。把錢存到銀行。	あずける
☐	与える	給予、提供、分配、使蒙受 チャンスを与える。給予機會。	あたえる
☐	暖まる	暖和、取暖、充裕 日が昇って、空気が暖まる。 太陽升起，空氣就會暖和。	あたたまる

☐	暖める	使溫暖、保留 ストーブで部屋を暖める。 用暖爐溫暖房間。	あたためる
☐	扱う	使用、處理、對待 本は大切に扱ってください。 請小心使用本書。	あつかう
☐	溢れる	溢出、充滿 川が溢れる。 河川氾濫。	あふれる
☐	表す	表示、表現、出現 感謝の気持ちを表す。 表示感謝的心情。	あらわす
☐	表れる	出現、顯現、被發現 喜びが顔に表れる。 喜形於色。	あらわれる
☐	合わせる	適合、配合、加在一起、對照 ネクタイをスーツの色に合わせる。 領帶搭配襯衫的顏色。	あわせる
☐	慌てる	慌張、著急 地震があっても慌てないでください。 就算發生地震也不要驚慌。	あわてる
☐	言い出す	說出、開口 旅行に行きたいと言い出す。 說出想去旅行。	いいだす
☐	痛む	痛、痛苦、悲傷、腐壞 寒くなると腰が痛む。 天氣一變冷腰就會痛。	いたむ

	炒める	炒 野菜を炒める。炒青菜。	いためる
□	嫌がる	討厭、不願意 薬を飲むのを嫌がる。討厭吃藥。	いやがる
□	浮かべる	浮現、露出、使浮起 不満そうな表情を浮かべる。 露出好像不滿的表情。	うかべる
□	受かる	考上、及格 試験に受かる。考試及格。	うかる
□	浮く	浮、浮現、鬆動、輕薄 氷は水に浮く。冰浮在水中。	うく
□	受け取る	接、收、理解 手紙を受け取る。收信。	うけとる
□	動かす	移動、活動、發動、開動 体を動かす。活動身體。	うごかす
□	打つ	打、拍 ホームランを打つ。打出全壘打。	うつ
□	移す	移動、變動、傳染 料理を皿に移す。把料理放在盤子。	うつす
□	映す	映、照、放映 鏡に顔を映す。鏡子照臉。 映画を映す。放映電影。	うつす
□	映る	映、照、顯像、相稱 山が水面に映る。山映照在水面。 テレビがよく映らない。電視顯像不佳。	うつる

☐	写る	照、拍、（紙上的印刷物）透過去 この写真はよく写っている。 這張照片拍得真好。	うつる
☐	埋まる	埋著、填滿 町が雪に埋まる。 城鎮被雪埋住。	うまる
☐	産む	生產 女の子を産む。 生下女孩。	うむ
☐	埋める	掩埋、佔滿、擠滿 穴を埋める。 填滿洞穴；補人、補缺額。	うめる
☐	売れる	暢銷 この商品はよく売れる。 這項商品賣得很好。	うれる
☐	得る	得到、領會 利益を得る。 得到利益。	える
☐	追い越す	超過、趕過 前の車を追い越す。 超過前面的車子。	おいこす
☐	追う	追趕、追求、遵循 流行を追う。 追求流行。	おう
☐	終える	結束、完畢 午前中に仕事を終える。 中午前結束工作。	おえる
☐	行う	進行、舉辦 秋の運動会を行う。 舉辦秋季運動會。	おこなう
☐	起こる	發生 事故が起こる。 發生事故。	おこる
☐	おごる	請客、奢侈 後輩に昼食をおごる。 請晚輩吃中餐。	おごる

□	教わる	跟〜學習、受教 山田先生に英語を教わる。跟山田老師學英文。	おそわる
□	落ち着く	沈著、鎮靜、穩定、安居 落ち着いて行動する。冷靜後行動。	おちつく
□	驚かす	驚嚇、嚇唬 大声を出して友達を驚かす。大叫嚇唬朋友。	おどろかす
□	お目にかかる	見面 お目にかかれてうれしいです。 能與您見面很開心。	おめにかかる
□	思い込む	深信、沈思 自分が正しいと思い込んでいる。 我深信自己是對的。	おもいこむ
□	思いつく	想出來、想起 いい考えを思いつく。想出好主意。	おもいつく
□	折る	折、彎 木の枝を折る。折斷樹枝。	おる
□	降ろす	放下、卸下、取出 荷物を降ろす。卸下行李。	おろす
□	返る	歸還、恢復、返回 忘れ物が返る。東西失而復得。	かえる
□	輝く	閃耀、輝煌、放光芒 夜空に星が輝く。夜空星星閃耀。	かがやく
□	書き直す	重新寫 レポートを書き直す。重新寫報告。	かきなおす

☐	隠す	隱藏、隱瞞 本心を隠す。隱藏真心。	かくす
☐	隠れる	躲藏、隱循、無名、逝世 ドアの後ろに隠れる。躲在門後。	かくれる
☐	囲む	圍繞、包圍 テーブルを囲んで食事をする。 圍著桌子吃飯。	かこむ
☐	重なる	重疊、重複 寝不足による疲れが重なる。 加上睡眠不足引起的疲勞。	かさなる
☐	重ねる	疊起、重複 皿を重ねる。把盤子疊起來。	かさねる
☐	稼ぐ	賺錢、做工、手取 仕事をしてお金を稼ぐ。工作賺錢。	かせぐ
☐	数える	計算、列舉 参加者の数を数える。計算參加人數。	かぞえる
☐	片づく	收拾、整理、處理好、出嫁 机の上が片づいた。桌上整理好了。	かたづく
☐	悲しむ	悲傷、悲痛 別れを悲しむ。為離別感到悲傷。	かなしむ
☐	枯れる	枯萎、凋謝 花が枯れてしまった。花枯萎了。	かれる
☐	乾かす	弄乾、烤乾 洗濯物を乾かす。弄乾衣物。	かわかす

□	感じる	感覺到、感動 寒さを感じる。感覺到寒冷。	かんじる
□	気がする	覺得、好像 雨が降りそうな気がする。 好像要下雨的樣子。	きがする
□	聞き直す	重新問 会議の場所を聞き直す。 再問一次開會地點。	ききなおす
□	効く	有效、見效、起作用 薬が効く。藥見效。	きく
□	刻む	（料理）剁碎、雕刻、銘記 キャベツを刻む。把高麗菜切碎。	きざむ
□	気づく	察覺到、發覺 間違いに気づく。察覺到錯誤。	きづく
□	気にする	在意、關心 体重を気にする。很在意體重。	きにする
□	気になる	擔心、在意、產生興趣 試験の結果が気になる。 擔心考試結果。	きになる
□	気を付ける	小心、注意 言葉に気を付ける。注意用字遣詞。	きをつける
□	腐る	腐爛、腐臭、腐朽、墮落、消沈 魚が腐る。魚腐臭了。	くさる
□	くたびれる	疲累、膩了、用舊 歩きつづけてくたびれる。走太多路感到累了。	くたびれる

□	下る	下降、下去、宣判、在～以下、投降	くだる
		坂を下る。下坡。	
□	配る	分配、安排、注意	くばる
		新聞を配る。發派報紙。	
□	首になる	被開除	くびになる
		会社を首になる。被公司開除。	
□	暮らす	生活	くらす
		一人で暮らす。一個人生活。	
□	くり返す	反覆	くりかえす
		同じ質問をくり返す。反覆同樣的問題。	
□	苦しむ	苦惱、痛苦、費力、苦於～	くるしむ
		借金で苦しむ。因欠款感到苦惱。	
□	加える	添加、施加	くわえる
		スープに塩を加える。在湯裡加入鹽。	
□	加わる	增加、參加	くわわる
		メンバーが新しく加わる。增加新成員。	
□	蹴る	踢	ける
		ボールを蹴る。踢球。	
□	断る	拒絕、預先通知	ことわる
		会議への出席を断る。拒絕出席會議。	
□	好む	喜好、追求	このむ
		クラシックを好んで聞く。喜好聽古典音樂。	
□	こぼす	使～溢出、使～灑出、發牢騷	
		コーヒーをこぼす。打翻咖啡。	

□	こぼれる	溢出、灑出、洋溢 コップの水がこぼれる。杯子的水溢出。	
□	転がす	使～滚動、推動、推倒 ボールを転がす。滾球。	ころがす
□	転がる	滚、跌倒、躺下 石が転がる。石頭滾動。	ころがる
□	殺す	殺 虫を殺す。殺蟲。	ころす
□	叫ぶ	喊叫、呼喊、呼籲 大声で叫ぶ。大聲呼喊。	さけぶ
□	避ける	避開、避免、避諱 人目を避ける。躲避眾人的目光。	さける
□	誘う	邀約、引誘 食事に誘う。邀約吃飯。	さそう
□	サボる	偷懶、怠工 仕事をサボる。曉班。	
□	冷ます	弄涼、使～冷卻、使（情緒等）冷卻 お湯を冷ます。把湯弄涼。	さます
□	覚ます	弄醒、叫醒、使清醒 ベルの音で目を覚ます。被鈴聲叫醒。	さます
□	冷める	變冷、（情緒等）冷卻 ご飯が冷める。飯變涼。	さめる
□	覚める	醒來、醒悟 眠気が覚める。睡意全消。	さめる

□	去る	離開、消失、距今、離此 故郷を去る。離開故郷。	さる
□	仕上がる	完成、做完 作品が仕上がる。作品完成。	しあがる
□	仕上げる	完成、事情收尾 レポートを仕上げる。完成報告。	しあげる
□	沈む	下陷、陷入、沈入、淪落 夕日が沈む。夕陽西下。	しずむ
□	従う	遵從、跟隨、順沿 命令に従う。遵從命令。	したがう
□	支払う	支付 電気代を支払う。支付電費。	しはらう
□	縛る	捆、綁、束縛 新聞紙をひもで縛る。用繩子捆綁報紙。	しばる
□	示す	表示、顯示、指示 関心を示す。表示關心。 駅の方向を指で示す。用手指示車站方向。	しめす
□	しゃがむ	蹲下 道にしゃがんで話す。蹲在路邊講話。	
□	過ごす	渡過 休日は家族と過ごす。休假和家人一起渡過。	すごす
□	進める	向前進、進行、提高、晉升、促進 工事を進める。進行工程。	すすめる
□	勧める	勸告、勸誘 入会を勧める。勸誘入會。	すすめる

☐	済ませる	辦完、還清、應付 食事を済ませる。吃完飯。	すませる
☐	注ぐ	灌入、注入、流入 水を注ぐ。灌水。	そそぐ
☐	育つ	成長、長進、進步 立派な青年に育つ。 成長為優秀的青年。	そだつ
☐	揃う	齊全、備齊 データが揃う。備齊資料。	そろう
☐	揃える	把～備齊 非常食を揃えて置く。事先備妥緊急糧食。	そろえる
☐	存じる	知道、打算、認為 お名前は存じております。 我知道您的名字。 こちらの方がよいと存じます。 我認為這裡比較好。	ぞんじる
☐	倒す	打倒、弄倒 木を倒す。把樹砍倒。	たおす
☐	高まる	提高、增強 人気が高まる。人氣高漲。	たかまる
☐	高める	提高 競争力を高める。提高競爭力。	たかめる
☐	抱く	抱、環抱 赤ちゃんを抱く。抱嬰兒。	だく
☐	確かめる	確認、弄清 電話番号を確かめる。確認電話號碼。	たしかめる

☐	助かる	得救、減輕負擔、得到幫助 家事を手伝ってくれるので助かる。 因為你幫忙做家事才得以減輕負擔。	たすかる
☐	助ける	幫助、救助 命を助ける。 救了一命。	たすける
☐	闘う	作戰、搏鬥、比賽 病気と闘う。 與病魔搏鬥。	たたかう
☐	叩く	敲、詢問、攻擊、殺價 ドアを叩く。 敲門。	たたく
☐	畳む	折疊、合上 布団を畳む。 折棉被。	たたむ
☐	立ち上がる	站起來、向上升起、開始、振奮 椅子から立ち上がる。 從椅子上站起來。	たちあがる
☐	立ち止まる	站住 呼ばれて立ち止まる。 被喊住。	たちどまる
☐	だます	欺騙、哄 人をだます。 騙人。	
☐	たまる	累積、積存 ストレスがたまる。 累積壓力。	
☐	貯める	積蓄 お金を貯める。 存錢。	ためる
☐	近付く	靠近、接近（時間）、親近 入学式が近付く。 入學典禮快到了。	ちかづく
☐	近付ける	使～靠近、使～親近、使～接近 本に目を近付ける。 將眼睛貼近書。	ちかづける

散らかす	亂扔、使～零凌	ちらかす
	部屋を散らかす。 把房間弄亂。	

散らかる	落、凋謝、消退、散漫	ちらかる
	テーブルの上が散らかっている。 花謝了。	

散る	凋落、飛散、散居、消散、暈開、流散、分心	ちる
	花が散る。 花朵散落。	

通じる	相通、理解、整個期間	つうじる
	気持ちが通じる。 心意相通。	

捕まる	被抓住、扶著	つかまる
	泥棒が捕まる。 抓住小偷。	

つかむ	抓住、掌握	
	腕をつかむ。 掌握技巧。	

付き合う	來往、交往、奉陪	つきあう
	長年付き合う。 交往很久。	
	食事に付き合う。 陪吃飯。	

伝わる	傳播、傳入、沿著、傳導	つたわる
	ニュースが世界中に伝わる。 新聞傳遍全世界。	

つぶす	擠壞、弄壞、用光	
	空き缶をつぶす。 壓扁空瓶。	

つぶれる	壓壞、擠破、倒閉、磨損	
	地震で家がつぶれる。 因地震房子被壓壞。	

積む	累積、裝載	つむ
	車に荷物を積む。 車上裝載貨物。	

☐	強まる	増強、加劇 非難が強まる。 責難越演越烈。	つよまる
☐	強める	使~加強、使~増強 暖房を強める。 増強暖氣。	つよめる
☐	出会う	相遇 友達にばったり出会う。 突然遇到朋友。	であう
☐	出来上がる	完成、天生 家が出来上がる。 房子蓋好了。	できあがる
☐	出迎える	迎接 駅まで出迎える。 到車站迎接。	でむかえる
☐	通り過ぎる	走過、越過 学校の前を通り過ぎる。 走過學校前面。	とおりすぎる
☐	溶かす	融化、融解 砂糖を水に溶かす。 砂糖在水中融化。	とかす
☐	溶く	溶解、溶合 小麦粉を水で溶く。 用水調麵粉。	とく
☐	飛ばす	使~飛、飛馳、跳過、散佈 風船を空に飛ばす。 氣球在空中飛。	とばす
☐	飛び込む	飛進、跳入 プールに飛び込む。 跳入泳池。	とびこむ
☐	飛び出す	起飛、跳出、露出、突然出現 子供が車道へ飛び出す。 小孩突然飛奔向車道。	とびだす
☐	取り消す	取消 予約を取り消す。 取消預約。	とりけす

□	取り出す	取出 ポケットから財布を取り出す。 從口袋拿出錢包。	とりだす
□	取れる	脱落、解除、需要、能提取 切符が取れる。取得票。 コートのボタンが取れる。大衣鈕扣脱落。	とれる
□	流す	使～流動、沖走、散佈 涙を流す。流眼淚。	ながす
□	亡くす	過世、死亡 父を事故で亡くす。父親因意外過世。	なくす
□	怠ける	怠惰、散漫 仕事を怠ける。工作偷懶。	なまける
□	悩む	煩惱、困擾 進学で悩む。煩惱升學。	なやむ
□	鳴らす	鳴、馳名、嘟嚷 ベルを鳴らす。響鈴。	ならす
□	握る	握、抓住 手を握ってあいさつをする。握手寒暄。	にぎる
□	煮る	煮 豆を煮る。煮豆子。	にる
□	抜く	拔出、選出、消除、省略 空気を抜く。抽掉空氣。	ぬく
□	抜ける	脱落、漏氣、脱離、消失 髪の毛が抜ける。頭髮脱落。	ぬける

☐	濡らす	弄濕 雨が葉を濡らす。雨淋濕葉子。	ぬらす
☐	残す	剩餘、殘留 金を残さず全部使う。 將錢用到一毛不剩。	のこす
☐	載せる	刊載、記載、放 新聞に記事を載せる。報紙刊登報導。	のせる
☐	乗せる	裝載、搭乘、參加、上當 子供を車の後ろに乗せる。讓小孩搭乘在後座。	のせる
☐	除く	除去、除外 不良品を除く。去除瑕疵品。	のぞく
☐	伸ばす	使～延長、拉長、伸展、發揮 髪を長く伸ばす。蓄留長髮。	のばす
☐	延ばす	使～延長 会議を1時間延ばす。會議延長一個小時。	のばす
☐	伸びる	伸長、變長、舒展、增加 背が10センチも伸びた。身高長高了10公分。	のびる
☐	延びる	延長 締め切りが2日延びる。截止日延長2天。	のびる
☐	上る	登、爬、提出、提升、高達 坂道を上る。爬坡。	のぼる
☐	乗り遅れる	趕不上、跟不上 終電に乗り遅れる。趕不上末班電車。	のりおくれる
☐	乗り越す	坐過站、越過 居眠りして乗り越す。打瞌睡所以坐過站。	のりこす

□	載る	刊載、放上 新聞に載る。 刊載在報紙。	のる
□	計る 測る 量る	計量、測量、推測 時間を計る。 計算時間。 長さを測る。 測量長度。 重さを量る。 計算重量。	はかる
□	掃く	掃 庭を掃く。 打掃庭院。	はく
□	外す	摘下、解開、避開、暫時規避 めがねを外す。 摘下眼鏡。	はずす
□	弾む	彈、跳、高漲 ボールが弾む。 球彈跳。	はずむ
□	話し合う	對話、商議 話し合って決める。 商討後決定。	はなしあう
□	払い戻す	退還 税金を払い戻す。 退還税金。	はらいもどす
□	反する	相反、違反 予想に反する。 與預測相反。	はんする
□	引き受ける	答應、接受、保證、照應 難しい仕事を引き受ける。 接受有難度的工作。	ひきうける
□	引き出す	拉出、取出、發揮 封筒から手紙を引き出す。 從信封取出信。 預金を全部引き出す。 將存款全部領出。	ひきだす

	冷やす	弄涼、弄冰、使冷靜 冷蔵庫でビールを冷やす。 將啤酒放進冰箱冰涼。	ひやす
□	広がる	擴散、擴展、蔓延 コーヒーの香りが部屋中に広がる。 咖啡的香氣在房間擴展開來。	ひろがる
□	広げる	展開、打開、擴大 新聞を広げて読む。打開報紙閱讀。	ひろげる
□	深まる	使～加深、變深 理解が深まる。理解加深。	ふかまる
□	深める	加深 交流を深める。加深交流。	ふかめる
□	拭く	擦拭 タオルで体を拭く。用毛巾擦拭身體。	ふく
□	ぶつける	撞到、打中 壁に頭をぶつける。頭撞到牆壁。	ぶつける
□	増やす	使～增加 人数を増やす。增加人數。	ふやす
□	振り込む	撥入、存入、轉戶頭 代金を振り込む。存入貨款。	ふりこむ
□	振る	搖、揮、撒、扔、拒絕、分配 軽く手を振る。輕輕揮手。	ふる
□	震える	震動、發抖 寒さに体が震える。寒冷到身體發抖。	ふるえる

| □ | 減らす | 使～減少、餓 | へらす |
| | | 体重を３キロ減らす。 體重減少３公斤。 | |

| □ | 減る | 減少、餓、磨損 | へる |
| | | 子供の数が減っている。 小孩的數量減少了。 | |

| □ | 干す | 曬、晾、弄乾 | ほす |
| | | 布団を干す。 曬棉被。 | |

| □ | 微笑む | 微笑 | ほほえむ |
| | | 優しく微笑む。 溫柔地微笑。 | |

| □ | 任せる | 委託、任憑、充分發揮 | まかせる |
| | | 仕事を部下に任せる。 委託下屬工作。 | |

| □ | 巻く | 捲起、纏繞、包圍 | まく |
| | | 首にマフラーを巻く。 脖子圍著圍巾。 | |

| □ | 曲げる | 彎、折彎、傾斜、彎曲 | まげる |
| | | 腰を曲げてあいさつする。 彎腰寒暄。 | |

| □ | 混ざる | 混雜、摻混 | まざる |
| | | 酒に水が混ざる。 在酒裡摻水。 | |

| □ | 混ぜる | 混雜、攪拌 | まぜる |
| | | 紅茶にミルクを混ぜる。 把牛奶混入紅茶。 | |

| □ | 間違う | 弄錯、搞錯 | まちがう |
| | | 漢字が間違っている。 漢字弄錯了。 | |

| □ | まとまる | 統一、歸納、解決 | |
| | | みんなの意見がまとまる。 統合大家的意見。 | |

| □ | まとめる | 整理、歸納、收集 | |
| | | レポートをまとめる。 整理報告。 | |

☐	学ぶ	學習 大学で経済学を学ぶ。在大學學習經濟。	まなぶ
☐	招く	招呼、招聘、招待、招致 パーティーに友達を招く。 招待朋友來參加宴會。	まねく
☐	迷う	猶豫、迷失、迷戀 道に迷う。迷路。	まよう
☐	見上げる	抬頭看、仰望、景仰 空を見上げる。抬頭看天空。	みあげる
☐	見送る	目送、送行、送終、觀望、擱置 空港まで先生を見送る。到機場為老師送行。 計画を見送る。計劃擱置。	みおくる
☐	見下ろす	俯視、往下看、輕視 ビルの屋上から町を見下ろす。 從大樓頂樓俯視城鎮。	みおろす
☐	見かける	見過、看到、開始看 あの人はよく駅で見かける。 經常在車站看到那個人。	みかける
☐	見直す	重看、重新認識 計画を見直す。計劃再看一次。	みなおす
☐	見舞う	探望、慰問 入院中の友人を見舞う。 探訪住院的朋友。	みまう
☐	診る	診察、看病 医者に診てもらう。請醫生看病。	みる

☐	向く	面、朝向、傾向、適合 後^{うし}ろを向^むく。朝向後面。	むく
☐	蒸す	蒸、悶熱 蒸^むした鶏肉^{とりにく}を薄^{うす}く切^きる。 將蒸好的雞肉切成薄片。	むす
☐	結ぶ	繋、締結、連結 靴^{くつ}のひもを結^{むす}ぶ。 繫緊鞋帶。	むすぶ
☐	目立つ	明顯、引人注目 背^せが高^{たか}いので目立^{めだ}つ。 因為身高很高所以相當醒目。	めだつ
☐	申し込む	提出、報名、申請 参加^{さんか}を申^{もう}し込^こむ。報名參加。	もうしこむ
☐	燃える	燃燒、著火、火紅、熱情 火事^{かじ}で家^{いえ}が燃^もえる。因火災房子著火。	もえる
☐	燃やす	燃燒、使～燒 落^おち葉^ばを集^{あつ}めて燃^もやす。將落葉聚集後燒了。	もやす
☐	盛る	盛滿、裝滿、堆積、調配（藥） 皿^{さら}に料理^{りょうり}を盛^もる。把菜餚盛滿到盤子裡。	もる
☐	役立つ	有幫助、有用 この本^{ほん}はあまり役^やく立^だたない。 這本書沒什麼幫助。	やくだつ
☐	破る	弄破、破壞、打破、違反 手紙^{てがみ}を破^{やぶ}る。把信撕破。	やぶる
☐	破れる	破裂、破損、破滅 カーテンが破^{やぶ}れる。窗簾破損。	やぶれる

□	やり直す	重做 計算をやり直す。 重新計算。	やりなおす
□	ゆでる	汆燙 卵をゆでる。 汆燙雞蛋。	ゆでる
□	許す	原諒、准許、承認、相信 留学を許す。 准許留學。 部下の失敗を許す。 原諒下屬的失敗。	ゆるす
□	酔う	醉、暈、陶醉 酒に酔う。 喝醉。	よう
□	横切る	橫過、穿越 道を横切る。 穿越馬路。	よこぎる
□	よこす	寄來、交給、送來 妹が私に手紙をよこした。 妹妹交了信給我。	
□	汚す	弄髒 服を汚す。 弄髒衣服。	よごす
□	酔っ払う	喝得爛醉 酔っ払ってけんかをする。 喝得爛醉後吵架。	よっぱらう
□	呼び出す	呼叫、傳喚、邀請、開始叫 電話で呼び出す。 用電話邀請。	よびだす
□	分かれる	分開、劃分、分離、區分 道が2つに分かれる。 道路劃分成2條。	わかれる
□	分ける	分開、區分、分配 3回に分けて支払う。 分3次付款。	わける

□	青白い	青白色、蒼白 青白い顔をしている。臉色蒼白。	あおじろい
□	怪しい	奇怪、可疑 怪しい男を発見する。發現可疑男子。	あやしい
□	ありがたい	值得感謝、寶貴的、難得的 経験者の助言はありがたい。 經驗者的忠告非常寶貴。	ありがたい
□	勇ましい	勇敢、奮勇、雄壯 勇ましく行進する。奮勇前進。	いさましい
□	薄暗い	微暗 森の中は昼でも薄暗い。 森林裡即使白天也很昏暗。	うすぐらい
□	うらやましい	羨慕、令人稱羨 あなたの成功がうらやましい。 你的成功令人羨慕。	うらやましい
□	幼い	年幼、幼稚 私の子供はまだ幼い。我的孩子年紀還小。	おさない
□	恐ろしい	可怕、嚇人 恐ろしくて声も出ない。可怕到說不出話。	おそろしい
□	重たい	重、沈重 荷物が重たい。行李很重。	おもたい
□	賢い	聰明 犬は賢い動物だ。狗是聰明的動物。	かしこい

☐	**がまん強い**	有耐心、忍耐力強 がまん強く機会を待つ。耐心等待機會。	がまんづよい
☐	**かゆい**	癢 背中がかゆい。背部癢。	
☐	**かわいらしい**	可愛、好玩、討人喜歡 彼の家の猫はとてもかわいらしい。 他家的貓很討人喜歡。	
☐	**きつい**	緊、厲害、嚴苛、累人 このスカートはきつい。這條裙子很緊。 早起きはきつい。早起很累人。	
☐	**臭い**	臭、臭味 臭いにおいがする。覺得有一股臭味。	くさい
☐	**くだらない**	無聊 くだらない本を読んでいる。 正在看無聊的書。	
☐	**悔しい**	悔恨、懊惱 試合に負けて悔しい。輸掉比賽很懊惱。	くやしい
☐	**詳しい**	詳細 詳しく説明する。詳細說明。	くわしい
☐	**険しい**	險峻、險惡 険しい山道を歩く。行走險峻的山路。	けわしい
☐	**濃い**	濃、深 濃いお茶を飲む。喝濃茶。	こい
☐	**塩辛い**	鹹 海の水は塩辛い。海水是鹹的。	しおからい

□ **しつこい**
煩人、糾纏不休、濃豔
しつこく注意する。再三提醒。

□ **ずうずうしい**
不要臉、厚臉皮
彼は常識のない、ずうずうしい人だ。
他是個沒有常識又厚臉皮的人。

□ **鋭い**　　　　　　　　　　　　　　すると い
尖銳、鋒利、敏銳
鋭い質問をする。詢問尖銳的問題。

□ **そそっかしい**
冒失、馬虎、粗心大意
そそっかしくて忘れ物が多い。
冒冒失失地忘了很多東西。

□ **頼もしい**　　　　　　　　　　　　たのもしい
可靠、有出息
頼もしい青年に成長する。
成為有出息的青年。

□ **茶色い**　　　　　　　　　　　　　ちゃいろい
茶色、咖啡色
茶色い帽子をかぶる。戴上咖啡色的帽子。

□ **つらい**
辛苦、痛苦、難受
練習がつらい。練習很辛苦。

□ **とんでもない**
不合理、意想不到、出乎意外
とんでもない要求をする。不合理的要求。

□ **憎い**　　　　　　　　　　　　　　にくい
可惡、可恨
犯人が憎い。犯人很可惡。

□ **激しい**　　　　　　　　　　　　　はげしい
激烈、劇烈、厲害
激しく戦う。激烈戰鬥。

□ **細長い**　　　　　　　　　　　　　ほそながい
細長
細長い顔をしている。細長的臉。

☐	貧しい	貧窮、貧乏 暮らしが貧しい。生活貧困。	まずしい
☐	眩しい	刺眼、耀眼 太陽が眩しい。太陽刺眼。	まぶしい
☐	醜い	醜、醜陋 醜い争いをする。惡劣的競爭。	みにくい
☐	蒸し暑い	悶熱 日本の夏は蒸し暑い。日本的夏天很悶熱。	むしあつい
☐	面倒くさい	麻煩 返事を書くのが面倒くさい。回信很麻煩。	めんどうくさい
☐	申し訳ない	抱歉、對不起 時間に遅れて申し訳ない。遲到了很抱歉。	もうしわけない
☐	もったいない	浪費、白費 時間がもったいない。浪費時間。	もったいない
☐	やかましい	吵鬧、繁雜、嚴格、議論紛紛 工事の音がやかましい。施工聲音很吵鬧。	やかましい
☐	やむを得ない	不得已、無可奈何 やむを得ない事情で欠席する。 因為不得已的情事而缺席。	やむをえない
☐	緩い	鬆、緩慢、不嚴、稀 緩いカーブを曲がる。轉向較平緩的彎道。	ゆるい
☐	若々しい	年輕、朝氣蓬勃 あの人は若々しい。那個人散發出年輕的氣息。	わかわかしい

☐ **明らか（な）**
あきらか（な）
明亮、顯然、明確
失敗の責任を明らかにする。
釐清失敗的責任。

☐ **安易な（な）**
あんい（な）
容易、安逸、馬虎
人生を安易に考える。 把人生看得太簡單。

☐ **いいかげん（な）**
適當、馬馬虎虎、敷衍
冗談もいいかげんにしなさい。
開玩笑也要有個限度。

彼はいいかげんな人だ。 他做事很敷衍。

☐ **意地悪（な）**
いじわる（な）
壞心眼、刁難
意地悪な質問をする。 刁難的問題。

☐ **可能（な）**
かのう（な）
可能
実現可能な計画ではない。
不可能實現的計劃。

☐ **かわいそう（な）**
可憐
病気で動けない弟とがかわいそうだ。
因生病而無法動彈的弟弟很可憐。

☐ **完全（な）**
かんぜん（な）
完全、徹底
実験は完全に失敗した。
實驗徹底失敗。

☐ **基本的（な）**
きほんてき（な）
基本上、基本的
基本的な権利を守る。 遵守基本的權利。

☐ **気楽（な）**
きらく（な）
輕鬆、安樂、無顧慮
気楽に暮らす。 輕鬆生活。

☐ **けち（な）**
小氣、吝嗇、寒酸
彼は金にけちだ。 他對錢很小氣。

☐ **結構（な）**　　　　　　　　　　　　　　　けっこう（な）
很好、可以、不用了
今日は結構な天気だ。 今天天氣很好。

☐ **下品（な）**　　　　　　　　　　　　　　　げひん（な）
粗俗、不雅
言葉づかいが下品だ。 用字遣詞很粗俗。

☐ **様々（な）**　　　　　　　　　　　　　　　さまざま（な）
各種、各式各樣
様々な方法がある。 有各種方法。

☐ **幸せ（な）**　　　　　　　　　　　　　　　しあわせ（な）
幸福
幸せに暮らす。 幸福地生活。

☐ **失礼（な）**　　　　　　　　　　　　　　　しつれい（な）
失禮、不禮貌、告辭
失礼なことを言う。 說出不禮貌的話。

☐ **地味（な）**　　　　　　　　　　　　　　　じみ（な）
樸素、樸實
地味な色の服を着る。 穿著素色的衣服。

☐ **自由（な）**　　　　　　　　　　　　　　　じゆう（な）
自由
自由な時間を持つ。 擁有自由的時間。

☐ **重要（な）**　　　　　　　　　　　　　　　じゅうよう（な）
重要
これは重要な書類である。
這是重要的文件。

☐ **消極的（な）**　　　　　　　　　　　　　しょうきょくてき（な）
消極的
消極的な回答をする。 消極的回答。

☐ **上品（な）**　　　　　　　　　　　　　　じょうひん（な）
文雅、高尚
上品な言葉を使う。 措詞文雅。

□ すてき（な）	完美、絕佳 すてきな洋服を着ている。穿著非常漂亮的服裝。	
□ 素直（な）	坦率、老實、天真、聽話 アドバイスを素直に聞く。老實聽從忠告。	すなお（な）
□ 正確（な）	正確 正確な意味を辞書で調べる。 用字典查正確的意思。	せいかく（な）
□ 正常（な）	正常 機械が正常に動く。機械正常運作。	せいじょう（な）
□ 確か（な）	確實、可靠 確かな情報はまだない。尚未有確實的資訊。	たしか（な）
□ 適当（な）	適當、隨隨便便 紙を適当な大きさに切る。 將紙裁剪成適當的大小。	てきとう（な）
□ 得意（な）	拿手、擅長 姉はピアノが得意だ。姊姊擅長彈鋼琴。	とくい（な）
□ なだらか（な）	平緩、平穩、順利 なだらかな坂が続く。延續平緩的坡道。	
□ 苦手（な）	不擅長 料理が苦手だ。我不擅長煮菜。	にがて（な）
□ 熱心な（な）	熱心、熱情 熱心に勉強する。用功讀書。	ねっしん（な）
□ 派手（な）	華麗、闊氣 部屋を派手に飾る。房間裝飾地很華麗。	はで（な）

□	不安（な）	不安 将来が不安だ。 對將來感到不安。	ふあん（な）
□	不可能（な）	不可能 それは不可能なことではない。 那並非不可能的事。	ふかのう（な）
□	不思議（な）	不可思議 不思議な夢を見る。 夢見不可思議的夢。	ふしぎ（な）
□	不自由（な）	不自由 体の不自由な人を助ける。 幫助行動不便的人。	ふじゆう（な）
□	平気（な）	不在乎、若無其事、冷靜 平気でうそをつく。 睜眼說瞎話。	へいき（な）
□	平凡（な）	平凡 毎日平凡に暮らす。 每天過著平凡的日子。	へいぼん（な）
□	変（な）	奇怪、異常 この薬は変なにおいがする。 這藥有種奇怪的味道。	へん（な）
□	真っ赤（な）	鮮紅、純粹 顔を真っ赤にして怒る。 氣得滿臉通紅。	まっか（な）
□	真っ暗（な）	陰暗、烏漆麻黑 真っ暗な道を歩く。 走在昏暗無光的道路上。	まっくら（な）
□	真っ黒（な）	烏黑、深黑 真っ黒く日焼けする。 曬得很黝黑。	まっくろ（な）
□	真っ青（な）	深藍、蒼白 顔が真っ青になる。 臉色蒼白。	まっさお（な）

□ 真っ白（な）	雪白 洗濯して真っ白になる。 清洗過後變得很潔白。	まっしろ（な）
□ 夢中（な）	熱衷、沈迷 ゲームに夢中になる。 熱衷於遊戲。	むちゅう（な）
□ 明確（な）	明確 明確には答えられない。 無法明確回答。	めいかく（な）
□ 明白（な）	明白、明顯 彼が犯人であることは明白だ。 很明顯他就是犯人。	めいはく（な）
□ 面倒（な）	麻煩、照顧 出かけるのは面倒だ。 出門很麻煩。	めんどう（な）
□ 豊か（な）	豐富、富裕 豊かな生活をする。 富裕的生活。	ゆたか（な）
□ 楽（な）	輕鬆 この仕事は楽ではない。 這項工作不輕鬆。	らく（な）
□ 利口（な）	聰明、機靈 犬は利口な動物だ。 狗是聰明的動物。	りこう（な）
□ 冷静（な）	冷靜 冷静な態度で話す。 以冷靜的態度說話。	れいせい（な）

□	あいかわらず	依舊、仍然 あいかわらず忙しい。 我依舊很忙。

あっという間に

□ あっという間に
一轉眼、瞬間
夏休みもあっという間に終わった。
暑假一轉眼就結束了。

あれこれ

□ あれこれ
這個那個、種種
あれこれやってみる。 全都試做看看。

あんがい

□ 案外
出乎意料、沒想到
心配していたが、テストは案外簡単だった。
一直很擔心考試，但是出乎意料的簡單。

いがいに

□ 意外に
意外
意外に難しい。 意外地很難。

□ いきいき
生動、活潑
いきいきとした表情をする。 生動的表情。

□ いきなり
突然
いきなり怒り出す。 突然發起脾氣來。

いっきに

□ 一気に
一口氣
一気に階段を駆け上がる。 一口氣跑上樓梯。

いっせいに

□ 一斉に
同時
一斉に出発する。 同時出發。

いつのまにか

□ いつの間にか
不知不覺地
雨はいつの間にか止んでいた。
雨不知道什麼時候停了。

☐	一般に	一般、普遍 一般に女性のほうが長生きする。 普遍來說女性較長壽。	いっぱんに
☐	今にも	馬上、眼看 今にも雨が降り出しそうだ。 眼看就要下雨了。	いまにも
☐	いらいら	焦躁、著急 渋滞で車が進まず、いらいらした。 因塞車車子無法動彈，讓人感到焦躁。	
☐	うっかり	不注意、無意中、發呆 うっかりしゃべってしまう。 無意中說出來了。	
☐	うろうろ	徘徊、傍徨、心神不定 怪しい男がうろうろしている。 可疑男子在那裡徘徊。	
☐	大いに	非常、很 大いに喜ぶ。非常開心。	おおいに
☐	お先に	先行～ お先に失礼します。我先告辭了。	おさきに
☐	思わず	不由得、無意地 思わず笑ってしまった。不由得笑了出來。	おもわず
☐	およそ	大約 駅からおよそ20分かかる。 從車站過去大約花費20分鐘。	
☐	がっかり	失望、筋疲力盡 受験に失敗してがっかりする。 報考失敗而感到灰心。	

□	必ずしも	（後接否定）未必　　　　　　　　　　　　　　　　　かならずしも よい本が必ずしも売れるとは限らない。 一本好書未必會大賣。
□	からから	乾燥、空空的、（笑聲）哈哈、（硬物碰撞的輕脆聲響） 卡拉卡拉 のどがカラカラだ。喉嚨很乾。
□	がらがら	空盪盪、（硬物碰撞聲）轟隆轟隆 電車はがらがらだった。電車空盪盪的。 がらがらと崩れ落ちる。轟隆轟隆的落下。
□	きちんと	好好地、乾淨、整齊、恰當 部屋をきちんと片付けなさい。 請把房間收拾乾淨。
□	ぎっしり	滿滿的 箱に本をぎっしり詰める。箱子裡塞滿書。
□	急に	突然、緊急　　　　　　　　　　　　　　　　　　　　きゅうに 急に車が止まる。車子突然停下。
□	ぎりぎり	勉強、極限、使勁 ぎりぎり終電に間に合う。 剛好趕上末班電車。
□	ぐっすり	熟睡、酣睡 ぐっすり眠る。睡得香甜。
□	こっそり	悄悄地、偷偷地 こっそりと室内に入る。悄悄地進入屋內。

□	ごろごろ	無所事事、到處都是、滾動的樣子、（雷或車輪的聲音）轟隆轟隆 岩がごろごろ転がっている。岩石滾動著。 一日中家でごろごろしている。 一整天在家無所事事。
□	さっさと	快速、迅速 さっさと家へ帰る。迅速回家。
□	ざっと	大概、粗略 ざっと説明する。粗略地說明。
□	さっぱり	（後接否定）一點也、乾淨、痛快、清淡 風呂に入ってさっぱりする。洗澡後全身感覺清爽。 さっぱり分からない。一點也不明白。
□	しいんと	靜悄悄 教室はしいんとなった。教室靜悄悄的。
□	じっと	一動也不動、凝視、聚精會神 じっと動かないでいる。一動也不動。
□	実は　じつは	其實 実はお願いがあります。其實我有個請求。
□	しばらく	暫時、一會兒、好久 しばらく友達に会っていない。 有一陣子沒跟朋友見面。
□	しみじみ	深切、感慨、坦誠、仔細 親のありがたさをしみじみと感じる。 深切感受雙親的恩情。
□	少々　しょうしょう	稍微＝ちょっと 少々疲れた。稍微有點累了。

☐	徐々に	緩慢地、漸漸地 徐々にスピードを上げる。 速度緩慢地上升。	じょじょに
☐	少なくとも	至少 費用は少なくとも100万円はかかる。 費用方面，至少要花費100萬日元。	すくなくとも
☐	少しも	一點也不＝ちっとも, 全然 少しも寒くない。一點也不冷。	すこしも
☐	すでに	已經 会議はすでに終わっていた。 會議已經結束。	すでに
☐	絶対に	絕對、一定 何があっても絶対に行く。 不論發生什麼事我一定要去。	ぜったいに
☐	ぜひ	務必、一定 ぜひ参加してください。 請務必參加。	ぜひ
☐	相当	適合、相當＝かなり 彼は相当勉強したようだ。 他看起來很認真讀書。	そうとう
☐	続々	不斷 注文が続々来る。 訂單不斷地來。	ぞくぞく
☐	そっくり	全部、一模一樣＝全部 そっくり渡す。 全部交出來。 ※ お父さんにそっくりだ。※ 跟父親長得一模一樣。	ぜんぶ

☐	そっと	悄悄地、偷偷地 そっと涙をふく。偷偷地拭涙。	
☐	それぞれ	各自 それぞれ値段が違う。每個價錢不同。	
☐	大して	（後接否定）並不那麼 大して難しくない。並不那麼難。	たいして
☐	互いに	互相 互いに助け合う。互相幫助。	たがいに
☐	多少	多少、稍微 多少遅れるかもしれない。可能會稍微晚到。	たしょう
☐	たっぷり	足夠、充分 パンにジャムをたっぷり塗る。 麵包塗滿果醬。	
☐	たまたま	偶爾、偶然、碰巧 たまたま駅で昔の友達に会った。 碰巧在車站遇見老朋友。	
☐	単に	單純、只是 単に君だけの問題ではない。 這不單是你的問題。	たんに
☐	ちゃんと	好好地、完全、明確、端正、整齊 ちゃんとした服装をする。穿著整齊的服裝。	
☐	つい	不知不覺、不由得、剛剛＝思わず ついしゃべってしまう。不知不覺中脫口而出。	

□	ついに	終於＝とうとう ついに完成した。終於完成了。	
□	次々	陸續、一個接一個 次々と作品を発表する。陸續發表作品。	つぎつぎ
□	常に	經常、常常＝いつも 常に努力する。總是很努力。	つねに
□	できれば	可以的話、願意 できれば午前中に来てほしい。 可以的話希望你能上午前來。	
□	同時に	同時 同時に出発する。同時出發。	どうじに
□	どきどき	心裡緊張、心驚膽跳 胸がどきどきする。心噗通噗通地跳著。	
□	突然	突然 赤ちゃんが突然泣き出した。 嬰兒突然哭了起來。	とつぜん
□	ながなが	長期、冗長 ながながとしゃべる。講個不停。	
□	にっこり	微笑 にっこり笑う。微微地笑。	
□	のろのろ	遲緩、慢吞吞 のろのろと歩く。慢吞吞地走。	
□	のんびり	悠閒、無拘束 のんびりと暮らす。悠閒地過日子。	

232

□	はきはき	活潑、有精神、乾脆 質問にはきはきと答える。 有精神的回答問題。	
□	ばったり	突然倒下、突然相遇、突然停止 バス停でばったり先生に会った。 在公車站牌和老師突然相遇。	
□	早めに	提前、提早 早めに家を出る。提早出門。	はやめに
□	ぴかぴか	光亮、閃耀 靴をぴかぴかに磨く。把鞋子擦得光亮。	
□	ぴったり	緊緊地、準確、恰好 窓をぴったりと閉める。把窗戶關緊。	
□	ぶつぶつ	嘀咕、牢騷 ぶつぶつ文句を言う。嘀咕抱怨。	
□	ぶらぶら	遛達、漫步、無所事事、搖晃 近所をぶらぶらと散歩する。在附近散步。 家でぶらぶらする。在家無所事事。	
□	別に	特別、並沒有、另外 そうなっても別に困らない。 就算那樣也不會感到困擾。	べつに
□	別々	各別、各自 別々に包む。各別包裝。	べつべつ
□	ほっと	輕鬆狀、嘆氣的樣子 その知らせを聞いてほっとした。 聽到消息鬆了一口氣。	

☐	**まごまご**	驚慌失措、不知所措 出口が分からずまごまごする。 找不到出口感不知所措。
☐	**まさか**	該不會、決不、萬一 まさか失敗するとは思わなかった。 萬萬想不到會失敗。
☐	**もしかすると**	萬一、也許 もしかすると彼は来ないかもしれない。 也許他不來了。
☐	**最も**	最　　　　　　　　　　　　　　もっとも この山が最も高い。 這座山是最高的。
☐	**ようやく**	終於 ようやく完成した。 終於完成了。
☐	**わざと**	故意地、特意地 わざと壊す。 故意用壞。

その他 （た） 其他

☐	そして	（接續詞）然後 高校（こうこう）を卒業（そつぎょう）し、そして大学（だいがく）に入（はい）った。 高中畢業後進大學。
☐	だが	（接續詞）但是、可是 失敗（しっぱい）した。だが成果（せいか）もある。 雖然失敗了，但是也有好的成果。
☐	だけど	（接續詞）但是、可是 話（はなし）はよく分（わ）かった。だけど賛成（さんせい）はできない。 我明白你說的，但是我不贊成。
☐	こうして	（接續詞）如此、這樣 こうして彼（かれ）は社長（しゃちょう）になった。 就樣他成為社長了。
☐	ようこそ	歡迎 韓国（かんこく）にようこそ。 歡迎來韓國。
☐	～割	<助數詞> ～成、比率（10%） ～わり 今日（きょう）だけ２割（わり）引（び）きで販売（はんばい）します。 只有今天8折出售。
☐	大（たい）した	了不起、（後接否定）沒什麼了不起 たいした 大（たい）した人物（じんぶつ）だ。了不起的人物。

235

□ **アイスクリーム**

冰淇淋

アイスクリームは甘くておいしい。
冰淇淋甜甜的很好吃。

□ **アウト**

出局、界外球

今回の試験は完全にアウトだ。這次的考試全部失敗。

□ **アドバイス**

忠告、建議

友人としてアドバイスをする。身為朋友給你忠告。

□ **アドレス**

地址

メールアドレスを変更する。變更郵件地址。

□ **アナウンス**

廣播、播送

電車の到着時刻をアナウンスする。
播送電車抵達時間。

□ **アマチュア**

外行、業餘愛好者

アマチュア写真家として活動する。
以業餘攝影師的身分工作。

□ **アルバム**

相簿

アルバムに写真を入れる。把照片放進相簿。

□ **アルミホイル**

鋁箔紙

アルミホイルを敷いて魚を焼く。
鋪上鋁箔紙烤魚。

□ **アレルギー**

過敏

アレルギーを起こす。引發過敏。

□ **アンケート**

調查、徵詢意見

アンケートをとる。做問卷。

☐	アンテナ	天線 室內アンテナを設置する。安裝室內天線。
☐	イコール	等號、等於 この二つはイコールではない。這兩個並不相等。
☐	イメージ	形象、印象 会社のイメージがよくなる。公司形象變好。
☐	インク	墨水 赤インクで書く。用紅色墨水書寫。
☐	インスタント	速食、快速 インスタント食品をよく食べる。 經常食用速食食品。
☐	インターネット	網路 インターネットで調べる。用網路調查。
☐	インタビュー	訪問、會面 市長にインタビューする。訪問市長。
☐	ウイルス	病毒 ほとんどの風邪はウイルスが原因である。 感冒幾乎都是病毒引起的。
☐	エネルギー	能源、能量 エネルギーを大切に使う。要珍惜能源。
☐	エンジン	引擎 車のエンジンがかからない。車子的引擎無法發動。
☐	オフィス	辦公室 東京はオフィスが多い。東京有很多辦公室。

☐	オペラ	歌劇 オペラ歌手になりたい。想成為演唱歌劇的演唱者。
☐	カード	卡片 カードにメッセージを書く。在卡片上留言。
☐	カーナビ	汽車導航 カーナビで道を探す。用汽車導航找路。
☐	カーブ	彎曲、曲線 急カーブを曲がる。轉急彎道。
☐	カーペット	地毯 部屋にカーペットを敷く。在房間鋪上地毯。
☐	カタログ	型錄 車のカタログをもらってきた。拿到車子的型錄。
☐	カバー	外皮、套子 本にカバーをかける。給書本包上套子。
☐	カラー	色彩 花にはたくさんのカラーがある。花有很多色彩。
☐	カロリー	熱量、卡路里 カロリーを取りすぎる。攝取過多熱量
☐	カンニング	作弊 テストでカンニングをする。考試作弊。
☐	キャンセル	取消 予約をキャンセルする。取消預約。
☐	キャンパス	（大學）校園 この大学のキャンパスは広い。這所大學的校園很大。

□	キャンプ	露營、帳蓬 夏休みに山でキャンプをする。暑假在山上露營。
□	クイズ	智力測驗、猜謎 クイズを出す。出謎題。
□	クーラー	冷氣、空調 クーラーで冷えすぎた。冷氣太冷了。
□	クラスメート	同班同學 クラスメートと仲よくなる。和同學感情好。
□	クリーニング	清洗 シャツをクリーニングに出す。把襯衫送洗。
□	クリック	點擊、按按鈕 マウスをクリックする。點擊滑鼠。
□	グループ	組別、團體 三つのグループに分けて調査する。分三組調查。
□	ケース	盒子 ケースに入れる。放進盒子。
□	コンビニ	便利商店 コンビニでお弁当を買う。在便利商店買便當。
□	サービス	服務 あの店はサービスがいい。那間店的服務很好。
□	サイズ	尺寸 ズボンのサイズが合わない。褲子尺寸不合。
□	サッカー	足球 友達とサッカーを見に行く。和朋友去看足球。

□	サラリーマン	上班族 兄はサラリーマンです。哥哥是上班族。
□	ショップ	商店 フラワーショップでアルバイトをする。 在花店打工。
□	スカーフ	圍巾 スカーフを首に巻く。在脖子上圍圍巾。
□	スクール	學校 英会話スクールに通っている。去英語學校上課。
□	スケート	溜冰、滑冰 冬はよくスケートに行く。冬天時常去溜冰。
□	スケジュール	行程表、日程表 旅行のスケジュールを立てる。安排旅行的行程表。
□	スタイル	風格、樣式、姿態 彼女はスタイルがいい。她的身材很好。
□	ストーリー	故事 小説のストーリーを話す。講述小說的故事情節。
□	ストップ	停止、停住 台風で電車がストップする。因颱風電車停駛。
□	ストレス	壓力 ストレスがたまる。累積壓力。
□	セール	特價、減價 冬のセールでコートを買った。冬季特賣時買了大衣。

☐	センター	中心 サービスセンターでカメラを修理してもらう。 在服務中心要求維修相機。
☐	ソース	醬汁、調味汁 ソースをかけて食べる。淋上醬汁食用。
☐	ソファー	沙發 ソファーに座ってテレビを見る。坐在沙發看電視。
☐	ダイエット	減肥 ダイエットして体重を落とす。靠減肥減輕體重。
☐	ダイヤモンド	鑽石 ダイヤモンドの指輪をプレゼントする。 鑽石戒指當作禮物。
☐	ダイヤル	號碼盤、撥號盤、刻度盤 ダイヤルを回す。撥號碼盤。
☐	タオル	毛巾 タオルで拭く。用毛巾擦拭。
☐	ダム	水庫 ダムの工事を進める。進行水庫工程。
☐	チップ	小費 店員にチップをやる。給店員小費。
☐	チャンス	機會 チャンスを逃がす。錯失機會。
☐	データ	資料、數據 データを集める。收集資料。

☐	デザート	甜點 デザートにアイスクリームを出す。 甜點推出冰淇淋。
☐	デジカメ	數位相機 デジカメで写真を撮る。用數位相機拍照。
☐	トップ	最高級、第一位 トップで合格する。第一名及格。
☐	ドライブ	兜風 ドライブに行く。去兜風。
☐	ドライヤー	吹風機 ドライヤーで髪を乾かす。用吹風機吹乾頭髮。
☐	トレーニング	訓練、練習 トレーニングを受ける。接受訓練。
☐	トンネル	隧道 列車がトンネルに入る。列車進入隧道。
☐	ネックレス	項鍊 真珠のネックレスをする。戴珍珠項鍊。
☐	ネット	網子、網路 テニスコートにネットを張る。在網球場架設網子。 ネット上にデータを保存する。在網路上保存資料。
☐	ノック	敲門、打擊 ノックをして部屋に入る。敲門後進入房內。
☐	パーセント	百分比 5パーセント増加する。增加5個百分比。

□	ハート	心型、愛心 ハートの形をしたチョコレートを作る。 作了心型巧克力。
□	ハイキング	健行 近くの山をハイキングする。去附近山上健行。
□	バイク	摩托車 店の前にバイクを止める。在商店前停摩托車。
□	バイト	打工 バイトをして学校を出る。我要打工先離開學校。
□	パス	及格、合格＝合格 試験にパスする。考試及格。
□	バス停	公車站牌　　　　　　　　　　　　　　バスてい バス停まで歩く。走路到公車站牌。
□	パスポート	護照 パスポートを落としてしまった。 我把護照弄丟了。
□	ハンドバッグ	手提包包 彼女は赤いハンドバッグを持っている。 她拿著紅色手提包。
□	ビタミン	維他命 みかんはビタミンＣが多い。橘子有很多維他命Ｃ。
□	ビデオ	錄影機 授業でビデオを使う。上課時使用錄影機。
□	ビル	大樓、大廈 高いビルが並んでいる。高樓大廈櫛比鱗次。

☐	ファイル	文件夾 ファイルを引き出しにしまう。把文件夾收到抽屜裡。
☐	ファーストフード	速食 ファーストフードも安くはない。速食也不便宜。
☐	ファスナー	拉鍊 ジャンパーのファスナーをかける。 夾克外套拉上拉鍊。
☐	ファックス ファクス	傳真 外国にファックスを送る。傳真到國外。
☐	ブラウス	女用上衣、罩衫 白いブラウスを着る。穿著白色罩衫。
☐	ブラシ	刷子 ブラシで靴を磨く。用刷子擦鞋子。
☐	プラス	加、增加 料金に税金をプラスする。費用加上稅金。
☐	プラン	計劃 旅行のプランを立てる。安排旅行的計劃。
☐	ブレーキ	刹車、制止 急ブレーキをかける。緊急刹車。
☐	ベルト	皮帶 ズボンのベルトを緩める。鬆開褲子的皮帶。
☐	ボーナス	獎金、紅利 夏のボーナスで海外旅行を予定している。 預定用夏季獎金去國外旅行。

	ホームページ	網站首頁 会社のホームページを作る。製作公司網站首頁。
☐	ポスター	海報 壁にポスターを貼る。牆壁貼上海報。
☐	マイナス	減號、負數、損失 気温がマイナスになる。氣溫變成零下。
☐	マフラー	圍巾 マフラーをして出かける。圍上圍巾出門。
☐	マラソン	馬拉松 マラソン大会に参加する。參加馬拉松比賽。
☐	マンション	公寓大廈、高級大廈 都心のマンションを買う。買下市中心的高級大廈。
☐	ミス	錯誤 計算をミスする。計算錯誤。
☐	ミルク	牛奶 赤ちゃんにミルクをやる。餵嬰兒喝牛奶。
☐	メール	電子郵件 毎日メールをチェックしている。 每天確認電子郵件。
☐	メニュー	菜單 メニューを見て注文する。看菜單點菜。
☐	メンバー	成員 メンバーが全員集まる。所有成員集合。
☐	ヨーロッパ	歐洲 ヨーロッパへ旅行に出かける。去歐洲旅行。

☐	ライオン	獅子 ライオンはネコの仲間である。獅子屬於貓科的動物。
☐	ライト	電燈 ライトをつける。開電燈。
☐	ランチ	中餐 ランチメニューを注文する。訂中餐。
☐	ランニング	慢跑 毎朝ランニングをする。我每天早晨慢跑。
☐	リーダー	領導人、領袖 チームのリーダーになる。成為團隊的領導人。
☐	リサイクル	回收 ペットボトルをリサイクルする。寶特瓶要回收。
☐	リットル	公升 1リットルのミルクを買う。購買1公升的牛奶。
☐	リボン	（蝴蝶結）緞帶 プレゼントにリボンをかける。在禮物繫上緞帶。
☐	レインコート	雨衣 雨の日はレインコートを着て出かける。 下雨天穿雨衣出門。
☐	レンズ	鏡頭 カメラのレンズを替える。更換相機鏡頭。
☐	ロビー	大廳 ロビーで待ち合わせする。在大廳等候。
☐	ロボット	機器人 ロボットが自動車を生産する。機器人製造汽車。

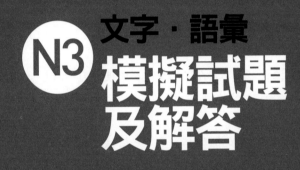

N3 文字・語彙
模擬試題
及解答

問題1 ＿＿＿のことばの読み方として最もよいものを、１・２・３・４
から一つえらびなさい。

1　毎月大家さんに家賃を支払う。
1 いえちん　　　2 うんちん　　　3 かちん　　　　4 やちん

2　明日、講堂で進学説明会を行います。
1 いいます　　　　　　　　2 おこないます
3 あつかいます　　　　　　4 かよいます

3　山下さんにパソコンの使い方を詳しく説明してもらった。
1 きびしく　　　2 くやしく　　　3 くわしく　　　4 けわしく

4　その服はパーティーには地味だと思うよ。
1 じあじ　　　　2 しゅみ　　　　3 じみ　　　　　4 ちあじ

5　選手たちは勢いよくグラウンドに出て行った。
1 いきおい　　　2 たたかい　　　3 あつかい　　　4 したがい

6　一人ずつ順番に発表してください。
1 はちひょう　　2 はちびょう　　3 はつひょう　　4 はっぴょう

7　ここで辞めてしまったら、今までの苦労がむだになる。
1 かろう　　　　2 ひろう　　　　3 くろう　　　　4 こうろう

8　彼は、給料に不満があって、会社をやめた。
1 ふあん　　　　2 ふまん　　　　3 ふせい　　　　4 ふひょう

問題2 _____ のことばを漢字で書くとき、最もよいものを1・2・3・4から一つえらびなさい。

⑨ 荷物は部屋の<u>すみ</u>においてください。

1 奥 　　　　　2 角 　　　　　3 隅 　　　　　4 街

⑩ 夏休みは<u>こきょう</u>に帰るつもりだ。

1 古郷 　　　　2 故郷 　　　　3 古境 4 　　　　故境

⑪ これらの問題には<u>きょうつう</u>性があると思う。

1 公同 　　　　2 共同 　　　　3 公通 　　　　4 共通

⑫ 真っ黒な夜空には<u>かぞえられない</u>ほどの星が輝いていた。

1 数えられない 　　　　　　　2 教えられない

3 絵えられない 　　　　　　　4 救えられない

⑬ 図書館の本が<u>やぶれて</u>しまったり汚れてしまった時は、返す時に
お伝えください。

1 壊れて 　　　　2 破れて 　　　　3 切れて 　　　　4 割れて

⑭ <u>あやしい</u>男が家の前をうろうろしている。

1 悔しい 　　　　2 険しい 　　　　3 怪しい 　　　　4 悲しい

問題3 （　　　　）に入れるのに最もよいものを１・２・３・４から一つ選びなさい。

15 高速道路に出ると、彼は（　　　　）を上げて走った。
1 ハンドル　　　2 エンジン　　　3 スピード　　　4 ドライブ

16 この靴はちょっと（　　　　）ですね。もう少し大きいのはありませんか。
1 きつい　　　　2 おもたい　　　3 かっこいい　　4 ゆるい

17 図書館の本棚には、本が（　　　　）並んでいる。
1 ぎっしり　　　2 ぐっすり　　　3 さっぱり　　　4 こっそり

18 一生懸命がんばったのに、負けてしまって（　　　　）。
1 くわしい　　　2 けわしい　　　3 くやしい　　　4 しつこい

19 市長は取材の申し込みをきっぱり（　　　　）。
1 まよった　　　2 このんだ　　　3 ことわった　　4 おそわった

20 ホテルのフロントに荷物を（　　　　）、町を見物した。
1 あずけて　　　2 あらわして　　3 くばって　　　4 まねいて

21 ガラス食器は割れると危険ですから、気を（　　　　）ください。
1 して　　　　　2 なって　　　　3 ついて　　　　4 つけて

22 まだ使えるものを捨てるのは（　　　　）気がする。
1 まずしい　　　　　　　　　2 もったいない
3 たのもしい　　　　　　　　4 ありがたい

23 家の近くで道路工事が始まり、とても （　　　　）。

1 くだらない　　　　　　　　2 やかましい

3 うらやましい　　　　　　　4 まずしい

24 今朝、旅行に出かける両親を空港まで （　　　　）にいった。

1 見送り　　　　2 見舞い　　　　3 出会い　　　　4 出迎え

25 どんなときもあわてずに、（　　　　）行動できるようになりたい。

1 冷静に　　　　2 安易に　　　　3 無理に　　　　4 余計に

**問題4　＿＿＿＿に意味が最も近いものを、1・2・3・4から一つえらび
なさい。**

26 この子は本当に<u>かしこい</u>子どもだ。

1 かわいそうな　　　　　　　2 いい加減な

3 頭がいい　　　　　　　　　4 静かな

27 彼はまじめだから、きっと試験に<u>合格</u>しますよ。

1 あきらめます　　　　　　　2 くばります

3 はずれます　　　　　　　　4 うかります

28 この作文は漢字や文法の<u>間違い</u>が多くて、読むのが大変だ。

1 ファイル　　　2 ミス　　　　3 ストレス　　　4 プラン

29 年々読書をする人が<u>減って</u>いるという。

1 元気になって　　　　　　　2 なくなって

3 少なくなって　　　　　　　4 高くなった

30 突然激しい雨が降ってきて、出られなくなってしまった。

1 徐々に　　　2 急に　　　　3 およそ　　　4 常に

問題5　つぎのことばの使い方として最もよいものを、1・2・3・4から一つえらびなさい。

31 いっせいに

1 だれにも話さないから、私だけにいっせいに教えてください。

2 信号が青に変わると、みんないっせいに道路を渡った。

3 コップをいっせいに落として割ってしまった。

4 日本でいっせいに高い山は富士山だ。

32 アドバイス

1 パソコンを買うために、パン屋でアドバイスしている。

2 困ったとき、上田さんがいろいろとアドバイスしてくれた。

3 電車の音がうるさくてホームのアドバイスが聞こえない。

4 カレンダーを見ながら、旅行のアドバイスを立てた。

33 いきいき

1 渋滞で車が進まず、いきいきした。

2 昼間の電車は、いきいきにすいていました。

3 子供たちはいきいきとした顔をして先生の話を聞いている。

4 楽しみにしていたコンサートが中止になり、いきいきした。

34 目立つ

1 店で時々同じ人を目立つ。

2 合格を目立っていっしょうけんめい勉強している。

3 看板には目立つ色を使うといい。

4 盗まれた絵が外国で目立ったそうだ。

35 かれる

1 雨で服がかれてしまった。

2 花瓶の花がかれてしまった。

3 隣の人にたばこの火をかれてつけた。

4 かれた洗濯物をたんすにしまっておいた。

•解答

1④	2②	3③	4③	5①	6④	7③	8②	9③	10②
11④	12①	13②	14③	15③	16①	17①	18③	19③	20①
21④	22②	23②	24①	25①	26③	27④	28②	29③	30②
31②	32②	33③	34③	35②					

•分析

問題1

1 毎月大家さんに家賃（やちん）を支払う。
每個月繳交房租給房東。

2 明日、講堂で進学説明会を行います（おこないます）。
明天要在禮堂進行升學說明會。

3 山下さんにパソコンの使い方を詳しく（くわしく）説明してもらった。
請山下先生為我詳細說明電腦的使用方法。

4 その服はパーティーには地味（じみ）だと思うよ。
我認為穿這件衣服去舞會太樸素了。

5 選手たちは勢い（いきおい）よくグラウンドに出て行った。
選手們很有氣勢地到運動場去。

6 一人ずつ順番に発表（はっぴょう）してください。
請依序發表。

7 ここで辞めてしまったら、今までの苦労（くろう）がむだになる。
若現在就辭職的話，到目前為止的辛苦都白費了。

8 彼は、給料に不満（ふまん）があって、会社をやめた。
他對薪水不滿意，所以向公司辭職了。

問題 1

9 荷物は部屋のすみ（隅）においてください。
請將行李放在房間的角落。

10 夏休みはこきょう（故郷）に帰かえるつもりだ。
夏天打算回家鄉。

11 これらの問題にはきょうつう（共通）性があると思う。
我認為這些問題都有共同點。

12 真っ黒な夜空にはかぞえられない（数えられない）ほどの星が輝い
ていた 。
漆黑的夜空裡有多到數不完的星星閃閃發亮著。

13 図書館の本がやぶれて（破れて）しまったり汚れてしまった時は、
返す時にお伝えください。
圖書館的書若有破損或髒汙，請於還書時告知。

14 あやしい（怪しい）男が家の前をうろうろしている。
可疑男子在家門前徘徊。

問題 3

15 高速道路に出ると、彼は（スピード）を上げて走った。
一進入高速公路，他就加速（度）開走了。

16 この靴はちょっと（きつい）ですね。もう少し大きいのはありませ
んか。
這雙鞋子有點緊，可以給我尺寸大一點的嗎？

17 図書館の本棚には、本が（ぎっしり）並んでいる。
圖書館的架上整然地排滿了書。

18 一生懸命がんばったのに、負けてしまって（くやしい）。
已經盡這麼努力了，輸掉很不甘心。

19 市長は取材の申し込みをきっぱり（ことわった）。
市長斷然地拒絕採訪申請。

20 ホテルのフロントに荷物を（あずけて）、町を見物した。
將行李寄放在飯店櫃檯後去城市觀光。

21 ガラス食器は割れると危険ですから、気を（つけて）ください。
玻璃餐具一旦破裂很危險，請小心。（ 気つけて要合在一起才構成 "小心"
的意思）

22 まだ使えるものを捨てるのは（もったいない）気がする。
丟棄還能用的物品，我覺得很浪費。

23 家の近くで道路工事が始まり、とても（やかましい）。
住家附近開始道路施工，非常吵鬧。

24 今朝、旅行に出かける両親を空港まで（見送り）にいった。
今天早上，到機場送行出門去旅遊的父母。

25 どんなときもあわてずに、（冷静に）行動できるようになりたい。
我希望自己任何時候都能不慌不忙，冷靜行動。

問題4

26 この子は本当にかしこい（＝頭がいい）子どもだ。
這孩子的很聰明。

27 彼はまじめだから、きっと試験に合格します（＝うかります）よ。
他那麼認真，考試一定能及格。

28 この作文は漢字や文法の間違い（＝ミス）が多くて、読むのが大変
だ。
這篇作文有很多錯誤的漢字及文法，很難看懂。

29 年々読書をする人が減って（＝少なくなって）いるという。
據說每年看書的人正在減少。

30 突然（＝急に）激しい雨が降ってきて、出られなくなってしまった。
突然下起了滂沱大雨，這下無法出門了。

問題 5

31 信号が青に変わると、みんないっせいに道路を渡った。
紅綠燈一變綠色，大家同時過馬路。

32 困ったとき、上田さんがいろいろとアドバイスしてくれた。
煩惱的時候，上田先生給我很多建議。

33 子供たちはいきいきとした顔をして先生の話を聞いている。
孩子們展露朝氣蓬勃的樣子聽老師說話。

34 看板には目立つ色を使うといい。
招牌最好採用醒目的顏色。

35 花瓶の花がかれてしまった。
花瓶裡的花枯萎了。

JLPT

N2

名詞

□	愛情	愛情	あいじょう
□	合図	信號、暗號	あいず
□	青空	藍天、（接頭詞）露天	あおぞら
□	赤字	赤字、紅字	あかじ
□	明かり	光亮、燈	あかり
□	悪天候	壞天氣	あくてんこう
□	悪魔	惡魔	あくま
□	明け方	黎明	あけがた
□	辺り	附近、周圍	あたり
□	圧縮	壓縮	あっしゅく
□	宛名	收件人的姓名、地址	あてな
□	跡	痕跡、行蹤、跡象	あと
□	穴	洞孔、洞穴	あな
□	過ち	過失、錯誤	あやまち
□	誤り	錯誤	あやまり
□	嵐	暴風雨、風暴	あらし
□	粗筋	概略	あらすじ
□	有り	有	あり
□	案	意見、方案、預想	あん
□	安定	穩定、安定	あんてい

□ 胃	胃	い
□ 委員	委員	いいん
□ 息	呼吸、氣息、步調	いき
□ 以降	以後	いこう
□ 居酒屋	居酒屋、小酒館	いざかや
□ 遺産	遺產	いさん
□ 維持	維持	いじ
□ 意識	意識、知覺	いしき
□ 異常	異常	いじょう
□ 衣食住	吃穿住	いしょくじゅう
□ 泉	泉水、源泉	いずみ
□ いたずら	惡作劇	
□ 位置	位置、地位	いち
□ 一家	一家、全家、一派	いっか
□ 一種	一種、某種	いっしゅ
□ 一瞬	一瞬間、一剎那	いっしゅん
□ 一睡	小睡	いっすい
□ 一石二鳥	一舉兩得、一箭雙鵰	いっせきにちょう
□ 一致	一致	いっち
□ 一定	固定、規定、一定	いってい
□ 一方	一方面、一側	いっぽう
□ 移転	遷移、轉讓	いてん

☐ 井戸	井	いど
☐ 移動	移動	いどう
☐ 稲	稻子	いね
☐ 衣服	衣服	いふく
☐ 遺物	遺物	いぶつ
☐ 今頃	現在、這個時候	いまごろ
☐ 以来	以來、今後	いらい
☐ 印刷	印刷	いんさつ
☐ 引退	引退	いんたい
☐ 引用	引用	いんよう
☐ 引力	引力	いんりょく
☐ 植木	栽種的樹、盆栽的花木	うえき
☐ 打ち合わせ	商量	うちあわせ
☐ 宇宙	宇宙	うちゅう
☐ 海沿い	沿著海岸線	うみぞい
☐ 海辺	海邊	うみべ
☐ 有無	有無、可否	うむ
☐ 裏口	後門、（行為）走後門	うらぐち
☐ 恨み	恨、怨恨	うらみ
☐ 売れ行き	銷售、銷路	うれゆき
☐ 永久	永久	えいきゅう
☐ 影響	影響	えいきょう

□ 衛生	衛生	えいせい
□ 衛星	衛星	えいせい
□ 液体	液體	えきたい
□ 餌	餌、飼料	えさ
□ 得手	擅長、拿手	えて
□ 絵の具	畫具	えのぐ
□ 絵本	繪本、畫冊	えほん
□ 延期	延期	えんき
□ 演技	演技	えんぎ
□ 園芸	園藝	えんげい
□ 演習	演習	えんしゅう
□ 援助	援助、幫助	えんじょ
□ 演説	演説	えんぜつ
□ 円高	日幣升值	えんだか
□ 延長	延長	えんちょう
□ 煙突	煙囪	えんとつ
□ 円安	日幣下跌	えんやす
□ 応援	支援、聲援	おうえん
□ 王女	公主	おうじょ
□ 応接	應接、接待	おうせつ
□ 応対	應對、接待	おうたい
□ 横断	横渡、横跨	おうだん

□	欧米	歐美	おうべい
□	応用	應用	おうよう
□	往来	往來、通行、道路	おうらい
□	大型	大型	おおがた
□	大声	大聲	おおごえ
□	大昔	上古、很久以前	おおむかし
□	多め	多一些、偏多	おおめ
□	丘	山丘、丘陵	おか
□	おかず	菜餚	
□	悪寒	惡寒、發冷	おかん
□	沖	遠海	おき
□	お気に入り	喜愛的人、事、物；（電腦）我的最愛	おきにいり
□	お辞儀	行禮、鞠躬	おじぎ
□	おしゃべり	聊天、喋喋不休	
□	汚染	污染	おせん
□	恐れ	害怕、恐怖	おそれ
□	鬼	鬼、鬼魂、日本的長角妖怪	おに
□	お昼	白天	おひる
□	お前	（對同輩或晚輩）你	おまえ
□	おまけ	贈品、附加、減價	
□	泳ぎ	游泳	およぎ
□	恩恵	恩惠	おんけい

□ 温帯	溫帶	おんたい
□ 御中	（寫在信封上對收件機構的敬稱）貴機關、貴公司、貴社	おんちゅう
□ 音程	音程	おんてい

か

□ 蚊	蚊子	か
□ 害	害、損害	がい
□ 開会	開會	かいかい
□ 会見	會面、接見	かいけん
□ 外見	表面、外觀	がいけん
□ 外交	外交	がいこう
□ 開催	召開、舉辦	かいさい
□ 改札	剪票	かいさつ
□ 解散	解散	かいさん
□ 開始	開始	かいし
□ 解釈	解釋、理解	かいしゃく
□ 海上	海上	かいじょう
□ 回数	次數	かいすう
□ 快晴	晴朗、萬里無雲	かいせい
□ 改善	改善	かいぜん
□ 改造	改造	かいぞう
□ 快速	快速	かいそく

☐	開通	開通	かいつう
☐	回転	旋轉、轉動、周轉	かいてん
☐	回答	回答、答覆	かいとう
☐	解答	解答	かいとう
☐	飼い主	飼主	かいぬし
☐	会費	會費	かいひ
☐	回復	恢復	かいふく
☐	解放	解放、釋放	かいほう
☐	海面	海面	かいめん
☐	海洋	海洋	かいよう
☐	概論	概論	がいろん
☐	家屋	房屋	かおく
☐	顔つき	相貌、表情	かおつき
☐	香り	香氣	かおり
☐	垣根	籬笆、柵欄	かきね
☐	限り	限度、限於	かぎり
☐	架空	虚構、空想、空中架設	かくう
☐	各自	各自	かくじ
☐	学者	學者	がくしゃ
☐	拡充	擴充	かくじゅう
☐	学術	學術	がくじゅつ
☐	核心	核心	かくしん

☐ 各人	各人	かくじん
☐ 各地	各地	かくち
☐ 拡張	擴張	かくちょう
☐ 角度	角度	かくど
☐ 学年	學年	がくねん
☐ 確保	確保	かくほ
☐ 確率	機率、可能性	かくりつ
☐ 影	影子、樣子	かげ
☐ 可決	通過	かけつ
☐ かけら	碎片、一點點	
☐ 加減	加法和減法、調整、程度或狀態	かげん
☐ 過去	過去	かこ
☐ 籠	籠子	かご
☐ 加工	加工	かこう
☐ 下降	下降	かこう
☐ 火山	火山	かざん
☐ 家事	家事	かじ
☐ 過失	過失	かしつ
☐ 果実	果實、水果、收益	かじつ
☐ 貸家	出租的房子	かしや
☐ ～箇所	地方、處	～かしょ
☐ 過剰	過剩	かじょう

☐	数	數、數目、數量	かず
☐	課税	課税	かぜい
☐	下線	底線	かせん
☐	加速	加速	かそく
☐	過大	過大	かだい
☐	片方	（兩個中的）一個、一方	かたほう
☐	塊	塊、群	かたまり
☐	学会	學會	がっかい
☐	学級	學級	がっきゅう
☐	括弧	括弧	かっこ
☐	各国	各國	かっこく
☐	活字	鉛字、印刷物	かつじ
☐	活躍	活躍	かつやく
☐	活用	活用	かつよう
☐	活力	活力	かつりょく
☐	仮定	假設	かてい
☐	課程	課程	かてい
☐	過程	過程	かてい
☐	稼動	勞動、（機器）運轉	かどう
☐	仮名	假名	かな
☐	鐘	鐘、鐘聲	かね
☐	加熱	加熱	かねつ

☐ 過半数	過半數		かはんすう
☐ かび	黴菌、霉		
☐ 株	股票、根株		かぶ
☐ 釜	鍋		かま
☐ 我慢	忍耐、原諒		がまん
☐ 髪型	髪型		かみがた
☐ 紙くず	廢紙、碎紙		かみくず
☐ 神様	神、〜之神		かみさま
☐ 剃刀	剃刀、刮鬍刀		かみそり
☐ 雷	雷、雷聲		かみなり
☐ 髪の毛	頭髪		かみのけ
☐ 貨物	貨物		かもつ
☐ 殻	空殻、外殻		から
☐ 柄	花色、體格、品格		がら
☐ 空梅雨	梅雨季卻不太下雨		からつゆ
☐ 川岸	河岸、河邊		かわぎし
☐ 革靴	（男用）皮鞋		かわぐつ
☐ 為替	匯款、匯兌		かわせ
☐ 瓦	瓦		かわら
☐ 癌	癌症		がん
☐ 換気	通風換氣		かんき
☐ 観客	觀眾		かんきゃく

☐ 歓迎	歡迎	かんげい
☐ 関係	關係	かんけい
☐ 感激	感激	かんげき
☐ 観察	觀察	かんさつ
☐ 監視	監視	かんし
☐ 元日	元旦	がんじつ
☐ 鑑賞	鑒賞	かんしょう
☐ 完成	完成	かんせい
☐ 乾燥	乾燥	かんそう
☐ 観測	觀測、觀察、推測	かんそく
☐ 寒帯	寒帶	かんたい
☐ 勘違い	誤會	かんちがい
☐ 官庁	政府機關	かんちょう
☐ 缶詰	罐頭、封閉住、軟禁	かんづめ
☐ 乾電池	乾電池	かんでんち
☐ 監督	監督、導演	かんとく
☐ 館内	館內	かんない
☐ 観念	觀念、死心、覺悟	かんねん
☐ 看板	招牌	かんばん
☐ 看病	看護	かんびょう
☐ 願望	願望	がんぼう
☐ 管理	管理	かんり

□ 関連	關聯	かんれん
□ 気圧	氣壓	きあつ
□ 議員	議員	ぎいん
□ 記憶	記憶	きおく
□ 議会	議會、國會	ぎかい
□ 着替え	換衣服、換的衣服	きがえ
□ 機関	機關、組織、單位	きかん
□ 危機	危機	きき
□ 企業	企業	きぎょう
□ 飢饉	飢荒、缺乏	ききん
□ 器具	器具	きぐ
□ 期限	期限	きげん
□ 機嫌	情緒、心情、高興	きげん
□ 気候	氣候	きこう
□ 記号	記號	きごう
□ 岸	岸、岸邊	きし
□ 生地	真面目、布料、質地、原食材	きじ
□ 技師	技術員	ぎし
□ 儀式	儀式	ぎしき
□ 貴社	貴公司	きしゃ
□ 基準	基準、標準	きじゅん
□ 起床	起床	きしょう

□	奇数	奇數、單數	きすう
□	規制	規則、限制	きせい
□	帰省	回鄉探親	きせい
□	基礎	基礎	きそ
□	基地	基地	きち
□	議長	議長、主席	ぎちょう
□	きっかけ	契機	
□	喫茶	喝茶	きっさ
□	機能	機能、功能	きのう
□	基盤	基礎、底座	きばん
□	寄付	捐贈	きふ
□	規模	規模	きぼ
□	基本	基本	きほん
□	気味	（身心所感受的）心情、情緒	きみ
□	義務	義務	ぎむ
□	客席	觀眾席、宴席	きゃくせき
□	休講	停講、停課	きゅうこう
□	求婚	求婚	きゅうこん
□	吸収	吸收	きゅうしゅう
□	救助	救助	きゅうじょ
□	休息	休息	きゅうそく
□	教員	教職員	きょういん

□ 境界	境界、界限	きょうかい
□ 競技	競技	きょうぎ
□ 行儀	舉止、禮節	ぎょうぎ
□ 供給	供給、供應	きょうきゅう
□ 恐縮	惶恐、對不起	きょうしゅく
□ 協調	協調	きょうちょう
□ 共同	共同、協同	きょうどう
□ 恐怖	恐怖	きょうふ
□ 共用	共用	きょうよう
□ 教養	教養	きょうよう
□ 行列	隊伍、排隊	ぎょうれつ
□ 漁業	漁業	ぎょぎょう
□ 曲線	曲線	きょくせん
□ 霧	霧、霧氣	きり
□ 規律	規律	きりつ
□ 議論	爭論、爭辯	ぎろん
□ 金額	金額	きんがく
□ 金庫	保險箱、金庫	きんこ
□ 金銭	金錢	きんせん
□ 金属	金屬	きんぞく
□ 近代	近代、現代	きんだい
□ 緊張	緊張	きんちょう

☐ 筋肉	肌肉	きんにく
☐ 金融	金融、通融資金	きんゆう
☐ 偶数	偶數、雙數	ぐうすう
☐ 偶然	偶然	ぐうぜん
☐ 空想	空想	くうそう
☐ 空中	空中、天空	くうちゅう
☐ 苦情	抱怨、不滿、賠償	くじょう
☐ 苦心	苦心	くしん
☐ くず	碎片、廢物	
☐ 管	管、筒	くだ
☐ 唇	嘴唇	くちびる
☐ 口笛	口哨	くちぶえ
☐ 苦痛	痛苦	くつう
☐ 苦難	苦難、困難	くなん
☐ 工夫	設法、下工夫	くふう
☐ 区分	區分	くぶん
☐ 組合	工會、合作社	くみあい
☐ 組み合わせ	搭配、組合	くみあわせ
☐ 暮れ	黃昏、歲末、季末	くれ
☐ 黒字	盈餘	くろじ
☐ 軍隊	軍隊	ぐんたい
☐ 訓練	訓練	くんれん

□ 敬意	敬意	けいい
□ 契機	契機、起因	けいき
□ 敬語	敬語	けいご
□ 傾向	傾向、趨勢	けいこう
□ 蛍光灯	日光燈	けいこうとう
□ 警告	警告	けいこく
□ 掲示	佈告	けいじ
□ 形式	形式	けいしき
□ 継続	繼續	けいぞく
□ 経度	經度	けいど
□ 芸能人	藝人	げいのうじん
□ 競馬	賽馬	けいば
□ 警備	戒備	けいび
□ 経由	經由	けいゆ
□ 外科	外科	げか
□ 毛皮	毛皮	けがわ
□ 激化	激烈化	げきか
□ 劇場	劇場	げきじょう
□ 激増	激增、突然增加	げきぞう
□ 下車	下車	げしゃ
□ 桁	横樑、位數	けた
□ 下駄	木屐	げた

□	血圧	血壓	けつあつ
□	欠陥	缺陷、缺點	けっかん
□	月給	月薪	げっきゅう
□	結婚式	結婚典禮	けっこんしき
□	傑作	傑作	けっさく
□	結末	結果	けつまつ
□	月末	月底	げつまつ
□	気配	樣子、跡象、行情	けはい
□	県	縣	けん
□	見解	見解、看法	けんかい
□	研究所	（指進行專業研究，非學習機構的）研究所	けんきゅうじょ
□	原稿	原稿	げんこう
□	原産	原產	げんさん
□	原始	原始	げんし
□	研修	進修	けんしゅう
□	現象	現象	げんしょう
□	現状	現狀	げんじょう
□	原子力	核能	げんしりょく
□	謙遜	謙遜、謙恭	けんそん
□	建築	建築	けんちく
□	見当	方向、方位、估計	けんとう
□	検討	檢討、評估	けんとう

☐	現場	現場、工地	げんば
☐	憲法	憲法	けんぽう
☐	懸命	拼命、奮力	けんめい
☐	原油	原油	げんゆ
☐	権利	權利	けんり
☐	原理	原理	げんり
☐	原料	原料	げんりょう
☐	講演	演講	こうえん
☐	交換	交換	こうかん
☐	後期	後半期、後期	こうき
☐	好奇心	好奇心	こうきしん
☐	公共	公共	こうきょう
☐	航空	航空	こうくう
☐	光景	景象、情景	こうけい
☐	工芸	工藝	こうげい
☐	合計	合計	ごうけい
☐	後継者	繼承人	こうけいしゃ
☐	攻撃	攻撃	こうげき
☐	貢献	貢獻	こうけん
☐	交差	交叉	こうさ
☐	耕作	耕種、耕作	こうさく
☐	講師	講師	こうし

☐	公式	公式、正式	こうしき
☐	口実	藉口	こうじつ
☐	後者	後者、後繼者	こうしゃ
☐	公衆	公眾、群眾	こうしゅう
☐	向上	提升	こうじょう
☐	更新	更新	こうしん
☐	香水	香水	こうすい
☐	厚生	福利保健	こうせい
☐	功績	功績、功勞	こうせき
☐	光線	光線	こうせん
☐	高層	高層、高空處	こうそう
☐	構造	構造	こうぞう
☐	高速	高速	こうそく
☐	交替	交替	こうたい
☐	耕地	耕地	こうち
☐	肯定	肯定	こうてい
☐	高度	高度	こうど
☐	強盗	強盗	ごうとう
☐	公表	公佈、發表	こうひょう
☐	鉱物	礦物	こうぶつ
☐	候補	候補	こうほ
☐	公務	公務	こうむ

☐ 項目	項目		こうもく
☐ 合理	合理		ごうり
☐ 交流	交流		こうりゅう
☐ 考慮	考慮		こうりょ
☐ 高齢化	高齢化		こうれいか
☐ 氷枕	冰枕		こおりまくら
☐ 小型	小型		こがた
☐ 呼吸	呼吸		こきゅう
☐ 国王	國王		こくおう
☐ 国籍	國籍		こくせき
☐ 克服	克服		こくふく
☐ 穀物	穀物		こくもつ
☐ 小言	斥責、牢騷		こごと
☐ 心当たり	猜想、線索		こころあたり
☐ 固体	固體		こたい
☐ 国家	國家		こっか
☐ 国旗	國旗		こっき
☐ 国境	國境		こっきょう
☐ 骨折	骨折		こっせつ
☐ 古典	古典		こてん
☐ 言葉づかい	措辭、説法		ことばづかい
☐ 粉	粉、粉末		こな

□ 小麦	小麥	こむぎ
□ 小屋	（簡陋的）小房子、茅舍、戲棚、畜舍	こや
□ 娯楽	娛樂	ごらく
□ ご覧	看	ごらん
□ 混合	混合	こんごう
□ 献立	菜單、事前準備	こんだて
□ 困難	困難	こんなん
□ 婚約	婚約	こんやく

さ

□ 差	差別	さ
□ 差異	差異	さい
□ 財産	財產	ざいさん
□ 最終	最終、最後	さいしゅう
□ 最新	最新	さいしん
□ 催促	催促	さいそく
□ 最大	最大	さいだい
□ 最中	正在～、最盛時期	さいちゅう
□ 災難	災難	さいなん
□ 裁判	裁判	さいばん
□ 材木	木材、木料	ざいもく
□ 境	界線、分界、境界	さかい

☐ 逆さ	顛倒、相反		さかさ
☐ 逆様	顛倒、倒、逆		さかさま
☐ 酒場	酒吧		さかば
☐ 先程	剛才		さきほど
☐ 索引	索引		さくいん
☐ 削除	刪除		さくじょ
☐ 作成	制定、制作		さくせい
☐ 作物	農作物		さくもつ
☐ 差し支え	障礙、不方便、妨礙		さしつかえ
☐ 刺身	生魚片		さしみ
☐ 札	鈔票		さつ
☐ 撮影	拍照、攝影		さつえい
☐ 雑音	雜音、噪音		ざつおん
☐ 雑談	聊天、閒談		ざつだん
☐ 茶道	茶道		さどう
☐ 作動	運轉、動作		さどう
☐ 砂漠	沙漠		さばく
☐ 錆	鏽		さび
☐ 差別	（有優與劣的）差別、歧視		さべつ
☐ 作法	禮儀、禮貌、作法		さほう
☐ 左右	左和右、身邊、控制		さゆう
☐ 参考	參考		さんこう

□ 産地	產地	さんち
□ 幸せ	幸福	しあわせ
□ 鹿	鹿	しか
□ 敷地	場地、用地	しきち
□ 時給	時薪	じきゅう
□ 刺激	刺激	しげき
□ 資源	資源	しげん
□ 思考	思考	しこう
□ 持参	帶來、自備	じさん
□ 事実	事實	じじつ
□ 磁石	磁鐵、磁鐵礦、指南針	じしゃく
□ 支出	支出	ししゅつ
□ 自身	本身、自己	じしん
□ 姿勢	姿勢	しせい
□ 思想	思想	しそう
□ 子孫	子孫	しそん
□ 自体	自身、本身	じたい
□ 自宅	自宅、自己家	じたく
□ 市長	市長	しちょう
□ 視聴者	觀眾、收視群	しちょうしゃ
□ 質	品質、性質	しつ
□ 実感	真實感、實際感受到	じっかん

	実験	實驗	じっけん
☐	実際	實際	じっさい
☐	実施	實施	じっし
☐	実習	實習	じっしゅう
☐	実績	實際成績、實際成果	じっせき
☐	執筆	執筆	しっぴつ
☐	実物	實物、現貨	じつぶつ
☐	尻尾	尾巴、末尾	しっぽ
☐	失望	失望	しつぼう
☐	実務	實際業務	じつむ
☐	実用	實用	じつよう
☐	実例	實例	じつれい
☐	指定	指定	してい
☐	児童	兒童	じどう
☐	品切れ	售完、賣光	しなぎれ
☐	支配	支配、控制、管理	しはい
☐	芝居	戲劇、演技	しばい
☐	芝生	草坪、草地	しばふ
☐	地盤	地盤	じばん
☐	紙幣	鈔票	しへい
☐	資本	資本	しほん
☐	社員	公司職員	しゃいん

☐	弱点	弱點	じゃくてん
☐	車掌	乘務員、（電車、公車）售票員	しゃしょう
☐	借金	借款、借錢	しゃっきん
☐	しゃっくり	打嗝	
☐	じゃんけん	猜拳、划拳	
☐	銃	槍	じゅう
☐	集会	集會	しゅうかい
☐	収穫	收獲	しゅうかく
☐	宗教	宗教	しゅうきょう
☐	集金	收款	しゅうきん
☐	集合	集合	しゅうごう
☐	修士	碩士	しゅうし
☐	修正	改正、修正	しゅうせい
☐	渋滞	阻塞、進展不順	じゅうたい
☐	集団	集團	しゅうだん
☐	執着	貪戀、留戀	しゅうちゃく
☐	集中	集中	しゅうちゅう
☐	終電	末班電車	しゅうでん
☐	重点	重點	じゅうてん
☐	充電	充電	じゅうでん
☐	就任	就職	しゅうにん
☐	重役	董事、重要職位	じゅうやく

□ 終了	結束、完成		しゅうりょう
□ 重量	重量		じゅうりょう
□ 重力	重力、萬有引力		じゅうりょく
□ 主義	主義、主張、信念		しゅぎ
□ 取材	取材、採訪		しゅざい
□ 首相	首相		しゅしょう
□ 主人公	主人公、男主角		しゅじんこう
□ 出荷	出貨		しゅっか
□ 出世	發跡、出世、出生		しゅっせ
□ 出張	出差		しゅっちょう
□ 主役	主角、主要人物		しゅやく
□ 需要	需要、需求		じゅよう
□ 順	順序、次序、輪流		じゅん
□ 瞬間	瞬間		しゅんかん
□ 順序	順序、依序		じゅんじょ
□ 使用	使用		しよう
□ 消火	滅火		しょうか
□ 障害	障礙、阻礙、缺陷		しょうがい
□ 奨学金	獎學金		しょうがくきん
□ 小学生	小學生		しょうがくせい
□ 蒸気	蒸氣		じょうき
□ 定規	尺、標準		じょうぎ

☐	商業	商業	しょうぎょう
☐	状況	狀況	じょうきょう
☐	賞金	獎金	しょうきん
☐	少子化	少子化	しょうしか
☐	商社	商社、貿易公司	しょうしゃ
☐	上昇	上升	じょうしょう
☐	小数	小數	しょうすう
☐	少数	少數	しょうすう
☐	情勢	形勢	じょうせい
☐	状態	狀態	じょうたい
☐	上達	進步	じょうたつ
☐	承知	知道、同意	しょうち
☐	象徴	象徵	しょうちょう
☐	焦点	焦點	しょうてん
☐	消毒	消毒	しょうどく
☐	衝突	衝突	しょうとつ
☐	承認	承認	しょうにん
☐	少人数	人數少	しょうにんずう
☐	勝敗	勝負、輸贏	しょうはい
☐	蒸発	蒸發	じょうはつ
☐	勝負	勝負	しょうぶ
☐	正味	實質、內容、實際數量	しょうみ

☐	賞味期限	保存期限、賞味期限、最佳食用日期	しょうみきげん
☐	消耗	消耗	しょうもう
☐	省略	省略	しょうりゃく
☐	女王	女王、王后	じょおう
☐	食塩	食用鹽	しょくえん
☐	食卓	餐桌	しょくたく
☐	職人	行家、專家、工匠	しょくにん
☐	職場	職場	しょくば
☐	食物	食物	しょくもつ
☐	書籍	書籍	しょせき
☐	初対面	初次見面	しょたいめん
☐	署名	署名、簽名	しょめい
☐	書物	書籍	しょもつ
☐	処理	處理	しょり
☐	白髪	白髮	しらが
☐	城	城堡、領域	しろ
☐	素人	外行、業餘的愛好者	しろうと
☐	しわ	皺紋、皺摺	
☐	神経	神經	しんけい
☐	人件費	人事費	じんけんひ
☐	信仰	信仰	しんこう
☐	進行	進行	しんこう

☐ 申告	申報	しんこく
☐ 人事	人事	じんじ
☐ 心身	身心	しんしん
☐ 新人	新人	しんじん
☐ 心臓	心臓	しんぞう
☐ 新卒	應屆畢業生	しんそつ
☐ 身体	身體	しんたい
☐ 診断	診斷	しんだん
☐ 侵入	侵入	しんにゅう
☐ 審判	審判、裁判	しんぱん
☐ 人物	人物	じんぶつ
☐ 人命	人命	じんめい
☐ 信用	信用	しんよう
☐ 信頼	信賴	しんらい
☐ 森林	森林	しんりん
☐ 人類	人類	じんるい
☐ 図	圖、圖形	ず
☐ 吸い殻	煙蒂	すいがら
☐ 水産	水產品	すいさん
☐ 水準	水準	すいじゅん
☐ 水蒸気	水蒸氣	すいじょうき
☐ 推薦	推薦	すいせん

□ 垂直	垂直	すいちょく
□ 推定	推測、推斷	すいてい
□ 水筒	水壺	すいとう
□ 水分	水分	すいぶん
□ 水平	水平	すいへい
□ 水平線	水平線	すいへいせん
□ 水面	水面	すいめん
□ 数字	數字	すうじ
□ 末	末端、末尾、無關緊要的事、晩年	すえ
□ 姿	姿態、形態、身形	すがた
□ 図鑑	圖鑑	ずかん
□ 隙間	間隙、隙縫	すきま
□ 図形	圖形	ずけい
□ 筋	筋、血管、線條、道理、植物纖維、情節、概要	すじ
□ 頭痛	頭痛	ずつう
□ 頭脳	頭腦	ずのう
□ 図表	圖表	ずひょう
□ 炭	碳、木碳	すみ
□ 寸法	尺寸、大小、計劃	すんぽう
□ 正解	正確解答	せいかい
□ 世紀	世紀	せいき
□ 請求	請求、要求	せいきゅう

☐ 清潔	清潔	せいけつ
☐ 制限	限制	せいげん
☐ 製作	製作、製造	せいさく
☐ 精神	精神	せいしん
☐ 整数	整數	せいすう
☐ 製造	製造	せいぞう
☐ 生存	生存	せいぞん
☐ ぜいたく	奢侈、浪費、過分要求	
☐ 制度	制度	せいど
☐ 性能	性能	せいのう
☐ 整備	維修、保養、配備	せいび
☐ 政府	政府	せいふ
☐ 生物	生物	せいぶつ
☐ 成分	成分	せいぶん
☐ 性別	性別	せいべつ
☐ 正方形	正方形	せいほうけい
☐ 生命	生命	せいめい
☐ 成立	成立	せいりつ
☐ 西暦	西暦、西元	せいれき
☐ 石炭	煤碳	せきたん
☐ 世間	世上、世間、社會上	せけん
☐ 接近	接近	せっきん

☐ 設計	設計		せっけい
☐ 絶好調	最佳狀態、狀態極佳		ぜっこうちょう
☐ 接続	連接、接續		せつぞく
☐ 接待	接待、招待		せったい
☐ 説得	説服		せっとく
☐ 設備	設備		せつび
☐ 台詞	台詞		せりふ
☐ 栓	塞子、栓、（水龍頭、煤氣）開關		せん
☐ 前期	前期、上半期		ぜんき
☐ 戦後	戰後		せんご
☐ 前後	前後		ぜんご
☐ 前者	前者		ぜんしゃ
☐ 前進	前進		ぜんしん
☐ 先祖	祖先、始祖		せんぞ
☐ 先端	頂端、尖端、前端		せんたん
☐ 選定	選定		せんてい
☐ 先頭	前頭、排頭、（位子）最前面		せんとう
☐ 全般	全面、全體		ぜんぱん
☐ 全力	全力		ぜんりょく
☐ 象	大象		ぞう
☐ 相違	差異、不同		そうい
☐ 増加	增加		ぞうか

 　日中對照

N2-09.MP3　N2-09.MP3

☐ 増減	増減	ぞうげん
☐ 倉庫	倉庫	そうこ
☐ 相互	互相、交替	そうご
☐ 操作	操作、操縱、（金錢）籌措、（帳簿）竄改	そうさ
☐ 捜査	搜查、尋找	そうさ
☐ 創作	創作	そうさく
☐ 葬式	喪禮	そうしき
☐ 造船	造船	ぞうせん
☐ 増大	増多、増大	ぞうだい
☐ 装置	裝置	そうち
☐ 想定	假想、設想	そうてい
☐ 続出	層出不窮	ぞくしゅつ
☐ 速力	速度	そくりょく
☐ 組織	組織	そしき
☐ 素質	素質、本質、天資	そしつ
☐ 祖先	祖先	そせん
☐ その後	以後、後來	そのご
☐ そのほか	其他	
☐ そのまま	維持原樣、原封不動、就那樣	
☐ そのもの	（指前述物）那個東西	
☐ 算盤	算盤、得失的計算、計算能力	そろばん
☐ 損	損失、虧損	そん

292

□ 損害	損害	そんがい
□ 尊敬	尊敬	そんけい
□ 存在	存在	そんざい
□ 尊重	尊重	そんちょう
□ 損得	損益、得失	そんとく

た

□ ～対	～對 ▶ 3 対 1、日本対中国 3 比 1、日本對中國	～たい
□ 第一印象	第一印象	だいいちいんしょう
□ 大学院	研究所	だいがくいん
□ 体感	體感、身體的感覺	たいかん
□ 大気	大氣、空氣	たいき
□ 大工	木工	だいく
□ 体系	體系	たいけい
□ 太鼓	鼓	たいこ
□ 滞在	滯留、旅居	たいざい
□ 対象	對象	たいしょう
□ 対照	對照	たいしょう
□ 大小	大小	だいしょう
□ 大臣	大臣	だいじん
□ 体制	體制	たいせい
□ 体積	體積	たいせき

☐	大戦	大戰、世界大戰	たいせん
☐	対戦	對戰、比賽	たいせん
☐	体操	體操	たいそう
☐	大半	大半、過半、大部分	たいはん
☐	大部分	大部分	だいぶぶん
☐	大木	大樹	たいぼく
☐	代名詞	代名詞	だいめいし
☐	体毛	體毛	たいもう
☐	太陽	太陽	たいよう
☐	大陸	大陸	たいりく
☐	対立	對立	たいりつ
☐	田植え	插秧	たうえ
☐	楕円	橢圓	だえん
☐	滝	瀑布	たき
☐	立場	立場	たちば
☐	脱線	脱軌、離題、脱離常軌	だっせん
☐	谷	谷、山谷	たに
☐	他人	別人、其他人	たにん
☐	束	把、捆	たば
☐	田畑	田地、耕地、水田和旱田	たはた
☐	便り	消息、便利、倚賴	たより
☐	単位	單位、學分	たんい

☐ 段階	階段、時期、等級	だんかい
☐ 単純	單純	たんじゅん
☐ 短所	缺點、短處	たんしょ
☐ 男女	男女	だんじょ
☐ 淡水	淡水	たんすい
☐ 団地	（有規劃的）住宅區	だんち
☐ 断定	推斷、斷定	だんてい
☐ 担任	擔任、擔當	たんにん
☐ 短編	短篇	たんぺん
☐ 田んぼ	田地	たんぼ
☐ 地位	地位	ちい
☐ 地域	地區、地域	ちいき
☐ 知恵	智慧	ちえ
☐ 近頃	最近、近來	ちかごろ
☐ 地区	地區	ちく
☐ 知事	知事、首長	ちじ
☐ 知識	知識	ちしき
☐ 地帯	地帶	ちたい
☐ 地点	地點	ちてん
☐ 知能	智力	ちのう
☐ 地平線	地平線	ちへいせん
☐ 駐車	停車	ちゅうしゃ

純日文　日中對照

N2-10.MP3　N2-10.MP3

□ 中立	中立	ちゅうりつ
□ 長官	長官	ちょうかん
□ 朝刊	晨報、早報	ちょうかん
□ 長期	長期	ちょうき
□ 彫刻	雕刻	ちょうこく
□ 長時間	長時間	ちょうじかん
□ 頂上	山頂、頂點、極點	ちょうじょう
□ 調節	調節	ちょうせつ
□ 頂点	頂點、最高處	ちょうてん
□ 長方形	長方形	ちょうほうけい
□ 調理	烹調、烹飪、調理、整理	ちょうり
□ 著者	作者	ちょしゃ
□ 著書	著作	ちょしょ
□ 貯蔵	儲藏	ちょぞう
□ 直角	直角	ちょっかく
□ 直径	直徑	ちょっけい
□ 治療	治療	ちりょう
□ 追加	追加	ついか
□ 通貨	流通的貨幣	つうか
□ 通学	通學	つうがく
□ 通達	通知、傳達	つうたつ
□ 通知	通知	つうち

☐ 通用	通用		つうよう
☐ 通路	道路、通道		つうろ
☐ 使い捨て	使用完就扔掉、一次性使用、抛棄式		つかいすて
☐ 疲れ	疲勞、勞累		つかれ
☐ 突き当たり	盡頭		つきあたり
☐ 唾	唾液		つば
☐ 粒	粒、顆粒		つぶ
☐ 罪	罪、罪過		つみ
☐ 積み重ね	累積、堆積		つみかさね
☐ つや	光澤、光亮、風流事		
☐ 強み	強度、強項		つよみ
☐ 釣り	釣魚、零錢		つり
☐ 連れ	同伴、夥伴		つれ
☐ 定価	定價		ていか
☐ 定休日	公休日		ていきゅうび
☐ 抵抗	抵抗		ていこう
☐ 停止	停止		ていし
☐ 程度	程度		ていど
☐ 停留所	公車站牌		ていりゅうじょ
☐ 手入れ	修理、保養、整修		ていれ
☐ 手書き	手寫、手抄		てがき
☐ 敵	敵人、對手、害處		てき

☐	適用	適用、適合	てきよう
☐	弟子	徒弟、學徒	でし
☐	手帳	手冊	てちょう
☐	鉄	鐵、堅強的、鐵的	てつ
☐	哲学	哲學	てつがく
☐	鉄橋	鐵橋	てっきょう
☐	手作り	自製、親手作	てづくり
☐	手続き	手續、程序	てつづき
☐	徹底	徹底	てってい
☐	鉄砲	步槍、（相撲）雙手猛推對方胸部、紫菜飯捲	てっぽう
☐	徹夜	通宵、熬夜	てつや
☐	手間	（工作需要的）時間、勞力、工資	てま
☐	出迎え	迎接	でむかえ
☐	添加	添加	てんか
☐	展開	展開、展現	てんかい
☐	伝記	傳記	でんき
☐	典型	典型	てんけい
☐	天候	天候、氣候	てんこう
☐	電子	電子	でんし
☐	天井	天花板	てんじょう
☐	天職	天職	てんしょく
☐	点数	分數、物品數量	てんすう

☐	電卓	計算機	でんたく
☐	電池	電池	でんち
☐	店長	店長	てんちょう
☐	伝統	傳統	でんとう
☐	店内	店內、店裡	てんない
☐	天然	天然	てんねん
☐	電波	電磁波	でんぱ
☐	添付	附加	てんぷ
☐	電流	電流	でんりゅう
☐	電力	電力	でんりょく
☐	統一	統一	とういつ
☐	同格	同等資格、（語法）同謂語	どうかく
☐	峠	山頂、頂點、關鍵	とうげ
☐	動作	動作	どうさ
☐	東西	東和西、方向	とうざい
☐	当時	當時	とうじ
☐	同時	同時	どうじ
☐	当日	當天	とうじつ
☐	投書	投書、投稿	とうしょ
☐	道徳	道德	どうとく
☐	盗難	失竊、被盜	とうなん
☐	当番	值勤、值班	とうばん

☐	投票	投票	とうひょう
☐	童謡	童謡	どうよう
☐	同僚	同事	どうりょう
☐	登録	登録	とうろく
☐	討論	討論	とうろん
☐	童話	童話	どうわ
☐	都会	都市、城市	とかい
☐	特性	特性	とくせい
☐	特徴	特徴	とくちょう
☐	特定	特定、固定、鎖定	とくてい
☐	図書	圖書	としょ
☐	都心	市中心、都心	としん
☐	戸棚	樹、櫃	とだな
☐	とたん	一～就～	
☐	虎	老虎	とら
☐	丼	大碗、蓋飯	どんぶり

な

☐	長生き	長壽	ながいき
☐	仲直り	和好	なかなおり
☐	長年	多年	ながねん
☐	半ば	中央、一半、中途	なかば

☐ 仲間	伙伴、同事、同類	なかま
☐ 中身	內容	なかみ
☐ 眺め	眺望、風景、景色	ながめ
☐ 無し	無、沒有	なし
☐ 謎	謎語、謎	なぞ
☐ 納豆	納豆	なっとう
☐ 納得	理解、同意	なっとく
☐ 鍋	鍋子	なべ
☐ 縄	縄、縄索	なわ
☐ 南極	南極	なんきょく
☐ 南米	南美	なんべい
☐ 肉類	肉類	にくるい
☐ 虹	彩虹	にじ
☐ 日課	每天必做的事	にっか
☐ 日光	日光	にっこう
☐ 入荷	進貨	にゅうか
☐ 布	布	ぬの
☐ ねじ	螺絲	
☐ 熱帯	熱帯	ねったい
☐ 値引き	降價、減價	ねびき
☐ 寝巻き	睡衣	ねまき
☐ 眠り	睡眠	ねむり

☐ 狙い	瞄準、目標	ねらい
☐ 年代	年代、時代	ねんだい
☐ 年度	年度	ねんど
☐ 年齢	年齢	ねんれい
☐ 農家	農家	のうか
☐ 農業	農業	のうぎょう
☐ 農産物	農作物	のうさんぶつ
☐ 納税	納税	のうぜい
☐ 濃度	濃度	のうど
☐ 納付	繳納	のうふ
☐ 農薬	農藥	のうやく
☐ 能率	効率	のうりつ
☐ 軒	屋簷	のき
☐ 望み	希望、願望	のぞみ
☐ 後	之後、以後、未來	のち
☐ 糊	漿糊	のり

は

☐ 場	地點、情況	ば
☐ 配分	分配	はいぶん
☐ 売買	買賣	ばいばい
☐ 俳優	演員	はいゆう

☐ 墓	墳墓		はか
☐ 馬鹿	笨蛋、傻瓜、不合理、不中用		ばか
☐ 博士	博士		はかせ
☐ 墓参り	掃墓		はかまいり
☐ 秤	秤、天平		はかり
☐ 吐気	噁心		はきけ
☐ 爆発	爆發、爆炸		ばくはつ
☐ 歯車	齒輪		はぐるま
☐ はさみ	剪刀、（蝦、蟹等）螯		
☐ 破産	破產		はさん
☐ 端	端、初始、開端、邊緣		はし
☐ 梯子	梯子		はしご
☐ 初め	初次、第一次		はじめ
☐ 旗	旗子、旗幟		はた
☐ 肌	肌膚、皮膚		はだ
☐ 裸	裸體、裸露、身無分文、坦誠		はだか
☐ 肌着	汗衫		はだぎ
☐ 鉢	鉢、盆、頭蓋骨		はち
☐ 発揮	發揮		はっき
☐ 発掘	發掘、發現		はっくつ
☐ 発行	（圖書、報紙等）發行、（入場券、證券）發給		はっこう
☐ 発射	發射		はっしゃ

□	花嫁	新娘	はなよめ
□	ばね	彈簧、彈性	
□	破片	破片、碎片	はへん
□	早起き	早起	はやおき
□	針金	鐵絲	はりがね
□	春先	早春	はるさき
□	反映	反射、照射、反映	はんえい
□	半径	半徑	はんけい
□	判子	印章	はんこ
□	反抗	反抗	はんこう
□	犯罪	犯罪	はんざい
□	万歳	萬歲	ばんざい
□	判事	審判官	はんじ
□	半数	半數	はんすう
□	半そで	短袖衣服	はんそで
□	判断	判斷	はんだん
□	反応	反應	はんのう
□	反面	反面、另一方面	はんめん
□	反論	反駁	はんろん
□	比較	比較	ひかく
□	日陰	陰涼處、見不得人	ひかげ
□	引き分け	拉開、平局、不分勝負	ひきわけ

□ 悲劇	悲劇	ひげき
□ 膝	膝蓋	ひざ
□ 日差し	陽光	ひざし
□ 肘	手肘	ひじ
□ 非常	非常、緊急	ひじょう
□ 額	額頭	ひたい
□ 必死	拼命	ひっし
□ 筆者	筆者	ひっしゃ
□ 必需品	必需品	ひつじゅひん
□ 否定	否定	ひてい
□ 一言	一句話	ひとこと
□ 人込み	人山人海、人海	ひとごみ
□ 人通り	來往行人	ひとどおり
□ 一眠り	小睡一下	ひとねむり
□ 瞳	瞳孔、眼睛	ひとみ
□ 一人暮らし	獨自生活	ひとりぐらし
□ 独り言	自言自語	ひとりごと
□ 非難	責備、譴責	ひなん
□ 皮肉	諷刺、挖苦、譏笑、皮和肉	ひにく
□ 日にち	日子、日期	ひにち
□ 日の出	日出	ひので
□ 批判	批評、批判	ひはん

☐ 日々	每天	ひび
☐ 批評	批評、評價	ひひょう
☐ 皮膚	皮膚	ひふ
☐ 秘密	秘密	ひみつ
☐ 評価	評價	ひょうか
☐ 標識	標識、標誌	ひょうしき
☐ 標準	標準	ひょうじゅん
☐ 評判	評論、批評	ひょうばん
☐ 標本	標本	ひょうほん
☐ 評論	評論	ひょうろん
☐ 疲労	疲勞	ひろう
☐ 広場	廣場	ひろば
☐ 瓶	瓶	びん
☐ 貧困	貧困	ひんこん
☐ 無愛想	冷淡	ぶあいそう
☐ 部員	成員	ぶいん
☐ 風船	氣球	ふうせん
☐ 笛	笛子、哨子	ふえ
☐ 不可	不行、不可、不及格	ふか
☐ 部活	社團活動	ぶかつ
☐ 武器	武器	ぶき
☐ 普及	普及	ふきゅう

☐ 付近	附近、周圍		ふきん
☐ 複写	複寫		ふくしゃ
☐ 服従	服從		ふくじゅう
☐ 複数	複數		ふくすう
☐ 服装	服裝		ふくそう
☐ 袋	袋子		ふくろ
☐ 符号	符號		ふごう
☐ 無沙汰	久疏問候、久違、少見		ぶさた
☐ 節	（樹木）節、關節、曲調、（明顯的）地方		ふし
☐ 武士	武士		ぶし
☐ 部署	部署、工作崗位		ぶしょ
☐ 不祥事	不幸事件、醜聞		ふしょうじ
☐ 不正	不正當		ふせい
☐ 付属	附屬		ふぞく
☐ 双子	雙胞胎		ふたご
☐ 負担	負擔		ふたん
☐ 不注意	不注意		ふちゅうい
☐ 物質	物質		ぶっしつ
☐ 船便	通航、通船、海運		ふなびん
☐ 吹雪	暴風雪		ふぶき
☐ 不平	不公平		ふへい
☐ 父母	父母、雙親		ふぼ

☐	ふもと	山腳、山麓	
☐	不利益	不利、沒有利益	ふりえき
☐	ふるさと	故鄉	
☐	噴火	火山爆發	ふんか
☐	分解	分解	ぶんかい
☐	噴水	噴水、噴水池	ふんすい
☐	分析	分析	ぶんせき
☐	分布	分佈、散佈	ぶんぷ
☐	文脈	文理、文章的前後關係	ぶんみゃく
☐	文明	文明	ぶんめい
☐	分野	領域、分野	ぶんや
☐	分量	分量、數量	ぶんりょう
☐	分類	分類	ぶんるい
☐	塀	圍牆、牆壁	へい
☐	閉会	閉會	へいかい
☐	兵隊	軍隊、士兵	へいたい
☐	平野	平原	へいや
☐	へそ	肚臍、中心、中央	
☐	別人	他人、別人	べつじん
☐	別荘	別墅	べっそう
☐	返品	退貨	へんぴん
☐	棒	棒子、直線	ぼう

□ 望遠鏡	望遠鏡	ぼうえんきょう
□ 方角	方位、方向	ほうがく
□ ほうき	掃帚	
□ 方言	方言	ほうげん
□ 冒険	冒険	ぼうけん
□ 暴言	粗暴的話、漫罵	ぼうげん
□ 方向	方向	ほうこう
□ 暴行	暴行、強姦、凌辱	ぼうこう
□ 防災	防災	ぼうさい
□ 防止	防止	ぼうし
□ 放出	發放、噴出	ほうしゅつ
□ 方針	方針	ほうしん
□ 包装	包装	ほうそう
□ 包帯	繃帶	ほうたい
□ 防犯	防犯	ぼうはん
□ 訪問	訪問	ほうもん
□ 暴力	暴力	ぼうりょく
□ 頬	臉頰	ほお
□ 牧場	牧場	ぼくじょう
□ 牧畜	畜牧業	ぼくちく
□ 北米	北美洲	ほくべい
□ 保健	保健	ほけん

☐ 募集	募集、招募		ぼしゅう
☐ 保証	保證		ほしょう
☐ 北極	北極		ほっきょく
☐ 炎	火焰、火苗		ほのお
☐ ぼろ	襤褸、破衣服、缺點		
☐ 本社	總公司、本公司		ほんしゃ
☐ 本日	今天、當天		ほんじつ
☐ 本書	此書、這本書、正本		ほんしょ
☐ 盆地	盆地		ぼんち
☐ 本来	本來		ほんらい
☐ 本論	本論、正文、這篇論文		ほんろん

ま

☐ 毎回	每次、每回		まいかい
☐ 枕	枕頭		まくら
☐ 摩擦	摩擦		まさつ
☐ 待合室	等候室		まちあいしつ
☐ 町中	市中心		まちなか
☐ 真っ先	最先、最前面		まっさき
☐ 真夏	盛夏		まなつ
☐ まぶた	眼皮、眼瞼		
☐ 真冬	隆冬		まふゆ

☐ 万引き	偷東西、順手牽羊		まんびき
☐ 実	果實、種子、內容		み
☐ 見かけ	外觀、外表		みかけ
☐ 見方	看法、見解		みかた
☐ 三日月	新月、月牙形		みかづき
☐ 味噌	味噌		みそ
☐ 味噌汁	味噌湯		みそしる
☐ 身分	身分、地位、處境		みぶん
☐ 見本	樣本		みほん
☐ 未満	未滿、不足		みまん
☐ 身元	經歷、來歷、身分		みもと
☐ 都	都市、有規模的城鎮		みやこ
☐ 名字	姓氏		みょうじ
☐ 魅力	魅力		みりょく
☐ 民謡	民謠		みんよう
☐ 無限	無限		むげん
☐ 矛盾	矛盾		むじゅん
☐ 無数	無數		むすう
☐ 無責任	不負責任、沒有責任		むせきにん
☐ 紫	紫色		むらさき
☐ 群れ	群、伙		むれ
☐ 芽	芽		め

☐ 姪	姪女、外甥女	めい
☐ 名所	名勝地	めいしょ
☐ 迷信	迷信	めいしん
☐ 名物	名產、有名的	めいぶつ
☐ 命令	命令	めいれい
☐ 迷路	迷宮、容易走失的路段	めいろ
☐ 目印	記號、標記	めじるし
☐ 目安	標準、目標	めやす
☐ 面	臉、面孔、外表	めん
☐ 免疫	免疫	めんえき
☐ 面積	面積	めんせき
☐ 木材	木材	もくざい
☐ 目次	目次、目錄	もくじ
☐ 木製	木製	もくせい
☐ 木造	木造	もくぞう
☐ 餅	年糕	もち
☐ 持ち主	物主、持有人	もちぬし
☐ 元	原來、以前、原因、原料、根基	もと
☐ 物音	聲音、聲響	ものおと
☐ 物事	事物、事情	ものごと
☐ 物差し	尺、尺度、標準	ものさし
☐ 紅葉	樹葉變紅、楓葉	もみじ

| ☐ 催し | 舉辦、主辦、集會 | もよおし |
| ☐ 問答 | 問答、商量、討論 | もんどう |

や

☐ やかん	夜間	
☐ 焼き物	陶瓷器、燒烤料理	やきもの
☐ 役者	演員	やくしゃ
☐ 役所	政府機關	やくしょ
☐ 役人	官吏、公務員	やくにん
☐ 薬品	藥品	やくひん
☐ 役目	職責、職務	やくめ
☐ 役割	角色、分配的職務	やくわり
☐ 矢印	箭頭、箭形符號	やじるし
☐ 野生	野生	やせい
☐ 宿	房屋、家、過夜、旅館	やど
☐ 家主	房東、戶主	やぬし
☐ 屋根	屋頂、（遮雨）篷	やね
☐ 山火事	火燒山	やまかじ
☐ 山小屋	山中小屋	やまごや
☐ 唯一	唯一	ゆいいつ
☐ 遺言	遺言	ゆいごん
☐ 遊園地	遊樂園	ゆうえんち

□	夕刊	晚報	ゆうかん
□	有効	有效	ゆうこう
□	優勝	優勝	ゆうしょう
□	優良	優良	ゆうりょう
□	浴衣	浴衣	ゆかた
□	行き止まり	盡頭、終點	ゆきどまり
□	行方	去向、下落、前途	ゆくえ
□	湯気	熱氣、水蒸氣	ゆげ
□	輸血	輸血	ゆけつ
□	輸送	運送	ゆそう
□	油断	疏忽、大意	ゆだん
□	湯飲み	茶碗	ゆのみ
□	溶岩	熔岩	ようがん
□	容器	容器	ようき
□	用語	用語、措辭、術語	ようご
□	用紙	規定用紙	ようし
□	用心	注意、留意	ようじん
□	様子	情況、樣子、表情、好像、似乎	ようす
□	容積	容積	ようせき
□	要素	要素、因素	ようそ
□	要点	要點	ようてん
□	養分	養分	ようぶん

☐ 羊毛	羊毛	ようもう
☐ 要領	要領、要點、竅門	ようりょう
☐ 予感	預感	よかん
☐ 予期	預期	よき
☐ 翌朝	隔天早上、翌晨	よくあさ
☐ 翌年	隔年、第二年	よくとし
☐ 予告	預告	よこく
☐ 横道	岔道、離題、岐途	よこみち
☐ 予選	預選、預賽	よせん
☐ 予測	預測	よそく
☐ 夜空	夜空	よぞら
☐ 酔っ払い	醉漢、醉鬼	よっぱらい
☐ 与党	執政黨	よとう
☐ 予備	預備、準備	よび
☐ 予備校	（升大學去的）補習班	よびこう
☐ 余分	多餘、格外	よぶん
☐ 嫁	妻子、媳婦	よめ
☐ 余裕	寬裕、充分	よゆう
☐ 弱気	膽怯、懦弱	よわき
☐ 弱み	弱點、把柄	よわみ

□ 来日	外國人到日本、來日本	らいにち
□ 落選	落選	らくせん
□ 落第	不及格、留級	らくだい
□ 欄	（印刷物的）欄、欄杆、圍欄	らん
□ 利益	利益	りえき
□ 利害	利害、利弊	りがい
□ 陸地	陸地	りくち
□ 理事会	理事會	りじかい
□ 流域	流域	りゅういき
□ 漁師	漁夫	りょうし
□ 領事	領事	りょうじ
□ 領収	領收、收到	りょうしゅう
□ 臨時	臨時	りんじ
□ 礼儀	禮儀	れいぎ
□ 零点	零分、零度	れいてん
□ 列島	列島	れっとう
□ 連合	聯合	れんごう
□ 連想	聯想	れんそう
□ 連続	連續	れんぞく
□ ろうそく	蠟燭	
□ 労働	勞動	ろうどう

□ 露出	露出	ろしゅつ
□ 路線	路線	ろせん
□ 論争	爭論	ろんそう
□ 論文	論文	ろんぶん
□ 和〜	日本的、日式的 ▶ 和食 日本菜	わ〜
□ 脇	腋下、衣服的腋窩處	わき
□ 若人	年輕人	わこうど
□ 綿	棉、棉花、棉絮	わた
□ 和服	和服	わふく
□ 割合	比例	わりあい
□ 割り勘	平均分攤	わりかん
□ 割高	價錢比較貴	わりだか
□ 割安	價錢比較便宜	わりやす
□ 悪口	壞話、罵人	わるくち
□ 我々	我們	われわれ
□ 湾	灣	わん

和食（わしょく）

接頭詞

☐ 現〜	現〜、現在的〜 ▶ 現政府 <ruby>現政府<rt>げんせいふ</rt></ruby>		げん〜
☐ 諸〜	諸〜、各種〜、種種〜 ▶ 諸問題 <ruby>種種問題<rt>しょもんだい</rt></ruby>		しょ〜
☐ 低〜	低〜 ▶ 低所得 <ruby>低所得<rt>ていしょとく</rt></ruby>		てい〜
☐ 同〜	同〜 ▶ 同年齢 <ruby>同年齡<rt>どうねんれい</rt></ruby>		どう〜
☐ 初〜	首次〜、第一次〜 ▶ 初雪 <ruby>初雪<rt>はつゆき</rt></ruby>、初恋 <ruby>初戀<rt>はつこい</rt></ruby>		はつ〜
☐ 反〜	反〜 ▶ 反社会的 <ruby>反社會<rt>はんしゃかいてき</rt></ruby>、反主流 <ruby>反主流<rt>はんしゅりゅう</rt></ruby>		はん〜
☐ 不〜	不〜 ▶ 不必要 <ruby>不需要<rt>ふひつよう</rt></ruby>、不公平 <ruby>不公平<rt>ふこうへい</rt></ruby>		ふ〜
☐ 無〜	無〜、沒有〜 ▶ 無料 <ruby>免費<rt>むりょう</rt></ruby>、無意味 <ruby>沒有意義<rt>むいみ</rt></ruby>		む〜

接尾詞

☐ 〜感	〜感、〜感覺 ▶ 現実感 <ruby>現實感<rt>げんじつかん</rt></ruby>		〜かん
☐ 〜号	〜號 ▶ 3号 <ruby>3號<rt>ごう</rt></ruby>、ひかり号 <ruby>光明號<rt>ごう</rt></ruby>		〜ごう
☐ 〜だらけ	満是〜、全是〜 ▶ 泥だらけ <ruby>滿是泥土<rt>どろ</rt></ruby>、間違いだらけ <ruby>全都錯<rt>まちが</rt></ruby>		
☐ 〜足らず	不足〜		〜たらず
▶ この<ruby>料理<rt>りょうり</rt></ruby>は、10<ruby>分<rt>ぷん</rt></ruby><ruby>足<rt>た</rt></ruby>らずでできる。這道料理不用 10 分鐘即可完成。			
☐ 〜付き	附〜、附有〜 ▶ 飲み物付き <ruby>附有飲料<rt>のもの</rt></ruby>		〜つき
☐ 〜風	〜様式、風格 ▶ 日本風 <ruby>日本風格<rt>にほんふう</rt></ruby>、洋風 <ruby>西洋風格<rt>ようふう</rt></ruby>		〜ふう
☐ 〜向け	向〜、針對 ▶ 子供向 <ruby>以孩童為對象<rt>こどもむけ</rt></ruby>		〜むけ
☐ 〜率	比率 ▶ 合格率 <ruby>合格率<rt>ごうかくりつ</rt></ruby>		〜りつ
☐ 〜力	力、力量 ▶ 財力 <ruby>財力<rt>ざいりょく</rt></ruby>、視力 <ruby>視力<rt>しりょく</rt></ruby>		〜りょく

 動詞

☐	遭う	遇見、碰見、遭遇 盗難の被害に遭う。 遭竊。	あう
☐	扇ぐ	扇、扇動 うちわで扇ぐ。 用團扇扇風。	あおぐ
☐	あきれる	吃驚、驚嚇、愕然 あきれてものも言えない。 驚嚇到說不出話來。	あきれる
☐	揚げる	炸、油炸 天ぷらを揚げる。 油炸天婦羅。	あげる
☐	焦る	焦急、焦躁 焦って失敗する。 因為焦急而失敗。	あせる
☐	当たる	碰上、撞上、猜中、適合、曬、照 ボールが顔に当たる。 球打中臉。 天気予報が当たる。 天氣預報相當準確。	あたる
☐	当てはまる	適用、合適 条件に当てはまる。 條件相符。	あてはまる
☐	当てる	打、碰、貼上、曬、填上、猜測 ボールにバットを当てる。 用球棒打球。 答えを当てる。 填上答案。	あてる
☐	暴れる	胡鬧、亂鬧 酒に酔って暴れる。 喝醉酒大鬧。	あばれる
☐	あぶる	烤、烘 海苔をあぶる。 烤海苔。	あぶる

☐	甘やかす	縱容、溺愛、放任不管 子を甘やかすとよくない。 過於溺愛小孩是不好的。	あまやかす
☐	余る	剩餘、多餘、超過 余るほど料理を出す。準備太過豐盛的菜餚。	あまる
☐	編む	編織 セーターを編む。織毛衣。	あむ
☐	争う	競爭、爭奪、爭論 隣の国と領土問題で争う。 與鄰國因領土問題爭論。	あらそう
☐	改める	改變、改善、修改 悪い点を改める。改善缺點。	あらためる
☐	現れる	出現、被發現 雨上がりの空に虹が現れた。 雨停後的天空出現彩虹。	あらわれる
☐	荒れる	狂暴、洶湧、粗糙、天氣變壞、荒蕪 海が荒れる。海上波濤洶湧。	あれる
☐	言い付ける	吩咐、命令、告密 予約を取るように言い付ける。 吩咐要預約。 母親に弟のいたずらを言い付ける。 將弟弟的惡作劇向母親告狀。	いいつける
☐	抱く	懷抱、抱、摟 遠大な夢を抱く。懷抱遠大的夢想。	いだく
☐	至る	至、到、達到（某狀態）、來臨 会議は深夜に至るまで続いた。 會議持續到深夜。	いたる

☐	威張る	囂張、跋扈、擺架子 部下に威張る。對下屬擺架子。	いばる
☐	飢える	飢餓、渴求、渴望 親の愛情に飢える。渴望雙親的疼愛。	うえる
☐	浮かぶ	浮、飄、浮現、湧上心頭 雲が浮かぶ。雲飄著。	うかぶ
☐	承る	（受ける,聞く的謙讓語）聽取、接受、知道 ご意見を承る。聽取意見。	うけたまわる
☐	失う	失去、錯過、迷失 自信を失う。失去信心。	うしなう
☐	薄める	稀釋、弄淡 ウイスキーを水で薄める。用水稀釋威士忌。	うすめる
☐	疑う	懷疑 偽物ではないかと疑う。 我懷疑是不是仿冒品。	うたがう
☐	打ち消す	否認、否定、打消 世間のうわさを打ち消す。否認社會上的傳聞。	うちけす
☐	撃つ	射擊、發射 鉄砲を撃つ。開槍。	うつ
☐	訴える	控訴、控告、申訴、訴諸～ 世論に訴える。訴諸輿論。	うったえる
☐	うなずく	（表示認同、同意）點頭、首肯 うなずきながら話を聞く。 一邊聽一邊點頭。	

☐	奪う	奪取、剝奪 自由を奪う。剝奪自由。	うばう
☐	生み出す	生產、產生、創造 利益を生み出す。產生利益。	うみだす
☐	敬う	尊敬 老人を敬う。尊敬老人。	うやまう
☐	裏返す	翻過來、反過來 トランプを裏返して見る。 把撲克牌翻過來看。	うらがえす
☐	裏切る	背叛、出賣、辜負 友人を裏切る。出賣朋友。	うらぎる
☐	占う	占卜 運命を占う。算命。	うらなう
☐	恨む	恨、憎恨、埋怨 冷たい態度を恨む。痛恨冷淡的態度。	うらむ
☐	うらやむ	羨慕、欽羨 合格した友人をうらやむ。羨慕朋友考試合格。	うらやむ
☐	描く	描繪、描寫、畫 人間の心理を描いた小説。描寫人心的小說。	えがく
☐	得る	得到、領會 情報を得る。取得資訊。	える
☐	演じる	表演、扮演 平凡なサラリーマンの役を演じる。 扮演平凡的上班族一角。	えんじる

	追いかける	追趕、緊接著	おいかける
□		流行を追いかける。追趕流行。	

	追い付く	追上、趕上	おいつく
□		供給が需要に追い付かない。供不應求。	

	応じる	答應、回應、適合於～	おうじる
□		相談に応じる。回應討論。	

	覆う	覆蓋、掩飾	おおう
□		庭が雑草に覆われている。庭院被雜草覆蓋。	

	侵す	侵犯	おかす
□		国境を侵す。侵犯國境。	

	拝む	拜、叩拜	おがむ
□		神を拝む。拜神。	

	補う	補充、彌補	おぎなう
□		努力で欠点を補う。以努力彌補缺點。	

	贈る	贈送、贈與	おくる
□		誕生日に花束を贈る。生日時送一束花。	

	納める	繳納、收藏、放進	おさめる
□		授業料を納める。繳交學費。	

	治める	平定、治理	おさめる
□		国を治める。治理國家。	

	収める	取得、獲得、收下、結束	おさめる
□		よい成績を収める。獲得好成績。	

	押し通す	堅持、固執	おしとおす
□		自分の意見を押し通す。堅持自己意見。	

☐	恐れる	害怕、恐懼、擔心 失敗を恐れる。害怕失敗。	おそれる
☐	脅かす	威脅、恐嚇、嚇唬 人を脅かして金を奪う。恐嚇取財。 急に声を上げて脅かす。突然提高音量嚇人。	おどかす
☐	劣る	劣、次、不如、比不上 性能が劣る。性能差。	おとる
☐	脅かす	恐嚇、威脅 インフレが家計を脅かす。 通貨膨脹威脅到家庭經濟。	おびやかす
☐	おぼれる	溺水、淹沒、淹死、溺愛、沈溺 おぼれている子を助ける。救起溺水的小孩。	おぼれる
☐	お目にかける	（見せる的謙讓語）給您過目 作品をお目にかける。給您過目作品。	おめにかける
☐	思い切る	死心、放棄、下定決心 大学進学を思い切る。下定決心要唸大學。	おもいきる
☐	思える	能想像、能感到 彼が謝罪するとは思えない。 無法想像他會道歉。	おもえる
☐	及ぼす	波及、帶來 悪い影響を及ぼす。帶來不好的影響。	およぼす
☐	抱える	抱、夾、承擔、雇用 頭を抱えて考え込む。深思熟慮。 （因為有心煩或擔心的事而陷入思考）	かかえる

324

□	かかわる	有關聯、拘泥 農業にかかわる仕事がしたい。 想從事農業相關的工作。	
□	かき混ぜる	攪拌、攪和 コーヒーに砂糖を入れてかき混ぜる。 砂糖加入咖啡攪拌。	かきまぜる
□	限る	限定、限於 特売品は50個に限られている。 特價品限定５０份。	かぎる
□	掻く	搔、除、砍、削、扒、攪和、犁地、（不討人喜歡的） 做某種動作 かゆいところを掻く。搔癢處。 汗をかく。出汗。	かく
□	嗅ぐ	聞、嗅 においを嗅ぐ。聞味道。	かぐ
□	欠ける	有缺口、缺少、不足、（月亮）缺角 常識に欠ける。缺乏常識。	かける
□	貸し出す	出借、出租、（金錢）貸放 図書を貸し出す。出借書籍。	かしだす
□	かじる	啃、咬、一知半解 りんごをかじって食べる。啃咬蘋果。	
□	固まる	凝固、變硬、固定、穩定、聚集在一起 砂糖が固まる。砂糖凝固。	かたまる
□	傾く	傾斜、傾向於～、衰落、（日、月）西下 地震で家が傾く。因地震倒致房屋傾斜。	かたむく

☐	偏る	偏於、不公平、偏袒 栄養が偏る。營養失調。	かたよる
☐	語る	說、談、說唱 考えを人に語る。將想法告訴他人。	かたる
☐	担ぐ	扛、挑、擁戴、迷信 肩に荷物を担ぐ。將貨物扛在肩上。	かつぐ
☐	かなう	能實現、適合、匹敵 願いがかなう。實現願望。	
☐	兼ねる	兼、兼備 趣味と実益を兼ねる。兼具趣味及實際利益。	かねる
☐	かぶせる	戴上、蓋上、沖 帽子をかぶせる。戴上帽子。	
☐	構う	介意、照顧、逗弄 子供を構っている暇がない。 照顧小孩沒有閒暇的時間。	かまう
☐	からかう	嘲笑、逗弄 弟をからかう。嘲笑弟弟。	
☐	刈る	割、剪 草を刈る。割草。	かる
☐	かわいがる	喜愛、疼愛 犬をかわいがる。疼愛狗。	
☐	渇く	渴 のどが渇く。口渴。	かわく

N5
N4
N3
N2
N1

☐	考え込む	沈思 真剣な顔で何か考え込んでいる。 一臉認真地在想著什麼。	かんがえこむ
☐	着替える	換衣服 普段着に着替える。換上便服。	きがえる
☐	聞き返す	反覆問、反問 分からない点を聞き返した。 反覆詢問不明白之處。	ききかえす
☐	着せる	給～穿上、蓋上 赤ちゃんに服を着せる。給嬰兒穿上衣服。	きせる
☐	嫌う	討厭、不喜歡、忌避 勉強を嫌う。討厭讀書。	きらう
☐	切れる	斷、中斷、銳利、磨破、賣光、到期 糸が切れる。線斷掉。	きれる
☐	禁じる	禁止 喫煙を禁じる。禁止吸煙。	きんじる
☐	食う	（較粗俗的男性用語）吃 飯を食う。吃飯。	くう
☐	区切る	隔開、劃分、分段 部屋をカーテンで区切る。房間用窗簾隔開。	くぎる
☐	崩す	使崩塌、拆毀、打亂、換零錢 古い塀を崩す。拆毀古牆。	くずす
☐	崩れる	崩潰、倒塌 大雨で山が崩れる。因大雨導致山崩。	くずれる

327

☐	砕く	弄碎、打碎、摧毀 氷を小さく砕く。 把冰弄碎。	くだく
☐	くっつく	黏住、附著、緊黏、緊跟著 子供が親にくっついて離れない。 小孩子緊黏著父母不離開。	
☐	くっつける	黏上、附上、拉攏、（俗語）送作堆 紙と紙をのりでくっつける。 用膠水緊黏著紙張。	
☐	配る	分配、分給、注意 チラシを配る。 發傳單。	くばる
☐	組み立てる	組合、裝配 部品を組み立てる。 組合零件	くみたてる
☐	組む	合夥、連合、交叉在一起 足を組んで座る。 盤腿而坐。	くむ
☐	悔やむ	後悔、悼念 失敗を悔やむ。 後悔失敗。	くやむ
☐	狂う	發瘋、著迷、沈溺、有毛病、失誤、落空、亂掉 狂ったように泣く。 發瘋似地哭。 計画が狂う。 計畫亂了套。	くるう
☐	苦しめる	虐待、折磨 不眠症に苦しめられて体を壊す。 為失眠症所苦，身體變差。	くるしめる
☐	くわえる	叼、銜 口にくわえる。 叼在嘴裡。	
☐	削る	削、刮、消去、刪去、縮減 鉛筆を削る。 削鉛筆。	けずる

☐	超える	超過、超越 損害は１億円を超える。損害超過一億日元。	こえる
☐	凍る	結冰、凍結 池の水が凍る。水池結冰。	こおる
☐	漕ぐ	划（船）、踩、盪 自転車のペダルを漕ぐ。踩腳踏車的踏板。	こぐ
☐	焦げる	燒焦、烤焦 この餅は少し焦げている。 這個年糕有點烤焦。	こげる
☐	凍える	凍僵 寒さで手が凍える。因寒冷手都凍僵了。	こごえる
☐	腰掛ける	坐下 ベンチに腰掛ける。坐在長椅上。	こしかける
☐	こする	摩擦、揉搓 眠い目をこする。揉搓睡眼。	こする
☐	異なる	不同 報告が事実と異なる。報告與事實不符。	ことなる
☐	込める	包含在內、裝填、集中、貫注 愛情を込めて手紙を書く。充滿愛意地寫信。	こめる
☐	堪える	忍耐、忍受 涙を堪えながら話す。忍著眼淚訴說。	こらえる
☐	さかのぼる	逆流而上、回溯 ボートで川をさかのぼる。坐船逆流而上。	さかのぼる
☐	逆らう	違反、違逆 時代の流れに逆らう。違反時代的潮流。	さからう

☐	探る	摸、尋找、刺探、探訪 相手の本心を探る。 刺探對方的真心。	さぐる
☐	支える	支持、支撐 長男が生計を支えている。 長子支撐著家中的生計。	ささえる
☐	ささやく	耳語、嘀咕、小聲說話 相手の耳にささやく。 在他耳邊嘀咕。	ささやく
☐	差し引く	扣除、減去 月給から税金を差し引く。 從月薪裡扣除稅金。	さしひく
☐	指す	指、指示、指向、舉 ほしい品物を指で指す。 用手指指向想要的商品。	さす
☐	錆びる	生鏽 包丁が錆びて切れない。 菜刀生鏽切不下去。	さびる
☐	妨げる	妨礙、阻撓、打攪 眠りを妨げる。 打攪睡眠。	さまたげる
☐	敷く	鋪上、鋪設 布団を敷く。 鋪上棉被。	しく
☐	茂る	茂密、繁茂 草が茂る。 雜草叢生。	しげる
☐	しびれる	麻痺、發麻、陶醉 足がしびれて立てない。 腳發麻不能站起來。	しびれる
☐	しぼむ	枯萎、凋謝、洩氣 花がしぼむ。 花枯萎。	しぼむ

☐	縛る	捆、綁、拘束 新聞紙を紐で縛る。用繩子捆綁報紙。	しばる
☐	湿る	潮濕、死氣沉沉 洗濯物がまだ湿っている。洗滌物還是濕的。	しめる
☐	しゃぶる	吸吮 飴をしゃぶる。含糖果。	
☐	しゃべる	說、說話 秘密をうっかりしゃべってしまう。 不小心把秘密說出來了。	
☐	生じる	生長、產生、發生 火災によって損害が生じる。 因火災發生損害。	しょうじる
☐	信じる	相信 彼の話は本当だと信じている。 我相信他的話是千真萬確的。	しんじる
☐	透き通る	透明、清澈、清脆 川の底まで透き通っている。 河水清澈到可以看見河底。	すきとおる
☐	救う	救助、解救 人命を救う。救人。	すくう
☐	優れる	優秀、優越 彼は語学に優れている。他的外語相當優秀。	すぐれる
☐	ずらす	挪開、移動、錯開 テーブルの皿を横へずらす。 把桌上的盤子移到旁邊。	

□	すれ違う	會車、交錯、錯過、（論點）不一致 列車と列車がすれ違う。列車相互交錯。	すれちがう
□	背負う	揹、擔負 荷物を背負って歩く。揹著行李行走。	せおう
□	接する	靠近、接連、接到、接待 人に優しく接する。溫柔對待他人。	せっする
□	迫る	逼近、緊迫、強迫 締め切りが迫る。截止日快到了。 返答を迫る。強迫回答。	せまる
□	責める	責備、逼迫、催促 部下の失敗を責める。責備部下的失敗。	せめる
□	攻める	進攻、攻打 敵を攻める。攻打敵人。	せめる
□	属する	屬於 日本は漢字文化圏に属する。 日本屬於漢字文化圈。	ぞくする
□	備える	防備、設置 地震に備える。防範地震。	そなえる
□	剃る	剃、刮 ひげを剃る。刮鬍子。	そる
□	逸れる	偏離 話が横道に逸れる。話題偏離。	それる
□	対する	對待 にこやかに客に対する。笑容滿面地對待客人。	たいする

□	耕す	耕作 畑を耕して種をまく。耕田播種。	たがやす
□	炊く	煮 ご飯を炊く。煮飯。	たく
□	蓄える	積蓄、儲備、蓄留 食糧を蓄える。儲備糧食。	たくわえる
□	尋ねる	尋找 駅へ行く道を尋ねる。尋找往車站的路。	たずねる
□	達する	達成、到達、精通 目的地に達する。到達目的地。	たっする
□	例える	比喩、舉例 人生を旅に例える。人生好比一趟旅程。	たとえる
□	ダブる	重複、留級 字がダブって見える。字看起來重疊。	
□	黙る	沈默、不說話 黙って話を聞く。安靜下來聽人說話。	だまる
□	試す	試驗、嘗試 自分の力を試す。測試自己的力量。	ためす
□	ためらう	猶豫不決、遲疑 はっきりした返事をためらう。 猶豫不決無法做出明確的回覆。	
□	頼る	依賴 親に頼りすぎて自立できない。 過於依賴父母會無法自力更生。	たよる

☐	誓う	發誓、宣誓 二人は永遠の愛を誓った。 兩人宣誓永遠的愛。	ちかう
☐	近寄る	靠近、接近 近寄ってよく見る。 靠近看清楚。	ちかよる
☐	ちぎる	撕碎、弄碎、摘取 パンをちぎって食べる。 撕碎麵包食用。	ちぎる
☐	契る	誓約 友人と契ったことを果たす。 完成與朋友的誓約。	ちぎる
☐	縮む	縮小、畏縮 ズボンが縮む。 褲子縮小了。	ちぢむ
☐	縮める	使～縮小、削減、縮回 得点差を1点に縮める。 得分差距縮小到只差1分。	ちぢめる
☐	縮れる	起皺、捲曲 髪の毛が縮れる。 頭髮捲曲。	ちぢれる
☐	散らす	散開、吹落、散播、使病痛消散 風が花びらを散らす。 風吹散花瓣。	ちらす
☐	突き当たる	碰上、撞上、走到盡頭 バイクが電柱に突き当たる。 機車撞上電線桿。	つきあたる
☐	尽きる	盡、完、沒有了、到頭 体力が尽きる。 用盡體力。	つきる
☐	就く	從事、沿著、順著 重役のポストに就く。 擔任董事一職。	つく

□ 次ぐ	接著 地震に次いで津波が起こる。 地震後接著發生海嘯。	つぐ
□ 作り出す	開始做、製造、發明 製品を作り出す。製造商品。	つくりだす
□ 造る	打造 船を造る。造船。	つくる
□ 突っ込む	衝入、闖入、深入、塞進 ゴールに突っ込む。衝進終點。 本をかばんに突っ込む。書塞進包包裡。	つっこむ
□ 努める	努力、盡力、效力 安全運転に努める。盡力於安全駕駛。	つとめる
□ 務める	擔任 主役を務める。擔任主角。	つとめる
□ つながる	連接、連繋 電話がつながる。接通電話。	つながる
□ つなげる	拴、繫、接上、維持 紐をつなげて長くする。繫上繩子延長。	つなげる
□ つねる	捏、擰 子供の手をつねる。擰孩子的手。	つねる
□ つまずく	絆到、摔倒、失敗、挫折 石につまずいて転ぶ。絆到石頭跌倒。	つまずく
□ 詰まる	塞滿、擠滿、堵塞 本棚には本が詰まっている。 書架上塞滿書本。	つまる

□	詰める	填滿、裝入、靠緊	つめる
		箱に服を詰める。將衣服塞進箱子。	
□	釣り合う	平衡、勻稱、相配	つりあう
		収入と支出が釣り合う。收支平衡。	
□	吊る	吊、懸掛	つる
		ちょうちんを吊る。掛燈籠。	
□	吊るす	吊、掛	つるす
		洋服をハンガーに吊るす。洋裝用衣架吊著。	
□	適する	適合、適當	てきする
		体力に適した運動をする。做適合體力的運動。	
□	出くわす	偶遇	でくわす
		駅で昔の友達と出くわした。在車站偶然遇見以前的朋友。	
□	照らす	照射、照耀、按照	てらす
		ライトで舞台を照らす。用燈光照射舞台。	
□	照る	照、照射、晴天	てる
		日が照っている。太陽照射著。	
□	問いかける	詢問、開始問	といかける
		社会に環境問題を問いかける。向社會尋求有關環境的問題。	
□	通す	通過、穿過、連續	とおす
		針に糸を通す。穿針引線。	
□	通りかかる	經過、路過	とおりかかる
		通りかかった人に助けられる。路過的人幫助了我。	

□	尖る	尖鋭、敏感、敏鋭 針の先は鋭く尖っている。針頭很尖鋭。	とがる
□	解く	解開、拆開、廢除、解答 難しい問題を解く。解開難題。	とく
□	どく	閃避、讓開 ちょっとどいてください。請讓開。	どく
□	溶け込む	溶解、融入 塩分が溶け込む。鹽分溶解。 新しい職場に溶け込む。融入新職場。	とけこむ
□	溶ける	溶化、溶解 雪が溶ける。雪溶化了。	とける
□	解ける	解除、鬆開、解決 なぞが解ける。解開謎題。	とける
□	どける	挪開、移開 その荷物をどけてください。 請移開那個貨物。	
□	整う	整齊、端正、完備、齊全、商議 準備が整う。準備齊全。	ととのう
□	とどまる	停留、停止 当分東京にとどまるつもりだ。 目前打算停留在東京。	
□	怒鳴る	大聲呼喊、大聲責備 いたずらをして親に怒鳴られた。 因為惡作劇被父母大聲斥責。	どなる

□	伴う	伴隨、跟隨、帶領、相符	ともなう
		この仕事には危険が伴う。 這個工作帶有危險性。	

□	とらえる	捉拿、抓住	
		チャンスをとらえる。抓住機會。	

□	取り上げる	拿起、採納、接受、剝奪、沒收	とりあげる
		部下の案を取り上げる。採納下屬的提案。	

□	取り入れる	收獲、採用、吸取、收起來	とりいれる
		外国の文化を取り入れる。吸收外國文化。 洗濯物を取り入れる。將洗滌物收起來。	

□	長引く	拖延、拖長	ながびく
		会議が長引く。會議時間拖長了。	

□	眺める	眺望、遠眺	ながめる
		窓から夜景を眺める。從窗戶眺望夜景。	

□	慰める	安慰、撫慰	なぐさめる
		落ち込んでいる友人を慰める。 安慰悶悶不樂的朋友。	

□	殴る	毆打、揍	なぐる
		相手を殴る。毆打對方。	

□	なでる	撫摸	
		頭をなでる。摸頭。	

□	成る	完成、組成、變成	なる
		この国は多民族から成る。 這個國家是由多種族組成。	

□	煮える	煮熟、煮爛、燒開、氣炸了	にえる
		豆が煮える。煮熟豆子。	

N5

N4

N3

N2

N1

| □ | におう | 有香味、顔色漂亮 | |
| | | せっけんがにおう。肥皂有香味。 | |

□	逃がす	放走、使~逃跑	にがす
		小鳥をかごから逃がす。把小鳥從籠子中放走。	
		犯人を逃がす。放走犯人。	

| □ | 握り締める | 握緊 | にぎりしめる |
| | | 母親の手を握り締める。緊握母親的手。 | |

| □ | 握る | 握、抓、掌握 | にぎる |
| | | ペンを握る。握筆。 | |

| □ | 憎む | 憎恨、嫉妒 | にくむ |
| | | 人を憎む。憎恨他人。 | |

| □ | 濁る | 混濁、汙濁、（日語）變濁音 | にごる |
| | | 川の水が濁る。河水汙濁。 | |

| □ | 縫う | 縫、刺繡、刺穿、穿過空隙 | ぬう |
| | | 布を縫って服を作る。用布縫製衣服。 | |

| □ | ねじる | 扭、擰 | |
| | | 水道の栓をねじる。轉動水龍頭。 | |

| □ | 熱する | 加熱、熱起來、熱衷 | ねっする |
| | | 鉄を熱する。把鐵加熱。 | |

| □ | 狙う | 以~為目標、瞄準、伺機 | ねらう |
| | | 優勝を狙う。以冠軍為目標。 | |

| □ | 逃す | 錯過、放過 | のがす |
| | | チャンスを逃す。錯過機會。 | |

| □ | 望む | 希望、眺望、期望、仰望 | のぞむ |
| | | 子の幸せを望む。希望孩子們幸福。 | |

☐	述べる	陳述、敘述 意見を述べる。陳述意見。	のべる
☐	昇る	上升、升級 日が昇る。太陽升起。	のぼる
☐	乗り過ごす	坐過站 うっかりして一駅乗り過ごす。 一不注意就坐過一站。	のりすごす
☐	生える	生長 草が生える。長草。	はえる
☐	剥がす	剝下、撕下 ポスターを剥がす。撕下海報。	はがす
☐	吐く	吐出、吐露、（由內而外）冒出 酒に酔って吐く。因酒醉嘔吐。	はく
☐	挟まる	夾、夾住、處在兩邊的對立者之間 電車のドアにかばんが挟まる。 包包挾在電車的車門。	はさまる
☐	挟む	夾 パンにハムを挟む。麵包夾火腿。	はさむ
☐	罰する	處罰、犯罪 法律によって罰する。依法受罰。	ばっする
☐	話しかける	搭話、打招呼 知らない人に話しかける。向陌生人搭話。	はなしかける
☐	話し込む	只顧說話、暢談 時を忘れて話し込む。只顧說話忘了時間。	はなしこむ

☐	離す	放開、使～分開、隔開、拉開距離 木を3メートル離して植える。 隔3公尺種植樹木。	はなす
☐	放す	放（動物）、放開、放生 牛を牧場に放す。 將牛放進牧場。	はなす
☐	離れる	離開、距離、脱離 親と離れて生活する。 離開父母生活。	はなれる
☐	跳ねる	跳起、飛濺、散場、裂開、（物價）暴漲 ボールが跳ねる。 球彈起。	はねる
☐	省く	節省、省略 詳しい説明を省く。 省略詳細的說明。	はぶく
☐	はめる	戴、嵌上、鑲上、陷害 手袋をはめる。 戴上手套。	はめる
☐	流行る	流行、盛行 インフルエンザが流行っている。 流行性感冒正在流行。	はやる
☐	払い込む	繳納 税金を払い込む。 繳交稅金。	はらいこむ
☐	張り切る	拉緊、鼓足幹勁、精神飽滿、緊張 仕事に張り切る。 工作幹勁十足。	はりきる
☐	引き返す	返回 途中で引き返す。 在中途折返。	ひきかえす
☐	引き止める	挽留、制止 辞任を引き止める。 慰留辭職。	ひきとめる

☐	引っかかる	掛上、順便、在意、受騙、阻擋、飛濺 彼の言葉が妙に引っかかる。 他的話讓人耿耿於懷。	ひっかかる
☐	ひっくり返す	翻過來、顛倒、翻倒、推翻 決定をひっくり返す。 推翻定案。	ひっくりかえす
☐	ひっくり返る	翻、翻倒、躺下、逆轉 ボートがひっくり返る。 小船翻覆了。	ひっくりかえる
☐	引っ込む	退居、隱退、待在裡面、塌陷、凹下去 自分の部屋引っ込む。 待在自己房間。	ひっこむ
☐	引っ張る	拉、拖、拉上、架設、帶走、引誘、拖延 ロープを引っ張る。 架設纜繩。	ひっぱる
☐	ひねる	扭、扭轉、擊敗、與眾不同 スイッチをひねる。 扭轉開關。	
☐	響く	響、聲響、震動、影響 鐘の音が響く。 鐘聲響起。	ひびく
☐	広める	推廣、增長、傳播、宣揚 知識を広める。 增長知識。	ひろめる
☐	含む	含有、包含、含著 料金にはサービス料が含まれる。 費用包含服務費。	ふくむ
☐	含める	包含、理解、含著 手数料を含めて請求する。 要求包含手續費。	ふくめる
☐	膨らます	使～膨脹、使～鼓起 風船を膨らます。 把氣球吹鼓。	ふくらます

| □ | 膨らむ | 鼓起、凸起、膨脹、規模變大 | ふくらむ |
| | | 予算が膨らむ。預算擴大。 | |

| □ | 更ける | 夜深、（季節的）深 | ふける |
| | | 夜が更ける。夜深了。 | |

□	塞がる	堵塞、佔用、佔滿、閉合	ふさがる
		工事のトラックで道が塞がっている。	
		施工用的卡車致使道路不通。	

| □ | 塞ぐ | 閉合、堵塞、佔用 | ふさぐ |
| | | 入口を塞ぐ。佔用了入口。 | |

□	ふざける	開玩笑、捉弄	
		子供たちがふざけてうるさい。	
		孩子們玩鬧相當吵雜。	

| □ | 防ぐ | 預防、防止 | ふせぐ |
| | | 事故を防ぐ。預防事故。 | |

□	ぶら下がる	吊、抓住、垂手可得	ぶらさがる
		天井から電灯がぶら下がっている。	
		電燈垂吊在天花板上。	

| □ | ぶら下げる | 懸掛、佩帶、拿著 | ぶらさげる |
| | | 紙袋をぶら下げて歩く。提著紙袋行走。 | |

| □ | 振り向く | 轉身回頭、回顧 | ふりむく |
| | | 後ろを振り向く。向後回頭。 | |

□	振る舞う	動作、請客、招待	ふるまう
		明るく振る舞う。舉止大方。	
		客に料理を振る舞う。請客人吃飯。	

| □ | 触れる | 接觸、觸及、摸 | ふれる |
| | | 外国の文化に触れる。接觸外國文化。 | |

□	へこむ	凹陷、凹下	
		車体が大きくへこんだ。車體凹了一大片。	
□	隔たる	相隔、距離、差距	へだたる
		家は学校から遠く隔たっている。 家裡離學校很遠。	
□	隔てる	隔開、隔著、挑撥	へだてる
		道を隔てて向かい合う。隔著馬路相對。	
□	放る	拋、扔、丟、放棄	ほうる
		ボールを空高く放る。將球丟向高空。	
□	吠える	（動物）吠	ほえる
		犬が吠える。狗在吠。	
□	掘る	挖掘、發掘	ほる
		庭を掘って木を植える。挖庭院種植樹木。	
□	まく	撒、散佈	
		庭に水をまく。在庭院撒水。	
□	混じる	混合、混雜	まじる
		酒に水が混じる。酒混入水。	
□	増す	增加、增添	ます
		人口が増す。人口增加。	
□	祭る	祭拜、祭祀	まつる
		先祖を祭る。祭拜祖先。	
□	真似る	模仿、仿效	まねる
		話し方を真似る。模仿說話的樣子。	
□	回す	旋轉、轉動、圍繞、轉送、派出、轉變立場	まわす
		ハンドルを回す。轉動方向盤。	

☐	乱れる	凌亂、不整齊、不穩定 風で髪が乱れる。風把頭髮吹亂了。	みだれる
☐	満ちる	充滿、期滿、漲潮 確信に満ちる。堅信不移。	みちる
☐	見つめる	凝視、注視 現実を見つめる。看清現實。	みつめる
☐	認める	承認、看見、賞識、斷定、同意 負けを認める。承認失敗。	みとめる
☐	見慣れる	熟識、看慣 見慣れない人が立っている。 陌生人站在那裡。	みなれる
☐	身につける	習得、學會、穿戴 フランス語を身につける。學會法語。	みにつける
☐	実る	結果、成熟、有成果 長年の苦労が実る。長年的辛苦有成果了。	みのる
☐	向かう	朝著、面對、前往、接近 目標に向かって進む。朝著目標邁進。	むかう
☐	剥く	剝、削 りんごの皮を剥く。削去蘋果的外皮。	むく
☐	向ける	向、前往、派遣 顔を向ける。臉朝向某一方。	むける
☐	命じる	命令、任命 転勤を命じる。命令調職。	めいじる
☐	恵まれる	賦與、富有 資源に恵まれる。資源豐富。	めぐまれる

☐	めぐる	圍繞、環繞、循環 季節がめぐって春を迎える。 季節循環，春天來臨。 遺産をめぐって兄弟が争っている。 兄弟們圍繞著遺產問題在爭論。	
☐	目指す	以～為目標 金メダルを目指す。 以金牌為目標。	めざす
☐	もうかる	賺錢、得利 株でもうかる。靠股票賺錢。	
☐	もうける	賺錢、撿便宜、生子 莫大な金をもうける。賺一筆龐大的金額。	
☐	潜る	潛入（水裡）、鑽進 海に潜る。潛入海裡。	もぐる
☐	もたれる	憑著、依靠 壁にもたれる。依靠著牆壁。	
☐	持ち上げる	拿起、舉起 荷物を持ち上げる。拿起行李。	もちあげる
☐	用いる	使用 新しい方法を用いる。使用新方法。	もちいる
☐	基づく	根據、依照 規則に基づいて処理する。根據規則處理。	もとづく
☐	求める	追求、要求、請求 謝罪を求める。要求道歉。	もとめる
☐	揉む	揉、搓、按摩、擁擠、爭論 肩を揉む。按摩肩膀。	もむ

□	休まる	得到休息、得到慰藉 気が休まる。心情平靜。	やすまる
□	やっつける	做完、完成 たまった仕事をやっつける。 完成累積的工作。	
□	やって来る	來 彼がやって来た。他來了。	やってくる
□	雇う	雇用 人を雇う。雇用他人。	やとう
□	敗れる	失敗 試合に敗れる。比賽輸了。	やぶれる
□	辞める	辭職 会社を辞める。辭去工作。	やめる
□	譲る	讓給、謙讓、讓步 お年寄りに席を譲る。請讓座給年長者。	ゆずる
□	止す	停止、中止 騒ぐのは止しなさい。不要吵。	よす
□	寄せる	使～靠近、聚集、投靠、寄送 机えを隅に寄せる。將桌子靠在角落。	よせる
□	呼びかける	召喚、呼喚、呼籲 住民に協力を呼びかける。呼籲居民合作。	よびかける
□	詫びる	道歉 自分の過ちを詫びる。為自己的過失道歉。	わびる

☐	温かい	溫暖、溫熱 温かいご飯。溫熱的飯。	あたたかい
☐	厚かましい	厚臉皮、不知羞恥 厚かましい人。厚臉皮的人。	あつかましい
☐	危うい	危險 生命が危うい。生命有危險。	あやうい
☐	荒い	粗暴、洶湧、粗劣、沒節度 波が荒い。波濤洶湧。	あらい
☐	淡い	淺、淡、淡泊、清淡 色が淡い。顏色淺。	あわい
☐	慌ただしい	慌張、慌忙 慌ただしい一日を送る。渡過了慌忙的一天。	あわただしい
☐	偉い	偉大、有成就、了不起、（地位）高、厲害 偉い人になりたい。想成為偉人。 部長は課長より偉い。部長地位比課長高。	えらい
☐	惜しい	可惜、捨不得、珍惜 時間が惜しい。珍惜時間。	おしい
☐	思いがけない	意想不到、出乎意料 思いがけない人が訪ねてきた。 意想不到的人前來探訪。	おもいがけない
☐	規則正しい	有秩序的、守規矩的、規律的 規則正しく並べる。有秩序的排列。	きそくただしい
☐	清い	乾淨、清澈、純潔 川の清い流れを見る。看著河川的清流。	きよい

□	くどい	冗長乏味、囉嗦、嘮叨、顏色深、味道濃	
		話がくどくなる。話變的冗長乏味。	

□	煙い	嗆人、燻人	けむい
		たばこの煙が煙い。煙味嗆人。	

□	恋しい	愛慕、眷戀	こいしい
		故郷が恋しい。眷戀故鄉。	

□	騒がしい	吵鬧、喧擾	さわがしい
		教室が騒がしい。教室很吵鬧。	

□	仕方がない	不得已、無可奈何	しかたがない
		そうするしか仕方がない。 除此之外別無他法了。	

□	しょうがない	沒辦法	
		遅れてもしょうがない。晚了也沒辦法。	

□	しょっぱい	鹹	
		みそ汁がしょっぱい。味噌湯很鹹。	

□	白々しい	虛情假意、隱瞞不了、佯裝不知、明顯、掃興	しらじらしい
		白々しいうそをつく。睜眼說瞎話。	

□	酸っぱい	酸	すっぱい
		酸っぱい味がする。吃起來是酸的。	

□	ずるい	奸詐、狡猾	
		ずるい事をする。做了狡猾的事。	

□	騒々しい	吵嘈、吵鬧	そうぞうしい
		教室が騒々しい。教室很吵囃。	

□	たまらない	無法忍受 こんなに暑くてはたまらない。 熱得受不了。	
□	だらしない	不檢點、散漫、懦弱、沒出息 服装がだらしない。衣装不整。	
□	力強い	強而有力、有信心 彼の演説は力強い。他的演說強而有力。	ちからづよい
□	懐かしい	懷念 子供の頃が懐かしい。懷念小時候。	なつかしい
□	憎らしい	可恨、討厭、好到令人憎惡 言い方が憎らしい。說話很討人厭。	にくらしい
□	鈍い	遲鈍、鈍 動作が鈍い。動作遲鈍。	にぶい
□	のろい	遲鈍、緩慢、磨蹭 仕事がのろい。工作緩慢。	
□	ばからしい	無聊、愚笨 ばからしくて話にならない。 太愚蠢了不值得一提。	
□	甚だしい	很、非常 非常識も甚だしい。太不合常理了。	はなはだしい
□	等しい	相同、一樣、等於 二つの線の長さは等しい。 兩條線的長度相同。	ひとしい
□	真っ白い	純白、潔白 洗濯して真っ白くなる。 洗過之後變的很潔白。	まっしろい

□ みっともない	丟人、不像樣、不好看＝見苦しい 丟臉
	みっともない姿は見せたくない。
	我不想讓人看到丟臉的樣子。
□ めでたい	順利、可喜可賀、出色
	めでたく希望の学校に合格した。
	順利考上理想的學校。
□ ものすごい	非常、很、相當
	足がものすごく痛い。腳相當的痛。

☐	あいまい（な）	曖昧、模糊不清 説明にあいまいな点がある。 說明上有幾點不清楚之處。	
☐	新た（な）	新的、重新 新たな問題が発生する。發生新的問題。	あらた（な）
☐	偉大（な）	偉大、可觀、宏偉 偉大な業績を残す。留下可觀的成就。	いだい（な）
☐	大げさ（な）	誇張、誇大 彼の話はいつも大げさだ。 他老是說話很誇張。	おおげさ（な）
☐	穏やか（な）	穩定、平穩、溫和 穏やかな天気が続く。持續著穩定的天氣。	おだやか（な）
☐	主（な）	主要 主なメンバーを紹介する。介紹主要成員。	おも（な）
☐	温厚（な）	溫厚、敦厚 彼は優しく温厚な人だ。他是溫柔敦厚的人。	おんこう（な）
☐	温暖（な）	溫暖 この草は温暖な地方で育つ。 這種草是生長在溫暖的地帶。	おんだん（な）
☐	快適（な）	舒適、快活 快適な生活を送る。過著舒適的生活。	かいてき（な）
☐	確実（な）	確實、可靠 あのチームの優勝は確実だ。 那支隊伍得到冠軍是千真萬確的。	かくじつ（な）

| □ | 勝手（な） | 任性、隨便、方便
勝手なことを言うな。 不要說任性的話。 | かって（な） |

| □ | 可能（な） | 可能
これは実現可能な計画ではない。
這是不可能實現的計劃。 | かのう（な） |

| □ | 貴重（な） | 貴重、寶貴、珍貴
貴重な情報を得る。 取得寶貴的資訊。 | きちょう（な） |

| □ | 気の毒（な） | 可憐、值得同情
彼女が病気だとは気の毒だ。
對於她的病情深感同情。 | きのどく（な） |

| □ | 奇妙（な） | 奇妙
奇妙な事件が起こる。 發生奇異的事件。 | きみょう（な） |

| □ | 客観的（な） | 客觀的
客観的な意見を述べる。 陳述客觀的意見。 | きゃっかんてき（な） |

| □ | 急激（な） | 急遽的、快速的
人口が急激に増加する。 人口急遽增加。 | きゅうげき（な） |

| □ | 器用（な） | 靈巧、聰明、機靈
彼は手先が器用だ。 他的手指很靈巧。 | きよう（な） |

| □ | 強力（な） | 強大、力量大、強而有力
改革を強力に進める。 大力推行改革。 | きょうりょく（な） |

| □ | 巨大（な） | 巨大、大型的
巨大なビルが建ち並んでいる。
高樓櫛比鱗次。 | きょだい（な） |

| □ | 均等（な） | 平均、均等
お菓子を均等に分ける。 把點心平均分配。 | きんとう（な） |

☐	**具体的（な）**	具體的、明確的 ぐ たい てき　　 し じ 具体的に指示する。具體的指示。	ぐたいてき（な）
☐	**謙虚（な）**	謙虛、虛心 けん きょ　　 はん せい 謙虚に反省する。虛心反省。	けんきょ（な）
☐	**堅実（な）**	可靠、踏實 けん じつ　　 せい かつ 堅実に生活する。踏實的生活。	けんじつ（な）
☐	**厳重（な）**	嚴厲、嚴格 げん じゅう　　 ちゅう い 厳重に注意する。嚴格注意。	げんじゅう（な）
☐	**強引（な）**	強行、強制、硬來 ごう いん　　 き 強引に決めてしまう。強制決定了。	ごういん（な）
☐	**豪華（な）**	豪華、奢侈 ごう か　　 しょく じ 豪華な食事をする。吃的很豪華。	ごうか（な）
☐	**公平（な）**	公平 こう へい　　 わ 公平に分ける。公平分配。	こうへい（な）
☐	**合理的（な）**	合理的 ひく　　　　　　　　 ごう り てき　　 せい さん 低いコストで合理的に生産する。 以低成本合理化生產。	ごうりてき（な）
☐	**幸い（な）**	幸運、幸虧、幸好 さいわ　　　 ひ がい　　 すく 幸いに被害は少なかった。幸好災害不大。	さいわい（な）
☐	**様々（な）**	各種、各式各樣 さま ざま　　 ほう ほう 様々な方法がある。有各種方法。	さまざま（な）
☐	**爽やか（な）**	清爽、爽朗、鮮明 さわ　　　　 くう き　　 す 爽やかな空気を吸う。呼吸清爽的空氣。	さわやか（な）
☐	**地味（な）**	樸素、樸實 じ み　　　 ふく そう 地味な服装をする。穿著樸素。	じみ（な）

☐	重大（な） じゅうだい	重大、重要 重大な誤りに気づく。發現重大的錯誤。	じゅうだい（な）
☐	主要（な） しゅよう	主要 主要な点を強調する。強調重點。	しゅよう（な）
☐	純粋（な） じゅんすい	單純、純粹 純粋な気持ちで忠告する。 以單純的心態提出忠告。	じゅんすい（な）
☐	順調（な） じゅんちょう	順利 作業が順調に進む。作業順利進行。	じゅんちょう（な）
☐	上等（な） じょうとう	高級、上等、優秀 ここまでできれば上等だ。 能完成到這裡就很厲害了。	じょうとう（な）
☐	神経質（な） しんけいしつ	神經質 神経質になり過ぎる。變得過於神經質。	しんけいしつ（な）
☐	真剣（な） しんけん	認真 真剣な表情で話を聞く。表情認真地聆聽。	しんけん（な）
☐	深刻（な） しんこく	嚴肅、嚴重、深刻 深刻な顔で相談する。以嚴肅的表情討論。	しんこく（な）
☐	新鮮（な） しんせん	新鮮 新鮮な野菜を食べる。食用新鮮的蔬菜。	しんせん（な）
☐	慎重（な） しんちょう	慎重、謹慎 慎重に検討する。慎重地檢討。	しんちょう（な）
☐	積極的（な） せっきょくてき	積極的 積極的に発言する。積極的發表言論。	せっきょくてき（な）

☐	率直（な）	直率、坦率	そっちょく（な）

率直な考えを聞かせてほしい。
我想聽聽你坦率的想法。

| ☐ | 素朴（な） | 樸素、單純 | そぼく（な） |

素朴な疑問を抱く。 抱持著單純的疑問。

| ☐ | 粗末（な） | 粗糙、簡陋、浪費 | そまつ（な） |

粗末な服を着ている。 穿著簡陋的衣服。
食べ物を粗末にするな。 不要浪費食物。

| ☐ | 退屈（な） | 無聊、寂寞、厭倦 | たいくつ（な） |

退屈であくびが出る。 無聊到打哈欠。

| ☐ | 平ら（な） | 平坦 | たいら（な） |

地面を平らにする。 整平地面。

| ☐ | 妥当（な） | 妥當、妥善 | だとう（な） |

妥当な結論が出た。 理出一個妥善的結果。

| ☐ | 抽象的（な） | 抽象的 | ちゅうしょうてき（な） |

この文章は抽象的で分かりにくい。
這篇文章太抽象不易理解。

| ☐ | 強気（な） | 強硬、強勢 | つよき（な） |

強気な発言をする。 表情強硬的言論。

| ☐ | 的確（な） | 正確、恰當 | てきかく（な） |

状況を的確に判断する。 正確判斷情況。

| ☐ | 適切（な） | 適當、妥當 | てきせつ（な） |

適切な指示をする。 做出適當的指示。

| ☐ | 適度（な） | 適度 | てきど（な） |

適度な運動をする。 做適度的運動。

□	でたらめ（な）	胡扯、荒唐、不可靠

でたらめなことを言う。胡說八道。

□	同一（な）	同様、同一　　　　　　　　　　　　どういつ（な）

両者を同一に扱う。將兩者一視同仁地處理。

□	透明（な）	透明　　　　　　　　　　　　　　　とうめい（な）

湖は透明で底まで見える。
湖水清澈見底。

□	特殊（な）	特殊　　　　　　　　　　　　　　　とくしゅ（な）

この工事には特殊な技術が必要だ。
這項工程需要特殊的技術。

□	独特（な）	獨特、特別　　　　　　　　　　　　どくとく（な）

独特なアイデアで成功する。
以獨特的想法成功了。

□	生意気（な）	傲慢、自大　　　　　　　　　　　　なまいき（な）

生意気な口を利く。說話傲慢。

□	苦手（な）	不擅長、不好對付　　　　　　　　　にがて（な）

数学は苦手だ。不擅長數學。

□	呑気（な）	悠閒、不拘小節　　　　　　　　　　のんき（な）

呑気に暮らす。悠閒地生活。

□	莫大（な）	莫大　　　　　　　　　　　　　　　ばくだい（な）

被害は莫大だ。損失慘重。

□	派手（な）	華麗　　　　　　　　　　　　　　　はで（な）

服に派手なリボンをつける。
衣服別上華麗的緞帶（蝴蝶結）。

□	非常識（な）	沒有常識、不合常理　　　　　　　　ひじょうしき（な）

非常識な行動をする。進行不合常理的行為。

☐	微妙（な）	微妙 色が微妙に違う。 顔色有微妙的差別。	びみょう（な）
☐	平等（な）	平等、平均 利益を平等に分配する。 平均分配利益。	びょうどう（な）
☐	不安（な）	不安、不放心 夜道は不安だ。 走夜路令人不放心。	ふあん（な）
☐	不運（な）	運氣不好、倒霉 不運な運命に見舞われる。 遭受不幸。	ふうん（な）
☐	不規則（な）	零亂、不規律 勤務時間が不規則になる。 上班時間不固定。	ふきそく（な）
☐	不潔（な）	不乾淨、骯髒 不潔な服を着ている。 穿著骯髒的衣服。	ふけつ（な）
☐	不幸（な）	不幸、倒霉 不幸な人生を送る。 過著不幸的人生。	ふこう（な）
☐	不公平（な）	不公平 不公平な扱いを受ける。 受到不公平的對待。	ふこうへい（な）
☐	不思議（な）	不可思議 空を飛ぶという不思議な夢を見た。 我做了一個不可思議的夢，就是在空中飛翔。	ふしぎ（な）
☐	無事（な）	平安、健康 手術が無事に終わる。 手術平安結束。	ぶじ（な）
☐	不自由（な）	不自由、不方便 体の不自由な人を助ける。 幫助身體不方便的人。	ふじゆう（な）

| □ | 物騒（な） | 騒動不安、危險 | ぶっそう（な） |
| | | 物騒な世の中になる。社會變得動盪不安。 | |

| □ | 不得意（な） | 不擅長 | ふとくい（な） |
| | | 不得意な学科は美術だ。
不擅長的科目是美術。 | |

| □ | 不慣れ（な） | 不習慣 | ふなれ（な） |
| | | 洋食の食べ方には不慣れだ。
不習慣西餐的飲食方式。 | |

| □ | 不愉快（な） | 不愉快、不開心 | ふゆかい（な） |
| | | 不愉快な思いをする。留下不愉快的回憶。 | |

| □ | 不利（な） | 不利 | ふり（な） |
| | | 不利な立場に立つ。處於不利的立場。 | |

| □ | 膨大（な） | 龐大、巨大、膨脹 | ぼうだい（な） |
| | | 開発には膨大な費用が必要になる。
開發需要龐大的費用。 | |

| □ | 豊富（な） | 豐富 | ほうふ（な） |
| | | 天然資源が豊富だ。天然資源豐富。 | |

| □ | 朗らか（な） | 開朗、愉快、響亮、晴朗 | ほがらか（な） |
| | | 朗らかに笑う。開朗的笑聲。 | |

| □ | 稀（な） | 稀少、稀奇 | まれ（な） |
| | | この地方では、雪はまれだ。
在這個地方，雪是很少見的。 | |

| □ | 見事（な） | 漂亮、精彩、出色、完全 | みごと（な） |
| | | 予想が見事に的中した。預測完全猜中了。 | |

☐	**惨め（な）**	悽惨、悲惨 試合に負けて惨めな思いをする。 比賽輸了，留下悲慘的回憶。	みじめ（な）
☐	**妙（な）**	奇怪、奇妙、特別 このスープは妙な味がする。 這道湯有著奇怪的味道。	みょう（な）
☐	**めちゃくちゃ（な）**	亂七八糟 部屋がめちゃくちゃになっている。 房間裡亂七八糟。	
☐	**厄介（な）**	麻煩、照顧、幫助 厄介な問題が起きた。發生麻煩的問題。	やっかい（な）
☐	**優秀（な）**	優秀 優秀な成績で大学を卒業する。 以優秀的成績從大學畢業。	ゆうしゅう（な）
☐	**有能（な）**	有能力、能幹、有才能 有能な人材を育成する。 培養有能幹的人材。	ゆうのう（な）
☐	**有利（な）**	有利 有利な立場を確保する。確保有利的立場。	ゆうり（な）
☐	**愉快（な）**	愉快、開心 仲間と愉快に酒を飲む。與朋友開心的喝酒。	ゆかい（な）
☐	**豊か（な）**	豐富、富裕、足夠 豊かに暮らす。富裕的生活。	ゆたか（な）
☐	**容易（な）**	容易、簡單 この問題を解くのは容易ではない。 要解開這個問題不簡單。	ようい（な）

☐	**幼稚（な）**	幼稚、年幼、不成熟 幼稚なことを言う。 説著不成熟的話。	ようち（な）
☐	**余計（な）**	多餘 余計なことをべらべらしゃべる。 太多嘴，說一些有的沒有的。	よけい（な）
☐	**楽観的（な）**	樂觀的 事態を楽観的に考える。 樂觀的思考情況。	らっかんてき（な）
☐	**乱暴（な）**	粗魯、粗暴、不講理 ドアを乱暴に閉める。 粗魯地關門。	らんぼう（な）
☐	**わずか（な）**	少許、些微 わずかな給料で生活する。 以微薄的薪水生活。	わずか（な）

☐	相次いで	相繼、接二連三 事件が相次いで起こる。事件相繼發生。	あいついで
☐	あいにく	不巧 店に行ったが、あいにく休みだった。 去了店裡卻不巧正好碰上店家休息。	
☐	あくまで	徹底、到底 あくまで戦う。奮戰到底。	
☐	あまりにも	過於、非常、太 値段があまりにも高い。價錢也太貴了。	
☐	改めて	重新＝もう一度 改めて最初からやり直す。從頭再修改一次。	あらためて
☐	あんまり	（後接否定）太、很＝あまり 運動はあんまり得意ではない。 不太擅長運動。	
☐	いくぶん	一部分、一點、少許＝少し いくぶん涼しくなった。天氣有點變涼了。	
☐	いずれ	哪個、反正、早晚、改天 いずれまたうかがいます。改天再來拜訪您。	
☐	一応	暫時、大略 一応、準備はできた。大致上準備好了。	いちおう

☐	一段と	更加 一段と腕があがる。能力更加提升了。	いちだんと
☐	一層	更加、越 雨が一層激しくなった。雨下的更大了。	いっそう
☐	いったん	一旦、既然、一次 いったんした約束は必ず守る。 既然約定好了就要遵守。	
☐	いよいよ	終於、果真、更加＝とうとう,ついに いよいよ春になった。春天終於來了。	
☐	言わば	可以說〜、說起來〜 富士山は言わば日本のシンボルだ。 富士山可以說是日本的象徵。	いわば
☐	いわゆる	所謂 彼女はいわゆる天才だ。她就是所謂的天才啊！	
☐	うかうか	漫不經心、輕浮、糊里糊塗 もうすぐ受験だから、うかうかしていられない。 馬上就要考試，不可以再漫不經心了。	
☐	うとうと	迷迷糊糊、似睡非睡的樣子 うとうとと居眠りをする。 迷迷糊糊的打起瞌睡了。	
☐	うんと	很多、非常＝非常に 前よりうんと体重が減った。 跟之前比起來體重減了很多。	
☐	遠慮なく	不客氣 遠慮なく意見を言う。不客氣的說出意見。	えんりょなく

☐	おおよそ	大概、大致＝ほぼ, およそ おおよそ見当（けんとう）がつく。大致的情況可以估計。
☐	おそらく	恐怕、也許 午後（ごご）にはおそらく晴（は）れるだろう。 午後應該會放晴。
☐	各々	各自、分別　　　　　　　　　　　　　　　おのおの 各々意見（いけん）を述（の）べる。述說各自的意見。
☐	思い切り	盡量地、盡情地、充分地　　　　　　　　　おもいきり 思（おも）い切（き）り遊（あそ）ぶ。盡情玩樂。
☐	かえって	反而、相反地 タクシーに乗（の）ったら電車（でんしゃ）よりかえって時間（じかん）が かかった。 搭乘計程車反而比電車還花時間。
☐	きっぱり	乾脆、斬釘截鐵 きっぱりと断（ことわ）る。斬釘截鐵地拒絕。
☐	ぐずぐず	慢吞吞、磨蹭、囔囔 ぐずぐずしている時間（じかん）はない。 沒有磨蹭的時間了。
☐	くれぐれも	務必、懇切地 くれぐれもお体（からだ）にお気（き）をつけ下（くだ）さい。 請您務必多加保重。
☐	現に	實際、親眼＝実際（じっさい）に　　　　　　げんに 現（げん）に見（み）た人（ひと）がいる。有親眼看到的人。
☐	ごく	最、極、非常 ごく一部（いちぶ）の人（ひと）が反対（はんたい）している。 一部分的人非常反對。

364

□	再三	再三、反覆 再三注意する。一再注意。	さいさん
□	さすが	果然、不愧、就連、甚至 一人暮らしはさすがに寂しい。 一個人生活果然很寂寞。	
□	早速	迅速、馬上＝すぐに 早速返事を出した。馬上回了信。	さっそく
□	さらに	更加、並且 さらに風が強くなる。風更強了。	
□	じかに	直接、當面 じかに話す。當面說。	
□	じきに	馬上、立刻、不遠＝すぐに,まもなく じきに参ります。馬上前往。	
□	至急	緊急、趕快 至急来てほしい。希望你趕快來。	しきゅう
□	しきりに	屢次、經常、不停地 しきりにベルが鳴る。鈴聲響個不停。	
□	始終	始終、一直、經常 彼は始終遊んでばかりいる。他始終在玩樂。	しじゅう
□	次第に	逐漸、漸漸 次第に寒くなる。漸漸變冷。	しだいに
□	実に	其實、實在＝本当に この料理は実にうまい。這道料理實在好吃。	じつに

| □ | しばしば | 經常、屢次＝たびたび |
| | | しばしば訪れる。經常造訪。 |

| □ | 順々に | 依序、逐漸　　　　　　　　　じゅんじゅんに |
| | | 仕事を順々に片づける。將工作依序整理。 |

| □ | すっきり | 暢快、舒暢、俐落 |
| | | 気分がすっきりする。心情感到舒暢。 |

□	すっと	迅速、輕快、爽快、痛快
		胸がすっとする。心裡感到痛快。
		すっと姿を消す。身影迅速消失。

| □ | すべて | 全部、所有 |
| | | 見たことをすべて話す。把看到的全說出來。 |

| □ | ずらり | 一大排 |
| | | 写真をずらりと並べる。照片排成一排。 |

□	せいぜい	最多、不過、盡力
		集まっても、せいぜい10人ぐらいだ。
		就算聚集起來，最多也才10人左右。

□	せっかく	難得、特意
		せっかくの休みだから、どこにも出けたくい。
		難得的休假，我哪裡也不想去。

| □ | せっせと | 拼命地 |
| | | せっせと働く。拼命地工作。 |

| □ | 絶対 | 絕對、一定　　　　　　　　　　ぜったい |
| | | 絶対許さない。絕對不原諒。 |

| □ | ぜひとも | 務必、一定＝ぜひ |
| | | ぜひともご出席ください。務必請您出席。 |

□	せめて	至少 せめて一週間ぐらいの休暇がほしい。 希望至少有一個星期的假期。	
□	そのうち	不久、過幾天、其中 そのうちまた来ます。過幾天會再來。	
□	絶えず	不斷地 絶えず努力する。不斷地努力。	たえず
□	ただ	僅、只、專心 ただ無事を祈る。只祈禱平安無事。	
□	直ちに	馬上、立刻、直接 直ちに集合せよ。馬上集合囉！	ただちに
□	たちまち	瞬間、突然 たちまち売り切れる。瞬間賣完。	
□	たとえ	即使、儘管 たとえ失敗しても、後悔はしない。 即使失敗也不後悔。	
□	たびたび	偶爾＝しばしば 彼はたびたびここに来る。他偶爾會來。	
□	だぶだぶ	寬鬆、鬆弛、（液體）大量倒入貌、大幅搖晃貌 だぶだぶのズボン。寬鬆的褲子。	
□	近々	不久、過幾天 近々うかがいます。過幾天去拜訪您。	ちかぢか
□	ちなみに	附帶一提、順便 ちなみに、会費は5,000円です。 附帶一提，會費是5000日元。	

□	着々と	順利 工事が着々と進む。工程順利的進行。	ちゃくちゃくと
□	ついでに	順便 ついでにタバコも買ってきてくれ。 順便幫我買包香菸。	
□	つまり	總之、也就是 たくさん売れるのは、つまり品が良いからだ。 會大賣就是產品好用。	
□	どうしても	無論如何、怎麼樣也、務必＝ぜひとも どうしても分からない。怎麼樣都不懂。 どうしても見たい。無論如何都想看。	
□	どうせ	反正 どうせやるなら、楽しくやろう。 反正都要做，就做的開心點吧！	
□	当然	當然、應該 彼なら当然そうするでしょう。 如果是他應該會這麼做吧！	とうぜん
□	当分	最近、目前 当分休みます。目前休息。	とうぶん
□	ところどころ	有些地方、到處＝あちこち ところどころ間違っている。 有些地方錯了。	
□	とっくに	早就、很早以前 森さんならとっくに帰りました。 森先生早就回家了。	

☐	**どっと**	蜂擁、忽然病重、（聲音）一起發出 ドアが開き、客がどっと入って来た。 一開門，客人蜂擁而入。
☐	**とにかく**	總而言之 とにかくやってみよう。總之試看看吧。
☐	**ともかく**	姑且不論、不論如何、不管怎樣、總之＝とにかく 留守かもしれないが、ともかく行ってみよう。 雖然有可能不在家，不論如何還是先去看看吧！
☐	**共に**	一起、共同　　　　　　　　　　　　　　ともに 友人と共に旅行に行く。和朋友一起去旅行。
☐	**とりあえず**	姑且、首先、匆忙 とりあえず必要な物はそろった。 需要的物品暫時備妥了。
☐	**なお**	還、再、更、仍然、此外 今もなお健在だ。現在還很健康。 冷やして飲めばなおうまい。 冷掉之後再喝更美味。

☐	**なぜなら**	因為、原因是〜 何とも言えない。なぜならまだ協議中だから。 一切無可奉告，因為都還在協調中。
☐	**何しろ**	不管怎樣、總之、反正、因為＝とにかく，ともかく　　なにしろ 心配するよりも何しろ一度やってみることだ。 與其在那裡擔心，不如就先做一次吧！
☐	**何分**	請、畢竟、只是因為　　なにぶん 何分よろしくお願いします。請多多指教。 何分若いので失敗も多い。 畢竟還年輕，較容易失敗。
☐	**何か**	總覺得、什麼、某些　　なんか 何か気持ち悪い。總覺得噁心。
☐	**何て**	多麼、何等　　なんて 何てすばらしい絵なんだ。 多麼棒的一幅畫呀
☐	**何で**	為什麼＝なぜ　　なんで 何で泣いているの？為什麼哭呢？
☐	**何とか**	設法、好歹、總算　　なんとか そこを何とかお願いします。 那裡就拜託你了。
☐	**なんとなく**	總覺得、不由得＝なんだか なんとなく気になる。總覺得有些在意。
☐	**何とも**	真的、實在、怎麼也　　なんとも 何とも驚いた。實在很驚訝。 何とも言えない。怎麼也不能說。

☐	何らか	某些、稍微、多少 何らかの参考にはなるだろう。 多少可以當作參考吧！	なんらか
☐	にこにこ	笑嘻嘻、笑瞇瞇 にこにこ笑う。笑嘻嘻的。	
☐	二度と	再次、二次 二度と会いたくない。不想再看到你。	にどと
☐	残らず	不剩、全部＝全部 残らず売れる。全部賣完。	のこらず
☐	後ほど	稍後 後ほど詳しく説明します。稍後會詳細說明。	のちほど
☐	はたして	果然、果真、到底 はたして結果はどうなるか。到底結果如何？ はたして彼は来なかった。他果然沒來。	
☐	はらはら	擔心、憂慮 はらはらしながら結果を待つ。 擔心地等待結果。	
☐	比較的	比較 10歳にしては比較的大きい。 以10歲來說比較大。	ひかくてき
☐	一通り	大概、一般、普通＝ざっと 一通り読む。大概看了一下。	ひととおり
☐	独りでに	自然地、自動地＝自然に 独りでにドアが開いた。門自動打開了。	ひとりでに

☐	**一人一人**	每個人　　　　　　　　　　　　　　　　　　ひとりひとり これは一人一人の責任である。 這是每個人的責任。
☐	**再び**	再次　　　　　　　　　　　　　　　　　　　ふたたび 再び挑戦する。再次挑戰。
☐	**ふと**	忽然、偶然、不經意 ふと思い出す。忽然想起。
☐	**ふわふわ**	輕飄飄、柔軟蓬鬆、浮躁 雲がふわふわと漂う。雲輕飄飄的飄著。
☐	**ほぼ**	幾乎、大致上＝大体 成功はほぼ間違いない。幾乎可以說是成功了。
☐	**ぼんやり**	模糊、隱約、無所事事、精神恍惚、發呆 山がぼんやりと見える。隱約可以看見山。 寝不足で頭がぼんやりしている。 睡眠不足感覺精神不濟。
☐	**まあまあ**	普通、尚可＝まずまず 成績はまあまあだ。成績普通。
☐	**まさに**	的確、確實、正好、即將、眼看 まさにその通りだ。的確是這樣。
☐	**ますます**	越來越～ 風がますます強くなる。風越來越強了。

		完全、實在、簡直	まったく
☐	全く	全く同じだ。完全一樣。 全く酒を飲まない。完全不喝酒。	
☐	間もなく	不久、馬上＝すぐに, じきに 間もなく電車がまいります。 電車不久就要來了。	まもなく
☐	まるで	好像、宛如 まるで夢のようだ。宛如作夢一樣。	
☐	万一	萬一、假如 万一行けなくなったら電話します。 假如不能去的話再打電話。	まんいち
☐	自ら	自己、本身 自ら過ちを認める。承認自己的過錯。	みずから
☐	むしろ	寧可、不如 休日は出かけるより、むしろ家で寝ていたい。 休假日要出門，我寧可待在家裡睡覺。	
☐	めいめい	各自、各個＝各々 お菓子をめいめいに分ける。點心各自分配。	
☐	めっきり	明顯、急劇 めっきり秋らしくなった。 明顯有秋天的感覺了。	

□	めったに	不常、不多 病院にはめったに行かない。很少去醫院。
□	もしかして	難道、說不定＝もしかしたら もしかして彼は来ないかもしれない。 說不定他不來了。
□	もしも	如果＝もし もしも負けたらどうしよう。 如果輸了怎麼辦？
□	もともと	原來、根本 もともとやる気はなかった。 原本就沒有幹勁。
□	やがて	不久、馬上、大約 やがて到着するでしょう。 馬上就要抵達了吧！
□	やや	稍微＝少し 昨日よりやや寒い。比昨天稍冷。
□	悠々	悠悠、從容不迫、悠閒　　ゆうゆう 悠々と間に合う。從容不迫地趕上了。
□	要するに	總之、總而言之　　ようするに 要するに努力不足だったのだ。 總之就是不夠努力。
□	わくわく	歡欣、雀躍 胸がわくわくする。心裡噗通噗通的跳。
□	割と	比較　　わりと 値段が割と安い。價格比較便宜。

その他 <ruby>他<rt>た</rt></ruby> 其他

☐	明くる	次、翌、第二 ▶ 明くる日次日、翌日、明くる朝 明天早上	あくる
		<ruby>明<rt>あ</rt></ruby>くる4月5日に<ruby>出発<rt>しゅっぱつ</rt></ruby>する。 明天4月5日出發。	
☐	あらゆる	所有	
		あらゆる<ruby>機会<rt>きかい</rt></ruby>を<ruby>利用<rt>りよう</rt></ruby>する。利用所有的機會。	
☐	ある	某、某個	
		それはある<ruby>日<rt>ひ</rt></ruby>のことだった。 那是某天發生的事了。	
☐	単なる	單純、只是	たんなる
		<ruby>単<rt>たん</rt></ruby>なるうわさにすぎない。 只不過是單純的謠言。	
☐	ちょっとした	相當、一點、微不足道、稍微	
		ちょっとしたお<ruby>土産<rt>みやげ</rt></ruby>がある。 微不足道的伴手禮。 ちょっとしたブームを<ruby>呼<rt>よ</rt></ruby>ぶ。 引起相當大的熱潮。	
☐	ほんの	一點點	
		ほんの<ruby>少<rt>すこ</rt></ruby>ししかない。 我只有一點點。	
☐	我が〜	我的、我們的	わが〜
		<ruby>我<rt>わ</rt></ruby>が<ruby>校<rt>こう</rt></ruby>が<ruby>試合<rt>しあい</rt></ruby>に<ruby>勝<rt>か</rt></ruby>った。 我的學校贏得了比賽。	
☐	従って	因此、所以	したがって
		<ruby>雨<rt>あめ</rt></ruby>が<ruby>降<rt>ふ</rt></ruby>っている。<ruby>従<rt>したが</rt></ruby>って<ruby>遠足<rt>えんそく</rt></ruby>は<ruby>中止<rt>ちゅうし</rt></ruby>する。 下雨了，因此取消遠足。	
☐	そこで	因此、因而	
		<ruby>疲<rt>つか</rt></ruby>れてきた。そこで<ruby>少<rt>すこ</rt></ruby>し<ruby>休<rt>やす</rt></ruby>むことにした。 因為覺得很累，所以決定休息一下。	

☐	その上	而且、再加上 そのうえ 風が強い。その上雨が降りだした。 風很強，而且又開始下雨了。
☐	そのため	因此、為此 雪が降った。そのため、道が込んでいる。 下雪了，所以路上塞車。
☐	それでも	即使、就算＝それにもかかわらず みんなに反対された。それでも私はやる。 就算大家都反對，我還是要做。
☐	それどころか	不僅～而且～ 勉強しても成績が上がらない。それどころか 下がっている。 就算認真讀書成績也沒有變好，不但如此，而且還變差了。
☐	それとも	或是 明日にする、それとも明後日の方がいい？ 要明天或是後天比較好呢？
☐	それなのに	儘管～可是～ 彼は来ると約束した。それなのに来なかった。 儘管和他約好了，但是他還是沒有出現。
☐	それにしても	即使、就算 それにしても電話ぐらいはできるはずだ。 即使這樣，至少可以打個電話吧！
☐	ただし	不過、但是 明日運動会を行う。ただし雨の場合は中止する。 明天要舉辦運動會，但是如果下雨就停辦。
☐	すなわち	正是、即是 日本の首都すなわち東京。 日本的首都即是東京。

□	ところが	然而、可是 早めに家を出た。ところが道が込んで遅れてしまった。 雖然提早出門，可是路上塞車，還是遲到了。
□	ところで	（轉換話題）對了 ところでお仕事の方はどうですか？ 對了，工作方面怎麼樣了呢？
□	あるいは	或者、或 塩あるいはしょうゆを入れてください。 請放入鹽巴或醬油。
□	さて	（轉換話題）那麼 さて発表に入りますが。那麼就開始進行發表。
□	しかも	而且 この店は安くて、しかも味がよい。 這間店便宜而且味道很棒。
□	のみ	只、僅 後は結果を待つのみだ。之後只能等待結果了。

カタカナ　片假名

☐ **アクセント**
重音、語調
言葉のアクセントを調べる。確認單字的重音。

☐ **ウイスキー**
威士忌
水割りのウイスキーを飲む。飲用摻水的威士忌。

☐ **ウール**
羊毛、毛織品
ウールコートを買う。購買羊毛大衣。

☐ **エチケット**
禮節、禮貌
エチケットを守る。遵守禮貌。

☐ **オーケストラ**
管弦樂
オーケストラの演奏を聞く。聽管弦樂的演奏。

☐ **オートメーション**
自動化、自動操作
工場のオートメーション化を進める。
進行工廠自動化操作。

☐ **オーバー**
超過
制限時間をオーバーする。超過限制時間。

☐ **オリンピック**
奧運
オリンピックで金メダルをとる。在奧運取得金牌。

☐ **カー**
車（子）
カーセンターで車を直してもらった。
在車廠修好了車子。

☐ **キャプテン**
隊長、領隊
チームのキャプテンになる。擔任團隊隊長。

☐ **クラシック**
古典
クラシック音楽を楽しむ。享受古典音樂。

□	クラブ	社團、俱樂部 テニスクラブに入る。加入網球社。
□	グランド	大型、大規模 グランドセールを行う。舉辦大型拍賣。
□	クリーム	奶油 生クリームのケーキを作る。製作生奶油蛋糕。
□	クリスマス	聖誕節 今年もクリスマスがやって来た。今年聖誕節終於來了。
□	コース	路線、課程 登山コースから外れる。偏離登山路線。
□	コーチ	指導、教練 野球をコーチする。指導棒球。
□	コール	打電話、呼叫、呼籲 何度コールしても応答がない。 不管呼叫了幾次都沒有回應。
□	コック	廚師 彼はホテルでコックをしている。他在飯店擔任廚師。
□	コミュニケーション	交流、溝通 コミュニケーションが足りない。溝通不足。
□	コレクション	收集、收藏 時計のコレクションを始める。開始收藏時鐘。
□	コンクール	比賽 コンクールに参加する。參加比賽。
□	コンクリート	混凝土 コンクリートで固める。用混凝土固定。

☐	サークル	社團、同好會 サークルに入る。加入社團。
☐	サイレン	警笛、警報器 救急車がサイレンを鳴らす。救護車鳴起警笛聲。
☐	シーズン	季節 海水浴のシーズンが近づいてきた。 又接近海邊玩水的季節了。
☐	ジーンズ	牛仔褲 ジーンズをはく。穿牛仔褲。
☐	ジャーナリスト	記者 将来はジャーナリストになりたい。將來想成為記者。
☐	シャッター	鐵捲門 店のシャッターを降ろす。拉下店鋪的鐵捲門。
☐	ジョギング	慢跑 毎朝ジョギングをする。每天早上都會慢跑。
☐	シリーズ	系列 好きな作家のシリーズの本を買う。 購買喜歡的作家一系列的書。
☐	スープ	湯品 スープを飲む。喝湯。
☐	スキー	滑雪 冬はスキーによく行く。冬天經常去滑雪。
☐	スタート	開始 午前10時にスタートする。早上十點開始。

	ステージ	舞台 ステージに立つ。站上舞台。
☐	スポンサー	廣告主、贊助單位、資助者 広告のスポンサーになる。成為廣告的贊助單位。
☐	ゼミ	研討會 ゼミで発表する。在研討會發表。
☐	セメント	水泥 セメントで家を建てる。用水泥蓋房子。
☐	タイヤ	輪胎 タイヤに空気を入れる。把空氣灌進輪胎。
☐	ダイヤ	鑽石、列車時刻表 ダイヤの指輪。鑽石戒指。 ダイヤどおりに電車が来る。電車依時刻表進站。
☐	チーズ	起司、乳酪 牛乳からチーズを作る。用牛奶做起司。
☐	チーム	團隊 チームのためにがんばる。為了這個團隊，我會努力。
☐	デート	約會 彼女とデートする。和女朋友約會。
☐	テーマ	主題、題目 論文のテーマを決める。決定論文的題目。
☐	テント	帳篷 テントを張る。搭帳篷。
☐	テンポ	步調、拍子、速度 速いテンポで歩く。走路速度很快。

| □ | トランプ | 撲克牌 |
| | | トランプで占う。用撲克牌算命。 |

| □ | ナイロン | 尼龍 |
| | | ナイロンは火に弱い。尼龍怕火。 |

| □ | ナンバー | 號碼 |
| | | ナンバーをつける。標上號碼。 |

| □ | バイオリン | 小提琴 |
| | | バイオリンを弾く。拉小提琴。 |

| □ | パイプ | 導管、管子、煙斗 |
| | | 寒さで水道のパイプが凍ってしまう。
由於天氣嚴寒，自來水的水管都凍結了。 |

| □ | パイロット | 飛行員、領航員 |
| | | 飛行機のパイロットになる。成為飛行員。 |

| □ | パターン | 類型、模式、樣式、圖案、句型 |
| | | 問題のパターンを分析する。分析問題類型。 |

| □ | バッグ | 包包 |
| | | 手にバッグを提げる。手裡拿著包包。 |

| □ | バランス | 平衡、均衡 |
| | | 栄養のバランスをとる。營養要均衡。 |

| □ | パンツ | 內褲、短褲 |
| | | ショートパンツをはく。穿短褲。 |

| □ | ハンドル | 方向盤 |
| | | ハンドルを右に切る。把方向盤往右打。 |

| □ | ピストル | 手槍 |
| | | ピストルを撃つ。開槍。 |

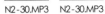
☐	ビニール	塑膠、乙烯基 大量のビニール袋を使用する。大量使用塑膠袋。
☐	ピンポン	桌球、乒乓球 友達とピンポンをする。和朋友打桌球。
☐	ブーム	熱潮、潮流 ブームを呼ぶ。引發熱潮。
☐	フライパン	平底鍋 肉をフライパンに入れて炒める。把肉放進平底鍋拌炒。
☐	プラスチック	塑膠 プラスチックの椅子は軽い。塑膠製的椅子很輕。
☐	プラットホーム	月台 プラットホームに人があふれる。月台擠滿了人。
☐	フリー	免費、自由 フリーな立場で発言する。站在自由的立場發言。 ここでの飲み物はフリーです。這裡的飲料是免費的。
☐	フルーツ	水果 食後にフルーツを食べる。飯後吃水果。
☐	プロ	專家 アマチュアからプロになる。從業餘變成專家。
☐	ブローチ	胸針 ブローチを胸につける。在胸口別上胸針。
☐	プログラム	節目、程序、方案、計劃 効果的な教育プログラムを立てる。 制定有效果的教育計劃。

□	ベテラン	老手、老鳥、經驗豐富的人 山口さんは経歴20年のベテランだ。 山口先生是有20年經驗的老鳥。
□	ヘリコプター	直升機 ヘリコプターで運ぶ。用直升機運送。
□	ペンキ	油漆 ペンキを塗る。塗油漆。
□	ベンチ	長椅 公園のベンチに座る。坐在公園的長椅。
□	ホームステイ	寄宿家庭 海外でホームステイする。在國外 homestay。
□	マーケット	市場、商場 マーケットを広げる。擴大市場。
□	マイク	麥克風 マイクを通じて話す。透過麥克風說話。
□	マイペース	我行我素 マイペースで仕事をする。以自己的方法做事。
□	マスター	精通、老闆、師傅 フランス語をマスターする。精通法語。
□	ミシン	縫紉機、裁縫機 ミシンで服を作る。用縫紉機做衣服。
□	メモ	記錄、筆記 要点をメモする。記錄重點。
□	メリット	優點、長處 何のメリットもない。什麼優點也沒有。

☐	モーター	馬達 モーターを止める。停止馬達。
☐	モダン	摩登、時髦 モダンな建物を建てる。建造時髦的建築物。
☐	モデル	模特兒、模型、範本 写真のモデルになる。擔任寫真模特兒。
☐	モノレール	單軌、單軌火車 新しいモノレールが開通する。新的單軌電車開通了。
☐	ユーモア	幽默 彼はユーモアが通じない人だ。他是不懂幽默的人。
☐	ヨット	遊艇、帆船 ヨットに乗る。搭乘帆船。
☐	ライター	打火機 ライターで火をつける。用打火機點火。
☐	ラケット	球拍 ラケットが折れてしまう。球拍斷掉了。
☐	ラッシュアワー	尖峰時間 朝夕のラッシュアワーは道が大変込む。 早晚上下班的尖峰時間路都上很塞。
☐	リズム	節奏、格調 音楽のリズムに合わせて踊る。配合音樂的節奏跳舞。
☐	リハーサル	排演、排練 演劇のリハーサルをする。進行戲劇的排練。

☐	レクリエーション	娛樂、消遣 ストレス解消のために、レクリエーションも必要だ。 為了解除壓力，安排消遣娛樂也是必要的。
☐	レジャー	娛樂、空閒、閒暇 レジャー活動が盛んに行われる。盛大舉行娛樂活動。
☐	レポーター	報告者、採訪記者 レポーターを務める。擔任採訪記者一職。
☐	レンタル	租借 自転車をレンタルして観光地を巡る。 租借腳踏車騎行到各個觀光地。
☐	ロケット	火箭 ロケットを発射する。發射火箭。
☐	ロッカー	（有鎖的）置物櫃 荷物を入れてロッカーに鍵をかける。 行李放進置物櫃後上鎖。
☐	ワイン	葡萄酒、紅酒 ぶどうからワインを生産する。用葡萄製造紅酒。

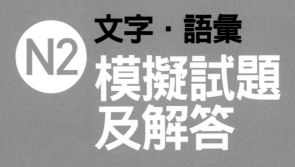

N2 文字・語彙
模擬試題
及解答

問題1 ＿＿＿の言葉の読み方として最もよいものを、1・2・3・4から一つ選びなさい。

1 この辺りは都会に比べて、水も空気もきれいだ。
   1 まわり　　　　2 あたり　　　　3 さわり　　　　4 くだり

2 物の値段は、需要と供給の関係で決まる。
   1 しゅうよ　　　2 じゅうよ　　　3 しゅよう　　　4 じゅよう

3 職業の選択は慎重にしたほうがいいよ。
   1 しんじゅう　2 しんちょう　3 ちんじょう　4 ちんちゅう

4 最近、食の安全が危うくなっている。
   1 あぶうく　　　2 あやうく　　　3 わるうく　　　4 わやうく

5 窓から遠くの山を眺める。
   1 あつめる　　　2 きめる　　　　3 ながめる　　　4 よわめる

問題2 ＿＿＿の言葉の漢字で書くとき、最もよいものを1・2・3・4から一つ選びなさい。

6 駅のかいさつのところで待ち合わせをした。
   1 改札　　　　　2 開札　　　　　3 改礼　　　　　4 開礼

7 冬は空気がかんそうするから、火事が起きやすい。
   1 干燥　　　　　2 干操　　　　　3 乾燥　　　　　4 乾操

8　寝不足が続いて、体の調子を<u>くずして</u>しまった。
　　1 壊して　　　　2 崩して　　　　3 流して　　　　4 治して

9　大気汚染は世界的に<u>しんこく</u>な問題である。
　　1 深択　　　　2 探択　　　　3 深刻　　　　4 探刻

10　<u>しばふ</u>の中に入らないでください.
　　1 草原　　　　2 芝生　　　　3 庭園　　　　4 土地

問題3　（　　　　）に入れるのに最もよいものを1・2・3・4から一つ選びなさい。

11　あの建物はまだ（　　　　）完成である。
　　1 未　　　　　2 非　　　　　3 低　　　　　4 無

12　私の説明が（　　　　）完全でしたら、どうぞ質問してください。
　　1 悪　　　　　2 不　　　　　3 弱　　　　　4 反

13　高校生の大学への進学（　　　　）は、年々増加している。
　　1 倍　　　　　2 度　　　　　3 差　　　　　4 率

14　この商店（　　　　）には、おおぜいの人が買い物に来る。
　　1 先　　　　　2 地　　　　　3 街　　　　　4 町

15　この国では、農業の機械（　　　　）がまだ進んでいない。
　　1 性　　　　　2 化　　　　　3 的　　　　　4 度

問題4 （　　　）に入れるのに最もよいものを1・2・3・4から
　　　一つ選びなさい。

16 友人から借金を頼まれたが、（　　　）断った。
　　1 きっぱり　　　2 がっかり　　　3 ゆっくり　　　4 ぴったり

17 収入と支出の（　　　）を考えて買い物をしなければならない。
　　1 アドバイス　2 バランス　　　3 マーケット　4 チーム

18 大雨で川が溢れて、（　　　）ひがいを受けた。
　　1 適切な　　　2 強気な　　　3 莫大な　　　4 幸いな

19 彼はテーマと関係のない発言をして、会議の進行を（　　　）。
　　1 さまたげた　2 ふせいだ　　　3 えがいた　　4 おぎなった

20 彼は仕事に失敗して財産を全部（　　　）しまった。
　　1 あまって　　2 うしなって　3 ふやして　　4 まよって

21 スーツを買うとき、店員に（　　　）をはかってもらった。
　　1 順番　　　　2 寸法　　　　3 案内　　　　4 規模

22 友達が、貸した本をなかなか返してくれないので、（　　　）
した。
　　1 強制　　　　2 報告　　　　3 引退　　　　4 催促

問題5 _____ の言葉に意味が最も近いものを、1・2・3・4から
一つ選びなさい。

23 今度の試合では、<u>おそらく</u>島田選手が勝つだろう。

1 もし   2 たぶん   3 けっして   4 あいにく

24 環境問題は、人類だけでなく<u>すべての</u>生物にとって重大な問題だ。

1 あらゆる   2 ある   3 いわゆる   4 かぎりある

25 そんな派手は服装は<u>みっともない</u>からやめてほしい。

1 あつかましい   2 みぐるしい

3 なつかしい   4 ひとしい

26 専門用語を<u>用いて</u>説明する。

1 おぎなって   2 ふさいで

3 つかって   4 まねて

27 とても<u>退屈な</u>映画だったので、途中で寝てしまった。

1 ちからづよい   2 けわしい

3 つまらない   4 はなはだしい

問題6　次の言葉の使い方として最もよいものを、1・2・3・4から 一つ選びなさい。

28　マスター

1 データをいくつかのマスターに分ける。

2 円高によって、海外旅行がマスターとなっている。

3 ひとつの外国語をしっかりマスターするのは非常に難しい。

4 制限時間をマスターする場合は、不合格になります。

29　緊張_{きんよう}

1 道路の緊張工事のために交通規制をしている。

2 緊張なときはガムを噛むといいらしい。

3 試験の前で緊張が高まっている。

4 彼は自分の緊張を最後までまげなかった。

30　おさめて

1 彼は部下の失敗をきびしくおさめた。

2 毎月スポーツクラブの会費をおさめている。

3 何度失敗しても、おさめないでがんばる。

4 乗客は私をおさめて5人だけだった。

31 粗末
そ まつ

1 あなたの粗末な意見を聞かせてほしい。

2 食べ物を粗末してはいけない。

3 私は昔から数学が粗末だ。

4 子供が作った物だから粗末なのは当然だ。

32 次第に
し だい

1 景気は次第に回復しつつある。

2 山の上から見る景色は、次第に美しい。

3 タクシーに乗ったら電車より次第に時間がかかった。

4 あいさつは抜きにして、次第に会議を始めましょう。

•解答

1②	2④	3②	4②	5③	6①	7③	8②	9③	10②
11①	12②	13④	14③	15②	16①	17②	18③	19①	20②
21②	22④	23②	24①	25②	26③	27③	28③	29③	30②
31④	32①								

•分析

問題1

1　この辺り（あたり）は都会に比べて、水も空気もきれいだ。
這附近跟都市比起來，水和空氣都很乾淨。

2　物の値段は、需要（じゅよう）と供給の関係で決まる。
物價是由需要及供給來決定的。

3　職業の選択は慎重（しんちょう）にしたほうがいいよ。
選擇職業最好要慎重一點。

4　最近、食の安全が危うく（あやうく）なっている。
近來食品安全令人擔憂。

5　窓から遠くの山を眺める（ながめる）。
從窗戶眺望遠山。

問題2

6　駅のかいさつ（改札）のところで待ち合わせをした。
在車站的剪票處會合。

7　冬は空気がかんそう（乾燥）するから、火事が起きやすい。
冬天空氣乾燥，容易發生火災。

8　寝不足が続いて、体の調子をくずして（崩して）しまった。
一直睡眠不足，身體都搞壞了。

9　大気汚染は世界的にしんこく（深刻）な問題である。
空氣汙染是世界性嚴重的問題。

10 しばふ（芝生）の中に入らないでください。
請不要踐踏草皮。

問題3

11 あの建物はまだ（未）完成である。
那棟建築物尚未完成。

12 私の説明が（不）完全でしたら、どうぞ質問してください。
我的說明若不完整，請提出問題。

13 高校生の大学への進学（率）は、年々増加している。
高中生進大學的升學比率逐年增加。

14 この商店（街）には、おおぜいの人が買い物に来る。
這條商店街會有許多人來買東西。

15 この国では、農業の機械（化）がまだ進んでいない。
這個國家尚未推進農業機械化。

問題4

16 友人から借金を頼まれたが、（きっぱり）断ことわった。
朋友向我借錢，但是我斷然拒絕了。

17 収入と支出の（バランス）を考えて買い物をしなければならない。
必須考量收支平衡才能購買。

18 大雨で川が溢れて、（莫大な）ひがいを受けた。
因為大雨使得河川氾濫，進而遭受莫大的損失。

19 彼はテーマと関係のない発言をして、会議の進行を（さまたげた）。
他發表無關緊要的言論，妨礙會議進行。

20 彼は仕事に失敗して財産を全部（うしなって）しまった。
他經商失敗，失去全部財產。

21 スーツを買うとき、店員に（寸法）をはかってもらった。
挑選襯衫時，請店員幫忙量尺寸。

22 友達が、貸した本をなかなか返してくれないので、（催促）した。
借給朋友的書一直沒有還我，只好向他催討。

23 今度の試合では、おそらく（＝たぶん）島田選手が勝つだろう。
這次比賽，大概是島田選手勝利吧！

24 環境問題は、人類だけでなくすべての（＝あらゆる）生物にとって重大な問題だ。
有關環境問題，不只人類，對所有生物來說都是很重要的課題。

25 そんな派手は服装はみっともない（＝みぐるしい）からやめてほしい。
這麼華麗的衣服不好看，希望你不要穿。

26 専門用語を用いて（＝つかって）説明する。
使用專門術語說明。

27 とても退屈な（＝つまらない）映画だったので、途中で寝てしまった。
電影實在很無聊，看到一半就睡著了。

28 ひとつの外国語をしっかりマスターするのは非常に難しい。
要精通一種外語是非常困難的。

29 試験の前で緊張が高まっている。
考試前緊張氣氛更高漲。

30 毎月スポーツクラブの会費をおさめている。
每個月要繳交運動俱樂部的會費。（納める：繳交、繳納）

31 子供が作った物だから粗末なのは当然だ。
因為是小孩子做的，簡陋是理所當然的。

32 景気は次第に回復しつつある。
景氣逐漸恢復當中。

JLPT

N1

□ 愛好	愛好、喜好	あいこう
□ 愛想	對人的態度、對人的信賴感	あいそう
□ 間柄	親人之間的關係、交情	あいだがら
□ あお向け	仰臥	あおむけ
□ 証	證據、證明	あかし
□ 悪臭	惡臭	あくしゅう
□ 悪循環	惡性循環	あくじゅんかん
□ 朝飯前	輕而易舉	あさめしまえ
□ 斡旋	斡旋	あっせん
□ 圧倒	壓倒	あっとう
□ 圧迫	壓迫、迫脅	あっぱく
□ 圧力	壓力	あつりょく
□ 後片付け	善後、收尾	あとかたづけ
□ 跡継	繼承人、接班人	あとつぎ
□ 後回し	延後、向後延	あとまわし
□ 油絵	油畫	あぶらえ
□ 天下り	下凡的神人、（比喻從上而下的嚴令）天朝聖旨、空降部隊	あまくだり
□ ありのまま	實際、實態	
□ 暗算	心算、（有謀略地）暗算	あんざん
□ 暗示	暗示、潛移默化	あんじ

□ 安静	安穩、（為了治療疾病而必須）沉靜入眠	あんせい
□ 安堵	安心	あんど
□ 言い分	表述、藉口、責難的言語	いいぶん
□ 遺憾	遺憾	いかん
□ 異議	異議	いぎ
□ 生甲斐	生存的價值、生存的意義	いきがい
□ 偉業	偉業	いぎょう
□ 意気地	成事所有的好勝、堅持己見	いくじ
□ 意向	意向	いこう
□ 居心地	居住或存在某地方的感覺	いごこち
□ 意地	根性、意志、（對食物的）貪欲	いじ
□ 衣装	衣裝、服裝	いしょう
□ 遺跡	遺跡	いせき
□ 依存	依存	いぞん
□ 委託	委託	いたく
□ 頂	頂端部	いただき
□ 一丸	團結一致	いちがん
□ 一括	統整在一起、統括、統整在一起的東西	いっかつ
□ 一刻	短時間、（日本為30分鐘）一刻鐘、冥頑不靈	いっこく
□ 逸材	逸才、卓越的人材	いつざい
□ 意図	意圖	いと
□ 異動	異動 ▶ 人事異動（じんじ いどう） 人事異動	いどう

☐ いやみ	感覺討厭、惹人不悅的言行		
☐ 依頼	依賴		いらい
☐ 威力	威力		いりょく
☐ 色合い	色調、傾向		いろあい
☐ 違和感	不協調感、不搭感、總覺得哪怪怪的		いわかん
☐ 印鑑	印鑑、印章		いんかん
☐ 隠居	退位、下野、歸隱山林		いんきょ
☐ 引率	率領、帶領		いんそつ
☐ 渦	漩渦		うず
☐ 内訳	（金錢、物品的）明細		うちわけ
☐ 器	容器、（人的）氣量		うつわ
☐ 売れ筋	熱銷、人氣商品		うれすじ
☐ 運搬	搬運		うんぱん
☐ 運命	命運		うんめい
☐ 映像	影像、影片		えいぞう
☐ 英雄	英雄		えいゆう
☐ 閲覧	閱覽		えつらん
☐ 獲物	獵物、戰利品		えもの
☐ 襟	衣領		えり
☐ 沿岸	沿岸		えんがん
☐ 演出	演出指導		えんしゅつ
☐ 延滞	延滯		えんたい

□ 縁談	說媒、作媒	えんだん
□ 生い立ち	成長、成長過程	おいたち
□ 黄金	黃金、重要的	おうごん
□ 大筋	大綱	おおすじ
□ 公	政府、國邦、公眾、公表、（古代）朝廷	おおやけ
□ お世辞	客套話	おせじ
□ 同い年	同齡	おないどし
□ 思惑	預先考量著的事及意圖、他人對自己言行的評價	おもわく
□ 折り返し	折返、折返點	おりかえし
□ 俺	（粗魯的）我、老子	おれ
□ 卸売り	批發、批發商	おろしうり

□ 改革	改革	かいかく
□ 外観	外觀	がいかん
□ 階級	階級	かいきゅう
□ 解雇	解雇	かいこ
□ 介護	照護	かいご
□ 改修	修補	かいしゅう
□ 怪獣	怪獸	かいじゅう
□ 解除	解除	かいじょ
□ 概説	概要	がいせつ

□ 階層	（分別）階級、樓層	かいそう
□ 開拓	開拓	かいたく
□ 怪談	怪談	かいだん
□ 害虫	害蟲	がいちゅう
□ 改定	修定	かいてい
□ 改訂	修訂	かいてい
□ 街頭	街頭	がいとう
□ 該当	符合資格、條件	がいとう
□ 介入	介入	かいにゅう
□ 海抜	海拔	かいばつ
□ 回避	迴避	かいひ
□ 介抱	看護	かいほう
□ 解剖	解剖	かいぼう
□ 概要	概要	がいよう
□ 回覧	傳閱	かいらん
□ 改良	改良	かいりょう
□ かかりつけ	固定找同一個醫師看診	
□ 核	核心	かく
□ 額	額	がく
□ 格差	（資格、等級、價格等的）差別	かくさ
□ 拡散	擴散	かくさん
□ 各種	各種	かくしゅ

☐ 隔週	隔週		かくしゅう
☐ 革新	革新		かくしん
☐ 確信	確信		かくしん
☐ 確定	確定		かくてい
☐ 獲得	獲得		かくとく
☐ 楽譜	樂譜		がくふ
☐ 革命	革命		かくめい
☐ 確立	確立		かくりつ
☐ 学歴	學歷		がくれき
☐ 崖	懸崖		がけ
☐ 家計	家計		かけい
☐ 駆け引き	進退		かけひき
☐ 下限	下限、最低點		かげん
☐ 箇条書き	逐條分項地寫出		かじょうがき
☐ 過疎	人煙稀少		かそ
☐ 片思い	單戀、單相思		かたおもい
☐ 片言	話中的一部分、（幼兒、外國人所説）生澀不穩的語言		かたこと
☐ 片隅	一角		かたすみ
☐ 傍ら	一旁、身邊		かたわら
☐ 加担	協力、協助		かたん
☐ 花壇	花圃		かだん
☐ 家畜	家畜		かちく

☐ 合致	一致、相合	がっち
☐ 合併	合併	がっぺい
☐ 株式	股份	かぶしき
☐ 株主	股東	かぶぬし
☐ 花粉	花粉	かふん
☐ 貨幣	貨幣	かへい
☐ 過密	過度稠密	かみつ
☐ 狩り	採集、狩獵、觀賞、採集（植物）	かり
☐ 過労	過勞	かろう
☐ 勘	直覺	かん
☐ 間隔	間隔	かんかく
☐ 完結	終結	かんけつ
☐ 還元	還原	かんげん
☐ 看護	看護	かんご
☐ 刊行	刊行	かんこう
☐ 慣行	慣性行為、自古流傳下來的風俗習慣	かんこう
☐ 勧告	勸告	かんこく
☐ 換算	換算	かんさん
☐ 感受性	感受性	かんじゅせい
☐ 願書	志願書、申請書、對神佛的祈願文書	がんしょ
☐ 干渉	干涉	かんしょう
☐ 勘定	結帳、算錢	かんじょう

☐ 感触	感觸、觸感		かんしょく
☐ 関税	關税		かんぜい
☐ 感染	感染		かんせん
☐ 元旦	元旦		がんたん
☐ 幹部	幹部		かんぶ
☐ 勘弁	饒恕、原諒		かんべん
☐ 勧誘	勧誘		かんゆう
☐ 関与	關乎、事關		かんよ
☐ 観覧	參觀		かんらん
☐ 官僚	官僚		かんりょう
☐ 慣例	慣例		かんれい
☐ 貫禄	膽識、威嚴		かんろく
☐ 緩和	緩和		かんわ
☐ 器械	器械		きかい
☐ 危害	危害		きがい
☐ 規格	規格		きかく
☐ 気兼ね	顧忌、客氣		きがね
☐ 器官	器官		きかん
☐ 効き目	効用、効能		ききめ
☐ 戯曲	戲曲		ぎきょく
☐ 基金	基金		ききん
☐ 危惧	畏懼		きぐ

☐	喜劇	喜劇	きげき
☐	議決	決議	ぎけつ
☐	棄権	棄權	きけん
☐	起源	起源	きげん
☐	機構	機構	きこう
☐	既婚	已婚	きこん
☐	記載	記載	きさい
☐	兆し	兆頭	きざし
☐	気性	秉性	きしょう
☐	犠牲	犧牲	ぎせい
☐	奇跡	奇蹟	きせき
☐	寄贈	捐獻、捐贈	きぞう
☐	偽造	偽造、假造	ぎぞう
☐	規定	規定	きてい
☐	機転	機靈	きてん
☐	軌道	軌道	きどう
☐	技能	技能	ぎのう
☐	規範	規範	きはん
☐	気品	很有氣質、氣息高尚	きひん
☐	気風	風氣、風度、氣度	きふう
☐	起伏	起伏	きふく
☐	決め手	致勝關鍵、最後決策者	きめて

☐ 規約	規約		きやく
☐ 逆上	怒火攻心		ぎゃくじょう
☐ 逆転	逆轉		ぎゃくてん
☐ 脚本	編劇、劇本		ぎゃくほん
☐ 却下	駁回、（法廷上）反對無效		きゃっか
☐ 救急	急救		きゅうきゅう
☐ 究極	終極		きゅうきょく
☐ 救済	救濟		きゅうさい
☐ 宮殿	宮殿		きゅうでん
☐ 窮乏	貧乏		きゅうぼう
☐ 丘陵	丘陵		きゅうりょう
☐ 寄与	貢獻		きよ
☐ 驚異	驚異		きょうい
☐ 脅威	威脅		きょうい
☐ 業界	業界		ぎょうかい
☐ 恐喝	恐嚇、恫嚇		きょうかつ
☐ 共感	同感、共鳴		きょうかん
☐ 協議	協議		きょうぎ
☐ 境遇	境遇		きょうぐう
☐ 教訓	教訓		きょうくん
☐ 強行	強行		きょうこう
☐ 教材	教材		きょうざい

□ 凶作	歉收	きょうさく
□ 享受	享受	きょうじゅ
□ 教習	（特別技術的）教學、講習	きょうしゅう
□ 郷愁	郷愁	きょうしゅう
□ 強制	強制	きょうせい
□ 行政	行政	ぎょうせい
□ 業績	成效、業績、成就	ぎょうせき
□ 共存	共存	きょうぞん
□ 協定	協定	きょうてい
□ 郷土	郷土	きょうど
□ 脅迫	脅迫	きょうはく
□ 業務	業務	ぎょうむ
□ 共鳴	共鳴	きょうめい
□ 業者	業者	ぎょうしゃ
□ 郷里	故郷、故里	きょうり
□ 極端	極端	きょくたん
□ 局面	局面	きょくめん
□ 漁船	漁船	ぎょせん
□ 拒否	拒絕	きょひ
□ 許容	容許	きょよう
□ 疑惑	疑惑	ぎわく
□ 近眼	近視、目光短淺	きんがん

☐ 均衡	均衡		きんこう
☐ 緊迫	緊迫		きんぱく
☐ 吟味	抽絲剝繭地調查、細心挑選、調查罪狀、吟味		ぎんみ
☐ 禁物	切忌、嚴禁		きんもつ
☐ 勤労	勤勞		きんろう
☐ 空腹	空腹		くうふく
☐ 苦言	忠言、諫言、苦口婆心的話		くげん
☐ 愚痴	發牢騷		ぐち
☐ 駆逐	驅逐		くちく
☐ くちばし	喙		
☐ 口元	嘴角		くちもと
☐ 口調	口吻		くちょう
☐ 愚問	愚蠢的提問、自謙自己的提問		ぐもん
☐ 玄人	專家；陪酒女郎、藝妓等		くろうと
☐ 群衆	群眾		ぐんしゅう
☐ 経緯	經緯、事情的經過		けいい
☐ 経過	經過		けいか
☐ 警戒	警戒		けいかい
☐ 軽減	輕減		けいげん
☐ 掲載	刊載		けいさい
☐ 軽視	輕視		けいし
☐ 傾斜	傾斜		けいしゃ

□ 形状	形狀	けいじょう
□ 形勢	形勢	けいせい
□ 形態	形態	けいたい
□ 刑罰	刑罰	けいばつ
□ 経費	經費	けいひ
□ 啓蒙	啟蒙	けいもう
□ 経歴	經歷	けいれき
□ 経路	通道、過程	けいろ
□ 激減	快速減少	げきげん
□ 劇団	劇團	げきだん
□ 激励	激勵	げきれい
□ 決意	決心	けつい
□ 決行	斷然執行	けっこう
□ 血行	血液循環	けっこう
□ 結合	結合	けつごう
□ 決算	決算	けっさん
□ 月謝	每個月的學費	げっしゃ
□ 欠如	欠佳	けつじょ
□ 決勝	決勝	けっしょう
□ 結晶	結晶	けっしょう
□ 結成	（會、團體）創立、成立	けっせい
□ 結束	用繩子綁成一束一束的、（同樣意志者間的）團結	けっそく

□ 決断	決斷	けつだん
□ 月賦	按月付款	げっぷ
□ 欠乏	缺乏	けつぼう
□ 獣	野獸	けもの
□ 権威	權威	けんい
□ 嫌悪	厭惡	けんお
□ 原形	原形	げんけい
□ 懸賞	（提出優秀作品獲選得名而得到的）賞金、獎品	けんしょう
□ 厳選	嚴選	げんせん
□ 幻想	空想、幻想	げんそう
□ 原則	原則	げんそく
□ 減点	扣分、扣掉的分數	げんてん
□ 健闘	奮鬥	けんとう
□ 原動力	原動力	げんどうりょく
□ 圏内	範圍內、圈內	けんない
□ 倹約	節約	けんやく
□ 兼用	兩用、兼用	けんよう
□ 原論	原論、一件事情根本的理論	げんろん
□ 行為	行為	こうい
□ 公益	公益	こうえき
□ 交易	交易	こうえき
□ 航海	航海	こうかい

☐	後悔	後悔	こうかい
☐	抗議	抗議	こうぎ
☐	合議	共同討論、合議	ごうぎ
☐	好況	狀況好、景氣好	こうきょう
☐	高原	高原	こうげん
☐	公言	聲言、公開表示	こうげん
☐	考古学	考古學	こうこがく
☐	鉱山	礦山	こうざん
☐	口述	口述	こうじゅつ
☐	控除	扣除	こうじょ
☐	交渉	交涉	こうしょう
☐	香辛料	香辣味調味料	こうしんりょう
☐	降水	下雨、下雪；下的雨、下的雪	こうすい
☐	洪水	洪水、（物品）多到四處可見	こうずい
☐	公然	公然	こうぜん
☐	構想	構想	こうそう
☐	抗争	抗爭	こうそう
☐	拘束	受限、拘泥、拘束	こうそく
☐	後退	後退、倒退	こうたい
☐	光沢	光澤	こうたく
☐	構築	構築	こうちく
☐	高低	高與低、（價值、程度）時高時低	こうてい

☐ 好転	好轉		こうてん
☐ 口頭	口頭		こうとう
☐ 購読	購讀		こうどく
☐ 購入	購入		こうにゅう
☐ 公認	公認		こうにん
☐ 荒廃	荒廢		こうはい
☐ 購買	購買		こうばい
☐ 好評	好評		こうひょう
☐ 交付	交付		こうふ
☐ 興奮	興奮		こうふん
☐ 公募	公募		こうぼ
☐ 合法	合法		ごうほう
☐ 効率	效率		こうりつ
☐ 口論	爭論		こうろん
☐ 護衛	護衛		ごえい
☐ 小切手	支票		こぎって
☐ 顧客	顧客		こきゃく
☐ 酷使	嚴酷地使用		こくし
☐ 告白	告白、（基督教）告解		こくはく
☐ 極秘	絕對機密		ごくひ
☐ 極楽	（佛教）極樂世界、極度安樂		ごくらく
☐ 心得	有經驗的、心得、素養		こころえ

☐	心掛け	平時內心的思維及認知、留心	こころがけ
☐	心構え	內心面對事物的態度	こころがまえ
☐	志	志向、信念	こころざし
☐	誤差	誤差	ごさ
☐	孤児	孤兒	こじ
☐	故人	故人	こじん
☐	個性	個性、事情所具有的性質	こせい
☐	小銭	零錢	こぜに
☐	古代	古代	こだい
☐	誇張	誇張、誇大	こちょう
☐	国交	國際間的外交	こっこう
☐	骨董品	古董品	こっとうひん
☐	事柄	事	ことがら
☐	固有	固有	こゆう
☐	雇用	雇用	こよう
☐	暦	日曆	こよみ
☐	孤立	孤立	こりつ
☐	根気	毅力	こんき
☐	根拠	根據	こんきょ
☐	根性	本性、毅力	こんじょう
☐	昆虫	昆蟲	こんちゅう
☐	根底	根本、基礎	こんてい

☐ 混同	混同		こんどう
☐ 根本	根本、基礎		こんぽん

さ

☐ 最悪	最糟、最慘		さいあく
☐ 災害	災害		さいがい
☐ 才覚	才能、機靈、費盡苦心地得到		さいかく
☐ 細工	細活、製作過程精細的物品；在細微的小地方動手腳瞞騙或其企圖		さいく
☐ 採掘	挖掘		さいくつ
☐ 採決	表決		さいけつ
☐ 歳月	歲月		さいげつ
☐ 再建	重建		さいけん
☐ 再現	再現		さいげん
☐ 財源	財源		ざいげん
☐ 在庫	存貨		ざいこ
☐ 採算	收支試算		さいさん
☐ 細心	細心		さいしん
☐ 財政	財政		ざいせい
☐ 在籍	隸屬		ざいせき
☐ 最善	最佳		さいぜん
☐ 採択	擷選出、（法案等）通過		さいたく
☐ 財団	財團		ざいだん

☐ 栽培	栽培	さいばい
☐ 再発	（疾病）復發、再度發生	さいはつ
☐ 細胞	細胞	さいぼう
☐ 採用	採用	さいよう
☐ 最良	最佳	さいりょう
☐ 詐欺	詐欺	さぎ
☐ 削減	削減	さくげん
☐ 錯誤	錯誤	さくご
☐ 挿絵	插畫	さしえ
☐ 指図	指示、指令	さしず
☐ 差し引き	扣除；海水的漲潮與退潮、人體溫的上昇及下降	さしひき
☐ 座談会	座談會	ざだんかい
☐ 錯覚	錯覺	さっかく
☐ 殺菌	殺菌	さっきん
☐ 察知	察覺	さっち
☐ 座標	座標	ざひょう
☐ 作用	作用	さよう
☐ 山岳	山岳	さんがく
☐ 残金	剩下的錢、應繳而未繳的費用	ざんきん
☐ 惨事	惨事	さんじ
☐ 算出	計算出來、算出	さんしゅつ
☐ 参照	參照	さんしょう

□ 残高	餘額		ざんだか
□ 産物	產物		さんぶつ
□ 酸味	酸味		さんみ
□ 山脈	山脈		さんみゃく
□ 仕上げ	完成的結果、最終階段		しあげ
□ 歯科	牙科		しか
□ 視覚	視覺		しかく
□ 資格	資格		しかく
□ 仕掛け	有目的而作出來的機關及計策等、先行攻擊、進行到一半的事物		しかけ
□ 指揮	指揮		しき
□ 磁気	磁性		じき
□ 色彩	色彩、傾向		しきさい
□ しきたり	不成文的規定		
□ 資金	資金		しきん
□ しぐさ	動作、（演員的）表現		
□ 仕組み	構造、計畫		しくみ
□ 施行	實施		しこう
□ 試行	試行、試作		しこう
□ 志向	志向		しこう
□ 事項	事項		じこう
□ 自業自得	自作自受		じごうじとく
□ 嗜好品	（愛抽的菸、愛喝的酒等）單純喜好愛吃的食品		しこうひん

☐ 示唆	暗示、啟發	しさ
☐ 自在	自在	じざい
☐ 思索	思索	しさく
☐ 視察	視察	しさつ
☐ 資産	資産	しさん
☐ 支持	支持	しじ
☐ 資質	資質	ししつ
☐ 刺繍	刺繍	ししゅう
☐ 辞職	辭職	じしょく
☐ 施設	設施	しせつ
☐ 視線	視線	しせん
☐ 自尊心	自尊心	じそんしん
☐ 自他	自己與他人、（日文的）自動詞及他動詞	じた
☐ 事態	事態	じたい
☐ 辞退	辭退	じたい
☐ 下心	內心深處在想的事、內心底的盤算	したごころ
☐ 下地	事物的基本物、（飲食）基本食材；天賦	したじ
☐ 下調べ	先行調查、場勘、預習	したしらべ
☐ 下取り	補差額換貨	したどり
☐ 下火	火勢變小、事物進入衰退期、（烹調用電器的）小火	したび
☐ 失格	失去資格	しっかく
☐ 質疑	質疑	しつぎ

☐	失脚	倒台、失勢	しっきゃく
☐	しつけ	教養	
☐	実質	實質	じっしつ
☐	実情	實情	じつじょう
☐	実践	實踐	じっせん
☐	実態	實際的狀態	じったい
☐	嫉妬	嫉妒	しっと
☐	実費	實際的費用	じっぴ
☐	疾病	疾病	しっぺい
☐	指摘	指摘	してき
☐	視点	視點	してん
☐	品揃え	備齊貨品、貨品應有盡有	しなぞろえ
☐	地主	地主	じぬし
☐	司法	司法	しほう
☐	志望	志願	しぼう
☐	脂肪	脂肪	しぼう
☐	始末	始末、善後	しまつ
☐	始末書	悔過書	しまつしょ
☐	使命	使命	しめい
☐	地元	當地	じもと
☐	視野	視野	しや
☐	社交	社交	しゃこう

☐ 謝罪	謝罪	しゃざい
☐ 謝絶	謝絕	しゃぜつ
☐ 斜面	傾斜的平面、斜面	しゃめん
☐ 収益	收益	しゅうえき
☐ 就業	就業	しゅうぎょう
☐ 従業員	工作人員	じゅうぎょういん
☐ 襲撃	襲撃	しゅうげき
☐ 収支	收支	しゅうし
☐ 従事	從事	じゅうじ
☐ 充実	充實	じゅうじつ
☐ 収集	收集	しゅうしゅう
☐ 従順	順從	じゅうじゅん
☐ 修飾	修飾	しゅうしょく
☐ 習性	習性	しゅうせい
☐ 執着	執著	しゅうちゃく
☐ 修復	修復	しゅうふく
☐ 重複	重複	じゅうふく
☐ 充満	充滿	じゅうまん
☐ 収容	收容	しゅうよう
☐ 従来	由古至今、向來	じゅうらい
☐ 収録	收錄	しゅうろく
☐ 守衛	守衛、警衛	しゅえい

☐ 修行	修行	しゅぎょう
☐ 塾	補習班	じゅく
☐ 宿命	宿命	しゅくめい
☐ 主催	主辦	しゅさい
☐ 趣旨	旨趣、宗旨	しゅし
☐ 種々	種種	しゅじゅ
☐ 主題	主題	しゅだい
☐ 出演	（演員）演出	しゅつえん
☐ 出資	出資	しゅっし
☐ 出費	開銷、支出	しゅっぴ
☐ 主導権	主導權	しゅどうけん
☐ 首脳	首脳、領袖	しゅのう
☐ 樹木	樹木	じゅもく
☐ 樹立	建立、樹立、產出新品種	じゅりつ
☐ 主力	主力	しゅりょく
☐ 手腕	（指巧妙的處理事情的方法）手腕	しゅわん
☐ 循環	循環	じゅんかん
☐ 瞬発力	瞬間爆發力	しゅんぱつりょく
☐ 仕様	做法	しよう
☐ 浄化	淨化	じょうか
☐ 生涯	生涯	しょうがい
☐ 消去	消去	しょうきょ

☐ 情景	情景		じょうけい
☐ 衝撃	衝撃		しょうげき
☐ 証言	證詞		しょうげん
☐ 証拠	證據		しょうこ
☐ 照合	核對		しょうごう
☐ 昇進	升遷		しょうしん
☐ 情勢	情勢		じょうせい
☐ 上層	上層、（建築物）高樓層、（社會）上流		じょうそう
☐ 消息	消息		しょうそく
☐ 正体	真面目		しょうたい
☐ 承諾	承諾		しょうだく
☐ 情緒	情緒。（也唸作じょうしょ）		じょうちょ
☐ 情熱	熱情		じょうねつ
☐ 譲歩	讓步		じょうほ
☐ 照明	照明		しょうめい
☐ 条約	條約		じょうやく
☐ 奨励	獎勵		しょうれい
☐ 除外	除外		じょがい
☐ 職員	職員		しょくいん
☐ 職務	職務		しょくむ
☐ 諸君	（男性用親切口吻）各位		しょくん
☐ 徐行	減速慢行		じょこう

☐ 所在	所在、可以作的事		しょざい
☐ 所持	所擁有的		しょじ
☐ 所属	所屬		しょぞく
☐ 処置	處理、（疾病）處理		しょち
☐ 処罰	處罰		しょばつ
☐ 処分	處分、（物品）處理掉		しょぶん
☐ 庶民	庶民		しょみん
☐ 指令	指令		しれい
☐ 人員	人員		じんいん
☐ 人格	人格		じんかく
☐ 新型	新型		しんがた
☐ 審議	審議		しんぎ
☐ 人権	人權		じんけん
☐ 振興	振興		しんこう
☐ 新婚	新婚		しんこん
☐ 審査	審查		しんさ
☐ 真珠	真珠		しんじゅ
☐ 伸縮	伸縮		しんしゅく
☐ 心情	心情		しんじょう
☐ 親善	親善		しんぜん
☐ 深層	深層		しんそう
☐ 真相	真相		しんそう

☐	新築	新蓋、新的建築物	しんちく
☐	進呈	敬贈	しんてい
☐	進展	進展	しんてん
☐	振動	振動	しんどう
☐	信任	信任	しんにん
☐	神秘	神祕	しんぴ
☐	辛抱	忍耐	しんぼう
☐	侵略	侵略	しんりゃく
☐	診療	診療	しんりょう
☐	進路	前進的道路、未來的方向	しんろ
☐	神話	神話	しんわ
☐	親和	相互友好	しんわ
☐	推移	推移、轉變、時間經過	すいい
☐	水源	水源	すいげん
☐	推進	促進、推進、推動	すいしん
☐	吹奏	吹奏、演奏	すいそう
☐	推測	推測	すいそく
☐	衰退	衰退	すいたい
☐	水田	水田	すいでん
☐	推理	推理	すいり
☐	数値	數值	すうち
☐	崇拝	崇拜	すうはい

□ ずぶ濡れ	渾身溼透、落湯雞	ずぶぬれ
□ ずれ	（方位）偏移、（意見、想法）分岐	
□ 擦れ違い	擦身而過	すれちがい
□ 寸前	（事情即將發生）跟前	すんぜん
□ 誠意	誠意	せいい
□ 生育	生育	せいいく
□ 精鋭	精鋭	せいえい
□ 正規	正規	せいき
□ 制裁	制裁	せいさい
□ 政策	政策	せいさく
□ 精算	補票、補差額	せいさん
□ 生死	生死	せいし
□ 成熟	成熟	せいじゅく
□ 盛装	盛装	せいそう
□ 生息	（動物）棲息；生活	せいそく
□ 制定	制定	せいてい
□ 征服	征服	せいふく
□ 税率	税率	ぜいりつ
□ 勢力	勢力	せいりょく
□ 責務	責任及義務	せきむ
□ 世間体	面子、體面	せけんてい
□ 世間話	閒話、談天	せけんばなし

☐	是正	修正、改正	ぜせい
☐	世相	世態、世道	せそう
☐	世帯	家庭	せたい
☐	接触	接觸	せっしょく
☐	折衷	折衷	せっちゅう
☐	切望	由衷期望	せつぼう
☐	絶望	絕望	ぜつぼう
☐	世論	輿論	せろん
☐	善悪	善惡	ぜんあく
☐	繊維	纖維	せんい
☐	宣言	宣言	せんげん
☐	選考	考選；依能力、人的特質選出合適者	せんこう
☐	戦災	戰禍	せんさい
☐	全集	全集	ぜんしゅう
☐	戦術	戰術	せんじゅつ
☐	前提	前提	ぜんてい
☐	戦闘	戰鬥	せんとう
☐	潜入	潛入	せんにゅう
☐	専念	一心一意	せんねん
☐	船舶	船舶	せんぱく
☐	先方	對方	せんぽう
☐	全滅	全滅	ぜんめつ

☐ 占領	占領		せんりょう
☐ 憎悪	憎惡		ぞうお
☐ 相応	相合		そうおう
☐ 総額	總額		そうがく
☐ 増強	增強		ぞうきょう
☐ 走行	行駛		そうこう
☐ 喪失	喪失		そうしつ
☐ 操縦	操縱		そうじゅう
☐ 装飾	裝飾		そうしょく
☐ 増進	增進		ぞうしん
☐ 創造	創造		そうぞう
☐ 遭難	遭逢災難		そうなん
☐ 相場	市價、行情		そうば
☐ 装備	裝備		そうび
☐ 双方	雙方		そうほう
☐ 促進	促進、推廣		そくしん
☐ 束縛	束縛		そくばく
☐ 側面	側面		そくめん
☐ 素材	素材		そざい
☐ 阻止	阻止		そし
☐ 訴訟	訴訟		そしょう
☐ 措置	措施		そち

☐ 率先	率先	そっせん
☐ そっぽ	旁邊、其他的方向	
☐ 素養	素質、素養	そよう
☐ 尊厳	尊嚴	そんげん
☐ 損失	損失	そんしつ
☐ 存続	存續	そんぞく

た

☐ 隊員	隊員	たいいん
☐ 対応	對應	たいおう
☐ 大家	大的房子、（某領域的）大師、名家	たいか
☐ 退化	退化	たいか
☐ 体格	體格	たいかく
☐ 大金	巨額	たいきん
☐ 待遇	待遇	たいぐう
☐ 体験	體驗	たいけん
☐ 対抗	對抗	たいこう
☐ 代行	代理、代為執行	だいこう
☐ 退治	擊退、除卻	たいじ
☐ 大衆	大眾	たいしゅう
☐ 対処	應對	たいしょ
☐ 態勢	勢態	たいせい

☐ 大地	大地	だいち
☐ 体調	身體的狀況	たいちょう
☐ 台無し	浪費掉	だいなし
☐ 滞納	（税金等）遲繳	たいのう
☐ 待望	期待已久	たいぼう
☐ 台本	劇本	だいほん
☐ 怠慢	怠慢	たいまん
☐ 対面	會面、面對面	たいめん
☐ 大役	重大任務、重大角色	たいやく
☐ 太陽光	太陽光	たいようこう
☐ 打開	（難關等）突破	だかい
☐ 宝くじ	彩券	たからくじ
☐ 妥協	妥協	だきょう
☐ 類	同類、同種	たぐい
☐ 打撃	打擊	だげき
☐ 妥結	（利益相抵觸者之間）談妥	だけつ
☐ 駄作	失敗作品	ださく
☐ 多数決	多數表決	たすうけつ
☐ 脱出	脱離	だっしゅつ
☐ 達成	達成	たっせい
☐ 脱退	退會、脱團	だったい
☐ 建前	場面話	たてまえ

☐	魂	靈魂、精神	たましい
☐	堕落	墮落	だらく
☐	単価	單價	たんか
☐	探検	探險	たんけん
☐	断言	斷定、斷言	だんげん
☐	短縮	縮短	たんしゅく
☐	単身	單身	たんしん
☐	単独	單獨	たんどく
☐	たんぱく質	蛋白質	たんぱくしつ
☐	弾力	彈力	だんりょく
☐	蓄積	積蓄	ちくせき
☐	地中	地面下、土裡	ちちゅう
☐	秩序	秩序	ちつじょ
☐	窒息	窒息	ちっそく
☐	着手	著手	ちゃくしゅ
☐	着目	注目	ちゃくもく
☐	宙返り	翻筋斗	ちゅうがえり
☐	中継	現場直播	ちゅうけい
☐	忠告	忠告	ちゅうこく
☐	中傷	（言語）中傷、毀謗	ちゅうしょう
☐	中枢	中樞	ちゅうすう
☐	抽選	抽選	ちゅうせん

□ 中毒	中毒	ちゅうどく
□ 調印	簽署	ちょういん
□ 聴覚	聽覺	ちょうかく
□ 長寿	長壽	ちょうじゅ
□ 徴収	徵收	ちょうしゅう
□ 挑戦	挑戦	ちょうせん
□ 調達	調派	ちょうたつ
□ 調停	調停	ちょうてい
□ 重宝	貴重品	ちょうほう
□ 調和	調合	ちょうわ
□ 直面	直接面對、面臨	ちょくめん
□ 著作権	著作權	ちょさくけん
□ 貯蓄	貯蓄	ちょちく
□ 直感	直覺	ちょっかん
□ 珍味	山珍海味	ちんみ
□ 沈黙	沉默	ちんもく
□ 陳列	陳列	ちんれつ
□ 追及	追究	ついきゅう
□ 追跡	追擊	ついせき
□ 墜落	墜落	ついらく
□ 痛感	切身感受到	つうかん
□ 束の間	倏忽之間、極短的時間	つかのま

☐ つじつま	應有的道理 ▶ つじつまが合う 合乎邏輯；有道理	
☐ 都度	每回	つど
☐ 粒狀	顆粒狀。（也唸作りゅうじょう）	つぶじょう
☐ つぼみ	花蕾、花苞	
☐ 露	露水	つゆ
☐ 強火	火勢大、（烹調用電器的）大火	つよび
☐ 手当て	津貼、治療	てあて
☐ 提供	提供	ていきょう
☐ 提携	提攜	ていけい
☐ 体裁	外觀、看起來的樣子	ていさい
☐ 提示	提示	ていじ
☐ 訂正	訂正	ていせい
☐ 停滞	停滯	ていたい
☐ 邸宅	宅第	ていたく
☐ 手遅れ	（處理事情）遲了一步	ておくれ
☐ 手掛かり	手放的地方、線索	てがかり
☐ 出来	（此單字應用在各個層面需作不同的中文解釋）程度好、結果指好的狀態	でき
☐ 手際	手腕、技巧	てぎわ
☐ 手ごたえ	手感、（好的）反應	てごたえ
☐ 手順	順序	てじゅん
☐ 手違い	差錯	てちがい
☐ てっぺん	頂點、頂峰	

☐ 出直し	重新來過	でなおし
☐ 手抜き	偷懶、偷工減料	てぬき
☐ 手配	安排	てはい
☐ 手筈	先行準備	てはず
☐ 手引き	（過馬路）牽住手導引；指引；導讀、提供情報	てびき
☐ 手本	榜樣、模範、習字本	てほん
☐ 手回し	用手旋轉；先行準備、安排	てまわし
☐ 手分け	分工	てわけ
☐ 田園	田園	でんえん
☐ 転換	轉換	てんかん
☐ 転居	遷居、搬家	てんきょ
☐ 点検	檢驗	てんけん
☐ 転校	轉學	てんこう
☐ 天災	天災	てんさい
☐ 伝承	傳承	でんしょう
☐ 転職	轉職、跳槽	てんしょく
☐ 転覆	翻覆、（政府）垮台	てんぷく
☐ 展望	展望	てんぼう
☐ 転落	摔落、（地位）掉到谷底、墜落	てんらく
☐ 胴	胴體、身體	どう
☐ 陶器	陶器	とうき
☐ 討議	討論、議論	とうぎ

□ 動機	動機	どうき
□ 同級生	同班同學	どうきゅうせい
□ 当局	當局	とうきょく
□ 統合	統合	とうごう
□ 搭載	搭載	とうさい
□ 倒産	破產	とうさん
□ 投資	投資	とうし
□ 同士	身分及境界及特質相似的伙伴	どうし
□ 当初	當初	とうしょ
□ 同情	同情	どうじょう
□ 統制	整合、管制	とうせい
□ 当選	當選	とうせん
□ 同然	等同	どうぜん
□ 闘争	鬥爭	とうそう
□ 統率	統率	とうそつ
□ 到達	到達	とうたつ
□ 統治	統治	とうち
□ 同調	同調	どうちょう
□ 同等	同等	どうとう
□ 投入	投入	とうにゅう
□ 導入	導入	どうにゅう
□ 党派	黨派	とうは

☐ 同封	與信件一同放在信封裡		どうふう
☐ 逃亡	逃亡		とうぼう
☐ 同盟	同盟		どうめい
☐ 投与	投藥		とうよ
☐ 動揺	動搖		どうよう
☐ 同類	同類		どうるい
☐ 特技	特技		とくぎ
☐ 独裁	獨裁		どくさい
☐ 特設	特別設置		とくせつ
☐ 独占	獨占		どくせん
☐ 独創性	獨創性		どくそうせい
☐ 得点	得分		とくてん
☐ 匿名	匿名		とくめい
☐ 戸締り	（門、窗）上鎖		とじまり
☐ 土台	地基、（事物的）根本		どだい
☐ 特許	特許		とっきょ
☐ 特権	特權		とっけん
☐ 突破	突破		とっぱ
☐ 土手	堤防		どて
☐ 扉	（單扇的）門		とびら
☐ 土木	土木		どぼく
☐ 取り返し	取回、再度		とりかえし

☐ 取り締まり	管理人、監督人、董事	とりしまり
☐ 度忘れ	突然想不起來	どわすれ
☐ 問屋	批發商	とんや

な

☐ 内閣	內閣	ないかく
☐ 内心	內心	ないしん
☐ 内臓	內臟	ないぞう
☐ 苗	秧苗	なえ
☐ 仲間入り	加入成為伙伴、成為…的一員	なかまいり
☐ 仲人	媒人、牽線人	なこうど
☐ 名残	餘波、餘韻、離情別緒、依戀、留戀	なごり
☐ 雪崩	雪崩	なだれ
☐ 名札	名牌	なふだ
☐ 怠け者	懶惰鬼	なまけもの
☐ 難	困難、災難	なん
☐ 苦味	苦味	にがみ
☐ 憎しみ	憎惡	にくしみ
☐ 肉親	血親	にくしん
☐ 偽物	假貨	にせもの
☐ 二の次	次要、其次	にのつぎ
☐ 乳児	乳兒	にゅうじ

☐ 認識	認知	にんしき	
☐ 人情	人情	にんじょう	
☐ 妊娠	懷孕	にんしん	
☐ 忍耐	忍耐	にんたい	
☐ 認知	承認	にんち	
☐ 任務	任務	にんむ	
☐ 任命	任命	にんめい	
☐ 沼	沼澤	ぬま	
☐ 音色	音色	ねいろ	
☐ 値打ち	價值	ねうち	
☐ 熱意	熱情	ねつい	
☐ 熱帯夜	超過攝氏 25℃的夜晚	ねったいや	
☐ 熱湯	熱水	ねっとう	
☐ 根回し	（為了移植）剪除鬚根；搓圓仔、事前疏通	ねまわし	
☐ 年鑑	年鑑	ねんかん	
☐ 念願	常常掛在心裡的強力期望、心願	ねんがん	
☐ 年次	每一年、年度	ねんじ	
☐ 燃焼	燃燒	ねんしょう	
☐ 年長	年長	ねんちょう	
☐ 燃料	燃料	ねんりょう	
☐ 農地	農地	のうち	
☐ 納入	繳納	のうにゅう	

☐ 能面	（日本藝能中能劇的）能面具	のうめん
☐ 延べ	延續至今、總計、延後	のべ
☐ 飲み込み	吞下、喝入、同意	のみこみ

は

☐ ～派	～派	～は
☐ 把握	把握、掌握	はあく
☐ 敗因	敗因	はいいん
☐ 廃棄	廢棄	はいき
☐ 配給	配給	はいきゅう
☐ 配偶者	配偶	はいぐうしゃ
☐ 背後	背後	はいご
☐ 廃止	廢止	はいし
☐ 排除	排除	はいじょ
☐ 賠償	賠償	ばいしょう
☐ 排水	排水	はいすい
☐ 敗戦	戰敗、（比賽）輸了	はいせん
☐ 配当	分配	はいとう
☐ 配布	發	はいふ
☐ 敗北	敗北←→勝利 勝利	はいぼく
☐ 配慮	顧慮	はいりょ
☐ 破壊	破壊	はかい

☐	破棄	破棄	はき
☐	波及	波及	はきゅう
☐	迫害	迫害	はくがい
☐	白状	招供	はくじょう
☐	爆弾	炸彈	ばくだん
☐	爆破	爆破	ばくは
☐	暴露	暴露	ばくろ
☐	派遣	派遣	はけん
☐	橋渡し	架橋、掮客	はしわたし
☐	破損	破損	はそん
☐	裸足	光著腳	はだし
☐	蜂蜜	蜂蜜	はちみつ
☐	発芽	發芽	はつが
☐	抜群	卓越	ばつぐん
☐	抜粋	摘錄	ばっすい
☐	発病	發病	はつびょう
☐	初耳	頭一次聽到	はつみみ
☐	浜	湖濱、海岸	はま
☐	張り紙	（為了知告而貼的）公告紙張、貼紙	はりがみ
☐	破裂	破裂	はれつ
☐	繁栄	繁榮	はんえい
☐	半額	半價、一半的價格	はんがく

☐ 反感	反感	はんかん
☐ 反響	迴響	はんきょう
☐ 反撃	反擊	はんげき
☐ 判決	判決	はんけつ
☐ 万事	萬事	ばんじ
☐ 反射	反射	はんしゃ
☐ 繁盛	繁盛	はんじょう
☐ 伴奏	伴奏	ばんそう
☐ 判定	判定、評判（比賽的勝負）	はんてい
☐ 万人	萬人	ばんにん
☐ 晩年	晩年	ばんねん
☐ 万能	萬能	ばんのう
☐ 反発	反感、抗拒感	はんぱつ
☐ 氾濫	氾濫	はんらん
☐ ひいき	偏心	
☐ 控え室	（準備出場前的）等候室	ひかえしつ
☐ 悲観	悲觀	ひかん
☐ 悲願	（苦求的）心願	ひがん
☐ 引き換え	交換	ひきかえ
☐ 非行	違反道義的行為、不良行為	ひこう
☐ 比重	比重	ひじゅう
☐ 微笑	微笑	びしょう

☐ 微生物	微生物		びせいぶつ
☐ 左利き	左撇子		ひだりきき
☐ 必修	必修		ひっしゅう
☐ 必然	必然		ひつぜん
☐ 匹敵	匹敵		ひってき
☐ 一息	吸一口氣、一股作氣、稍稍的努力		ひといき
☐ 人影	人影		ひとかげ
☐ 人柄	人品		ひとがら
☐ 人気	人煙、人的氣息		ひとけ
☐ 人質	人質		ひとじち
☐ 一筋	一根、一條、一心一意		ひとすじ
☐ 避難	避難		ひなん
☐ ひび	皸裂、裂縫		
☐ 悲鳴	慘叫、慘叫聲		ひめい
☐ 票	票		ひょう
☐ 標語	標語		ひょうご
☐ 描写	描寫		びょうしゃ
☐ 非力	（腕力、體力）衰弱；（權力、實力）衰敗		ひりき
☐ 肥料	肥料		ひりょう
☐ 微量	微量		びりょう
☐ 昼下がり	稍過正午的時刻		ひるさがり
☐ 比例	比例		ひれい

N5
N4
N3
N2
N1

☐	披露	展現	ひろう
☐	品質	品質	ひんしつ
☐	頻度	頻率	ひんど
☐	不意	突然、意外地	ふい
☐	吹聴	吹擂	ふいちょう
☐	封鎖	封鎖	ふうさ
☐	風習	風俗習慣	ふうしゅう
☐	風土	風土、水土	ふうど
☐	不朽	不朽	ふきゅう
☐	不況	不景氣	ふきょう
☐	布巾	（擦食具的）布	ふきん
☐	複合	複合	ふくごう
☐	福祉	福祉	ふくし
☐	覆面	遮住臉、（不公開名義的狀態）進行某事	ふくめん
☐	不景気	不景氣	ふけいき
☐	富豪	富豪	ふごう
☐	布告	公告、宣告	ふこく
☐	負債	負債	ふさい
☐	扶助	扶助	ふじょ
☐	負傷	負傷	ふしょう
☐	侮辱	侮辱	ぶじょく
☐	不振	低迷、不振	ふしん

□ 武装	武裝		ぶそう
□ 復活	復活		ふっかつ
□ 物議	眾議		ぶつぎ
□ 復旧	復原、修復		ふっきゅう
□ 復興	復興		ふっこう
□ 物資	物質		ぶっし
□ 沸騰	沸騰		ふっとう
□ 不手際	技巧笨拙		ふてぎわ
□ 無難	零風險、無缺點		ぶなん
□ 赴任	赴任		ふにん
□ 腐敗	腐敗		ふはい
□ 不備	不完備		ふび
□ 不評	評價差		ふひょう
□ 不服	不服		ふふく
□ 普遍	普遍		ふへん
□ 扶養	扶養		ふよう
□ ～ふり	裝作～的樣子		
□ 振り出し	出發點、開端；開票		ふりだし
□ 浮力	浮力		ふりょく
□ 振る舞い	舉動、態度		ふるまい
□ 付録	附錄		ふろく
□ 憤慨	憤概		ふんがい

☐	分際	（有貶意的）區區一個～身分	ぶんざい
☐	分散	分散	ぶんさん
☐	紛失	遺失	ふんしつ
☐	噴出	噴出	ふんしゅつ
☐	紛争	紛爭	ふんそう
☐	分担	分擔	ぶんたん
☐	奮闘	奮鬥	ふんとう
☐	文献	文獻	ぶんけん
☐	粉末	粉末	ふんまつ
☐	分裂	分裂	ぶんれつ
☐	兵器	兵器、武器	へいき
☐	閉口	難以承受	へいこう
☐	閉鎖	閉鎖	へいさ
☐	平常	平常	へいじょう
☐	平静	平靜、鎮定	へいせい
☐	辟易	退縮、屈服	へきえき
☐	弁解	辯解	べんかい
☐	変革	變革	へんかく
☐	返還	歸還	へんかん
☐	便宜	便宜、方便	べんぎ
☐	偏見	偏見	へんけん
☐	返済	還錢、歸還	へんさい

□ 弁償	賠償		べんしょう
□ 変遷	變遷		へんせん
□ 変容	變容		へんよう
□ 防衛	防衛		ぼうえい
□ 崩壊	崩壞		ほうかい
□ 放棄	放棄		ほうき
□ 忘却	忘卻、忘掉		ぼうきゃく
□ 方策	策略、方法		ほうさく
□ 奉仕	仕奉、獻身服務		ほうし
□ 放射能	放射能		ほうしゃのう
□ 報酬	報酬		ほうしゅう
□ 紡績	紡紗		ぼうせき
□ 膨張	膨脹		ぼうちょう
□ 法廷	法廷		ほうてい
□ 冒頭	一開頭處		ぼうとう
□ 暴動	暴動		ぼうどう
□ 褒美	（恩賜的）獎賞		ほうび
□ 暴風	暴風		ぼうふう
□ 飽和	飽和		ほうわ
□ 捕獲	捕獲		ほかく
□ 保管	保管		ほかん
□ 補給	補給		ほきゅう

N5 N4 N3 N2 N1

☐	補強	加強、補強	ほきょう
☐	募金	募款	ぼきん
☐	保険	保險	ほけん
☐	干し物	曬的衣物	ほしもの
☐	補充	補充	ほじゅう
☐	補助	補助	ほじょ
☐	補償	補償	ほしょう
☐	保障	保障	ほしょう
☐	舗装	鋪路	ほそう
☐	補足	補足	ほそく
☐	墓地	墳地	ぼち
☐	発作	發作	ほっさ
☐	没収	沒收	ぼっしゅう
☐	発足	（組織、機關）開始營運	ほっそく
☐	発端	發端	ほったん
☐	没落	沒落	ぼつらく
☐	畔	畔	ほとり
☐	捕虜	俘虜	ほりょ
☐	本質	本質	ほんしつ
☐	本筋	正道、正題	ほんすじ
☐	本音	真話、心底話	ほんね
☐	本能	本能	ほんのう

☐ 本場	正式執行的場地、名產地、（證券）交易所在中午前進行的交易		ほんば
☐ 本番	正式開始、正式表演		ほんばん
☐ 本末転倒	本末倒置		ほんまつてんとう

ま

☐ 埋蔵	埋藏	まいぞう
☐ 前売り	預售票	まえうり
☐ 前置き	鋪陳、開場白	まえおき
☐ 真心	真心誠意	まごころ
☐ 麻酔	麻醉	ますい
☐ まちまち	各式各樣，各種不同 ＝ さまざま	
☐ 末	末尾	まつ
☐ 目の当たり	眼前、親眼	まのあたり
☐ 麻痺	麻痺	まひ
☐ 幻	幻影、幻想	まぼろし
☐ 蔓延	蔓延	まんえん
☐ 満喫	充足攝食、盡量享受著	まんきつ
☐ 満月	滿月	まんげつ
☐ 満載	滿載、載滿、刊載著許多	まんさい
☐ 満場	滿場、全場	まんじょう
☐ 慢性	慢性	まんせい
☐ 味覚	味覺	みかく

☐	幹	枝幹、樹幹	みき
☐	見込み	可能性	みこみ
☐	見た目	外觀、看起來的樣子	みため
☐	未知	未知	みち
☐	道筋	路徑、思路、條理	みちすじ
☐	道端	路旁、路邊	みちばた
☐	密集	密集	みっしゅう
☐	密封	密封	みっぷう
☐	密輸	走私	みつゆ
☐	未定	未定	みてい
☐	見通し	從頭看到尾、預測、看穿、（無遮蔽物地）遠眺	みとおし
☐	源	水源、源頭、起源	みなもと
☐	峰	山峰	みね
☐	身の上	境遇、命運	みのうえ
☐	身の回り	貼身用品、身邊	みのまわり
☐	見晴らし	眺望	みはらし
☐	身振り	動作	みぶり
☐	未練	依戀不捨、不熟練	みれん
☐	民宿	民宿	みんしゅく
☐	民族	民族	みんぞく
☐	無為	無為	むい
☐	無意識	無意識	むいしき

☐	無言	無言	むごん
☐	無神経	無神經	むしんけい
☐	無断	擅自	むだん
☐	無知	無知	むち
☐	無理強い	強逼…（做）	むりじい
☐	明暗	明暗	めいあん
☐	命中	命中	めいちゅう
☐	名簿	名簿	めいぼ
☐	名誉	名譽	めいよ
☐	恵み	恩惠	めぐみ
☐	目先	眼前、當下、預見	めさき
☐	滅亡	滅亡	めつぼう
☐	目鼻	眼睛跟鼻子；五官、長相；事物大體的狀況	めはな
☐	目盛り	刻度	めもり
☐	免除	免除	めんじょ
☐	面目	顏面、面子	めんぼく
☐	盲点	盲點	もうてん
☐	猛烈	猛烈	もうれつ
☐	目録	目錄	もくろく
☐	目論見	計畫、企圖	もくろみ
☐	模型	模型	もけい
☐	模索	摸索	もさく

N5

N4

N3

N2

N1

□ 持ち切り	（在一段期間之內）持續談論著一件事或一樣話題	もちきり
□ 模範	模範	もはん
□ 模倣	模仿	もほう

や

□ 役員	負責人、管理者、（活動）幹部	やくいん
□ 屋敷	屋子、宅第	やしき
□ 野心	野心	やしん
□ 野党	在野黨	やとう
□ 闇	黑暗	やみ
□ 優位	占上風	ゆうい
□ 憂鬱	憂鬱	ゆううつ
□ 優越	優越	ゆうえつ
□ 誘拐	誘拐	ゆうかい
□ 有機	有機	ゆうき
□ 友好	友好	ゆうこう
□ 融資	融資	ゆうし
□ 融通	融通	ゆうずう
□ 優勢	優勢	ゆうせい
□ 遊説	遊説	ゆうぜい
□ 優先	優先	ゆうせん
□ 誘導	誘導	ゆうどう

☐ 夕闇	薄暮	ゆうやみ
☐ 憂慮	憂慮	ゆうりょ
☐ 幽霊	幽靈、鬼	ゆうれい
☐ 誘惑	誘惑	ゆうわく
☐ ゆとり	寬裕、餘裕	
☐ 様式	樣式、（藝術表現）式、模式	ようしき
☐ 養成	養成	ようせい
☐ 要請	請求、懇求	ようせい
☐ 洋風	西洋味、洋風	ようふう
☐ 要望	請願、強烈的要求	ようぼう
☐ 余暇	餘暇	よか
☐ 抑制	抑制	よくせい
☐ 予言	預言	よげん
☐ 横綱	（日本相撲的最高等級稱位）橫綱	よこづな
☐ 善し悪し	善惡、難以判別是好是壞	よしあし
☐ 余地	餘地	よち
☐ 余白	空白處	よはく
☐ 夜更かし	熬夜	よふかし

☐ 酪農	酪農	らくのう
☐ 落下	掉落、落下	らっか

☐ 濫用	濫用	らんよう
☐ 理屈	歪理、道理	りくつ
☐ 利潤	利潤	りじゅん
☐ 利息	利息	りそく
☐ 離着陸	（飛機）起降	りちゃくりく
☐ 立案	立案	りつあん
☐ 立腹	惱怒	りっぷく
☐ 立法	立法	りっぽう
☐ 略奪	掠奪	りゃくだつ
☐ 流儀	（某某式的）流派	りゅうぎ
☐ 領域	領域	りょういき
☐ 了解	了解	りょうかい
☐ 了承	明白、認同	りょうしょう
☐ 領土	領土	りょうど
☐ 履歴	履歴	りれき
☐ 隣接	鄰接	りんせつ
☐ 倫理	倫理	りんり
☐ 類似	類似	るいじ
☐ 類推	類推	るいすい
☐ 冷却	冷卻	れいきゃく
☐ 冷遇	不受重用	れいぐう
☐ 例年	往年、每年	れいねん

□ 連携	相互提攜	れんけい
□ 連帯	連帯	れんたい
□ 連中	同一批人、那些傢伙	れんちゅう
□ 連邦	聯邦	れんぽう
□ 連盟	聯盟	れんめい
□ 老朽化	老舊、老邁	ろうきゅうか
□ 老衰	衰老	ろうすい
□ 朗読	朗讀	ろうどく
□ 浪費	浪費	ろうひ
□ 朗報	捷報、好消息	ろうほう
□ 論理	條理、邏輯	ろんり
□ 賄賂	賄賂	わいろ
□ 若手	年輕人、新生代	わかて
□ 惑星	惑星	わくせい
□ 技	技術、技巧	わざ
□ 和風	和風、日式	わふう

| ☐ | 明かす | 揭露、證明 | あかす |
| | | 秘密を明かす。揭發秘密。 | |

| ☐ | 欺く | 矇騙、混淆成 | あざむく |
| | | 人を欺く。矇騙人。 | |

| ☐ | あざ笑う | 嘲笑 | あざわらう |
| | | 人の失敗をあざ笑う。嘲笑他人的失敗。 | |

| ☐ | 褪せる | 褪色、衰退 | あせる |
| | | 色が褪せる。褪色。 | |

| ☐ | 値する | 值得 | あたいする |
| | | 彼の提案は検討に値する。他的提案值得作評估。 | |

| ☐ | 誂える | 訂做 | あつらえる |
| | | 背広を誂える。訂做西裝。 | |

| ☐ | 甘える | 撒嬌、接受（對方）好意 | あまえる |
| | | 子供が親に甘える。小孩跟父母撒嬌。 | |

| ☐ | 操る | 操作、靈活使用、操縱 | あやつる |
| | | 巧みにハンドルを操る。靈活地操縱方向盤。 | |

| ☐ | 危ぶむ | 擔心、不安 | あやぶむ |
| | | 経済の先行きが危ぶまれる。今後的經濟發展堪慮。 | |

| ☐ | 誤る | 弄錯、誤導、誤 | あやまる |
| | | 誤って隣の人の足を踏んでしまった。誤踩到旁邊人的腳了。 | |

| ☐ | ありふれる | 隨處可見、並不珍奇 | ありふれる |
| | | ありふれた風景を写真に収める。將常見的風景拍攝下來。 | |

☐	案じる	擔心 病状を案じて見舞いに行く。 擔心病情，所以前去探病。	あんじる
☐	意気込む	幹勁十足、充滿鬥志 今度こそ成功させようと意気込む。 充滿了鬥志，這次一定要讓它成功。	いきごむ
☐	いじる	玩弄、把玩 彼女は前髪をいじる癖がある。 她有把玩瀏海的癖好。	いじる
☐	傷める	弄傷、造成煩惱、使…(器物、食物)損壞 果物を傷めないよう丁寧に扱う。 小心處理，別把水果弄爛了。	いためる
☐	いたわる	慰勞 社員の労をいたわり、ボーナスを出す。 提出獎金，慰勞員工的辛勞。	いたわる
☐	営む	經營 定年後は喫茶店を営むつもりだ。 退休後，我打算經營咖啡館。	いとなむ
☐	挑む	挑戰 マラソンの世界記録に挑む。 挑戰馬拉松的世界紀錄。	いどむ
☐	戒める	勸戒、懲戒、戒備 無断欠勤を戒める。 對於無故曠職提出懲戒。	いましめる
☐	忌み嫌う	極為厭惡 みんなから忌み嫌われる。 受到大家的厭惡。	いみきらう
☐	癒す	療癒 疲れを癒す。 消除疲勞。	いやす

☐	受け継ぐ	承續、繼承 伝統を受け継ぐ。延續傳統。	うけつぐ
☐	受け止める	阻擋、承受 批判をまじめに受け止める。 真誠地接受批評。	うけとめる
☐	受け流す	搪塞帶過、敷衍、（劍術）擋開對方砍來的刀 記者の質問を巧みに受け流す。 將記者提的疑問巧妙起搪塞過去。	うけながす
☐	受け持つ	擔任、負責 一年生を受け持つ。負責帶一年級的學生。	うけもつ
☐	打ち明ける	敞開心房地道出、說出實話 悩みを打ち明ける。將心中的煩惱道出。	うちあける
☐	打ち切る	中途停止、中途放棄 交渉を打ち切る。交涉到一半就中止了。	うちきる
☐	打ち込む	打入、輸入、熱衷於 データを打ち込む。輸入資料。 古典の研究に打ち込む。 熱衷於古典著作的研究。	うちこむ
☐	うつむく	低著頭 うつむいて何か考えている。 他低著頭在思考著些什麼。	
☐	促す	催促、促使 発言を促してもだれもしゃべらない。 雖然催大家發言，但還是沒有人開口講話。	うながす
☐	うぬ惚れる	自戀 自分が美人だとうぬ惚れる。 她很自戀地覺得自己是個美女。	うぬぼれる

☐	潤う	滋潤、潤澤、變得豐裕	うるおう
		雨で大地が潤った。雨水滋潤大地。	
		ボーナスが入り、懐ろが潤った。	
		因為領到了獎金，荷包滿滿了起來。	
☐	上回る	超出、超過 ↔ 下回る 低於	うわまわる
		予想を上回る人が集まった。	
		到場的人數超出預料。	
☐	追い込む	趕入、迫使、最後衝刺	おいこむ
		窮地に追い込まれる。被逼入死巷。	
☐	追い出す	驅趕、逐出	おいだす
		猫を部屋から追い出す。	
		將貓從房間裡趕出去。	
☐	追い抜く	超越＝追い越す	おいぬく
		ゴール間際で追い抜く。	
		在終點之前被超越過去。	
☐	老いる	變老	おいる
		老いた両親の面倒を見る。	
		照顧老邁的雙親。	
☐	負う	揹、負	おう
		母が背に子を負う。母親將孩子揹在背上。	
☐	怠る	怠惰、疏忽	おこたる
		上司への報告を怠る。	
		偷懶作給上司的報告。	
☐	抑える	壓住、按住、抑制、壓抑、確保、把握住	おさえる
		被害を最小限に抑える。	
		將損失縮小到最低程度。	

☐	**押し付ける**	用力頂著、強加　おしつける
		部下に責任を押し付ける。 將責任強加在部下身上。

☐	**押し寄せる**	湧上、挪到一邊　おしよせる
		高波が押し寄せる。　大浪撲了過來。

☐	**襲う**	襲擊　おそう
		強盗が銀行を襲った。　強盜搶了銀行。

☐	**恐れ入る**	不敢當、相當驚人　おそれいる
		ご心配をかけて恐れ入ります。 承蒙您為我擔心，實在是太不敢當了。

☐	**おだてる**	逢迎、奉承　おだてる
		おだてて酒をおごらせる。 逢迎獻媚，讓對方請喝酒。

☐	**落ち込む**	墜入、下陷、變差、低迷、喪氣　おちこむ
		恋人に振られて落ち込んでいる。 被情人甩了，整個人變得意志消沉。

☐	**脅す**	迫脅、威脅　おどす
		通行人を脅して金を奪う。 迫脅路人，搶奪金錢。

☐	**衰える**	衰落、衰敗　おとろえる
		年を取ると体力が衰える。 上了年紀後，體力就會衰退。

☐	**脅える**	畏怯、害怕　おびえる
		子供が犬に脅えて泣く。　孩子被狗嚇到而哭泣。

☐	**帯びる**	佩帶、帶著、負帶　おびる
		空が赤みを帯びている。 天空中連綿著一抹嫣紅。

☐	赴く	赴、赴往 調査のため現地へ赴く。 為了調查，而赴往現場。	おもむく
☐	及ぶ	及於、面臨、達（不）到 交渉は 8 時間に及んだ。 交涉花了將近8 個小時。	およぶ
☐	買い替える	買新的替換舊的 車を買い替える。買新車（換掉舊車）。	かいかえる
☐	害する	損害、有害 健康を害する。對健康有害。	がいする
☐	かいま見る	偷看、窺視 ドアの間からかいま見る。從門隙中偷看。	かいまみる
☐	顧みる	回顧 多事多難の一年を顧みる。 回顧多災多難的這一年。	かえりみる
☐	省みる	反省 自らを省みて恥じる。反省自我後感到羞恥。	かえりみる
☐	掲げる	懸掛、高舉、刊載在報章雜誌的顯眼處、使之廣為 周知、掀起 国旗を掲げる。懸掛國旗。	かかげる
☐	欠く	缺少、欠缺 集中力を欠く。欠缺集中力。	かく
☐	駆け寄る	用跑的挨近 駆け寄って握手をする。跑過去握手。	かけよる
☐	賭ける	打賭、賭上 競馬で大金を賭ける。在賽馬上下重注。	かける

☐	かこつける	假託、假藉 病気にかこつけて学校を休む。 假藉生病沒去上課。
☐	かさばる	占空間 荷物がかさばる。 行李很占空間。
☐	かさむ	增大、增多 費用がかさむ。 費用增多。
☐	掠る	掠過、擦過、抽頭、（毛筆）寫出來的字墨跡淺白　　かする 車が電柱を掠った。 車子擦過了電線桿。
☐	傾ける	偏斜、豪飲、傾滅、集中注意力於某事物　　かたむける 耳を傾ける。 傾聽。
☐	叶える	實現　　かなえる 長年の夢を叶える。 實現長年以來的夢想。
☐	かばう	包庇 部下をかばう。 包庇部下。
☐	かぶれる	皮膚發炎、沾染上、被影響 薬にかぶれ、肌がかゆくなった。 因為藥物而發炎，變得會癢。 アメリカの文化にかぶれる。 受到美國文化的影響。
☐	構える	修築、準備、擺出架勢　　かまえる 都心に事務所を構える。 在都的中心地帶蓋事務所。 のんきに構える。 採取悠哉的態度面對。
☐	噛み合う	互咬、（使齒輪等）達到吻合、達到共識　　かみあう 話が噛み合わない。 談話一直達不到共識。

| □ | 絡む | 糾結在一起、連結著、纏人 | からむ |
| | | ひもが絡んでほどけない。
繩子都纏在一塊，鬆也鬆不開。
事件の裏には政治家が絡んでいる。
在事情的背後，牽扯到一個政治人物。 | |

□ 交わす
交換、使之交錯、相互（作前運動）　　かわす
握手を交わす。相互握手。

□ 聞き流す
隨便聽一聽、聽聽就算了　　ききながす
そんなうわさは聞き流すことだ。
那種傳言隨便聽一聽就算了。

□ きしむ
（物體磨擦）嘰嘰作響
座る度に椅子がきしむ。
每次坐時，椅子就發出嘰嘰的響聲。

□ 築き上げる
築起、建立制度　　きずきあげる
苦労して財産を築き上げる。
辛苦工作，累積財產。

□ 競う
競爭　　きそう
市長選は2氏が激しく競っている。
兩位候選人在市長選戰中激烈競爭著。

□ 鍛える
鍛鍊、訓練　　きたえる
スポーツで体を鍛える。
靠運動來鍛鍊身體。

□ きたす
招致
支障をきたす。招來障礙。

□ 興じる
樂在其中、盡興　　きょうじる
遊びに興じる。在遊樂中盡興。

461

☐	**切り替える**	改換、兌換 冷房を暖房に切り替える。 將冷氣改調為暖氣。	きりかえる
☐	**食い違う**	不一致、不合、不吻合 両者の証言が食い違っている。 兩者之間的證詞不吻合。	くいちがう
☐	**食いつく**	咬著不放、抓著不放、（對某事）相當起勁、咄咄逼人 もうけ話に食いつく。 談到賺錢的話題便相當起勁。	くいつく
☐	**悔いる**	後悔 自分の犯した過ちを悔いる。 對自己犯下的過錯相當地悔恨。	くいる
☐	**くぐる**	鑽、潛入水裡、鑽漏洞、從危機中逃脫 難関をくぐって試験に合格した。 衝過難關，考試合格。	くぐる
☐	**口ずさむ**	哼 歌を口ずさみながら歩く。 一邊哼著歌曲，一邊走路。	くちずさむ
☐	**朽ちる**	腐爛、腐朽、默默無聞地結束人生 公園のベンチが朽ちている。 公園的長椅現在已經腐朽了。	くちる
☐	**覆す**	翻覆、顛覆 予想を覆して新人が当選した。 新手當選，讓眾人跌破眼鏡。	くつがえす
☐	**けなす**	貶低、毀謗 他人の作品をけなす。貶低他人的作品。	

| □ | 心掛ける | 掛心、留意　　　　　　　　　　　　　　こころがける |
| | | 安全第一を心掛ける。 時時注意需安全第一。 |

□	試みる	測試　　　　　　　　　　　　　　　　　こころみる
		新しいシステムの導入を試みる。
		嘗試導入新的系統。

□	こじれる	事情陷入膠著、進展不順、久病不癒、乖僻
		風邪がこじれて肺炎になった。
		感冒一直都沒好，到最後轉變成了肺炎。

□	こだわる	拘泥
		形式にこだわる必要はない。
		沒必要拘泥於形式。

□	ごまかす	瞞騙、矇騙
		人をごまかしてお金を盗む。
		矇騙別人，盜取其金錢。

□	籠もる	閉門不出、在寺廟中閉關、守城、（聲音）不清楚、（氣　　こもる
		體、力道、感情等）充滿
		子供は部屋に籠もったきり出て来ない。
		孩子把自己關在房間裡都不出來。

| □ | 懲らしめる | 教訓、懲治　　　　　　　　　　　　　　こらしめる |
| | | 悪人を懲らしめる。 懲治惡人。 |

□	懲りる	怕到了、記取教訓　　　　　　　　　　　こりる
		前の失敗に懲りて慎重になる。
		記住之前的失敗，於是變得很謹慎。

□	凝る	耽溺、精心設計、肩頸酸痛　　　　　　　こる
		肩が凝って眠れない。 肩頸酸痛到睡不著。
		今、釣りに凝っている。 近來，很沉迷在釣魚的世界裡。

☐	遮る	遮掩 カーテンで光を遮る。用窗廉遮住陽光。	さえぎる
☐	さえずる	（鳥類）鳴、囀 鳥のさえずる声で目覚める。 因為聽到鳥兒的鳴叫聲而醒了過來。	
☐	冴える	相當清晰、音色純淨、色彩鮮艷；腦袋清晰、身體爽朗； 技術超群、（否定形）難以滿足 夜空に星が冴える。星星在夜空裡清晰可見。	さえる
☐	先駆ける	率先、預先 ライバル社に先駆けて新製品を売り出す。 率先比對手公司早發售新產品。	さきがける
☐	先立つ	先行、預先、先死 試合に先立って開会式が行われた。 在比賽之前，先舉行開幕式。	さきだつ
☐	裂く	撕裂 布を裂く。撕裂布。	さく
☐	割く	撥用一部分 時間を割く。撥出一點時間。	さく
☐	捧げる	獻給 医学の研究に一生を捧げる。 一生都獻身於醫學研究。	ささげる
☐	差し掛かる	某一時期到來、剛好到一個場所、籠罩 車が交差点に差し掛かる。 車子剛好到了十字路口。	さしかかる
☐	差し支える	產生障礙 工事の騒音が授業に差し支える。 施工的噪音妨礙到上課。	さしつかえる

☐	授ける	授與、傳授 学位を授ける。 授與學位。	さずける
☐	定まる	決定、穩定、明確 会社の方針が定まる。 決定公司的方針。	さだまる
☐	定める	決定、制定、使之明確、安定下來、平定 合格者の基準を定める。 明定合格者的基準。	さだめる
☐	察する	推想、體會 被害者の心情を察する。 推想被害人的心情。	さっする
☐	悟る	領悟 事の重大さを悟る。 領悟到事情的重要性。	さとる
☐	裁く	裁決 事件を公平に裁く。 將事件公平地裁決。	さばく
☐	さ迷う	彷徨、迷失 生死の境をさ迷う。 游走於生死之間。（在生死之間徘徊。）	さまよう
☐	障る	產生壞影響、產生妨礙 夜更かしは体に障る。 熬夜對身體有害。	さわる
☐	強いる	強制（他人） 服従を強いる。 強行要他人服從。	しいる
☐	仕入れる	採買 食材を仕入れる。 購買食材。	しいれる
☐	しくじる	失敗、錯失 試験を何回もしくじる。 考試考了幾次都沒考過。	

| ☐ | 慕う | 愛慕、思慕、想念 | したう |
| | | 故人の徳を慕う。追憶故人的仁德。 | |

| ☐ | 仕立てる | 裁縫、栽培、塑造成、扮演、改編、特別準備、（交通工具）特別加開 | したてる |
| | | ドレスを仕立てる。縫製禮服。
弟子を立派な職人に仕立てる。
將徒弟栽培成優秀的工匠。 | |

| ☐ | しのぐ | 忍受、凌駕、超越 | |
| | | 飢えをしのぐ。忍受飢餓。 | |

| ☐ | 染みる | 滲入、感受到心裡、刺痛、染上 | しみる |
| | | 味が染みる。氣味滲入。
親切が身に染みる。深刻感受到那份親切。 | |

| ☐ | しゃれる | 新潮、華麗、有打扮 | |
| | | デザインがしゃれている。設計的很新潮。 | |

| ☐ | 準ずる | 比照、照準 | じゅんずる |
| | | 正職員に準ずる待遇をする。
比照為正式職員的待遇。 | |

| ☐ | 白ける | 變白、泛白；冷場、敗興 | しらける |
| | | 座が白ける。場子冷下來了。
壁紙が白ける。壁紙褪色變白了。 | |

| ☐ | 退く | 向後移動、讓步、引退 | しりぞく |
| | | 政界から退く。從政壇引退。 | |

| ☐ | 記す | 寫書、銘記 | しるす |
| | | 出来事を日記に記す。
將碰到的偶發事件記在日記裡。 | |

☐	据える	装置、架設、就任、擔任、使人坐上位置、使人沉靜 下來、擺出嚴厲的眼神、針灸、蓋章 部屋の真ん中にテーブルを据える。 在房間的正中央放一張桌子。 校長に据える。 就任校長一職。	すえる
☐	過ぎ去る	過去、逝去 過ぎ去った青春。 逝去的青春。	すぎさる
☐	すすぐ	洗濯、漱口、雪恥 洗濯物をすすぐ。 洗濯衣物。	
☐	廃れる	廢棄、過時、沒落 流行は廃れるものだ。 流行是一種會衰退的事物。	すたれる
☐	澄む	（水、空氣）清淨、清澈；（光、顏色）明亮； （聲音）響亮；內心純潔、了無罣礙 空が澄んでいる。 天空明亮。	すむ
☐	制する	控制、支配、制定 機先を制する。 先發制人。 議会で法律を制する。 在議會中制定法律。	せいする
☐	急かす	催促 仕事を急かす。 催促工作。	せかす
☐	添える	添加 贈り物にカードを添える。 在禮物上再添加一張卡片。	そえる
☐	損なう	損害 健康を損なう。 有損健康。	そこなう

☐	**そびえる**	聳立 高層ビルがそびえている。 聳立著高層的大樓。	
☐	**染まる**	染色、沾染、染上 布が赤く染まる。布染成紅色。	そまる
☐	**背く**	背棄、反叛、背離、違反 命令に背く。違反命令。	そむく
☐	**背ける**	避開視線 惨状に目を背ける。 惨不忍睹。（將視線避開惨状。）	そむける
☐	**染める**	染色、渲染、（因為羞恥等）兩頰泛紅、產生興趣 髪を染める。染髪。	そめる
☐	**逸らす**	岔開、避開、使偏離、（否定形用法）使人不開心 話題を逸らす。岔開話題。	そらす
☐	**反る**	翹、翹起來 乾いて板が反る。乾了之後板子翹起來。	そる
☐	**たえる**	忍耐、抵抗力強、有能力、值得 悲しみにたえる。忍住傷悲。 鑑賞にたえる。值得鑑賞。	
☐	**絶える**	中斷、斷絕、死亡 人通りが絶える。人潮消盡。	たえる
☐	**たしなむ**	喜好、擅長、留意 タバコをたしなむ。喜好抽菸。	
☐	**携える**	攜帶、攜伴、攜手 手土産を携えて訪問する。 攜帶伴手禮去訪問。	たずさえる

☐	携わる	従事 教育に携わる。從事教育工作。	たずさわる
☐	たたえる	稱讚 勇気をたたえる。讚揚勇氣。	
☐	漂う	漂浮、漂流、漂散、充滿（某種氛圍） 雲が漂う。雲朵漂浮。 重苦しい雰囲気が漂う。充滿了沉重的氛圍。	ただよう
☐	立ち尽くす	一昧地站著 呆然と立ち尽くす。愣住了只是一昧地站著。	たちつくす
☐	断つ	斷、斷絕、中斷 関係を断つ。斷絕關係。	たつ
☐	立て替える	墊錢 会費を立て替える。先墊會費。	たてかえる
☐	奉る	（やる、贈る的謙讓語）獻上、奉 貢ぎ物を奉る。獻上貢品。 会長に奉る。奉會長之意。	たてまつる
☐	たどり着く	歷盡曲折之下抵達 山頂にたどり着く。 好不容易終於抵達山頂。	たどりつく
☐	束ねる	捆、扎（成一束）、統括管理 古新聞を束ねる。將舊報紙捆起。	たばねる
☐	賜る	（もらう的謙讓語、与える的尊敬語）恩賜、惠賜 お言葉を賜る。惠賜金玉良言。	たまわる
☐	保つ	保持、維持 若さを保つ。保持青春。	たもつ

469

| □ | **垂らす** | 放下、使…垂下、流下 | たらす |
| | | ロープを垂らす。 放下繩子。 | |

□	**弛む**	鬆弛、鬆懈	たるむ
		綱が弛んでいる。 麻繩已經鬆弛了。	
		気が弛んでいる。 已經鬆懈下來了。	

| □ | **垂れる** | 下垂、一點一點的滴落、教誨、往下垂放、名留後世、大小便 | たれる |
| | | 前髪が額に垂れている。 瀏海垂放在額頭前。 | |

| □ | **費やす** | 花費、耗費 | ついやす |
| | | 趣味に時間を費やす。 花時間在興趣上。 | |

| □ | **仕える** | 服侍、伺候、侍奉 | つかえる |
| | | 神に仕える。 侍奉神明。 | |

| □ | **司る** | 司掌 | つかさどる |
| | | 行政を司る。 司掌行政。 | |

| □ | **突き進む** | 突進、勇往直前 | つきすすむ |
| | | 目標に向かって突き進む。 向著目標勇往直前。 | |

| □ | **尽くす** | 用盡、盡 | つくす |
| | | 常にベストを尽くしたい。 總是希望能做到盡善盡美。 | |

| □ | **償う** | 償、賠償、補償 | つぐなう |
| | | 罪を償う。 贖罪。 | |

| □ | **繕う** | 修補、修繕、掩蓋住 | つくろう |
| | | 靴下を繕う。 修補襪子。 | |

| □ | **告げる** | 告訴 | つげる |
| | | 別れを告げる。 告別。 | |

☐	突っかかる	朝著某東西衝上去、緊咬著不放、撞上 いすに突っかかって転ぶ。 撞上椅子而摔倒了。 相手かまわず突っかかる。 不管對象如何，都跟他對衝。	つっかかる
☐	慎む	謹慎 言動を慎しむ。謹言慎行。	つつしむ
☐	突っ張る	緊實；頑強；程度異常；裝腔作勢、態度不佳； （以物體）撐住；重重施力 妥協せずに突っ張る。頑強到毫不妥協。	つっぱる
☐	つなぐ	繫上；維持、連繫、轉接；（法律）拘留；連成長條 狀；牽 電話をつなぐ。轉接電話。	
☐	募る	某種感覺愈來愈激烈；募集、招募 人材を募る。招募人材。 不安が募る。愈來愈感到不安。	つのる
☐	呟く	喃喃自語 一人で呟く。一個人在那喃喃自語。	つぶやく
☐	つぶる	閉目、視而不見 目をつぶって考える。暝想。	
☐	つまむ	抓、摘出 指でつまんで食べる。用手指抓來吃。	
☐	積み重なる	一層一層疊高、事物一次又一次地重複發生，程度愈 來愈大 疲れが積み重なる。疲勞不斷累積。	つみかさなる

471

☐	摘む	摘、摘除、（用剪刀）裁剪 花を摘む。摘花。	つむ
☐	貫く	貫穿、貫徹 自分の意思を貫く。貫徹自己的意志。	つらぬく
☐	手がける	親自做、用心栽培 手がけた仕事は全部失敗した。 親自做的工作全部都失敗了。	てがける
☐	徹する	徹、透徹 家業に徹する。守成家業。	てっする
☐	転じる	轉變 学者から政治家に転じる。 從學者轉變為政治家。	てんじる
☐	投じる	投、投入 第一球を投じる。投出第一球。	とうじる
☐	尊ぶ	尊崇、尊重 少数意見も尊ぶべきだ。 理當尊重少數人的意見。	とうとぶ
☐	遠ざかる	漸行漸遠、疏離 足音が遠ざかる。腳步聲愈來愈遠。	とおざかる
☐	とがめる	自責、惡化、責難、質問 失敗をとがめる。咎責失敗。 気がとがめる。感到自責。	とがめる
☐	解き放つ	解放、解脫 古いしきたりから人々を解き放つ。 人們從舊時不成文的規定中解脫出來。	ときはなつ

472

☐	途切れる	中途結束 会話が途切れる。談話談到一半就中斷了。	とぎれる
☐	説く	說明、解說 開発の必要性を説く。說明開發的必要性。	とく
☐	研ぐ	磨、淘米 包丁を研ぐ。磨菜刀。 米を研ぐ。淘米。	とぐ
☐	遂げる	達到、最後變成 目的を遂げる。達到目的。	とげる
☐	綴じる	訂、裝訂、縫合、（湯品）倒入芶芡狀物 原稿を綴じる。訂原稿。	とじる
☐	途絶える	中斷 便りが途絶える。魚沉雁杳。	とだえる
☐	滞る	停滯、（款項）過期未繳 家賃が滞っている。房租一直沒繳。	とどこおる
☐	唱える	唸、誦、大喊、提倡 新しい学説を唱える。提倡新的學說。	となえる
☐	飛び交う	交錯流竄 噂が飛び交う。傳言四處亂竄。	とびかう
☐	とぼける	裝傻、傻住 知らないととぼける。故意裝作不知道。	とぼける
☐	戸惑う	不知所措 急に聞かれて戸惑う。 突然被問到一下子不知道該如何是好！	とまどう

□	取り扱う	操作、受理、販売、接待	とりあつかう
		荷物を丁寧に取り扱う。很慎重的搬運行李。	

□	取り調べる	調査	とりしらべる
		容疑者を取り調べる。調查嫌犯。	

□	取り付く	緊抓著、著手、找到頭緒、（鬼怪）附身、根深蒂固	とりつく
		新しい研究課題に取り付く。 著手新的研究課題。	

□	取り次ぐ	轉達	とりつぐ
		伝言を取り次ぐ。轉達留言。	

□	取り付ける	裝置、（去老地方）消費	とりつける
		クーラーを取り付ける。裝置空調。	

□	取り除く	去除、拿掉	とりのぞく
		不良品を取り除く。挑掉不良品。	

□	取り巻く	圍起來、包圍、糾纏住	とりまく
		ファンに取り巻かれる。被粉絲給包圍住了。	

□	取り寄せる	讓對方送過來、取過來	とりよせる
		メーカーからサンプルを取り寄せる。 讓製造商將樣品送過來。	

□	採る	採取、採決、採用	とる
		新入社員を採る。採用新進職員。	

□	とろける	溶解、（內心）輕鬆下來	とろける
		熱でバターがとろける。 因為熱能使得奶油溶解開來。	

□	嘆く	感嘆、嘆息	なげく
		失敗を嘆く。感嘆失敗。	

□	なじむ	適應、習慣、熟悉 都会の生活になじむ。習慣都會的生活。	
□	詰る	責備、責問 部下の怠惰を詰る。責問下屬的怠惰。	なじる
□	懐く	習慣接觸於…、親近 新しい先生に懐く。親近新老師。	なつく
□	名付ける	命名 長男を一郎と名付ける。 長男命名為一郎。	なづける
□	なめる	舐、輕視 飴をなめる。舐糖果 素人になめられる。被外行人給看扁了。	
□	倣う	仿效 前例に倣って決める。決定仿效前例。	ならう
□	慣らす	使…適應、馴服 体を寒さに慣らす。使身體適應寒冷。	ならす
□	成り立つ	成立 契約が成り立つ。契約成立。	なりたつ
□	似通う	相互相像 服装が似通っている。雙方的服裝很像。	にかよう
□	賑わう	熱鬧、繁盛 観光客で賑わっている。 因為觀光客的關係，門庭若市。	にぎわう

	にじむ	滲入 血のにじむような努力をする。 懸梁刺股般的努力。 編註 「血が（の）滲むような」是藉由「滲血」轉義為在百般苦努中努力不懈的意思，類似中文的「懸樑刺股」。	
☐	煮立つ	煮沸 スープが煮立つ。湯煮沸了。	にたつ
☐	担う	荷起、擔任 国の未来を担う若者たち。 擔綱國家未來的主人翁們。	になう
☐	鈍る	變鈍、衰落 練習不足で腕が鈍る。 因為練習不足，技能退步了。	にぶる
☐	にらむ	瞪、盯、算計 鋭い目つきでにらむ。用銳利的眼神瞪。	
☐	抜かす	疏忽、脫漏、失去力氣 朝食を抜かす。漏吃早餐。	ぬかす
☐	抜け出す	偷偷跑掉、脫離、脫落 会議を抜け出す。從會議中離開。	ぬけだす
☐	寝込む	熟睡、臥病在床 風邪で寝込む。感冒了，臥病在床。	ねこむ
☐	ねじれる	扭；（個性）擰、乖僻；（關係）不調和 ネクタイがねじれる。領帶歪扭了。	
☐	妬む	嫉妒 友達の成功を妬む。嫉妒朋友的成就。	ねたむ

□	ねだる	（無理取鬧）要求、（要賴）強求 子供がおもちゃをねだって泣く。 孩子哭著強要著玩具。	
□	粘る	黏；堅持 最後まで粘る。堅持到底。	ねばる
□	練る	（他動詞）熬製、熬煮；冶煉；檢討、推敲；磨錬； （自動詞）整隊遊行 生地を練る。揉麵糰。 対策案を練る。再重新推敲因應對策。	ねる
□	逃れる	規避、逃脫 責任を逃れる。逃避責任。	のがれる
□	臨む	臨、面臨、面對、參加 試合に臨む。參加比賽。	のぞむ
□	乗っ取る	奪取、脅持 会社を乗っ取る。奪取公司。	のっとる
□	ののしる	罵、怒罵 人前でののしられる。在眾人面前被罵了一頓。	
□	乗り越える	越過、超越、（難關）渡過、跨過 不況を乗り越える。渡過不景氣的時期。	のりこえる
□	乗り出す	出航、著手、開始搭乘（騎）、身體向前挺 資源開発に乗り出す。著手於資源開發。	のりだす
□	乗り継ぐ	轉乘 バスから電車に乗り継ぐ。 下了公車後轉搭電車。	のりつぐ
□	這う	爬、爬行、（植物）攀爬 赤ん坊は這って進む。實寶向前爬行。	はう

☐	捗る	進展順利 仕事が捗る。工作進展順利。	はかどる
☐	諮る	談論、討論 議会に諮って決める。在會議中討論後決定。	はかる
☐	図る	圖謀、謀求、企圖 客の便宜を図る。謀求顧客的方便。	はかる
☐	剥ぐ	剝、剝奪、奪取 木の皮を剥ぐ。剝樹皮。	はぐ
☐	励ます	激勵、打氣；高亢 被災者を励ます。激勵受災者。	はげます
☐	励む	勤奮、努力 練習に励む。勤奮練習。	はげむ
☐	化ける	變化成、偽裝成、變成完全不同性質的物品、產生意外變化 犯人は女性に化けて逃げた。 嫌犯裝扮成女裝後逃跑了。	ばける
☐	はじく	（樂器）彈、（算盤）撥、彈開 そろばんの玉をはじく。撥（算盤的）算珠。	
☐	はしゃぐ	嬉鬧 子供のようにはしゃぐ。像孩子一樣鬧翻天了。	
☐	恥らう	害羞 人前に出るのを恥らう。 在他人的面前會感到害羞。	はじらう
☐	恥じる	羞愧、（以未然形使用）玷污 軽率な発言を恥じる。 為輕率的發言感到羞愧。	はじる

	弾む	（物體）彈回、充滿活力、呼吸急促；花錢不手軟	はずむ
□		このボールはよく弾む。 這顆球的彈性不錯。	

	はせる	疾馳、讓想法或情緒傳達至遠處、使名聲廣為流傳	
□		馬をはせる。 策馬疾馳。 名声をはせる。 壯大名聲。	

	果たす	完成、殺死、除掉	はたす
□		任務を果たす。 完成任務。	

	ばてる	累垮	
□		暑さにばててしまう。 酷暑之下，累倒無法動彈。	

	跳ね返る	彈回、濺起、反響	はねかえる
□		ボールが跳ね返る。 球彈回來。	

	はまる	嵌合、吻合、符合、（陷阱）落入、中計	
□		指輪が小さくて指にはまらない。 戒指太小了，戴不進手指裡。 わなにはまる。 掉入陷阱。	

	生やす	生長	はやす
□		ひげを生やす。 長鬍子。	

	ばらまく	撒、散播、散布、分給	
□		鳥のえさをばらまく。 撒雞飼料。	

	張り合う	相互競爭＝競い合う	はりあう
□		主役を張り合う。 相互爭奪主角的演出機會。	

	腫れる	腫、腫起	はれる
□		顔が腫れている。 臉腫起來。	

☐	控える	預備、等候、（時間或空間）鄰近、節制、（時間或空間） ひかえる 使…鄰近；預防忘記先寫下來、（衣服等）拉住 試合を来月に控えている。 將比賽時間調整到下個月。 健康のため酒を控える。 為了身體健康節制飲酒。 予定を手帳に控える。 把預定行程先行寫在手冊裡。
☐	率いる	帶領、率領 ひきいる 生徒を率いて、遠足に行く。 帶著學生去遠足。
☐	引き起こす	（將倒在地上的人、物）拉起、扶起、引發 ひきおこす トラブルを引き起こす。引起麻煩。
☐	引き下げる	（價格等）降低；（身分、地位）下滑、撤回、收回； ひきさげる 向後退 価格を引き下げる。降低價格。
☐	引き締まる	緊實、緊繃、（行情）上漲 ひきしまる 引き締まった体をしている。 整體身體相當緊實。 気持ちが引き締まる。心情上相當緊繃。
☐	引きずる	拖行、使…垂地、拖去、拖延、（不忘卻或不爽快處理掉） ひきずる 拖磨、（常以被動形表現時）受到影響 荷物を引きずって運ぶ。拖行運送的行李。
☐	引き取る	離開、拿在手上、接收、（接續上一個人的話尾繼續講） ひきとる 接話 預けていた荷物を引き取る。拿取寄放的行李。 その場を引き取る。從那個地方離開。

☐	浸す	浸 お湯に手足を浸して温める。 手腳伸入熱水裡保溫。	ひたす
☐	冷やかす	冷嘲熱諷、挖苦、使…變涼，冷卻、只拿起來問價不 買、（古時在日本遊廓）只看看妓女不嫖 道行く人を冷やかす。 戲弄路上的行人。 店を冷やかして歩く。 逛商店。	ひやかす
☐	ひらめく	瞬間發出火光、飄揚、飄動、（突然想到什麼）靈光一閃 アイディアがひらめく。 腦海裡突然浮現了一個創意。	
☐	封じる	封住、擋住 敵の攻撃を封じる。 封住敵人的攻撃。	ふうじる
☐	膨れる	膨脹、鼓起臉頰作出不悅的表情 腹が膨れる。 肚子脹起來。	ふくれる
☐	老ける	年老、老化 年の割には老けてみえる。 從年紀看起來格外的衰老。	ふける
☐	耽る	耽溺、沉溺 読書に耽る。 沉溺於閱讀之中。	ふける
☐	踏まえる	踏著、踩著、依據 事実を踏まえて論じる。 依據事實平心而論。	ふまえる
☐	振り返る	回頭、回首、回顧＝顧みる 学生時代を振り返る。 回首學生時代。	ふりかえる
☐	振り払う	拍除 差し出した手を振り払う。 拍開伸過來的手。	ふりはらう

☐	へりくだる	謙遜	

へりくだった態度で人に接する。
以謙遜的態度接待他人。

| ☐ | 経る | 經過 | へる |

パリを経てロンドンへ行く。
路經巴黎到倫敦去。

多くの年月を経る。經過長年的歲月。

| ☐ | 報じる | 報、報知、報導、通知、公告 | ほうじる |

選挙結果を報じる。報導選舉的結果。

| ☐ | 葬る | 埋葬、葬送 | ほうむる |

死者を葬る。埋葬死者。

| ☐ | 放り出す | 放出、拋出、扔出、隨手一放、中途放棄、丟棄 | ほうりだす |

仕事を途中で放り出す。
中途放下工作。

| ☐ | ぼける | 朦朧、健忘 | |

遠くのものがぼけて見える。
遠處的東西看起來很朦朧。

年とともにぼけてきた。
上了年紀，腦袋都不靈光了。

| ☐ | 誇る | 自豪、得意 | ほこる |

長い歴史と文化を誇る。
自豪長年的歷史及文化。

| ☐ | 綻びる | 綻放、（衣服）產生裂痕 | ほころびる |

桜のつぼみが綻びる。
櫻花的花苞綻放。

| ☐ | 解く | 解開、鬆開 | ほどく |

ネクタイを解く。解開領帶。

□	解ける	解開、鬆開、緩和 靴のひもが解ける。鞋帶鬆開。	ほどける
□	施す	施捨、施予、施行、執行 恩恵を施す。施予恩惠。 至急対策を施すべきだ。執行緊急對策。	ほどこす
□	ぼやく	（抱怨等）唸唸有詞 給料が安いとぼやく。 一張嘴不停地在唸著薪水太少。	
□	ぼやける	模糊、模棱兩可 物がぼやけて見える。物品看起來是模糊狀。	
□	滅びる	滅亡 国家が滅びる。國家滅亡。	ほろびる
□	滅ぼす	消滅 敵を滅ぼす。消滅敵人。	ほろぼす
□	負かす	打敗 競技で相手を負かす。在競賽中打敗對手。	まかす
□	賄う	籌措、供應、（飲食）供給、處理 寄付で費用を賄う。用捐款的方式籌措經費。	まかなう
□	まごつく	驚慌失措、彷徨＝まごまごする 外国の空港でまごつく。 在外國的機場裡不知道該如何是好。	
□	勝る	勝過、更勝一籌 実力では相手チームより勝っている。 實力方面，比對方的隊伍更勝一籌	まさる
□	交わる	交叉、交錯、交際、性交 友と親しく交わる。親密地與朋友交際。	まじわる

□	またがる	跨、騎＝わたる
		自転車にまたがる。騎腳踏車。
		この山は二県にまたがっている。
		這座山橫跨兩個縣。

| □ | 免れる | 免去、免除　　　　　　　　　　　　　　　まぬがれる |
| | | 死を免れる。免死。 |

| □ | 丸める | 弄成圓形、剃髮、籠絡、（數學）算成整數　　まるめる |
| | | 紙くずを丸めて捨てる。將紙屑揉成一團後丟掉。 |

□	見合わせる	互看、對照、暫停　　　　　　　　　　　みあわせる
		顔を見合わせる。面面相覷。
		病気で旅行を見合わせる。
		因為生病，暫時打消了旅行計畫。

| □ | 見落とす | 看漏、忽略掉　　　　　　　　　　　　　みおとす |
| | | 間違いを見落とす。忽略掉了弄錯的部分。 |

| □ | 見極める | 十分確認、了解透徹　　　　　　　　　　みきわめる |
| | | 事の真相を見極める。看透事情的真相。 |

| □ | 見せびらかす | 炫耀　　　　　　　　　　　　　　　　みせびらかす |
| | | 新車を見せびらかす。炫耀新車。 |

| □ | 満たす | 填滿、滿足　　　　　　　　　　　　　　みたす |
| | | コップに水を満たす。將杯子中斟滿水。 |

| □ | 導く | 指導、引導、導向、導出　　　　　　　　みちびく |
| | | 客を応接間に導く。將客人引導室會客室。 |

| □ | 見積もる | 估量、估計　　　　　　　　　　　　　　みつもる |
| | | 経費を見積もる。估算經費。 |

☐	見なす	看作、當作、（法律）等同視為 返事のない者は欠席と見なす。 沒有回答的人，就當作是缺席。	みなす
☐	見習う	見習、仿效 先輩を見習ってがんばる。 仿效前輩努力學習。	みならう
☐	見抜く	看穿、識破 嘘を見抜く。看穿謊言。	みぬく
☐	見逃す	看漏、睜一隻眼閉一隻眼、饒恕 わずかな失敗も見逃さない。 盯得緊緊的，一點失敗都不讓它發生。 駐車違反を見逃す。裝作沒看到違規停車。	みのがす
☐	見計らう	（時間）估計、斟酌 頃合を見計らって会を終わりにする。 找個適當的時機結束聚會。	みはからう
☐	見開く	睜大眼睛 驚きのあまり目を見開く。 太過驚訝而瞪大了雙眼。	みひらく
☐	見破る	看穿、識破 計略を見破る。識破計謀。	みやぶる
☐	見分ける	鑑識、分別 不良品を見分ける。將不良品分別出來。	みわける
☐	見渡す	遠眺、眺望 展望台から海を見渡す。 從展望台遠眺海景。	みわたす
☐	むしる	拔、（把骨頭邊的肉）剝離出來、迫脅搶奪 草をむしる。拔草。	

☐	結び付く	連結、關聯 努力が成功に結び付く。 努力與成功息息相關。	むすびつく
☐	結び付ける	使…連上、使…關係連結 二つの事件を結び付けて考える。 將兩個事件關連在一起思考。	むすびつける
☐	群がる	群聚 セールに人が群がる。特賣會裡聚集人潮。	むらがる
☐	めくる	掀開、（書的頁）翻 カレンダーをめくる。翻月曆。	
☐	申し出る	提出、申請 自ら辞任を申し出る。自行提出離職。	もうしでる
☐	もがく	掙扎 逃れようとしてもがく。為了逃脫不停地掙扎。	
☐	もたらす	帶來、（不好的狀態）招致 利益をもたらす。帶來利益。	
☐	持ち込む	（物品）拿進、開啟交涉、（在未解決的情況下）進入下一個階段 車内に荷物を持ち込む。將行李帶進車内。	もちこむ
☐	持て余す	難以處理、難以應付 泣く子を持て余す。對哭泣時的孩子真沒輒。	もてあます
☐	もてなす	招待、款待 客をもてなす。款待客人。	
☐	もてる	受歡迎、保留、維持 女性にもてる。受女性們的歡迎。	

☐	揉める	糾紛、紛爭、精神不寧 相続で兄弟が揉める。 因為繼承的問題造成兄弟鬩牆。	もめる
☐	催す	開辦、催、促使 展覧会を催す。開辦展覽會。	もよおす
☐	漏らす	（液體）漏出、洩漏、露出、漏掉 秘密を漏らす。洩漏秘密。	もらす
☐	盛り上がる	隆起、（水面、情緒）高漲、湧起 世論が盛り上がる。輿論高漲。	もりあがる
☐	盛り込む	添加 斬新なアイディアを製品に盛り込む。 將嶄新的創意放入製品當中。	もりこむ
☐	漏れる	外漏、洩漏、漏掉 ガスが漏れる。瓦斯外洩。	もれる
☐	養う	養、養育、飼養、培養、療養 妻子を養う。養老婆。	やしなう
☐	やり遂げる	做到底 計画をやり遂げる。將計畫徹底完成。	やりとげる
☐	歪む	歪斜、扭曲 心が歪んでいる。心術不正。	ゆがむ
☐	揺さぶる	搖晃、動搖、憾動 両手で木を揺さぶる。用兩手搖晃樹。 心を揺さぶる小説。憾動心靈的小說。	ゆさぶる
☐	揺らぐ	搖晃、動搖 決意が揺らぐ。決心產生動搖。	ゆらぐ

487

□	緩む	鬆動、鬆懈、變緩、遲緩、（行情）稍微下滑 規制が緩む。規定變得不嚴格。	ゆるむ
□	緩める	鬆開、大意、鬆懈、減速、使…平坦、放寬、鬆弛 ベルトを緩める。鬆開皮帶。	ゆるめる
□	呼び止める	叫住 見知らぬ人に呼び止められる。 被不認得的人叫住。	よびとめる
□	蘇る	死而復生、甦醒 記憶が蘇る。記憶復甦。	よみがえる
□	論じる	談論 法律改正について論じる。 談論關於修法的部分。	ろんじる
□	わめく	叫喚 大声でわめく。大聲叫喚。	わめく
□	割り当てる	分配 仕事を割り当てる。分配工作。	わりあてる
□	割り込む	穿插進入、（行情）比某一樣的價格變得還低 列に割り込む。插隊。	わりこむ

□	あくどい	（程度）太超過、太過火、（顔色、味道等）濃
		あくどい手口（てぐち）。手段太狠毒。
		あくどい化粧（けしょう）。化妝化得太濃。

| □ | 浅ましい | 卑劣、卑下、悲惨　　　　　　　　　あさましい |
| | | 根性（こんじょう）が浅（あさ）ましい。本性低劣。 |

| □ | あっけない | 不過癮、簡單、短促 |
| | | あっけなく敗（やぶ）れる。很輕易的就輸掉了。 |

| □ | 潔い | 乾脆、爽快　　　　　　　　　　　　いさぎよい |
| | | 潔（いさぎよ）く責任（せきにん）をとる。爽快地承擔責任。 |

| □ | 著しい | 明顯、顯著　　　　　　　　　　　いちじるしい |
| | | 技術（ぎじゅつ）が著（いちじる）しく進歩（しんぽ）する。技術有顯著的進步。 |

| □ | 卑しい | 卑賤、卑劣、貪心、貧窮　　　　　　　いやしい |
| | | 卑（いや）しい言葉遣（ことばづか）い。粗俗的用字遣詞。 |

□	いやらしい	噁心、感到不舒服、下流
		いやらしい目（め）つきで見（み）る。
		用下流的眼神看人。

| □ | うさんくさい | 可疑、需小心 |
| | | うさんくさい人物（じんぶつ）。可疑的人物。 |

□	うっとうしい	心煩、煩人
		長雨（ながあめ）続（つづ）きでうっとうしい。
		長期下雨下不停，感到心煩。

| □ | おびただしい | 數量很多、相當多 |
| | | おびただしい人（ひと）が集（あつ）まる。相當多的人聚集。 |

| □ | かしましい | 喧囂、嘈雜＝やかましい |
| | | かしましく騒（さわ）ぎ立（た）てる。大吵大鬧，相當嘈雜。 |

☐	**軽々しい**	輕率 かるがるしい 軽々しい行動は慎んでほしい。 我希望你能謹慎，不要草率行事。
☐	**決まり悪い**	感到不好意思、尷尬＝気恥ずかしい きまりわるい 決まり悪そうに頭をかく。 感到尷尬地搔頭。
☐	**ぎょうぎょうしい**	誇張、離譜 かすり傷にもぎょうぎょうしく包帯を巻く。 一點小擦傷也用繃帶五花大綁。
☐	**興味深い**	深感興趣 きょうみぶかい それは興味深い話だ。 那是個令人感興趣的話題。
☐	**くすぐったい**	發癢、感到難為情 足の裏がくすぐったい。腳底發癢。 あまりほめられるとくすぐったい。 被褒獎過頭了，反而感到難為情。
☐	**煙たい**	燻人、感到不自在 けむたい タバコの煙が煙たい。香菸的味道很嗆人。 部下にとって、上司は煙たい存在だ。 對部下來說，上司就是讓人感到不自在的指標。
☐	**心強い**	有所憑仗 こころづよい 君がいてくれれば心強い。 只要你在身邊，我就會感到有所憑仗。

☐	心細い	頓失憑仗、無所倚靠而不安 一人で出かけるのは心細い。 一個人外出而感到不安。	こころぼそい
☐	快い	感到暢快、坦率、爽快、病情好轉 仕事を快よく引き受ける。 很爽快地接下了工作。	こころよい
☐	しぶとい	頑強、倔強 しぶとく粘る。頑強不已。	
☐	清々しい	清爽、清新 清々しい空気。清新的空氣。	すがすがしい
☐	すばしこい	靈活、敏捷 すばしこく走り回る。動作靈敏地來回奔跑。	
☐	素早い	敏捷、機靈 動作が素早い。動作敏捷。	すばやい
☐	切ない	（因悲苦、戀情而）感到難受、痛苦 人との別れが切ない。離別是痛苦的。	せつない
☐	そっけない	冷淡 そっけない返事をする。很冷淡地回答。	
☐	たくましい	強健、意志堅強、充滿 たくましい精神力。強盛的精神力。	
☐	容易い	容易 これは容易い問題ではない。 不是個容易的問題。	たやすい
☐	だるい	懶懶的 風邪で体がだるい。 因為感冒，全身感覺懶懶的。	

☐	でかい	大的、極大的 でかい家を建てる。建造大房子。	
☐	尊い・貴い	尊高、寶貴 尊い（貴い）命。寶貴的生命。	とうとい
☐	乏しい	缺乏、貧乏 経験に乏しい。缺乏經驗。	とぼしい
☐	情けない	丟臉、難堪、無情 情けない結果に終わる。 以很難堪的結果劃下句點。	なさけない
☐	情け深い	很有熱誠、替他人著想 彼は情け深い人だ。他是個會替他人著想的人。	なさけぶかい
☐	名高い	知名、廣為人知 この公園は桜で名高い。 那座公園裡的櫻花相當有名。	なだかい
☐	何気ない	若無其事、無意、漫不經心 何気ない一言が胸に突きささる。 內心被他人無意的一句話給刺傷了。	なにげない
☐	生臭い	（魚、肉）腥味；惡臭味、血腥味；（宗教）不守戒律的； 慾望、利益糾葛不清的 魚の生臭いにおい。魚腥味。	なまぐさい
☐	悩ましい	煩惱、惱人 悩しい日々を送る。過著煩惱的日子。	なやましい
☐	馴れ馴れしい	親暱 馴れ馴れしく話しかける。 用親暱的口吻開口搭話。	なれなれしい

☐ **はかない**　渺茫、瞬間消逝
はかない夢を抱く。 抱持著渺茫的夢想。

☐ **華々しい**　光彩奪目、華麗　はなばなしい
華々しく活躍する。 展現出華麗的表現。

☐ **幅広い**　寬大、廣泛、大幅地　はばひろい
幅広い支持を得る。 獲得廣大的支持。

☐ **久しい**　（時間）長久　ひさしい
故郷を離れてから久しい。
離開故郷已經很久了。

☐ **相応しい**　符合、相合　ふさわしい
それは紳士に相応しくない行為だ。
那不是一名紳士應有的行為。

☐ **細長い**　細長、細水長流　ほそながい
細長い顔。 細長的臉蛋。

☐ **紛らわしい**　容易混淆　まぎらわしい
この漢字は紛らわしい。
這個漢字很容易寫錯。

☐ **待ち遠しい**　期待已久　まちどおしい
父の帰国が待ち遠しい。 引頸期盼父親回國。

☐ **見苦しい**　難看、丟臉＝みっともない　みぐるしい
見苦しい服装をする。
穿著很難看的衣服

☐ **みすぼらしい**　凄涼、貧弱　みすぼらしい
みすぼらしい家。 看起來很簡陋的房子。

☐ **空しい**　空虛、無益、虛無　むなしい
努力も空しくまた失敗した。
所做的努力都枉費掉了。

□ 目覚ましい
驚人
めざましい
目覚ましい進歩を遂げる。達到驚人的進步。

□ 申し分ない
無可挑剔
もうしぶんない
申し分ない成果。非常漂亮的成果。

□ 脆い
脆弱
もろい
情に脆い。情感很脆弱。

□ ややこしい
複雑
說明がややこしくて分からない。
說明很複雜，很難懂。

□ 欲深い
欲望無窮
よくぶかい
人間は欲深い生き物である。
人類是欲望無窮的生物。

□ よそよそしい
冷漠、見外
よそよそしい態度をとる。擺出冷漠的態度。

□ 喜ばしい
可喜可賀
よろこばしい
喜ばしい結果が出た。
最後的結果值得大家喜悅。

□ 煩わしい
麻煩、累贅、繁瑣
わずらわしい
煩わしい手続きを済ませる。
弄完了繁瑣的手續。

□ わびしい
寂寥、孤寂、破陋
わびしい一人暮らし。
孤單寂寞的一人生活。

形容動詞 けいようどうし

□ 鮮やか（な）
鮮明、鮮艶、出色
あざやか（な）
鮮やかな色のドレスを着る。
穿著色彩鮮艷的晚禮服。

□ あべこべ（な）
相左、相反
手順があべこべになる。 順序相反了。

□ あやふや（な）
模糊、不明確
あやふやな説明では納得できない。
我沒辦法接受這樣模糊不清的説明。

□ 安価（な）
低價、廉價
あんか（な）
安価な同情は無用だ。 淺薄的同情就免了吧！

□ 粋（な）
瀟灑、漂亮、風流
いき（な）
粋な姿を披露する。 表露出瀟灑的姿勢。

□ 陰気（な）
陰沉、陰暗；陰氣
いんき（な）
陰気な表情でうずくまっている。
蹲在那裡，露出陰沉的表情。

□ 陰湿（な）
陰溼、陰暗
いんしつ（な）
陰湿ないじめを受ける。 遭受冷暴力的霸凌。

□ うつろ（な）
空洞、空虛、沒有生氣
うつろな目で眺める。 用空虛的眼神遙望著。

□ 円滑（な）
圓滑
えんかつ（な）
交渉が円滑にいかない。 交渉進行的不順利。

□ 円満（な）
圓滿、和睦、（面像）福氣
えんまん（な）
万事円満に解決した。 諸事皆圓滿解決。

□ 旺盛（な）
旺盛
おうせい（な）
食欲が旺盛になる。 食慾很旺盛。

☐ **大柄（な）**
魁梧、（花紋、圖樣）大的　　　　　おおがら（な）
大柄な男の人が現れた。
出現了一個魁梧的男人。

☐ **おおざっぱ（な）**
大喇喇地、粗略的
おおざっぱに計算する。粗略的計算。

☐ **大幅（な）**
大幅度地　　　　　　　　　　　　おおはば（な）
大幅に値上がりする。大幅度地升值。

☐ **大まか（な）**
不拘小節、大喇喇地、概略地　　　　おおまか（な）
概要を大まかに話す。概略地說明摘要。

☐ **おおらか（な）**
粗略、大略、大喇喇地
彼はおおらかな性格の持ち主である。
他的性格大喇喇的。

☐ **臆病（な）**
膽小　　　　　　　　　　　　　　おくびょう（な）
弟とは臆病な性質だ。弟弟的性質很膽小。

☐ **厳か（な）**
莊嚴、肅然　　　　　　　　　　　おごそか（な）
厳かに式が進む。在莊嚴肅穆的氣氛下進行儀式。

☐ **愚か（な）**
愚蠢　　　　　　　　　　　　　　おろか（な）
愚かな振る舞いにあきれる。
對那愚蠢的舉動感到傻眼。

☐ **疎か（な）**
疏忽、疏於　　　　　　　　　　　おろそか（な）
練習を疎かにする。疏於練習。

☐ **温和（な）**
溫和　　　　　　　　　　　　　　おんわ（な）
温和な表情をしている。露出溫和的表情。

☐ **格別（な）**
特別　　　　　　　　　　　　　　かくべつ（な）
格別な待遇をする。特別的待遇。

□ **過酷（な）**

残酷、過於嚴苛

かこく（な）

過酷な労働で倒れる。
因為過於嚴苛的勞動而累倒了。

□ **かすか（な）**

微微、細微、隱約

虫の音がかすかに聞こえる。
聽到細微的蟲鳴聲。

□ **画期的（な）**

嶄新、劃時代的

かっきてき（な）

画期的な商品が発売された。
發售了劃時代的新商品。

□ **活発（な）**

活潑

かっぱつ（な）

活発な議論が行われる。
進行了相當熱烈的討論。

□ **過敏（な）**

過敏

かびん（な）

過敏な反応を示す。　顯示過敏的反應。

□ **簡易（な）**

簡易

かんい（な）

簡易な手続きを採用する。　採用簡潔的手續。

□ **簡潔（な）**

簡潔

かんけつ（な）

要点を簡潔に述べる。　簡易地敘述要點。

□ **頑固（な）**

頑強、頑固

がんこ（な）

頑固な人の説得は難しい。
要說服頑固的人並不是件容易的事。

□ **頑丈（な）**

結實、牢靠、堅固、牢固

がんじょう（な）

この建物は頑丈にできている。
這幢建築物相當地牢固。

□ **肝心（な）**

重要

かんじん（な）

何よりも基本が肝心だ。
基礎是比什麼都重要的。

☐	簡素（な）	簡樸、樸素 結婚式を簡素に行う。 結婚儀式辦的相當樸素。	かんそ（な）
☐	寛大（な）	寛大 寛大な心で許す。 以寛大的氣度加以原諒。	かんだい（な）
☐	完璧（な）	完美 完璧に仕上げる。 毫無缺陷地完成了。	かんぺき（な）
☐	肝要（な）	非常重要、絕對必要＝肝心（な） 何事にも辛抱が肝要だ。 凡事都必須懂得忍耐。	かんよう（な）
☐	寛容（な）	寛容 寛容な態度で接する。 以寛容的態度對待。	かんよう（な）
☐	気軽（な）	輕鬆愉快 気軽に引き受ける。 輕鬆愉快地接下。	きがる（な）
☐	気障（な）	做作、裝模作樣 上品ぶって気障なことを言う。 故作高尚，講話做作。	きざ（な）
☐	几帳面（な）	一板一眼 彼の几帳面なところが好きだ。 我喜歡他一板一眼的個性。	きちょうめん（な）
☐	気長（な）	耐心地 結果を気長に待つ。 耐心地等待結果。	きなが（な）
☐	気まぐれ（な）	（個性）陰晴不定、（事物）變化萬千 晩秋の天気は気まぐれで困る。 晩秋時節，天氣變化陰晴不定，相當困擾。	きまぐれ（な）
☐	生真面目（な）	非常認真地 生真面目すぎて柔軟性に欠ける。 太過認真，缺乏變通的餘地。	きまじめ（な）

| □ | 華奢（な） | 苗條、纖細 | きゃしゃ（な） |

華奢な指で毛糸を編む。用纖纖玉指編織毛線。

| □ | 窮屈（な） | （空間）緊、狹小；不自由、拘束；死板；（金錢及物品） きゅうくつ（な）
缺乏 |

窮屈な部屋。狹小的房間。

| □ | 急速（な） | 急速、迅速 | きゅうそく（な） |

急速な円高を懸念する。擔心日幣會迅速升值。

| □ | 強硬（な） | 強硬 | きょうこう（な） |

強硬に反対する。態度強硬地反對。

| □ | 強烈（な） | 強烈 | きょうれつ（な） |

強烈な印象を与える。給與強烈的印象。

| □ | 清らか（な） | 清純、純淨 | きよらか（な） |

夜空に星が清らかに輝く。
夜晚的天空裡，星星無瑕地閃爍著。

| □ | きらびやか（な） | 華麗 |

会場をきらびやかに飾りつける。
會場裝飾得很華麗。

| □ | 勤勉（な） | 勤奮、勤勞 | きんべん（な） |

勤勉な態度で仕事をこなす。
用勤奮的態度完成工作。

| □ | 緊密（な） | 緊密、密切 | きんみつ（な） |

緊密な連絡をとる。密切地保持連絡。

| □ | 軽快（な） | 敏捷、矯健、輕快、病情好轉 | けいかい（な） |

軽快な音楽が流れる。播放著輕快的音樂。

□	**軽率（な）**	軽率 軽率な言動で他人を傷つける。 講出輕率的言詞傷害他人。	けいそつ（な）
□	**厳格（な）**	嚴格 厳格に審査する。 嚴格審查。	げんかく（な）
□	**健全（な）**	健全 社会の健全な発展を目指す。 以社會的健全發展為目標。	けんぜん（な）
□	**厳密（な）**	嚴密、周密 厳密に区別する。 嚴密地作出區別。	げんみつ（な）
□	**賢明（な）**	明智 すぐに謝ったほうが賢明だと思う。 我覺得立刻去道歉才是明智的決定。	けんめい（な）
□	**高尚（な）**	高尚 高尚な趣味を持つ。 擁有高尚的嗜好。	こうしょう（な）
□	**巧妙（な）**	巧妙 巧妙な手口に引っかかる。 被巧妙的犯罪手法給騙了。	こうみょう（な）
□	**小柄（な）**	小個子、（花紋、圖樣）小的 小柄な人向けの服を作る。 這件衣服是針對個子小的人所製作的。	こがら（な）
□	**こっけい（な）**	滑稽 こっけいなことを言って人を笑わせる。 講出滑稽的話，使人發笑。	
□	**孤独（な）**	孤獨 孤独な生涯を送る。 過著形單影隻的日子。	こどく（な）

500

☐	細やか（な） 濃やか（な）	濃厚；（情感）深厚、親密；細微深入　　　こまやか（な） 細やかな心配りに感謝する。 感謝那麼貼心的為我著想。
☐	早急（な）	火速、緊急、馬上（そうきゅう（な））　　　さっきゅう（な） 早急に連絡をとる。立刻連絡。
☐	残酷（な）	残酷　　　ざんこく（な） 弱い者を残酷にいじめる。殘酷地霸凌弱者。
☐	斬新（な）	嶄新　　　ざんしん（な） 彼はいつも斬新なアイデアを出す。 他總是想能出有創意的新點子。
☐	質素（な）	儉樸、樸素　　　しっそ（な） 質素に暮らす。生活儉樸。
☐	淑やか（な）	文雅、嫻雅、嫻靜　　　しとやか（な） 着物姿で淑やかに歩く。 穿著和服嫻雅地走著。
☐	しなやか（な）	柔軟、柔媚　　　 しなやかに踊る。跳舞的姿勢柔媚。
☐	柔軟（な）	柔軟、柔和　　　じゅうなん（な） 柔軟な態度で臨む。以柔和的態度面對。
☐	詳細（な）	詳細、細微　　　しょうさい（な） 詳細な報告を受ける。接受詳細的報告。
☐	尋常（な）	普通、尋常　　　じんじょう（な） 尋常な手段では解決しない。 用一般的手段解決不了。
☐	神聖（な）	神聖　　　しんせい（な） ここは神聖な場所だ。這裡是神聖的地方。

☐ 迅速（な）
迅速
じんそく（な）
問題に迅速に対処する。迅速對問題展開處理。

☐ 親密（な）
親密
しんみつ（な）
親密な関係を築く。構築親密的關係。

☐ 健やか（な）
健康地、茁壯地
すこやか（な）
健やかに育つ。健康地成長。

☐ 速やか（な）
迅速地
すみやか（な）
速やかな対策を望む。
期望有個能夠迅速執行的對策。

☐ 精巧（な）
細巧
せいこう（な）
精巧な細工を施す。以細緻的手藝製造。

☐ 清純（な）
清純、純真
せいじゅん（な）
清純なイメージを持つ。帶有純真的印象。

☐ 盛大（な）
盛大
せいだい（な）
パーティーは盛大に行われた。
宴會盛大地舉行。

☐ 正当（な）
正當
せいとう（な）
正当な権利を主張する。主張正當的權利。

☐ 精密（な）
精密
せいみつ（な）
重量を精密に量る。精密地測量重量。

☐ 切実（な）
切身、確切
せつじつ（な）
親友に切実な悩みを打ち明ける。
跟好朋友傾訴最切身的困擾。

☐ 全面的（な）
全面性的
ぜんめんてき（な）
法律を全面的に改正する。
將法律作全面性的修正。

| 善良（な） | 善良
ぜんりょう
善良な市民の生活を守る。
保障善良市民的生活。 | ぜんりょう（な） |

□ **善良（な）**
善良
善良（ぜんりょう）な市民（しみん）の生活（せいかつ）を守（まも）る。
保障善良市民的生活。
ぜんりょう（な）

□ **壮健（な）**
健壮
壮健（そうけん）に暮（く）らす。 生活過得很健康。
そうけん（な）

□ **壮大（な）**
宏偉、雄偉、壯碩
壮大（そうだい）な山々（やまやま）が連（つら）なる。 壯闊的連綿群山。
そうだい（な）

□ **相対的（な）**
相對性的
物事（ものごと）を相対的（そうたいてき）に見（み）る。 相對性地看事物。
そうたいてき（な）

□ **ぞんざい（な）**
粗糙、粗魯
仕事（しごと）をぞんざいにする。 做起事來隨隨便便。

□ **怠惰（な）**
怠惰、懶散
怠惰（たいだ）な生活（せいかつ）を送（おく）る。 過著懶散的生活。
たいだ（な）

□ **大胆（な）**
大膽
大胆（だいたん）な性格（せいかく）で思（おも）い切（き）ったことをする。
他性格大膽，下定決心就去做。
だいたん（な）

□ **対等（な）**
對等
対等（たいとう）な立場（たちば）で話（はな）し合（あ）う。 在對等的立場下對談。
たいとう（な）

□ **巧み（な）**
巧妙地＝巧妙（こうみょう）（な）
巧（たく）みな演技（えんぎ）を披露（ひろう）する。 巧妙地展現技藝。
たくみ（な）

□ **達者（な）**
熟練、健壯、精明、高明
達者（たっしゃ）に英語（えいご）を話（はな）す。 用流利的英語談論。
たっしゃ（な）

□ **多忙（な）**
非常忙碌、百忙之中
多忙（たぼう）な毎日（まいにち）を過（す）ごす。 每天過的相當忙碌。
たぼう（な）

| □ | 多様（な） | 各式各樣、多樣
多様な商品を扱う。有專營多樣的商品。 | たよう（な） |

| □ | 短気（な） | 性急、急性子
自分の短気な性格を治したい。
想要好好地矯正自己的急性子。 | たんき（な） |

| □ | 単調（な） | 單調
刺激のない単調な毎日が続く。
持續每天沒有新刺激的單調日子。 | たんちょう（な） |

| □ | 丹念（な） | 仔細、細心
資料を一つ一つ丹念に調べる。
細心地一筆一筆的調查資料。 | たんねん（な） |

| □ | 忠実（な） | 忠實
任務を忠実に遂行する。忠實地完成任務。 | ちゅうじつ（な） |

| □ | 中途半端（な） | 半途而廢、不徹底
中途半端な妥協はしない。
絕對不在途中輕易放棄。 | ちゅうとはんぱ（な） |

| □ | 著名（な） | 著名、知名
著名な人物の伝記を書く。
撰寫著名人物的傳記。 | ちょめい（な） |

| □ | 痛快（な） | 痛快、爽快、暢快
9回裏に痛快なホームランが出た。
在九局下半轟出一支令人痛快的全壘打。 | つうかい（な） |

| □ | 痛切（な） | 痛切、深切
資金不足を痛切に感じる。
深切感受到資金不足的窘困。 | つうせつ（な） |

☐	月並（な） つき なみ	稀疏平常 月並なアイデアでは駄目だ。 だ め 稀疏平常的點子是行不通的。	つきなみ（な）
☐	つぶら（な）	圓潤 つぶらな瞳がかわいい。 圓潤的雙眸很可愛。 ひとみ	
☐	手薄（な）	（手頭）欠缺、鬆懈 所持金が手薄になる。 手頭沒什麼錢。 しょ じ きん　　　　て うす	てうす（な）
☐	手軽（な）	簡便、輕易 パソコンで年賀状を手軽に作る。 ねん が じょう　　て がる　　つく 用個人電腦輕易地製作賀年卡。	てがる（な）
☐	適宜（な）	適當、便宜行事 適宜な処置をとる。 作出適當的處置。 てき ぎ　　 しょ ち	てきぎ（な）
☐	適正（な）	適當、洽當 適正な評価を下す。 作出適當的評價。 てき せい　　ひょう か　　くだ	てきせい（な）
☐	手頃（な）	方便拿取、適合、吻合 手頃な値段のコートを探す。 て ごろ　　ね だん　　　　　　　さが 找尋價格適中的外套。	てごろ（な）
☐	鈍感（な）	遲鈍、鹵鈍 鈍感だから皮肉が通じない。 どん かん　　ひ にく　　つう 鹵鈍到連諷刺都聽不懂。	どんかん（な）
☐	和やか（な） なご	和氣、和睦 和やかな雰囲気で話し合う。 なご　　 ふん い き　　はな　 あ 在和睦的氣氛下談論。	なごやか（な）
☐	滑らか（な） なめ	平滑、流暢、流利 滑らかな英語を話す。 說流利的英語。 なめ　　　えい ご　　はな	なめらか（な）

□ **にわか（な）**
突然、驟然
にわかに天候が変わる。 天氣突然改變。

□ **のどか（な）**
悠閒、和煦
田舎でのどかに暮らす。
在鄉下過著悠閒的日子。

□ **はるか（な）**
遠隔、差很多
予想をはるかに上回る。 跟預想的超出很多。

□ **半端（な）**　　　　　　　不完全、哪邊都說不上、不伶俐的人　　　　はんぱ（な）
タクシーで行くには半端な距離だ。
搭計程車的話是不長不短的距離。

□ **悲惨（な）**　　　　　悲惨　　　　　　　　　　　　　　　　ひさん（な）
悲惨な光景を目撃する。 目擊到悲慘的景像。

□ **密か（な）**　　　　　悄悄地、偷偷地　　　　　　　　　　　ひそか（な）
夜遅くひそかに家を出る。
在深夜中悄悄的離開家裡。

□ **否定的（な）**　　　　否定性的　　　　　　　　　　　　　ひていてき（な）
否定的な見解を示す。 明示否定性的見解。

□ **批判的（な）**　　　　批判性的　　　　　　　　　　　　　ひはんてき（な）
批判的な態度をとる。 採取批判性的態度。

□ **敏感（な）**　　　　　敏感　　　　　　　　　　　　　　　びんかん（な）
敏感に反応する。 反應敏感。

□ **貧弱（な）**　　　　　積弱、貧乏　　　　　　　　　　　　ひんじゃく（な）
文章の内容が貧弱だ。 文章的內容相當貧乏。

□ **頻繁（な）**　　　　　頻繁　　　　　　　　　　　　　　　ひんぱん（な）
頻繁に連絡をとる。 頻繁地保持連絡。

□ **不可欠（な）**
不可或缺　　　　　　　　　　　　　ふかけつ（な）
水は生きていくのに不可欠なものだ。
水是為了維持生命而不可或缺的東西。

□ **不機嫌（な）**
不開心、不高興、不愉快　　　　　　ふきげん（な）
彼女は不機嫌そうな顔をしている。
她露出了不悅的表情。

□ **不吉（な）**
不吉利、不祥　　　　　　　　　　　ふきつ（な）
不吉な予感がする。我有不祥的預感。

□ **不自然（な）**
不自然　　　　　　　　　　　　　　ふしぜん（な）
演技が不自然に見える。
演技看得出很不自然。

□ **不十分（な）**
不充分、不完全　　　　　　　　　　ふじゅうぶん（な）
この公園は設備が不十分である。
這座公園裡的設備不夠充分。

□ **不順（な）**
不順、不順利　　　　　　　　　　　ふじゅん（な）
今年は天候が不順である。今年的天候不佳。

□ **不審（な）**
可疑　　　　　　　　　　　　　　　ふしん（な）
不審な人物を逮捕する。逮捕可疑的人物。

□ **不当（な）**
不當　　　　　　　　　　　　　　　ふとう（な）
不当な差別を受ける。受到不當的差別待遇。

□ **無礼（な）**
無禮　　　　　　　　　　　　　　　ぶれい（な）
先輩に無礼な言葉を吐く。
對學長說出了無禮的話。

□ **ふんだん（な）**
過多、豐厚　　　　　　　　　　　　ふんだん（な）
ふんだんな資金力を持つ。
具有極為豐厚的資金。

| □ | 豊潤（な） | 豐潤、豐富 | ほうじゅん（な） |

温暖な気候と豊潤な資源に恵まれる。
受惠於溫暖的氣候及豐富的資源。

| □ | 保守的（な） | 保守的 | ほしゅてき（な） |

うちの父は保守的だ。 我的爸爸相當地保守。

| □ | 前向き（な） | 積極的 | まえむき（な） |

前向きに考える。 積極的思考。

| □ | 未熟（な） | 未熟、未成熟、火候不夠 | みじゅく（な） |

舞台に立つにはまだ演技が未熟だ。
演技還不夠成熟，還不足上踏上舞台。

| □ | 身近（な） | 身邊、切身 | みぢか（な） |

ごみ処理は住民に身近な問題だ。
垃圾處理是居民切身的問題。

| □ | 密接（な） | 緊鄰、密切 | みっせつ（な） |

両国は密接な関係にある。
兩國之間的關係密切。

| □ | 無意味（な） | 無意義 | むいみ（な） |

努力は無意味に終わった。
所做的努力到最後都化做泡影。

| □ | 無口（な） | 沉默寡言 | むくち（な） |

彼は無口で感情を表に出さない。
他很沉默寡言，不太把感情表露出來。

| □ | 無邪気（な） | 天真無邪 | むじゃき（な） |

子供のように無邪気に笑う。
他像孩子一樣天真無邪地笑著。

| □ | 無駄（な） | 無益、不行、浪費 | むだ（な） |

無駄な出費を抑える。 減少無益的支出。

□ 無茶（な）

胡來、胡亂、過分　　　　　　　　　　　　　むちゃ（な）

無茶な使い方をすると壊れる。
胡亂地使用會壞掉的。

□ 明快（な）

明白了當、明快　　　　　　　　　　　　　　めいかい（な）

明快な論理で反論する。
用明白了當的論點提出反論。

□ 明瞭（な）

清楚明瞭、明亮　　　　　　　　　　　　　　めいりょう（な）

明瞭な発音で分かりやすく話す。
用清楚的發音交談，讓對方容易聽懂。

□ 明朗（な）

開朗、豁達　　　　　　　　　　　　　　　　めいろう（な）

彼は明朗な性格の持ち主だ。
他是個個性開朗豁達的人。

□ 綿密（な）

綿密、縝密　　　　　　　　　　　　　　　　めんみつ（な）

綿密に計画を立てる。訂立縝密的計劃。

□ 有益（な）

有益　　　　　　　　　　　　　　　　　　　ゆうえき（な）

社会に有益な事業を援助する。
支援對社會有益的事業。

□ 勇敢（な）

勇敢　　　　　　　　　　　　　　　　　　　ゆうかん（な）

苦難の時代を勇敢に生き抜く。
在苦難的時代要拿出勇氣生存下去。

□ 優柔不断（な）

優柔寡斷　　　　　　　　　　　　　　ゆうじゅうふだん（な）

優柔不断な態度を非難する。
譴責優柔寡斷的態度。

□ 悠長（な）

悠然、不慌不忙　　　　　　　　　　　　　　ゆうちょう（な）

そんな悠長な話はしていられない。
可沒有閒工夫那樣慢條斯理地談論。

☐	**優美（な）**	優美、雅緻 和服姿で優美に振る舞う。 穿著和服，優雅地擺動姿態。	ゆうび（な）
☐	**有望（な）**	可期待、有為 アジアはこれから有望な市場になる。 接下來，亞洲會成為值得期待的市場。	ゆうぼう（な）
☐	**緩やか（な）**	（衣服、規則）寬鬆、鬆緩、（角度）不太陡 緩やかな坂道を登る。 登上不會太陡的坡道。	ゆるやか（な）
☐	**良好（な）**	良好 取引先と良好な関係を築く。 跟客戶構築良好的關係。	りょうこう（な）
☐	**良質（な）**	優質 良質なサービスを供給する。 提供優質的服務。	りょうしつ（な）
☐	**冷酷（な）**	冷酷 冷酷にリストラを実行する。 冷酷地進行裁員。	れいこく（な）
☐	**冷淡（な）**	冷淡、冷漠 勝手にしろと冷淡に言う。 冷漠地說：「隨便你了！」。	れいたん（な）
☐	**露骨（な）**	露骨 悪口を露骨に言う。 直言不諱地說人壞話。	ろこつな（な）

| □ | あえて | 勉強、敢於、（與否定句搭配使用時）不見得、不一定 |
| | | あえて危険を冒す。　鋌而走險。 |

| □ | あっさり | （食物）清淡、不囉嗦、爽快 |
| | | 試合にあっさりと負ける。
比賽很輕易的就輸掉了。 |

| □ | 予め | 預先、提前　　　　　　　　　あらかじめ |
| | | 予め準備しておく。　預先準備好。 |

| □ | 案の定 | 果然、果不其然　　　　　　　あんのじょう |
| | | 結果は案の定だった。　結局果然如同所料。 |

□	いかに	如何、怎麼樣
		いかに苦しくても我慢する。 無論如何痛苦都要忍耐。
		人生をいかに生きるべきか。 人生究竟應該如何生存呢？

□	いかにも	的確、誠然
		いかにも苦しそうだ。　的確是很苦的樣子。
		いかにも君らしいね。　誠然像是你的作風。

| □ | 幾度 | 屢屢、幾度、幾回、許多次　　いくど |
| | | 幾度声をかけても返事がない。
叫了幾次都沒有回應。 |

| □ | いざ | （叫別人一起作什麼事時的發語詞）那麼、如何；（用いざというとき的形態）必要時 |
| | | この本は、いざというときに役に立つ。
這本書，在必要時相當能發揮作用。 |

☐	依然	依然 問題は依然未解決のままだ。 問題依然還是沒有解決。	いぜん
☐	至って	極為、非常 子供は至って元気です。孩子非常有活力。	いたって
☐	一概に	（常下接否定形）一概、一律 一概に悪いとは言えない。 不能一律皆視之為惡。	いちがいに
☐	一挙に	一舉 問題を一挙に解決する。將問題一舉完成。	いっきょに
☐	一見	初見、乍看 一見難しそうに見える。乍看好像很難。	いっけん
☐	一向に	一點也不 話が一向に進まない。 商談的內容一點也沒有進展。	いっこうに
☐	今更	事到如今 今更慌てても仕方がない。 事到如今，也沒必要慌張了。	いまさら
☐	未だ	至今仍、還 事故の原因は未だはっきりしない。 事故發生的原因，至今仍未水落石出。	いまだ
☐	いやいや	勉勉強強＝しぶしぶ いやいや承諾する。勉勉強強的答應了。	
☐	いやに	不尋常地、相當地 いやに頭が痛い。頭相當地痛。	

□	うんざり	厭煩、期待落空而失望
		長電話にうんざりする。
		對於一通電話講很久而感到厭煩。

□	大方	大部分、八成　　　　　　　　　　　　　　おおかた
		仕事は大方片づいた。 工作大部分都完成了！

□	おどおど	感到緊張、不安
		おどおどと辺りを見回す。
		心情不安地環顧四周。

□	自ずから	自然地、自然而然地　　　　　　　　　　おのずから
		時が来れば、自ずから分かる。
		時候到的時候，自然便會知曉。

□	がっくり	頓時、瞬間感到失落、（負面的）突然
		失敗にがっくりする。 面對失敗感到失落。
		客足ががっくりと減る。 客源頓時間少了很多。

□	がっしり	堅固、結實、厚實＝がっちり
		がっしりとした体格。 結實的體格。

□	がっちり	結實、緊密、精打細算、處理周到＝がっしり
		がっちりと手を握る。 緊緊地握住手。
		がっちりした体。 結實的體格。

□	かつて	以往、曾經、（下接否定語）至今未曾
		かつて大阪に住んでいた。
		曾經住在大阪過。
		かつてない大成功を収める。
		達到史上未曾有過的成功境界。

□	かねて	先前、以前
		かねてより予期していたことだ。
		從之前就開始期待著了。

☐	仮に	暫時、假設	かりに
		仮に招待されても出席する気はない。	
		即使我受到邀請，也不打算出席。	
☐	かろうじて	總算、終於	
		かろうじて最終電車に間に合った。	
		終於趕上了末班電車。	
☐	代わる代わる	輪流替換	かわるがわる
		出席者が代わる代わる意見を述べた。	
		出席者輪流表達了意見。	
☐	元来	本來、原來、原先＝もともと	がんらい
		この時計は元来父の物だ。	
		這個時鐘本來是父親的東西。	
☐	きっかり	準、準時、數量準確、…整＝ちょうど	
		きっかり約束の時間に来る。	
		在約定的時間準時到達。	
☐	きっちり	緊緊、著實、…整＝ぴったり、きっかり	
		ふたをきっちりと閉める。 蓋子緊緊的蓋著。	
		きっちりと２時に開会する。	
		在兩點整的時候，大會正式開始。	
☐	極力	極力	きょくりょく
		争いは極力避けたい。 極力避免爭端。	
☐	極めて	極為、極度	きわめて
		解決は極めて難しい。 解決上極為困難。	
☐	くっきり	清楚、清晰、顯眼	
		遠くの山がくっきり見える。	
		能清楚地看見遠方的山脈。	

☐	ぐっと	施力、一氣呵成地、情緒高漲、程度差很多 ビールをぐっと飲む。一口氣喝下啤酒。 胸にぐっと来た。情緒湧上心頭。
☐	くよくよ	（放不開地）煩惱、愁眉不展 あまりくよくよするな。不要一直在那難過了。
☐	げっそりと	消瘦 病気をしてげっそりとやせる。 因為罹患疾病而驟然消瘦。
☐	こうこうと	（燈火）明亮、通明 電灯がこうこうと輝く。電燈明亮地照著。
☐	交互に	輪流、交替穿插＝代わる代わる　　こうごに 交互に意見を述べる。交替穿插的陳述意見。
☐	こつこつ	紮實地、勤奮地 こつこつと勉強をする。勤奮地念書。
☐	ことごとく	全數、全部、完全＝すべて 意見がことごとく対立する。意見全部相左。
☐	殊に	格外、特別＝特に, とりわけ　　ことに 今年の夏は殊に暑い。今年夏天格外的炎熱。
☐	こりごり	厭倦、膩了 こんな仕事はもうこりごりだ。 對這件工作已經感到膩了。
☐	さぞ	（後接推量形）想必＝さぞかし, きっと さぞびっくりしたことだろう。 想必是嚇了一大跳吧！
☐	さっと	（事物變化很快）咻的一聲；瞬間；突然間的急雨、急風 さっと身を隠す。瞬間躲了起來。

515

□	さっぱり	清爽、清淡、一乾二淨、（下接否定形）完全 試験が終わってさっぱりした。 考試考完後感到相當地爽快。 さっぱり分からない。完全沒有頭緒。
□	さほど	（一般後接否定形）程度沒那麼大的、沒那麼嚴重的 ＝それほど，大して さほどひどい病気ではない。 並不是那麼嚴重的病。
□	さも	像那樣的、的確＝いかにも さも嬉しそうに笑う。他那樣的開心地笑了。
□	強いて	勉強、強迫＝あえて，無理に　　　　しいて いやなら、強いてすることはない。 不喜歡的話，就不要勉強做。
□	じっくり	仔細地、腳踏實地 じっくりと考える。好好地思考。
□	若干	若干、多少＝多少，少し　　　　じゃっかん 若干不安が残る。留下些許不安。
□	終始	始終、從頭到尾＝ずっと　　　　しゅうし 終始沈黙を守る。始終保持沉默。
□	順繰りに	依序、輪流　　　　じゅんぐりに 順繰りに発言する。依序發言。
□	しょっちゅう	經常、時常＝常に しょっちゅう遅刻をする。經常遲到。
□	しんなり	柔軟、嫩、柔和 野菜をゆでてしんなりさせる。 燙青菜，使其變嫩。

□	ずばり	俐落地、犀利、一針見血 予想がずばり的中する。 預測完全命中。
□	ずらっと	一字排開＝ずらりと ずらっと並ぶ。一字排開的排列著。
□	ずるずる	拖拉、滑溜、猶豫不決、（吃麵的）簌簌聲 返事をずるずると延ばす。 猶豫不決地一直拖延回覆。
□	すんなり	纖細、順暢 すんなりと決まる。很順利地就定下來了。
□	整然と	整然有序 せいぜんと 整然と並ぶ。整然有序地並列著。
□	即座に	立刻、當場 そくざに 即座に答える。當場回答。
□	大概	相當地、大體上、大致上、八成 たいがい 休みの日は大概家にいます。 休息的日子大致上都在家裡。
□	大層	非常地、相當地 たいそう 今朝は大層寒い。今天早上相當地寒冷。
□	断然	斷然、（後接否定形）絕對、顯然、不用說 だんぜん 私は断然反対だ。我是堅決反對的。 こちらの方が断然得だ。我們很明顯是賺到的。
□	ちやほや	討好、吹捧 子供をちやほやする。討好孩子。

☐	ちょくちょく	常常＝しばしば,たびたび 友達（ともだち）がちょくちょく遊（あそ）びに来（く）る。 朋友常常來玩。
☐	ちらっと	悄悄一瞥、偷偷地、瞄＝ちらりと ちらっと顔（かお）を見（み）る。偷看了臉一眼。
☐	つくづく	深入、深深、深切感受 親（おや）のありがたさをつくづく考（かんが）える。 深切地感認父母之恩。
☐	努めて	竭盡心力　　　　　　　　　　　　　　つとめて 努（つと）めて明（あか）るく振（ふ）る舞（ま）う。盡可能地開朗積極。
☐	てっきり	一定、鐵定 てっきり晴（は）れると思（おも）ったのに。 我認為一定會放晴的說…。
☐	てんで	（後接否定形）完全不…；相當地＝まるっきり,まったく てんでやる気（き）がない。完全沒有幹勁。
☐	到底	（後接否定形）不管怎麼樣都不…＝どうしても　　とうてい 到底（とうてい）相手（あいて）にならない。 已經沒有辦法再跟他談下去了。
☐	堂々と	堂堂的、堂堂正正的　　　　　　　　　どうどうと 堂々（どうどう）とした態度（たいど）。堂堂正正的態度
☐	どうやら	看起來、總覺得 どうやら明日（あした）は雨（あめ）らしい。 總覺得明天好像會下雨的樣子。
☐	とかく	零零碎碎、有的沒的；動不動就；無論如何、總之、反正 雪（ゆき）が降（ふ）るととかく遅刻者（ちこくしゃ）が多（おお）くなる。 一下起雪來，動不動就會有一堆人遲到。

□	とっさに	一瞬間 とっさにブレーキを踏む。 一瞬間踩下了剎車。	
□	突如	突然＝不意に，突然 突如爆発が起こる。 突然發生爆炸。	とつじょ
□	とりわけ	特別地＝特に，殊に 今年の夏はとりわけ暑い。 今年的夏天特別地熱。	
□	なおさら	更加地＝ますます 風がないので、なおさら暑く感じる。 因為沒有風，所以感到更熱。	
□	なにとぞ	請＝どうぞ，どうか なにとぞよろしくお願いします。 還請您多多指教。	
□	何より	比起什麼都 無事に帰国できて何より嬉しい。 能夠平安歸國，比起什麼都還開心。	なにより
□	なるたけ	盡可能地＝できるだけ，なるべく なるたけ早く帰って下さい。 盡可能地儘早回來。	
□	なんだか	不知怎麼地＝なぜか なんだか心配になってきた。 不知怎麼地，心裡滿是擔憂。	
□	なんだかんだ	這個那個的＝いろいろ 選挙でなんだかんだと騒がしい。 因為選舉，不知怎樣地騷亂不已。	

N1 副詞

なんと — 怎麼樣地、多麼地＝なんて
なんと美しい花だ。那是多麼美麗的花呀！

軒並（のきなみ）— 不管哪裡都是、這邊那邊
軒並値上がりする。到處都漲價了。

漠然と（ばくぜんと）— 籠統、含糊
漠然と考える。思慮籠統。

はなはだ — 極為、極其＝非常に
はなはだ残念だ。極為遺憾。

ひいては — 進一步地
それは自身のためにも、ひいては社会のためにもなる。
那是為了自身著想，進一步地也是為了社會著想。

ひそひそ — 悄悄地
ひそひそと話す。悄悄地說。

ひたすら — 一心一意地
ひたすら仕事に没頭する。
一心一意地埋頭在工作之中。

びっしょり — 相當濡溼
びっしょりと汗をかく。汗流浹背。

ひとまず — 暫且＝一応,とりあえず
これでひとまず安心だ。
到這裡就暫且可以安心一下了。

ひょっと — 不經意＝不意に,ふと
ひょっと思いつく。不經意地突然想到。

ひんやり — 寒冷
ひんやりとした風が吹く。吹起一陣寒風。

☐	ぶかぶか	寛大、（物體）膨脹並軟化狀、（氣鳴樂器聲）嗶啦嗶啦＝だぶだぶ この靴はぶかぶかして歩きにくい。 這雙鞋太大了，不好走。
☐	ふらふら	搖晃不穩、搖搖晃晃、態度不明確、漫無目標地行動 熱でふらふらする。 因為發燒，全身無力搖搖晃晃的。
☐	ぺこぺこ	物體凹下、歪搖貌或其聲音、（奉承貌）頻頻點頭 ぺこぺこしながら言い訳をする。 找藉口並頻頻奉承。
☐	ぼうぜん	傻住、茫然 ぼうぜんと立ち尽くす。 傻住了，站在那一動也不動。
☐	ぼつぼつ	四處佈滿、緩緩地、開始下雨貌 ぼつぼつと人が集まってくる。 人潮緩緩地聚集過來。 ぼつぼつと家が散らばっている。 房子一間一間地佈滿四處。
☐	ぽつぽつ	四處佈滿、緩緩地、開始下雨貌 ぽつぽつと雨が降ってきた。 滴滴答答地下起雨來了。
☐	前もって	預先＝あらかじめ　　　まえもって 前もって連絡する。預先連絡。
☐	誠に	誠然、相當地　　　まことに 誠にお世話になりました。 非常感謝您的關照。
☐	まさしく	絕對就是、正是 この絵はまさしく傑作だ。 那幅畫真的是傑作。

☐	**まして**	何況 音楽には興味はないのだから、 ましてギターなど弾けるはずがない。 對音樂都已經沒興趣了，怎麼可能還會彈吉他。
☐	**丸ごと**	完整的、整個　　　　　　　　　　　　　まるごと みかんを丸ごと食べる。把橘子整個吃完。
☐	**丸っきり**	（一般後接否定表現）壓根＝まったく　　　まるっきり 料理は丸っきりだめだ。我壓根不懂得料理。
☐	**まるまる**	胖嘟嘟、整體、全部 まるまるとした赤ちゃん。胖嘟嘟的嬰兒。 まるまる二日はかかる。整個花了二天。
☐	**むやみに**	胡亂＝やたら むやみに怒る。胡亂發怒。
☐	**無論**	當然、理所當然　　　　　　　　　　　　むろん 無論賛成だ。當然贊成。
☐	**めきめき**	顯著的進步、發展貌；（物品）壞掉、摩擦時的聲音 めきめきと上達する。進步顯著。
☐	**目下**	眼下＝ただいま　　　　　　　　　　　　もっか 目下検討中です。目前正在評估中。
☐	**専ら**	專、專門＝ひたすら　　　　　　　　　　もっぱら 専ら練習に励む。專注在練習。
☐	**もとより**	原本＝もともと　　別說是＝もちろん 失敗はもとより覚悟していた。 原本我就有想過會失敗了。 この映画は子供はもとより大人も楽しめる。 這部電影別說是孩子了，大人也會想看。

☐	もはや	已經＝もう
		もはや手の打ちようがない。
		已經無計可施了。
☐	もろに	直接地＝直接に，まともに
		木にもろにぶつかる。 直接朝樹撞上。
☐	やけに	過於、非常＝むやみに
		やけにのどが渇く。 過於口渴。
☐	やたら	胡亂地、過份地＝むやみに，やけに
		やたらと忙しい。 過度地忙碌。
☐	やんわり	婉轉地
		やんわりと断る。 婉轉地拒絕。
☐	よほど	相當、過度、幾乎就、差點就
		よほど困っているようだ。 似乎相當地困擾。
☐	ろくに	（後接否定形）沒有好的…、不能好好的…
		ろくに休みもとれない。
		不能好好的放個假。

その他 _た 其他

☐	**いかなる**	怎麼樣的、相當多的 いかなる犠牲を払ってもやり遂げる。 不管做出多少犧牲都要完成。
☐	**確たる**	確鑿　　　　　　　　　　　　　　　　　　かくたる 確たる証拠はない。　就差沒有鐵證。
☐	**かつ**	且 よく学び、かつよく遊ぶ。 好好地念書，且盡情地遊樂。
☐	**しかしながら**	可是＝しかし 計画はよい。しかしながらお金がない。 計畫是很不錯。但是沒有資金。
☐	**それゆえ**	因此 自転車の事故が多い。それゆえ注意してほしい。 發生了許多腳踏車的交通意外，因此我希望你騎乘時要小心。
☐	**ないし**	或是＝または 電話ないし手紙で知らせる。 打電話或是寫信通知。
☐	**もしくは**	或是＝または,あるいは 手紙もしくは電話で連絡すること。 寫信或是打電話連絡。
☐	**故に**	故　　　　　　　　　　　　　　　　　　　ゆえに 我思う。故に我あり。　我思，故我在。

524

カタカナ 片假名

純日文　日中對照

29日目

N1-29.MP3　N1-29.MP3

☐	**アクセル**	油門 アクセルを踏む。踩油門。
☐	**アップ**	提升 レベルがアップする。等級提昇。
☐	**アプローチ**	研討、研討、接近、（滑雪）引道 大胆にアプローチする。大膽地接近。
☐	**アポイント**	預約 アポイントをとる。預約。
☐	**アリバイ**	不在場證明 アリバイを証明する。提出不在場證明。
☐	**アンコール**	安可 アンコールにこたえる。再唱一首安可曲。
☐	**インテリ**	知識分子 インテリ向けの雑誌。為了知識分子而編的雜誌。
☐	**インプット**	輸入 データをインプットする。輸入資料。
☐	**インフラ**	公共建設 インフラを拡充する。擴充公共建設。
☐	**インフレ**	通貨膨脹 インフレで生活が苦しくなる。通貨膨脹造成民生困苦。
☐	**エリア**	區域 サービスエリアを拡大する。擴大服務區域。
☐	**エレガント（な）**	高雅 エレガントな服装。高雅的服裝。

☐	オーダー	順序、訂單、下訂單 オーダーを取り消す。取消訂單。
☐	オートマチック	自動化 作業をオートマチックに処理する。 作業都是自動作的處理。
☐	カット	剪斷、消除、裁斷、（頭髮）修剪、（撲克牌）切牌、（寶石、玻璃工藝）削磨、（裁縫）裁 賃金をカットする。減薪。
☐	カテゴリー	範疇、分項、分類 同じカテゴリーに属する。屬於同分類的。
☐	カルテ	病歷表 病状をカルテに記載する。將病症記在病歷表裡。
☐	カンニング	作弊 試験でカンニングをする。考試作弊。
☐	キャッチ	取得、接球 情報をキャッチする。取得資訊。
☐	キャラクター	角色、個性 特異なキャラクターの持ち主。具有特殊角色的所有人。
☐	キャリア	職歷 キャリアを積む。累積職歷（職業經歷）。
☐	グローバル（な）	全球化 グローバルな観点で考える。以全球化的觀點來考量。
☐	ケア	照護 患者をケアする。照護患者。
☐	ゲスト	客人、特別來賓 ゲストとして出演する。以特別來賓的身分演出。

□	コマーシャル	廣告 コマーシャルを放送する。播放廣告。
□	コメント	回應、評論 コメントを求める。尋求評論。
□	コンテスト	競賽、比賽 コンテストに参加する。參加競賽。
□	コンテンツ	內容、目錄、數位內容 人気のあるコンテンツを確保する。 保有受歡迎的內容。
□	コントラスト	對比、對照；明暗比 二つの色のコントラストが美しい。 兩色的對照相當美麗。
□	コントロール	控制 温度をコントロールする。控制溫度。
□	コンパス	圓規 コンパスで円を書く。用圓規畫圓。
□	シェア	佔有率、分享、分擔 二割のシェアを占める。擁有兩成的佔有率。
□	システム	系統 業務のシステムを説明する。說明業務系統。
□	シチュエーション	場合、場景、立場 多様な会話のシチュエーションを想定する。 預想多種場合的會話。
□	シック（な）	時髦、時尚 シックに着こなす。擅於時髦的穿搭。

☐	シナリオ	劇本	映画のシナリオを書く。 寫電影的劇本。
☐	シビア（な）	嚴重、嚴厲	シビアな批評を受ける。 受到嚴厲的批評。
☐	シャープ（な）	敏銳、影像鮮明	シャープな画面。 影像鮮明的畫面。
☐	ジャンプ	跳躍	ジャンプしてボールを取る。 跳起來接球。
☐	ジャンル	範疇	随筆は文学のジャンルに属する。 隨筆文學屬於文學的範疇。
☐	ショック	衝撃、打撃	強いショックを受ける。 受到強烈的衝擊。
☐	スタジオ	片場、工藝坊、錄音室、攝影棚、工作室	スタジオで写真を撮る。 在攝影棚裡拍攝照片。
☐	ストック	存貨	まだストックが十分ある。 存貨的量仍十分充足。
☐	ストライキ	罷工、罷課＝スト	ストライキをする。 進行罷工。
☐	ストロー	吸管	ジュースをストローで飲む。 用吸管喝果汁。
☐	スペース	空間	テーブルを置くスペースがない。 沒有空間能放桌子。
☐	セクション	部門、課、（文章的）段落、（報紙的）欄	営業セクションで働いている。 在業務部門工作。

□	セレモニー	典禮、儀式 創立30周年のセレモニーを行う。 舉行創立30周年的儀式。
□	センス	品味 服を選ぶセンスがない。 沒有選服飾的品味。
□	タイトな（な）	緊、供應不足、緊身裙 タイトなスカートをはく。 穿緊身裙。
□	タイマー	鬧鐘 タイマーを7時にセットする。 將鬧鐘設在7點。
□	タイミング	時機 タイミングが悪い。 時機不對。
□	タイムリー（な）	及時、（棒球）適時的安打 タイムリーな話題。 時下的話題。
□	ダウンロード	下載 データをダウンロードする。 下載資料。
□	ダブル	雙倍、兩倍、雙層 ダブルスコアで勝つ。 以兩倍的得分差獲勝。
□	タレント	才能、藝人 人気タレントが引退する。 受歡迎的藝人引退。
□	タワー	塔 東京タワーがそびえている。 東塔鐵塔高聳佇立著。
□	ダンプカー	傾卸車 大型のダンプカーが道路を走っている。 大型傾卸車行駛在道路上。

☐	チームワーク	團隊合作、小組配合 目標を達成するためにはチームワークが不可欠だ。 為了達到目標，團隊合作是不可或缺的。
☐	チェンジ	交換、兌換、替換、更換 部品をチェンジする。更換部分零件。
☐	チョイス	選擇 それがベストチョイスだ。那是最佳選擇。
☐	デコレーション	裝飾 この店はデコレーションケーキが売れ筋だ。 這家店的裝飾蛋糕是熱銷商品。
☐	デジタル	數位 すっかりデジタルの時代になった。 已經完全是數位化的時代了。
☐	デビュー	出道 華々しくデビューする。華麗地出道。
☐	デモンストレーション	示威活動、抗議；展演 新車発売に際して、デモンストレーションをする。 新車發售的時候，進行了相關展演。
☐	デリケート（な）	纖細、敏感 これは非常にデリケートな問題だ。 這是個非常敏感的問題。
☐	トラブル	糾紛、麻煩 金銭上のトラブルを起こす。引起了金錢上的糾紛。
☐	ドリル	練習 英語のドリルをする。練習英語。

☐	トレンド	趨勢、傾向、流行動向 秋のファッショントレンドを教えてください。 請告訴我秋天的流行趨勢。
☐	ナイター	夜間比賽 ナイターを見に行く。 去看夜間的比賽。
☐	ナチュラル（な）	天然的、自然的 ナチュラルな素材を使用する。 使用天然的素材。
☐	ナンセンス	荒謬、無意義 そんな議論はナンセンスだ。 那樣的討論很荒謬。
☐	ニュアンス	語感、（聲音、顏色的）細微差異 表現のニュアンスを説明する。 說明語感的表達。
☐	ノイローゼ	神經過敏、神經衰弱 ノイローゼに悩む。 為了神經衰弱而困擾。
☐	パートナー	合夥人、同伴 よいパートナーとなる。 成為好同伴。
☐	バッテリー	電池 バッテリーが上がる。 電池耗盡了。
☐	パトカー	警用巡邏車 パトカーがサイレンを鳴らす。 巡邏車鳴起了警笛。
☐	ハンガー	衣架 コートをハンガーにかける。 將外套掛在衣架上。
☐	ビジネス	商業、生意、工作 ビジネスに徹する。 埋心於工作。
☐	ヒント	提示 ヒントを与える。 給與提示。

☐	ファイト	（拳擊）比賽；鬥志、戰意 ファイトが足りない。鬥志不足。
☐	フィット	合身、適合、相合 このシャツは体にフィットする。這件襯衫很合身。
☐	フィルター	泛指過濾用品的總稱 浄水器のフィルターを交換する。更換淨水器的濾心。
☐	フォーム	格式、形式、樣式、（運動）姿態 フォームに合わせて書類を作成する。 製作符合格式的文件。
☐	フォロー	輔助、跟隨、追蹤 新入社員の業務をフォローする。輔助新同事的業務。
☐	プライベート	私人的 プライベートの時間が欲しい。想要私人的時間。
☐	フロント	大廳櫃台 フロントに荷物を預ける。將行李寄放在大廳櫃台。
☐	ペア	組、隊 二人でペアになる。由兩個人為一組。
☐	ペース	速度、步調 自分のペースで走る。依自己的速度跑著。
☐	ボイコット	拒買、抵制 投票をボイコットする。抵制投票。
☐	ポジション	部署、地位、（棒球）守備位置 ポジションを得る。得到地位。
☐	ボランティア	志工 ボランティア活動をする。參加志工活動。

☐	マスコミ	大眾傳媒 マスコミに取り上げられる。 被媒體關注報導。
☐	マッサージ	按摩 全身をマッサージする。 按摩全身。
☐	マニュアル	使用說明書、手冊、手動式 マニュアルを読む。 閱讀使用說明書。
☐	メディア	媒體 新聞というメディア。 報紙這項媒體。
☐	メロディー	旋律 メロディーを奏でる。 演奏旋律。
☐	モニター	監視、監視器、監製 番組をモニターする。 監看節目。
☐	モラル	道德、論理 モラルに欠ける。 缺乏道德。
☐	ユニーク（な）	獨特 ユニークな発想。 獨特的創想。
☐	ライバル	競爭對手 ライバル意識を燃やす。 激起敵我意識。
☐	ラフ（な）	粗糙、粗略、隨便、草率、（布料）單調 仕事ぶりがラフだ。 工作做得很草率。
☐	ラベル	標籤 ラベルを貼る。 貼標籤。
☐	リアリティー	真實感、現實性 作品にリアリティーを持たせる。 讓作品具有真實感。

☐	リード	領導、引導 時代をリードする。領導時代。
☐	リクエスト	要求 リクエストに応じる。回應要求。
☐	リセット	重設 設定をリセットする。重新設定。
☐	ルーズ（な）	鬆懈、散漫 時間にルーズな人。時間觀念散漫的人。
☐	ルール	規則、規矩 ルールを守る。守規則
☐	レース	比賽 ボートレースを見に行く。去看快艇競賽。
☐	レギュラー	正式的、正式成員、（一個節目）常出演的藝人 レギュラーメンバーになる。成為正式成員。
☐	レバー	把手、控制桿 サイドブレーキのレバーを引く。拉手剎車的把手。
☐	レンタカー	租賃車 レンタカーを借りる。去租租賃車。
☐	レントゲン	X光 レントゲン写真をとる。照X光。
☐	ロマン	浪漫、長編小説 ロマンを追う。追求浪漫。

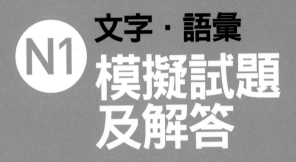

文字・語彙

N1

模擬試題
及解答

問題1 ＿＿＿の言葉の読み方として最もよいものを、1・2・3・4から 一つ選びなさい。

1 今回の地震により、多くの貴い命が失われた。
 1 たかい 　　　 2 とうとい 　　　 3 もろい 　　　 4 えらい

2 長い交渉の末、両者は大筋で合意に達した。
 1 おおすじ 　　 2 おおもと 　　 3 だいすじ 　　 4 だいきん

3 大人が率先して子どもの手本となるよう努めるべきだ。
 1 ひきさき 　　 2 りさき 　　　 3 そっせん 　　 4 りっせん

4 彼がなぜそんなことを言ったのか、意図が分からない。
 1 いし 　　　　 2 いず 　　　　 3 いと 　　　　 4 いみ

5 ようやく景気回復の兆しが見えてきた。
 1 あかし 　　　 2 きざし 　　　 3 しめし 　　　 4 しるし

6 創立百周年の記念パーティーが盛大に催された。
 1 うながされた 　　　　　　　 2 きたされた
 3 もたらされた 　　　　　　　 4 もよおされた

問題2　（　　　）に入れるのに最もよいものを1・2・3・4から一つ
　　　選びなさい。

7　エネルギー問題と環境問題を（　　　　）に解決する方法はない
　　だろうか。
　　1 一向　　　　　2 一挙　　　　　3 一概　　　　　4 一方

8　カラフルな色を使ったデザインが今年の（　　　　）だという。
　　1 ニュアンス　2 キャリア　　　3 トレンド　　　4 プラン

9　安全運転のためには、常に（　　　　）を保つことが大切だ。
　　1 安静　　　　　2 閑静　　　　　3 動静　　　　　4 平静

10　国は、事故の責任を（　　　　）せずに、いさぎよく認めるべき
　　だ。
　　1 回想　　　　　2 回避　　　　　3 回答　　　　　4 回送

11　大雪で電車の運転を（　　　　）いる。
　　1 見落として　　2 見習って　　　3 見合わせて　　4 見渡して

12　新しい法案をめぐって与野党の（　　　　）が続いている。
　　1 駆け引き　　　2 割り引き　　　3 差し引き　　　4 くじ引き

13　体を（　　　　）と、毎日プールで泳いでいる。
　　1 こたえよう　　2 ふるえよう　　3 となえよう　　4 きたえよう

問題3 　＿＿＿＿の言葉に意味が最も近いものを、１・２・３・４から一つ
　　　　選びなさい。

14 彼の素晴らしい作品の中でも、とりわけこの小説は世界中の人々
　　に愛されている。
　　1 先に　　　　　2 特に　　　　　3 別に　　　　　4 次に

15 閉店近くになると、食品は軒並み値下げされて安くなる。
　　1 しいて　　　　2 すべて　　　　3 つとめて　　　4 かつて

16 この二つの言葉の微妙な違いがどうも分からない。
　　1 タイムリーな　　　　　　　　2 エレガントな
　　3 デリケートな　　　　　　　　4 ナンセンスな

17 会議で他の人に気兼ねしてしまい、何も発言できなかった。
　　1 遠慮して　　　2 気に入って　　3 貫いて　　　4 割り込んで

18 取引先との交渉は円滑に進んでいる。
　　1 強烈に　　　　2 巧妙に　　　　3 順調に　　　　4 頻繁に

19 チャンスを与えられたときは、迷わず挑戦してみよう。
　　1 いどんで　　　2 おびえて　　　3 からかって　　4 つぶやいて

問題4 次の言葉の使い方として最もよいものを、1・2・3・4から
一つ選びなさい。

20 案の定
あん　じょう

1 交通事故にあったが、案の定軽いけがで済んだ。

2 今度の試験は難しいと思ったら、案の定簡単だった。

3 連休中の空港は、案の定かなり込んでいた。

4 店内には椅子とテーブルが案の定と並んでいる。

21 著しい
いちじる

1 倫理に反する著しいやり方でお金をもうける。

2 政治に対する不満が著しく高まっている。

3 自分の責任を著しく認めて、謝罪と償いをする。

4 暗い夜道を一人で歩くのは著しいことだ。

22 中傷
ちゅうしょう

1 先進国と途上国の利害中傷がうまくいかず、会議は決裂した。

2 彼は、父親の中傷に耳をかそうともしなかった。

3 中傷を負った清水さんは、救急病院に運ばれた。

4 匿名を使ったネット上の中傷が犯罪でなくてなんだろうか。

23 抗議
こう　ぎ

1 番組での差別発言に対して抗議の電話が殺到した。

2 会費は当日パーティーの会場で抗議致します。

3 話し合いにもかかわらず、結局、抗議には至らなかった。

4 あの映画に対する抗議は、人によって違う。

24 丹念
<ruby>丹念<rt>たんねん</rt></ruby>

1 長く続く景気停滞や税収不足による財政の悪化が<u>丹念</u>される。

2 常にやる気と<u>丹念</u>を持って仕事に当たることにしている。

3 こんな悪天候では、登山を<u>丹念</u>せざるをえない。

4 この和菓子は職人の手で<u>丹念</u>に心をこめて作りました。

25 慕う
<ruby>慕<rt>した</rt>う</ruby>

1 山下先生は、生徒に<u>慕われて</u>いる。

2 薬は医師の指示に<u>慕って</u>使用しましょう。

3 ヘリコプターがマラソンの先頭ランナーを<u>慕って</u>いる。

4 彼はけっして悪い人ではないと言って、友人を<u>慕った</u>。

•解答

1②	2①	3③	4③	5②	6④	7②	8③	9④	10②
11③	12①	13④	14②	15②	16③	17①	18③	19①	20③
21②	22④	23①	24④	25①					

•分析

問題1

1 今回の地震により、多くの貴い（とうとい）命が失われた。
因為這次的震災，失去了許多寶貴的性命。

2 長い交渉の末、両者は大筋（おおすじ）で合意に達した。
在長時間的交涉之後，兩者在大致上達成了一致的看法。

3 大人が率先（そっせん）して子どもの手本となるよう努めるべきだ。
大人應該率先地作為孩子模範的榜樣。

4 彼がなぜそんなことを言ったのか、意図（いと）が分からない。
他為什麼要講那種話？不了解他的意圖。

5 ようやく景気回復の兆し（きざし）が見えてきた。
總算有看到景氣回復的兆頭了。

6 創立百周年の記念パーティーが盛大に催された（もよおされた）。
盛大地舉行了創立100周年的紀念宴會。

問題2

7 エネルギー問題と環境問題を（一挙）に解決する方法はないだろうか。
沒有辦法能一舉解決能源問題及環境問題嗎？

8 カラフルな色を使ったデザインが今年の（トレンド）だという。
使用多彩的色澤設計是今年的流行趨勢。

9 安全運転のためには、常に（平静）を保つことが大切だ。
為了落實行車安全，平常保持穩定的行車是很重要的。

10 国は、事故の責任を（回避）せずに、いさぎよく認めるべきだ。
國家應該爽快地承擔，而不是規避事故的責任。

11 大雪で電車の運転を（見合わせて）いる。
因為下了大雪，電車的運行暫時中斷。

12 新しい法案をめぐって与野党の（駆け引き）が続いている。
圍繞著新法案的議題，執政及在野黨不停地祭出對自己有利的策略。

13 体を（きたえよう）と、毎日プールで泳いでいる。
為了要鍛練身體，每天都到游泳池裡游泳。

問題3

14 彼の素晴らしい作品の中でも、とりわけ（＝特に）この小説は世界中の人々に愛されている。
在他出色的作品當中，特別是這本小說廣受世界上的人們喜愛。

15 閉店近くになると、食品は軒並み（＝すべて）値下げされて安くなる。
在接近打烊的時段，食品全部都會減價，變得比較便宜。

16 この二つの言葉の微妙な（＝デリケートな）違いがどうも分からない。
這兩個用語有很細微的差異，實在是搞不清楚。

17 会議で他の人に気兼ねして（＝遠慮して）しまい、何も発言できなかった。
在會議中對他人有所顧慮而一言不發。

18 取引先との交渉は円滑に（＝順調に）進んでいる。
與客戶的商談，很順利地進行著。

19 チャンスを与えられたときは、迷わず挑戦して（＝いどんで）みよう。
在得到機會的時候，請別猶豫放手一搏地挑戰吧！

問題4

20 連休中の空港は、案の定かなり込んでいた。
連續假期的時間，機場的人潮果然如想像中的多。

21 政治に対する不満が著しく高まっている。
對於政治的不滿顯著高漲。

22 匿名を使ったネット上うの中傷が犯罪でなくてなんだろうか。
使用匿名在網路上中傷他人，這不是犯罪的話是什麼？

23 番組での差別発言に対して抗議の電話が殺到した。
針對節目中的歧視發言，電視台接到許多抗議的電話。

24 この和菓子は職人の手で丹念に心をこめて作りました。
這項日式點心，是點心師傅親手精心製作的。

25 山下先生は、生徒に慕われている。
山下老師很受學生的仰慕。

台灣廣廈 國際出版集團
Taiwan Mansion International Group

國家圖書館出版品預行編目（CIP）資料

N5-N1新日檢單字大全（QR碼行動學習版）/金星坤著. -- 初版.
-- 新北市：國際學村出版社, 2022.12
面； 公分
ISBN 978-986-454-253-6（平裝）
1.CST：日語 2.CST：詞彙 3.CST：能力測驗

803.189　　　　　　　　　　　　　　111017929

🌐 國際學村

N5-N1新日檢單字大全《QR碼行動學習版》
精選出題頻率最高的考用單字，全級數一次通過！

作　　　者／金星坤
審　　　訂／董莊敬、小堀和彥
翻　　　譯／徐瑞羚、呂欣穎

編輯中心編輯長／伍峻宏・編輯／王文強
封面設計／張家綺・內頁排版／東豪印刷事業有限公司
製版・印刷・裝訂／東豪・紘億・弼聖・明和

行企研發中心總監／陳冠蒨
媒體公關組／陳柔彣
綜合業務組／何欣穎

線上學習中心總監／陳冠蒨
數位營運組／顏佑婷
企製開發組／江季珊、張哲剛

發　行　人／江媛珍
法律顧問／第一國際法律事務所 余淑杏律師・北辰著作權事務所 蕭雄淋律師
出　　　版／國際學村
發　　　行／台灣廣廈有聲圖書有限公司
　　　　　　地址：新北市235中和區中山路二段359巷7號2樓
　　　　　　電話：（886）2-2225-5777・傳真：（886）2-2225-8052
讀者服務信箱／cs@booknews.com.tw

代理印務・全球總經銷／知遠文化事業有限公司
　　　　　　地址：新北市222深坑區北深路三段155巷25號5樓
　　　　　　電話：（886）2-2664-8800・傳真：（886）2-2664-8801
郵政劃撥／劃撥帳號：18836722
　　　　　　劃撥戶名：知遠文化事業有限公司（※單次購書金額未達1000元，請另付70元郵資。）

■出版日期：2022年12月
ISBN：978-986-454-253-6

■初版4刷：2024年3月
版權所有，未經同意不得重製、轉載、翻印。